沈奇诗文选集

A COLLECTION OF POEMS AND ESSAYS BY SHEN QI

沈奇 著

【卷六】

中国社会科学出版社

【卷六】 艺文随笔

前　言

卷六，八辑集成。选收多年游学绘画、书法、篆刻、摄影及小说、散文等方面所存散论文章，及有关诗道叙谊和个人感怀的一些随笔拾遗。

辑一为1篇美学随笔及与此理论思考相关联的9篇文艺评论；辑二为诗道叙谊之9篇散议杂论；辑三为多年心仪而友情研读"长安蔡门"艺术世家的7篇散论；辑四为21篇或熟悉或际遇的画家朋友之品评文章；辑五为参与起名结社而一路偕行之"伍眉画社"同仁撰写的6篇小文；辑六为8篇赏读书法篆刻师友的随笔小札；辑七为"玩票"当代陶瓷艺术，为敬重或欣赏的陶艺家撰写的9篇随感杂论，和一篇有关陶艺家黑白影像艺术摄影的评论；辑八为个人感怀拾遗的11篇散文随笔。

犹记少小立志时，是想做个画家的，后来却误打误撞到诗道修远而行。但，心底里的"初恋"并未全然释解，且一直"事诗如画"（黄山谷语）而视画如诗，便时不时驾言出游，跨界行文，凭直觉赏艺而即兴说道，所得文字，包括几篇小说、散文评论及诗道叙谊的文章，或当"诗学余论"待之佐证之，也并无不可。

好在无论何种评论，本质上还是一种写作：行之文。说正，说偏，表扬，批评，只要近文，好赖可读；无文，说啥也没用。故，且作"鸡肋"存念附带行旅存照而惜之。

目录

【辑一】

003　诗意·自若·原粹——"上游美学"论纲

017　清脉：古早中国——读余平"中国古民居摄影"随感

032　深入时间的回望——重读方济众

048　静　净　敬——品评钟明善兼谈书法艺术核心美学价值

056　与唐对话——品读匡燮散文《唐诗里的长安风情》

063　重构：古典理想的现代叙事——评马玉琛长篇小说《金石记》

075　"贵族的开始"——读高璨读书随笔《守其雌》有感

083　慧美双修　芳意归心——王倩书画集《艺海缀珠》序

089　孤岭横绝，暗香梅花消息——读大生《悬崖边的名士——魏晋政治与风流》

094　复古弥新　归根曰静——品评朱文立汝官窑瓷艺术

【辑二】

105　灵魂的力量——《谢冕编年文集》（12卷）出版感言

108　摆渡者的侧影：仁者无疆——吴思敬诗学精神散论

119　领略陈超　——读陈超《打开诗的漂流瓶——现代诗研究论》

124　"修远"与"切实"，以及"自若"——陈仲义诗学精神散论

132　林风有仪　云水无痕——诗外舒婷剪影

138　种玉为月的诗人——古马印象

144　诗意情怀——一本书与一则"出版童话"

149　活在时间深处——怀念张书绅老师和他的"大学生诗苑"

154　新诗有了明细账——读刘福春《新诗纪事》随感

【辑三】

161　谁念南风北地香——"蔡鹤洲·林金秀艺术生涯百年纪"感言

170　秋日之书——品读蔡小鹤其人其书

174　庄重与绚烂——品读《王迦南·蔡小丽》画集

181　花语心影自在诗——品评蔡小枫其人其画

185　独爱：那只奇异的鸟——品读蔡小枫朱鹮画集

191　"视觉"、"心觉"及"深度呼吸"——蔡小华油画艺术散论

197　"原质"的意义——品读蔡小华《原质》画集

【辑四】

203　水晶、阳光、燃烧的火焰——怀念画家王炎林

207　人在画外独行远——品读江文湛花鸟画

212　超逸与沉雄——品评张振学山水画

218　居原抱朴山外山——品读《杨立强艺术论评》集并序

222　艺术原创与精神担当——晁海现代水墨艺术散论

231　生命之真与艺术之重——张立柱艺术精神散论

237　清梦如歌寄远意——品评邢庆仁"乡村叙事"系列画作

243　智者的深呼吸——品评杨锋版画艺术

247　较真与底气——品读杨小阳油画艺术

251　清境有为——品评李云集山水画

255　静而狂之——读张进现代水墨画《向日葵》

260　"灵魂山水"与"水墨交响诗"——方平现代水墨山水散论

265　云石有梦自高朗——石头娃艺术精神散论

270　纸上云烟　心中山水——品评李建安山水画新作

275　融会与升华——品读王炳黎其人其画

280　诚恳之必要——读罗宁和他的画

284　风之外，"老料"沉香——廖勤俭艺术精神散论

290　行者之乐：老底子与新感觉——品评李璟其人其画

293　天启与原创——读高宝军画作简评

295　春情濛如　无着是着——读许可画集《濛·无着》并序

298　赫赫老来山苍苍——读崔振宽随感

【辑五】

309　十年雅集　伍眉沉香——"伍眉画社"十年有感
313　生命意识的诗性燃烧——评石丹现代水墨画"残荷系列"
318　坚卓与澄明——张小琴艺术精神散论
323　大脑袋、小宇宙或内倾的飞翔——评傅小宁的人物画
328　素宁之质与清逸之美——读石英的画
333　清骨淡妆总相宜——品读韩莉花鸟画

【辑六】

339　书家原本是诗人——品评钟明善《自书韵语楹联》书法集
344　超脱与逸气——薛养贤书法艺术初识
349　虎行猫步　独领高风——品评魏杰其人其印
354　"风里垂杨态万方"——张红春书法作品散论
358　笃诚修远　守成求变——品评崔宝堂书法艺术
362　沉潜中的自若——品评张鉴宇书法艺术
365　爱好与修为——品评王亦民其人其书
369　从艺术情怀到学术精神——品评"陕西书法院首届双年展"

【辑七】

379　他改变了紫砂的命运——吴鸣现代紫砂艺术散论
387　开宗立派　重构传统——吴鸣紫砂陶艺之现实影响与历史价值
393　根系本味　迹近天成——品评张尧陶艺
399　厚重与优雅——远宏陶瓷艺术散论
405　以技求道　师古开新——品评徐定昌青瓷艺术
410　流润济美出静雅——品评顾美群紫砂艺术
414　静心生慧　古意今妍——品评汪艳粉彩山水陶瓷艺术
420　在坊间与学院之间——张小兰陶瓷艺术散论

426　平宁淡远　简中求丰——评邹明林新作《旺》兼谈陶艺创新

431　视觉深度与灵魂深度——品读高大庆当代陶艺家黑白影像摄影

【辑八】

439　隆中山，定军山

444　想到老家"菜豆腐"

451　西部之山

455　大戈壁

459　说"味淡"

463　"采气"与"森林浴"

466　从"亚瑟"到"牛虻"——我的读书故事之一：《牛虻》

470　那一片冲破暗夜的霞光——我的读书故事之二：《普希金抒情诗集》

474　武侠读出诗意来——我的读书故事之三：《金庸作品集》

479　风雪师生情

485　地震诗篇——台湾"9·21"大地震亲历小记

【辑一】

诗意·自若·原粹
——"上游美学"论纲

诗　意

诗性汉语，诗意中国，这是认识中华文明与传统美学的根本点。

一个民族的文化根性，来自这个民族最初的语言；他们是怎样"命名"这个世界的，这个世界便怎样"命名"了他们。

尤其是现代人，大体已是"语言的存在"，遭遇怎样的"语言编程"，便以怎样的"编程"认识世界，同世界交流。包括作为"语言中的语言"的各类艺术创作及艺术活动，也离不开所处"语境"及受此语境"编程"下的"心境"制约，形成不同的艺术感知方式和不同的艺术表意方式。

由此可以推断，在不同母语中生成的文学艺术家，即或使用同样的艺术材质，选取同样的艺术形式，其生成的文本，也必然是有内在差异的。

中华自古有诗国之称，世界上找不出第二个国家，诗与生活的关系像我们中国人这么密切。孔子说"不知《诗》无以言"，林语堂甚至认为汉语诗歌在中国代替了宗教的任务。

这里的根本原因，在于汉语的"诗意运思"（李泽厚语）之本质属性，由此与西方拼音语系之"理性运思"分道扬镳，形成两种文明形态、文化谱系，及其不同的艺术道路。

对此，笔者自创"味其道"与"理其道"的重新命名，来概括汉字文化与拼音文化对世界不同的感知方式与表意方式之根本属性。

"味其道"中的"味"，作动词用，即"诗意地"去感知与表意世界。故，中华文化以及整个汉字文化谱系中，向来"诗"大于"思"。

"文章千古事"，味其道也！

"味"是对世界的体味或体味后的说法，"道"是世界的原在。

我们知道，整个西方近现代的文化发展与文明进程，说到底，是在"科学进化论"与"历史必然性"及"资本逻辑"的主导下，由无所"禁忌"而全面"解密"以改造世界，以及自传统"仪式化—圣化"语境向现代"游戏化—俗化"语境全面转换，以至于全面"祛魅"且全面下行的过程。

按照张志扬的说法，即：走了一条"神被人剥夺—人被人剥夺—人被物剥夺"的"轮回"之路。[①]

由此，世界不再"隐秘"天下"大白"，而"诗意"随之消解——现代汉语语系与现代西语语系共同遭遇的诗与思之现代性危机，

[①] 张志扬：《偶在论谱系》，复旦大学出版社 2010 年版，第 390 页。

于此而生。

现代汉语语境下的百年中国之诗与思，是一次对汉语诗性本质一再偏离的运动过程。

所谓中华文明的根本，尤其是我们常拿来做"家底"亮出的传统文化中的诸般精粹，包括所谓庄老传统、孔孟之道、魏晋风骨、汉唐雄风、宋明逸脉等等，说到底，是诗性生命意识的高扬，和诗性人生风采的广大——那一种既内在又张扬、既朗逸又宏阔、元一自丰而无可俯就的精神气度，至今依然是华夏文明的制高点。

而这个根本与精神得以孕育与生长的基因，在于汉语的诗性本质。故，汉语之诗，在于"为世界文身"（于坚语）。"为世界文身"的功能不在改造世界，而在礼遇世界、雅化世界——这是反思百年中国"新文学""新美术"以及其他"新"什么的一个大前提。因而，如何在急功近利的"西学东渐"百年偏离之后，重新认领汉字文化之诗意运思与中华艺术之诗性底蕴，并予以现代重构，大概是首先需要直面应对的大命题。

自　若

包括所谓"文化人"以及"文艺工作者"在内的当代中国人，仅就精神气息而言，比之包括"现代"、"后现代"乃至一些"前现代"国家之人，到底差别在哪里？可以说，只"自若"一词，立判分明。

或可由此虚构一个"行为艺术"——随机抽样拍摄一百个国家各一百幅街头行人肖像，然后比照观察，自会发现，"自若"的缺失，在当代国人这里是多么明显和严重。假若再将这样的拍摄对比，限定在所谓"文化人"范围内，其"惨状"与不堪更是可想而知——无论文本还是人本，无论"庙堂"、"民间"还是"在路上"，虚于"自若"而只在"顾盼"，以致"自信"无着，早已成百年国族一大痼疾。

作为常识，我们知道，所谓"庄玄境界"，所谓"魏晋风骨"，所谓"汉唐精神"，所谓"天机舒卷，意境自深"① 等等，其核心所在，无不与主体精神之"自若"相关。"自若"既失，方方面面的堕退，皆成必然。

近年学界热议的中华"文化身份"之重新确立问题，实质也在这里。

说"自若"，先得说与"自若"相关的其他几个和"自"有关的词，如"自由"、"自在"、"自得"、"自然"等，以作佐证。

西人有言：人生而自由。这话反过来理解，实际上是在提醒人生而不自由；正因为不自由，才老想着要去争那个自由。其实争也没用，人类发明文化，推进文明，说到底，就是要将天下的人和事归类分层，以求有序管理和有效交往，及至现代，更是通过各种空前进步空前科学的手段，将所有身心本不一样的个人，硬生生调理成体制化及时尚化的类的平均数，没了个性，还谈何自由？

便有艺术家们站了出来，要坚持争那个自由，称艺术创造为挣脱社会枷锁的"获救之途"，大有"舍我者谁"的架势。为此一二百年来趋之若鹜者如过江之鲫，前赴后继而蔚为壮观。可壮观到最后，也大多只是造了些形势、观念、运动和有关艺术家们的故事而已，没见为现代人带来多少"自由之路"可去走。

这还说得是西方，再要看当代国人，就更不堪了。

自由方得自在。也只有自在的人才可能有效地谈论艺术或从

---

① 徐复观：《中国艺术精神》，广西师范大学出版社 2007 年版，"三版自序"文页。

事艺术。所谓艺者"异"也。独立之精神,自由之思想,发为神游于物外,显为个在于群上,乃"异"而艺。这个"异",就是个我的自在。

艺术的功用,无论在艺术家那里还是在艺术欣赏者那里,都是为着跳脱各种体制性话语的拘押与束缚,由类的平均数回返本初自我的个在空间,得一时之精神自由和心灵自在。因此在常人眼里,诗人和艺术家总是有些"另类",乃至视为"异族"。其实到了当代,这样的"异族"也大多有其"异"表,无其真自在。

真自在的人贵有"心斋",不为时风所动,亦不为功利所惑,而得大自在;有大自在之心性,方通存在之深呼吸。艺术家更得是如此:先修得一个独立自在的"心斋"来养就独立自在的笔墨,才可进一步谈"外师造化中得心源"以求创造。

特别是中国诗文书画,从发生学的角度来看,本来就是既生于境又生于心的物事,更是古代文人隐修独善的一种生活方式,而今,却大都成了获取名利的角逐,无不充满了功利的张望和虚构的荣誉。一时成功者遂虚骄傲慢,一时未成功者则虚张声势,总是心有旁骛而难得自在,那笔墨中也便难免虚浮造作之气了;所谓心境既乱而风骨不存,一切皆无从谈起。

以"自得"作中国文学艺术精神之灵魂观,是笔者近年小小的一个领悟,且以为近百年现、当代中国文学艺术之精神的迷失、彷徨及种种,皆与失去了这一"关键词"的内涵有关。

想来古人写诗作画,无论是"直言取道"还是"曲意洗心",是"兼济天下"还是"独善其身",起根发芽,都先是打自个儿得意而生的,没有一个预设的"服务对象"或"展示平台",来提醒你该如何写怎样画,以及"创新"、"探索"、"笔墨当随时代新"诸如此类的"闹心"话题生干扰。即或有知己相投,那也只是三两素心人商量培养之事，无涉"运动"，更鼓噪不了"潮流"的。

这是就其艺术发生而言，从"接受美学"说，也只是各从所好，各取所爱，个人乐意之事，仍属于"自得"。

自现代以降，问题来了，凡文学与艺术，无论发生还是接受，一律拉着时代的手，跟着潮流走，从"启蒙"到"宣传"再到"市场"与"时尚"，一路折腾过来，越来越背离了艺术的本质，无"自得"之自在了。大家都活在当下，活在虚构的荣誉与表面的繁荣中，而纷纷陷入角色化的"徒劳的表演"（陈丹青语），即或也能折腾些形式的创新或风格的转场，但到底心魂已失，难以深入时间而作经典之传承。

而自在的人一切自然，过日子自然，搞艺术也自然。"自然者为大美"，中国传统文化谱系中向来讲这个理。这理无异于天理：你看天公造物，即或是石子小草也难找出一模一样的，各自自在生色，感动人情。只有人会造些不感人的东西，譬如砖头（以及地板砖等等），制作得再精致，也不可审美，因为它不自然。

我写过一段现代诗话：诗要自然，如万物之生长，不可规划；诗要自然，如生命之生成，不可模仿。自发，自在，自为，自由，自我定义，自行其是，自己做自己的主人，自己做自己的情人——然后，自得其所。一切艺术，但能进入这样的一种境界，总能出好东西；或许才情所限、遭际所困，不能企及经典，却也不失真品质，无涉伪艺术。

艺术是文化心态的外化。从文化心态来说，古人讲究要归于"淡"（淡泊明志），归于"简"（生事简而心事素），归于"自然"（自然生成，不刻意）。现今中国文学艺术家们，总是妄念太多，无论是沉溺于技法，还是偏执于观念，都充满了功利的张望，难得自然生发，或能张扬点外在的美，到底不能持久感人。

由"自由之思想",到"自在"之精神,由"自得"之心境,到"自然"之语境,合为"自若",方得以"形神和畅"——这是中国艺术精神的要义。

凡艺术作品,大体都有"显文本"和"潜文本"两个方面的表意所在,合成为审美价值体现。"显文本"是题材、样式等外在的东西;"潜文本"是语感、人格、精神气息,即作品的内涵。在正常文化生态下,二者是水乳交融而并体显现的,没有形神分离的问题。我们赏读古代经典文学艺术作品,常常感念于心的正在于此:心手相宜,形神和畅。

但今天的时代语境大不一样,诸如"意识形态机制"、"展览机制"、"市场机制""时尚机制"等强制下的生态所迫,艺术家们常常要屈从其主导和驱使,这时候,能否在"显文本"下有机地保留"潜文本"亦即人格与语言的个在魅力,就成为其作品能否超越时代局限性的关键。

我们常说"笔墨当随时代新",也常说要"超越时代局限",但如何"新",怎样"超越",并不十分明确。其实作为"显文本"的题材、样式等外在的东西,不管是束缚还是解放都不重要,因为所有的"时代"都是有局限性的,能超越的只是"潜文本",即你的人格和语感的修为。只有"潜文本"的有机存在,才能将有局限的"时代性"转换为可深入时间和历史更深处的"时代性"。

这里的关键还在于能否如古人那样"心手相宜"与"形神和畅"。当然,今人不能做古人,必须进入现代语境,表现现代人的生命体验和文化思考,在现代性的诉求与传统艺术本质的发扬之间,寻找到一些可融合的相切点,提供新的生存体验、生命体验、生活体验和语言体验及其表现的可能性。然而,这并不能成为"显文本"与"潜文本"的背离或分裂的借口,我们在好的、优秀的当代中国文学艺术作品中，依然不难发现那种"形神和畅"的精神品质，也依然是需要我们"见贤思齐"而为之进取的精神境界。

说到底，所谓"自若"，一言而蔽之：无论做人、做学问还是从事文学艺术，有个"原粹"灿烂的自己！

原 粹

"自若"是精神层面的"原粹"——保持清晨出发时的清纯气息，那一种未有名目而只存爱意与诗意的志气满满、兴致勃勃，从而得以"脱势"而"就道"，"在自己身上克服这个时代"。（尼采语）

当代学术产业化、艺术市场化后，诸般学问，诸多所谓文学艺术家，总难免刚刚开始种庄稼，就已经盘算着收益的多少，遂将古人前人的"见贤思齐"转换为"见先思齐"，争着当下之"出位"，难得"修远"以沉着，话语盛宴的背后，是情怀的缺失、价值的虚位和主体精神的无所适从，以致成为当代学术语境和艺术语境的"暗疾"而不治。

实际上，由"宣传"而"市场"，当代中国文化语境下的学术研究和文艺创作，尤其是美术创作，大都由"自得"而转为"经营"了——原本是艺术家之主体精神与艺术语言、艺术文本之间的"自我对话"（此为艺术创作的原初推动力），现在变成了艺术家携带"预谋"与"心机"，而生发的一种与"市场之神"与"展览之主"之间的对话，所谓"他者"性的对话。——如此伤神妨意之心理机制压迫下，岂能有真情实意为存在写真、为历史树碑、为灵魂存照、为丹青写精神？

一切学术成就和艺术成就的背后，必有其相应的学术精神和艺术精神作支撑；一切学术精神和艺术精神的背后，也必有其学术人格和艺术人格作支撑。今日为学问为艺术者，真要想脱出"形势"、潜沉于"道"、以求卓然独成，无非三点：立诚，笃静，自若。亦即守志不移，静心不变，定于内而淡于外，于朝市之繁嚣中立定脚跟，"在自己身上克服这个时代"（尼采语），而得大自在——身处今天的时代，让艺术气息和艺术语言亦即人本与文本都能回归单纯、回归自得，不但已成为一种理想，甚至更是一种考验：平庸或超凡，端看是否过得了这一关。

这是"上游美学"的精神源头。

还有语言层面的"原粹"，即找回"本该如是"的"基点"；先弄清楚我们从哪里来，我们是谁，再说我们到哪里去的问题。

以唯现代为是的断裂方式，和唯新以及唯"不断革命"是问的运动态势，持续百年的"新文化"、"新文学"、"新美术"之后，在世界地缘文化格局中，作为中国文化指纹之所在的诗、书、画，及其他文学艺术，到底处于一个什么样的地位？或可一言以蔽之：西学不如"洋人"，中学不如"古人"。

而，当年跨拥两条长河"尝试"（胡适）与"呐喊"（鲁迅）的"新"，如今大体上只剩下西方现代化一条河流边的徘徊，以及"不断创新"和"与时俱进"的纠结与焦虑，或许还有莫名的"郁闷"中那一缕"藕断丝连"的"乡愁"……这样的一种客观认知，大概不会有多少异议。

而我们知道：一个时代之诗与思的归旨与功用，不在于其能量即"势"的大小，而在于其方向即"道"的通合。

问题的关键在于，我们一直过于信任和单纯依赖主导百年的"现代汉语"之"编码程序"。尽管，百年来我们一直在鼓吹要中西兼顾，"两源潜沉"，但终归还是落了个两源皆隔。即或因自信所失而急功近利唯西方一源为是,其实打根上也从来就没有可能真正"青出于蓝而胜于蓝",因为你一直就无法真确明晰地认知到,原本的"蓝"到底为何!于是只能是西学不如"洋人",中学不如"古人"——如此两源无着,后来者更只有随波逐流而"与时俱进"的份儿了。

事实上,所谓"新诗",所谓"新美术",所谓"当代艺术",以及等等,百年革故鼎新,一路走来,无一不面临或"洋门出洋腔"的被动与尴尬,或既不"民族"也不"世界"而"两边不靠"的身份危机。是以可想而知,越到后来,尤其当代,即或真有些许个在的"创新",也大多属于模仿性的创新或创新性的模仿,难得真正原创而独成格局。这样说不是要重新回到古典的之乎者也,而是说要有所来之处的古典素养作"底背",才能"现代汉语"出不失汉语基因与风采的汉语之现代。

作为另一个常识,我们也知道:古往今来古今中外的所谓大师,无一不是立于传统的基础而又能保持自由呼吸的人,而绝非只活在当下者。

由此显而易见的是,一个造山运动般的大时代也随之结束了。告别"革命之重",我们无可选择地"被"进入到"自由之轻"和"平面化游走"的困惑境地而无所适从;不是自由的行走——脚下有路,心中有数,有来路,也有去路,而是碎片化的自由漂流——无来路,也无去路,只是当下感应,即时消费。

正如作家韩少功所指出的:我们的文化正在进入一个"无深度"、"无高度"、"无核心"及"没有方向"感的"扁平时代","文化成了一地碎片和自由落体",并在一种空前的文化消费语境中,在获得前所未有的"文化自由选择权"的情况下,反而找不到自己真正信赖和需要的东西。①

语言的"先天不足",精神的"后天不良",百年急剧"现代化"的"与时俱进",驱使我们终于走到这样一个"关口"——如何以现代中国学人和文学艺术家的眼光,去寻找传统文化中的"原粹"基因,并在现代生存体验、现代生命体验和现代语言体验的转换中,寻求与诗性汉语和诗意中华之"原粹"基因既可化约又焕然不同的发展道路?!

故,"梦回大唐"也好,回溯"汉唐精神"也好,以及"新儒学"、"新古典"等等诸如此类的时兴倡导,其立足点,其归旨处,都该当是要汲古润今、借古证今而以利未来的。这里所谓"汲古润今"的"润",是要汲取传统精粹中的诗性生命意识,来作为当下物质时代的精神植被,以润国魂;这里所谓"借古证今"的"证",是要借体现在诸如"汉唐雄风"以及"魏晋风骨"中超凡脱俗的主体精神,来对质当下的追名逐利蝇营狗苟,以证(正)人格。

如此,方能由"枉道以从势"返身"大道""原道",而正脉有承!

同时,这样的"正脉有承",落实于每一个个体,尤其是活跃于当代话语场中的各种什么"家"们时,有一个需要再三提醒的心理机制要点,即,任何时候都不要忘记:艺术——一切的"诗"与"思"的存在,并非用于如何才能更好地"擢拔"自我,而在于如何才能更好地"礼遇"自我。——从自身出发,从血液的呼唤和真实的人格出发,超越社会设置的虚假身份和虚假游戏,从外部的人回到生命内在的奇迹,平静下来,做孤寂而又沉着的人,

---

① 韩少功:《扁平时代的写作》,《文艺报》2010年1月20日版。

坚守且不断深入，承担的勇气，承受的意志，守住爱心，守住超脱，守住纯正，以及……从容的启示。

而作为"物质暗夜"（海德格尔语）中的"脚前灯"，在一个意义匮乏和信仰危机的时代里，真正的学问，真正的文学艺术，更要有重新担当起对意义和信仰的深度追问与叩寻的责任：包括对历史的深度反思，对现实的深度审视，对未来的深度探寻等，并以此重建生命理想和信仰维度，也并以此重返"诗意"、"自若"、"原粹"的"上游"之境。

结语：所谓"上游美学"

"水，总是在水流的上游活着。"（诗人麦城诗语）

作为汉语"诗"与"思"的"上游"之所在，一是已然典律化的、历时性的、可重新认领的"上游"，如上文所提及之"汉唐精神"等；二是潜隐于当下的、共时性的、需重新探究的"上游"——此即"上游美学"之新理念的出发点。

"上游"——生命的初稿，青春与梦想出发的地方——初恋的真诚，诺言的郑重，纯粹、清澈、磊落、独立、自由、虔敬……还有健康——尤其是心理的健康，只有健康的"诗"者与"思"者，才得以"自若"，才得以"原粹"粲然而净空生辉，也才足以在沉入历史的深处时，仍能发出自信而优雅的微笑。

从"上游"出发的"诗"与"思"，是回返本质所在的选择：既是源于生活与生命的创造，又是生活与生命自身的存在方式。

回溯"上游"的"诗"者与"思"者，只是仅仅乐意为"诗"与"思"而活着，绝不希求由此而"活"出些别的什么。

亦即，真正的"上游"之"诗"与"思"，不仅是对生命存在的一种特殊言说，也是生命存在的一种特殊仪式——

远离喧嚣浮夸和妄自尊大的时代主潮,远离闭门造车式的昏热想象和唯功利是问的刻意造作,以及对西方现代化的投影与复制;消解功利性,消解娱乐化,消解平庸化,并重新学会敬畏自然、敬畏生命、敬畏生活中一切卑微而单纯的事物,将所谓雄强进取之势转而为恬淡自适的生命形式,深沉静默地与天地精神共往来,不再有身外的牵绊,只在生命诗意与笔墨寄寓的和谐专纯,而乐于咫尺之间一臂之内挥洒个在的心声。

回溯"上游",再回望"下游",自会发现那是怎样的一种不堪——

无中心、无边界、无所不至的话语狂欢,几乎荡平了当下生命体验与生存体验的每一片土地,造成整个诗性艺术背景的枯竭和诗性艺术视野的困乏。看似新人辈出且大都出手不凡,却总是难免类的平均化的化约;好作品不少甚至普遍的好,却又总觉得带着一点平庸的好——且热闹,且繁荣,且自我狂欢并弥漫着近似表演的气息,乃至与其所处的时代不谋而合,从而再次将个人话语与民间话语重新纳入体制化(话语体制)了的共识性语境。而我们知道:个人的公共化只能导致个人的消失。其根源在于:与自然的背离,与自我的背离,与自由的背离。这是所谓"现代化崛起"的必然结果。

但社会不是统一的,且分裂的各个不同领域有着不同发展模式。丹尼尔·贝尔曾在《资本主义文化矛盾》一书中明确指出,"现代社会"分成三个服从于不同轴心原则的"特殊领域":经济与技术体系、政治体系、文化体系。经济与技术领域"轴心原则是功能理性","其中含义是进步"。而文化领域则不同,它无所谓"进步",却"始终有一种回跃,不断回到人类生存痛苦的老问题上去"。所以社会呈现出"经济与文化复合体系",且经济和文化并"没有相互锁合的必要"。

因此,对于经济与技术一味的"现代化"进步要求,文化总会适时地"回跃"。① 由此导引出"上游美学"的"回跃"功能——

在失去季节的日子里,创化另一种季节;在失去自然的时代里,创化另一种自然;在解密后的现代喧嚣中,找回古歌中的天地之心;在游戏化的语言狂欢中,找回仪式化的诗意之光。再由此找回:我们在所谓的成熟中,走失了的某些东西;我们在急剧的现代化中,丢失了的某些东西;我们在物质时代的挤压中,流失了的某些东西。——执意地"找回",并"不合时宜"地奉送给我们所身处的时代,去等待时间而非时代的认领。

原生态的生存体验,原发性的生命体验,原创性的语言体验——这是"上游美学"的核心理念;

内化现代,外师古典,融会中西,重构传统——这是"上游美学"的基本理路。

至此,两脉"上游"汇合为一,其共同的气质与风骨便是本文关键词之"诗意"与"自若",并最终归旨于本文另一关键词之"原粹"——原粹粲然,元一自丰,而原道复归。——由此,在溯流而上的生命"初稿"中,在作为最初的旅行者的足迹中,找回复生的诗意,和"还乡"的可能。

2015·夏

---

① [美] 丹尼尔·贝尔:《资本主义文化矛盾》,赵一凡、蒲隆、任晓晋译,生活·读书·新知三联书店1989年版,第56—60页。

清脉：古早中国
——读余平"中国古民居摄影"随感

一

那是多年前的一个秋天，第一次见到余平教授，叙中聊及包括室内设计在内的现代建筑问题，我以外行闲谈，随口说出"建筑的材料决定建筑的品质"这句话时，余平瞬间愣了一下，随即，秋水长天般辽阔而淡定的眼神，便闪光了一抹知己的笃诚，之后的一切，便自然而然起来。

除了同样的大学教师身份之外，那更是一次诗人与室内设计艺术家的见面。虽说隔行隔山，却一握如故，一言成知己，庆幸在极言"现代"和"财富"而"与时俱进"的红尘闹市中，又遇得一位脱势求道、可以聊得来的知己"清友"。

渐次熟悉起来后才知道，余平不仅在当代室内设计界横逸旁出独备一格，早已享誉海内外，同时还是一位摄影界的资深"潜水员"——自1997年开始中国古镇及古民居专题摄影以来,他跑遍南北东西,潜沉于20多年的"田野调查",拍得一个可谓空前绝后的"大数据",而怀玉在身人未识。关键是,这个"大数据"中的建筑实物,在这20多年的大拆大建中,大多数已经消失;也就是说,这些文本化的艺术"档案",已成为孤本独存的历史印证,无论是国人还是世界,要想重新认领中国古镇及古民居风貌,或许只能从余平的这些摄影作品里获取。

我由此一直念念耿耿、感佩在心。——多年后的这个夏天,便有了一位诗人为一位室内设计家的摄影展作策展兼学术主持的"唱和"之举,并再次以行外"来电",为其"中国古民居摄影"首展,取了一个"古早中国"的好名称,一时"唱响"展前展后,两位老知己也便越发暗自得意起来。

原本,诗人的使命,是为世人设计精神空间的"诗意的栖居",而室内设计师的使命,是为包括诗人在内的世人设计物态空间的"适宜的栖居"。至少在汉语语境中,"适宜"和"诗意"不仅同音,而且也具有内在意涵的所谓"同构"性——无论是精神的栖居还是物态的栖居,能达至"诗意的适宜"或"适宜的诗意",无疑是最高境界了。

待得"唱和"落幕,且趁余意未尽,遂二返回味细读老友的这次摄影展作品,试图给出一个更靠谱些的"定位之论",便想到"清脉"一词,与"古早中国"合题,发起一番感言来。

二

建筑的本义是空间的分隔。这种"分隔"从一开始,就是一种悖论式的存在。余平对中国古代民居潜沉20多年的"田野调查",其第一义的启示,正在这里:怎样的"分割",方能既具人工之"适宜",又不失自然之"诗意",从而形成一个人与自然共体呼吸的话语场?无论古今中外,现代与前现代,这都可谓是"建筑分隔美学"的关键要旨。

今天的"新人类",可以站在科学昌明与物质文明的立场上,站在"楼上楼下,电脑电话"的现代化视野中,指认如此"老土"的古民居"安顿",全在于"生产力落后"而"物质匮乏"下迫不得已的选择。然而我们知道,只要我们放下电话、关掉电脑、电视与手机,随便翻翻古典汉语之历史典籍和诗词文章以及传统书画等等,就会由衷地惊叹:何以正是那种"老土"的"安顿",造就了华夏民族从思想到精神、从哲学到诗歌、从饮食到艺术、从乡野到庙堂而辉煌几千年的文明高度与文化传统?

这样的"大哉问",需要另作回答。

从单个的人或同一辈人成长的角度而言,作为开启并促成人类感知世界的话语要素之一的建筑话语,实在是至为关键的一环——人们想象与建构了怎样的栖居模式,也便想象与建构了怎样的人与世界的感知方式。换言之,正是古代华夏民族所选择的天人合一、与自然相亲相近相通合的建筑理念,和由此构成的栖居方式,方生成中国古典文明天人合一、与物为春而岁月静好的精神家园。

身处现代化语境下的现代中国人,尤其是完全没有"前现代"亦即农耕文明体验的现代都市青年,可以说是什么都拥有,什么都不愁,却成天价在那里喊"郁闷",除了诸如欲望超载、理想虚位、自我中心、为物所累而活不出真正个我的"history"等文化心理因素外,其以"水泥森林"加"信息网络"式的"栖居"方式,所造成的人与自然的背离、人与人的自然本性的背离、人与他人的背离和人与历史的背离等,恐怕也是重要的原因之一。

两个时代，两种文明，不同的"栖居"方式，将整个华夏民族的文化史和文明史，分成了两个截然不同的"界面"，其中改变的不仅是人文景观，更深刻地改变了我们的文化语境和感知方式。

为什么我的眼里常含泪水？
因为我对这土地爱得深沉……

这是现代诗人艾青的两句名诗，感动并激励了几代中国人，至今还为年轻的学子们所传诵。假如将其改写为"为什么我的眼里常含泪水？/因为我对这高楼爱得深沉……"，恐怕连最"新新人类"们读来，也觉得"超级搞笑"！

然而"郁闷"于"水泥森林"里的"新新人类"们，恐怕也只能以"模仿秀"的形式偶尔诵读一下艾青的这两句名诗，而难以用自己的心与笔，再创造出这样深沉隽永的诗句来。——从乡间小路或泥地里走过，回头中你会看到你自己清晰的脚印；从"水泥森林"里走过的你，必然什么也不会留下。

想到一位不知名的当代诗人的两句诗：

你为什么出门？
因为寻找家园！

恰如著名学者李欧梵所言："我们的生活空间应该有'呼吸的感觉'，也应该和大自然连成一气。然而全球化下的都市建筑恰好相反，它构建了一个超越日常生活的'人工'（artificial）世界，以其雄伟和壮观的'坐标性'把生活带进另一个以经济消费为主的'美丽的新世界'，它表示的假象恰是'明天会更好'，或者像葡萄牙诗人佩索亚所说的：'我只生活在现在，没有过去，也不知明天是什么'"。

显然，我们正在被迫享受别人的痛苦，却在"反认他乡是故乡"的"现代化"狂欢中，沉溺其中而浑然不觉。

由此，即或粗略欣赏一下，余平这部用心眼和手眼记录并创作的"古早中国"之摄影"史诗"，反转视野，回首来处，也会顿生"乡愁"，在另一种"呼吸"里，感受另一种"栖居"的"适宜"与"诗意"。

三

包括室内设计在内的一切建筑设计与实施，是否"适宜"人的"栖居"，是其首要的价值尺度，也是最终的价值要求。

这里的关键，首先取决于"材料"。

人类至今为止所使用的建筑材料，大体分为两类：一类被称之为"传统材料"，以泥土、石头、砖瓦、竹木为主体；一类被称之为"现代材料"，以水泥、钢铁、塑料、玻璃为主体。材料不同，不仅导致外在形式的不同，还会有内在之本质性的转化，乃至影响到"思维"与"呼吸"——包括建筑设计者理念的"思维"与建筑住户人的日常"呼吸"。转由学术化的说法：材料是介质，当这种介质发生根本性的变化之后，介质便转化为本质性存在或叫着本体性的意义。

所以说"建筑的材料决定建筑的品质"。

其实这一说法从我这样的行外口中说出，并得以余平大师的激赏，背后还有一段"本事"可说。十多年前，我去上海参加一个国际性的学术研讨会，会后应邀在复旦大学文学院作一个现代诗学方面的演讲。演讲完与听讲师生交流互动，可能出于"自豪感"并想增加一点活跃气氛，一位上海籍的在读女硕士特别提到浦东开发带来新上海的建筑新景观，问我作为一个诗人学者对此有何感想？

我实话实说：很震撼，但不感动！

女生继续追问：这样的感想有什么美学原理可言？

被逼"墙角"的我，不知怎么就冒出了那句"建筑的材料决定建筑的品质"的说法，进而以商讨的口气和诗性之思，反问那位自豪的女生：我们常常会不由自主地伸出手甚或用我们的眼神，去抚摸一片泥质的墙面、木质的纹路、石头的自然肌理，或者一块老粗布，但有谁会不由自主地伸出手甚或用我们的眼神，去抚摸一堆钢铁、水泥、塑料、玻璃、马赛克等等呢？

上海女生略有所思地点点头坐下不语，我则继续发挥阐释道：关键是作为传统建筑材料的泥巴、竹木、石头以及我们现在拿来做装饰品用的老粗布等等，和我们人类有着天然的亲和性，因为它们都是"活材料"，是内涵"生命记忆"和"自然基因"，和我们人类一样有过"生命过程"的活材料。这样的建筑与装饰材料，本身就对人体无害不说，经过加工利用后，还满足了人类返璞归真、回归自然、与大自然相亲相融的心理要求。而所谓的现代建筑材料，虽然其原料也多以来自然物产，如矿石、石油、陶土等等，但经由现代工业技术的不断加工改造，其原始"生命信息"早已荡然无存，只剩下一副冷漠的外形，也只有依赖结构而不是依赖自身品质而进入"建筑叙事"，是以再怎么宏大高蹈，也只能带给我们视觉的震撼和物质化的虚荣，而很难从精神层面与情感层面感动我们。

一时的临场发挥，让一位诗人开始触摸建筑美学的"思"与"诗"。

多年后，读到陈丹青的一句话：传统建筑，即或老旧坍塌成一堆废墟，也可入画。现代建筑哪怕是刚刚落成的，也很快旧了，难看了（大意如此）。会意一笑中，却又犯难：由建筑美学转而建筑伦理考虑，至少就当下中国国情而言，我们除了"享受别人的痛苦"这一条道，哪还有眷顾"传统"以求身心"适宜"的本钱呢？

然而说到底，人毕竟是精神动物。建筑是用来安顿人的肉身的，也是用来安妥人的灵魂的。尤其是现代人类，生命的绝大部分时间是在建筑体中度过，如何让其成为既"安居"又"安心"的"适宜"之所，实在是"要命"的大事。故此，明白"适宜"为何而清醒"痛苦"所由，和浑然不觉"不适宜"之"痛苦"中，毕竟是两回事。

从这一角度而言，余平的"中国古民居"之"大数据"所内涵的苦心孤诣，正在于从精神的视野和美学的维度，在以西方为主导的主流建筑时尚理念之外，为我们提交了一份有关建筑美学之"秘响旁通"的"心理坐标"——所谓"知常而明"（老子），知"传统"而明"现代"。

这是建筑品质的比较问题。其实余平提交的这份"古早中国"之历史画卷，还涉及有关建筑的历史书写问题。

四

作为人类精神文明创造和物质文明创造的"双重文本"之物态呈现，建筑一向被珍视为"可抚摸的历史"。

无论是实地观光，还是阅读图文、欣赏影像资料，我们读古罗马，读旧巴黎，读圣彼得堡，读京都，读奈良，读北京故宫，读苏州园林，读长城，读大雁塔，再读余平"古早中国"之古民居摄影作品——从殿堂到民间,从史诗性的"宏大叙事"到古歌般的"个性咏叹",历史的脉络与细节,一一经由古往今来的"建筑话语"生动而具体的"诉说",开启与活跃我们的记忆与联想,使我们慨叹并欣慰于:我们当下的生存,原来有如此厚重的历史"谱系"与如此生动的历史"踪迹"为文化底背和精神支撑,而非"无家可归"的"漂泊者"(海德格尔语)。

人类的历史其实就是一部记忆史:或帝王将相,或才子佳人,或文人墨客,或贩夫走卒,或口口相传,或文本呈现,世世代代传承下来,方有了一部"活"的人类生命史,进而有了一部"活"的人类文化史。我有时甚至会想,或许连所谓的"科学",也只不过是人类中某些特别好奇而智慧的人,对上帝之"记忆"的一种解码活动而已。

珍爱记忆,便是珍爱生命。失去记忆的人是空洞的人,是提前死去的人;留住记忆,便是留住生命。留住记忆的人是生动的人,是永远活着的人。

而所有上述"记忆",无不和作为"双重文本"之物态呈现的"建筑"亦即人类的"栖居方式"息息相关——"适宜"之外,更有人文内涵的"诗意"作深度弥散和持久传承,成为勾连我们历史记忆的重要环节,这才是建筑美学的真义之所在,也才是建筑美学的理想价值之所在。

问题是,这样的"记忆",在今天的中国大地上,我们还能有多少"残留"?

直面现实境况,无论都市还是乡镇,乃至于广大农村,我们更多看到的是,借鉴变为复制,创新变成唯新是问。华夏大地上,一个新建筑出现,便迅速被另一个新建筑所复制、或所替代、或所消解,结果是每个建筑、以至于每条街道、每个社区乃至每个城镇都市，都成了可笑的复制品而"彼此淹没"——"故人西辞黄鹤楼，烟花三月下扬州"，黄鹤楼虽还假模假式地在那在着，但此"扬州"早已非彼"扬州"了——仅从建筑景观而言，既没有了可抚摸的历史记忆，也没有了真正意义上的现实记忆，所谓"时代"的历史含义，也便由此随之空前贫乏而空洞。

文艺评论家孙郁先生在一篇访谈中深切指认到："犹太人有创造性，是因为一直对公元前几世纪的古老文明的温习，几乎每日都和远去的灵魂交流，历史没有中断，想象力与判断力一直有一种鲜活的原生态的感觉"。

问题是，这样的"温习"，在今天的中国人生存意识里，还存有多少"挽留"的意绪？

20世纪末我第一次去日本，游览京都、奈良，穿越千年的金阁寺、清水寺、祇园、大东寺，"汉风""唐韵"依旧，古意如梦弥散，处处堪可对比古典汉诗意境来慢慢品味，以及满街300年的糖果店，400百年的泡菜（日本人称"渍"）店，600百年的料理店，店名不变，暖帘门脸不变，建筑样式不变，甚至有茅草屋顶翘然自得于繁华中心，一时恍若隔世……

偏又遇到我们西安（昔日之盛唐"长安"）的几位园林专家，说是来考察取经，让我真不知说什么才好。

2004年赴温哥华第一届"漂木诗歌艺术节"，会后游览中，常分不清哪是公园哪是街区，了然人家如何将"城市"建成了"乡村"，将"现代"融入了"传统"。尤其在中心公园里找到了上小学四年级"自然"课中，书上图示的那棵树身下空洞能停放一辆小车的古树时，让我当时"傻痴"在了那里。

10年前去瑞典出席第16届"哥特兰国际诗歌节"，住在被列入世界文化遗产的维斯比小城。中世纪的教堂，中世纪的城堡，中世纪的园林，中世纪的石头老街，中世纪的砂岩拱廊，以及童话般的奶油色、橘黄色、棕红色、天蓝海蓝色的街屋、酒吧、小客栈，被时光磨砺得光亮而又迷濛……四天三夜，和着古往今来的波罗的海的涛声与中世纪教堂的钟声，梦游般地迷失于一个"高保真"存留下来的"历史语境"里，不由含泪在日记中写下"面对你，我被我自己深深地伤害了"！

是的，仅就建筑美学而言，我们正在复制别人早已不再复制的"复制"；

同理，仅就建筑伦理而言，我们正在享受别人已然视为痛苦的"享受"。

珍爱记忆，挽留历史，"礼失而求诸野"——当故宫、长城、大雁塔、黄鹤楼等等，皆已为空洞的文化符号和时尚的旅游景点所化约时，余平的中国古民居考察之摄影文本，为我们打开了另一条链接建筑美学之历史记忆和勾连建筑美学之人文关怀的"古早中国"风景线，并由此多了一份超越建筑美学而不失文化学意义的价值，可谓弥足珍贵！

诚然，今人不能做古人，我们已然被拖入这个空前分裂的时代：物质与精神的分裂，现实与理想的分裂，"势"与"道"的分裂等等——至此境地，"怀旧"、"造梦"与"对话"，遂成为这个时代文化心理与文化走向的"关键词"，以此或可在现代性的诉求与古典文明的传承与发扬之间，寻找到一些可融通的相切点，以开启新的"适宜"而又"诗意"之"栖居"的未来道路。

于是想到"清脉"——一个和余平的摄影一样有"古早味"的美好理念！

五

以"清脉"一词，作余平"中国古民居摄影"艺术的定位之论，并拿来作为本文的题目，其要义有两点：其一，从意义价值而言，或者说，就其对当代中国建筑文化而言，余平的"中国古民居摄影"，具有清理谱系而正脉有承之功；其二，从审美价值而言，或者说，就其对当代中国摄影艺术而言，余平的"中国古民居摄影"，可谓"清流一脉"而别开一界。

此处单论"中国古民居摄影"之审美价值。

作为视觉艺术的摄影，其实在更高层面上来说，更是"心觉艺术"——一种"灵视"的文本化显现。

凡艺术，大体皆由"显文本"与"潜文本"合体生成。

摄影艺术的显文本，是"影像"的"拍得到"与"拍不到"，以及取舍与构成中，拍得高级不高级——一种"手眼"的经验之修为；摄影艺术的潜文本，则筑基于"心象"的深浅有无，而决出"想得到"与"想不到"，以及动念与构思中，想得高级不高级——一种"心眼"的修为之经验。

摄影的位格由此分层。

欣赏余平"中国古民居"系列摄影，无疑是在阅读一部融文献价值与艺术价值为一体抑或融"纪实"与"抒情"为一体的"史诗性"作品。

"他"是"纪实"的——长达20年的"田野考察"，唯聚焦一个题材：中国古民居典型采样；实地调查，实景拍摄，实物体验，实体对话，实心实意地眷顾、挽留、摄取、存档，进而规模化、谱系化、经典化。正是有了这样"心眼"独具的"纪实"，当作品中的许多"实景"物事已不复存在时，这些文本化的艺术"档案"，便成为孤本独存的历史印证。

"他"又是"抒情"的——长达20年的"田野采风"，只钟情一个主题：中国古民居人文价值；天籁、地籁、人籁，清音独廻；

天心、地心、人心，境界别开。进而经典化、谱系化、规模化。正是有了这样"手眼"独到的"抒情"，当作品中的许多"人文"蕴含已不可再现时，这些艺术化的文本"个案"，遂成为孤迥独存的摄影绝品。

史诗由此构成：从纪实性的"宏大叙事"，到古歌般的"诗性咏叹"，脉络与细节，格局与韵致，皆经由余平式的摄影语言之形而下又形而上的"呈现"与"表意"，开启与活跃我们的记忆和联想，使我们慨叹并欣慰于——

在失去季节的日子里，回归另一种季节；在失去自然的时代里，回归另一种自然。

在解密后的现代喧嚣中，找回古歌中的天地之心；在游戏化的语言狂欢中，找回仪式化的诗意之光。再由此找回：我们在所谓的成熟中，走失了的某些东西；我们在急剧的现代化中，丢失了的某些东西；我们在物质时代的挤压中，流失了的某些东西——执意地"找回"，并"不合时宜"地奉送给我们所身处的时代，去等待时间而非时代的认领。

——而历史一再证明：艺术远比宗教比哲学，更为忠实于肯定文化的理想。

六

知传统而明现代。基于如此人文情怀，以中国古民居"田野考察"为自己的摄影艺术安身立命的余平，具体于作品的语言形式，则选择了融古典风格和现代意识为一体的史诗性位格，以此获求：既有稳得住重心的"宏大叙事"，又有经得起品味的"诗性咏叹"。

既是"田野考察"，就须"言之有物"。具体到余平的"选题"，这"言之有物"，还得具有一定的"文献价值"，以记实为底本，广搜博采，从"拍得到"中提取精华，以凸显强烈的历史见证性和现实提示力量。这样的前提，决定其创作"手眼"，必得"坐实"而后"务虚"，玩不得别样的"花式"。同时，从一开始，余平就将这一谱系的创作，定位为既是人文纪实又是艺术创造的高端位格，于"言之有物"为物传神外，还得注重"物外有言"，以为此一类摄影艺术，在奉献别开一界的人文价值的同时，更增华加富别开一界的审美价值。

这样说来，似有"主题先行"的嫌疑？实则满世界的所谓"当代艺术"，哪一个脱得了"主题先行"或"观念主导"的嫌疑，且充满了造势争锋虚浮彷徨之气？余平的"主题先行"之摄影艺术，则既非观念演绎，更无涉搜奇炫诡，常人，常态，"常焦"，在有方向性的行走创作中，主（体）随客（体）便，随遇而得，但内在的主见、主心不变。亦即：以人籁之心、之情，为天籁、地籁招魂！

潜沉修远的经验积累，识广悟深的综合修为，在此成为关键——写实而非实写，抒情而不滥情；还原物象，强化质感，影调凝重而不乏锐度；潜隐诗情，弥散画意，构图单纯而别具格调；本于对传统建筑材料本身的感觉，却又通过微妙光影，衍生纯粹视觉之美感；忠于对民居建筑现状本来的感受，却又经由独特视角，延伸幽邃历史之联想——由此若看久了，读进去了，自会于渐入佳境中，恍若游子归乡，天心回家，那种久违了的感觉，借用日本花道大师川濑敏郎的话，"仿如眉心落下一滴清净的水通过身体"！

如此令人深度"走心"的审美反应，源自作者创作中的"走心"深度。

余平拍"中国古民居",既出于人文价值理念的抉择,更出于对古民居发自内心的热爱与理解,特别是对传统建筑材料中,所包含的生命亲和性、文化血缘性、及其肌理质感与光影美感的钟情。

由此,聚焦土、木、砖、瓦、石,余平的"心觉"格外敏感而充满激情:在余平看来,这些传统材料,不仅是人类文化之器物层面的"原点"所在,也不仅是中国古典文明之"踪迹"所在,而且天生和人亲,也天生和自然亲,和人的心境与自然语境亲:"太阳照在冬日土墙上的那种喜庆气,是任何其他建筑材料难以相比甚至无法获取的!"当余平谈及创作体会,如此动情地溢于言表时,我顿时明白那些光影中的土、木、砖、瓦、石,如何能由纪实性的"宏大叙事"中,流荡出古歌般的"诗性咏叹",进而上升为融古典风格和现代意识为一体的史诗性位格。

七

一切艺术作品,是否经典,是否达至传世之境,无非两点:一是文化内涵孤迥独存,二是艺术品格卓然高致。

而我们知道:一切优秀的艺术家,必然同时也是优秀的文化人——文化乃艺术之母,艺术的皮骨肉,必须有文化的精气神为灌注,其艺术生命方能生生不息。尤其是,当资本逻辑与科学逻辑,正越来越成为世界性的主宰逻辑时,艺术的逻辑更需立住脚跟,于"枉道而从势"(孟子语)的时代语境中,发挥其正本清源的作用。亦即如何通过艺术话语,接应我们的文化记忆、历史记忆及人文愿景,以便于内化现代中再造传统。

以此回头再细读余平的"中国古民居摄影",重新领略余平用镜头与大地共同完成的作品,自会了然其经典意义之所在——

这些从"文献"中涌溢出来的"艺术",这些从"废墟"中打捞出来的"艺术";这些有如从大地母亲怀抱里跑出来的孩子,这些被现代化栖居中的人们忘掉甚至遗弃了的孩子;这些内涵"生命记忆"、"自然基因"以及"文化血缘",和我们一样有过"生命过程"的中国古民居之残存的"活材料"——材料中的人文,人文中的精神,精神中的灵魂,灵魂中的信仰,以及等等……皆经由余平的"心眼"和"手眼",在他的作品中得以重生,进而规模化、谱系化、经典化,焕发出内在的人文价值和记忆美学。

是的,这是来自"上游"的摄影艺术——精神的上游,文化的上游,艺术的上游,清流一溪,洗心清脉;

是的,这是来自大地的艺术摄影——接地气,接根气,接底气,深心静力,脱势就道,史诗之作,偏于朴茂而平净中得力。

而最终,这些体现在"古早中国"之乡野民居中的光影谱系,不但耀然为当代摄影艺术别开一界的杰作,也同时成为余平室内设计创作的灵魂密友与精神导师——从驰名国内外且屡获大奖的代表作"瓦库——一个喝茶的地方"系列作品,到称誉业界之现代古典风格的"左右客"、"花迹"、"余舍"等精品酒店,都无不得益于此,而在在成为佳话。

至此,怀旧、造梦、对话——以道法自然、天人合一的汉语理念,聚焦土、木、砖、瓦、石,筑梦诗意栖居之古早中国,余平给出了独此一家的存照与挽留——其意义与价值之所在,难免当下"曲高和寡",而有待未来"经典重读"。

2018·夏

深入时间的回望
——重读方济众

一

以小品成大家，在当代中国画名家中，方济众先生可算是最具代表性的人物之一了。

其实，先生的艺术成就之格局，并不乏鸿篇巨制，但最终足以构成并代表其艺术品性与传世风格的，还是以写意小品为要。刘骁纯先生称誉其"优中有壮，秀而含骨，小中见大"，确属定位之论。

这一定论，于先生在世时就已确然。然而直到现在，先生作古十多年了，画界内外热爱先生的人们仍在思考着，何以独独方先生就能"以小见大"，成就了一个长在长新的诗意田园世界——这"世界"，在那个践踏美、缺少美的荒谬时代，曾如雪间春草，给人们以"真"的激发、"善"的启悟、"美"的抚慰；这"世界"，在今日驳杂繁复的多元语境下，更似炎夏清风，以其纯厚而又清和的情韵，给"活得太累"的人们以"回到家"的感觉。

这是一个需要时常提醒的命题——尤其在当下美术界，迫于展览机制和市场诱惑的役使，艺术家们越来越为或大而无当、或唯技术至上、或观念演绎的风潮所困惑乃至拘押时，这一命题必然会重新为人们所重视。而方济众先生所创化的"诗意田园"，也必然会在新的时空下，为新的人类所重新理解、更加热爱——说到底，这是一种"精神"，一种经得起任何时空打磨的真纯的艺术精神。物态空间的小，不妨成就精神空间的大，而正是精神空间的深远广大，才使得艺术空间小而见大、长在长新。

读方先生的小品画作，见形见神，见景见情，疏略中生张力，简括中得浑涵，境界舒放，意蕴超迈，而在在皆见人格的纯正。先生有言："艺术是人类生活的精神结晶"，"艺术是人的品格化了的第二自然。"① 显然，先生笔下的"诗意田园"，乃先生诗性生命意识、诗化心路历程的托付——这托付在当年就跨越了时代局限，因而能深入到今天人们的审美活动中，且必将伸延到未来的艺术长河里。

这便是可能的答案之所在了——从精神历程和心路历程的导入，来重新认知方济众先生的艺术历程，或许，我们可以对先生以小品成大家的艺术风貌，有一些更了然的理解。

二

有时候，理解一位艺术家，只在一瞬间，在一些细小的情节里，豁然洞见其一生的追寻之所在。

---

① 方济众：《方济众谈艺术》，《方济众画集》，荣宝斋出版社2006年版第5页。

初识方济众先生，是1974年的春天。那时，方先生已由"下放"劳动的陕西洋县山村，暂时安置到汉中市群众艺术馆工作。先生原籍是陕西勉县方家坝人，年少时和家父与伯父在勉县武侯镇庙台小学同过学，有发小之谊，后来虽多年不相往来，但当年的情谊一直留在心底。此时，皆年过半百，且都历经磨难，知先生境遇有所好转，便让我代表他们去拜访看望，表示一下乡友旧知的心意。

待寻访至汉中师范学校先生的住家，进门第一个镜头就让我感佩至深，并永远留在了记忆里：先生闲在一个木制躺椅中，手里捧着一本厚书在看。这书我也"偷看"过，所以很面熟，一下子就认出了那是五十年代初出版的精装繁体竖排版的《约翰·克利斯朵夫》，傅雷先生翻译的法国文豪罗曼·罗兰的长篇小说巨作。这个镜头在那个年代是极为特殊的。这部书那时多在"知青"中偷偷流传，以至成为许多有志青年赖以度过那个苦难岁月的精神支柱，此时却出现在一位年过半百的著名画家手中，不能不让人震动。

与先生小叙后，我又浏览了先生的藏书，其中还有不少西方哲学、美学和文学方面的经典著作，方知遇见了"高人"，并由此见识先生精神世界的一些侧面。而从先生高古的面相中，那下垂的嘴角和深沉的法线里所隐隐透显的矜持与孤傲，更彻底改变了传闻中"面善性软"的印象，使我对先生的人格有了全新的感知。

以后渐次熟悉了，知道先生爱读书，爱写诗，思想新，修养高，涉猎广泛而知识底背相当深厚，不像一般画家，粗人干细活，画案之外，无所用心，工于笔墨而失之人文修养与主题精神的拓展。显然，这是一位有内源性驱动力和精神追求的艺术家。绘画之于方先生，已不单单是一种职业或事业，更是作为一个现代版的传统人文知识分子，真实而自由呼吸的通道，一种诗性生命的托付与精神持守。

那时读方济众先生的画，只能用雪间春草、暗夜烛光来形容，心里有一种说不出的亲切和感动。方先生让我看的，当然是那些以陕南山水为素材的写意小品，那些怯怯向美而立的小鹿，那些经由先生生命心象和语感体悟重新意象化了的家乡田园——我顿时为之迷醉了，那种色彩，那种构图，那种笔墨间流露出的高情远致，在那个人性被完全扭曲的时代里，使我有一种回到精神家园的感觉。许多年后，一想到方先生的画，便立即想到一个美好而亲近的词——"回家"！

十年"流放"，先生却因祸得福，不但回到了他熟悉的陕南汉中家乡，也回归到他根性所在的艺术家园。

我们知道，在此前和此后的创作中，方先生也有一些迎合时代需求的所谓"主题性绘画"作品问世，但在本心里，对那些"应命之作"是没有兴趣的。作为"长安画派"的创始人之一和代表画家之一，先生的艺术气质和探索路向，本质上是与他人不同的，且一直对从属于这一画派，做着实践中的逸出和理论上的反思。

其实现在看来，当年"长安画派"这一命名的提出，实际上，只是对那次赴京展出产生强大社会效应的几位陕西国画界代表人物的一种集合的指称，而就其各自的精神质地和艺术取向来看，严格地讲，并不能统归于一个学理意义上的美学流派来认领与理论。这么多年来，一说"长安画派"，普泛研究者们，便总是顺手拈来"一手伸向传统，一手伸向生活"这"招牌话"（现在叫"关键词"）说事，其实这个口号就当时文化语境而言，其重心在于后者，亦即要求画家经由对现实生活的实际体验与写生，再借此焕发传统画种的新能量，以求反映新时代的新生活与新风貌。这一在当时确实有效推动了中国画局部变革的理论认知，后来却逐渐被演化为片面追求迎合主流话语和社会效应的"主题性"创作模式，主体人格越来越模糊，其负面效应一直影响到今天。

对此，方济众先生从一开始就持有清醒认识，只是因为受当时各种制约太多，仅止于心性的感知而未作理论的公开表述，且也随之走了一段路程。但心底深处，一直是个客态的在场者，并暗自守着自己个在的人文情怀和艺术理想。因而，此时遭遇"文革"的流放，反倒成了一种解脱，使先生终于避开了西安画界对他的影响，包括艺术的和文化的双重追抑，走出长安，回到故乡，虽遭中年颠沛流离，苦难的人生历程中，却于溯流而上的"上游"，悄然开启了艺术生命的新生之门。

这就是"回家"的多重寓意之所在了——离开原乡，走入秦地，汇入时代大潮，作为本真艺术家的方济众，一直有失去精神归所的隐痛。然而终归根性所在，先生没有完全"迷失"——屈合而不迎合，扭曲而不分裂，主体人格依然故我地眷恋着对本源性艺术真在的向往和守护。一旦命运拉开了这种"迷失"的间歇，先生便重新回到个我的追求中，笔缘本心，情缘本真，将雄强进取之势转而为恬淡自适的生命形式，深沉静默地与故乡山水田园浑然融化，体合为一——此时作画，不再有身外的牵绊，只在生命诗意与笔墨寄寓的和谐专纯，且无展览之虑，遂乐于咫尺之间一臂之内挥洒个在的心声，一种与自然谈心与山水唱和式的意绪之散步，并由此拓展开他别开生面的"诗意田园"之小品世界。

多年以后，当方济众先生重返长安画坛，成为德高望重的陕西国画界主师时，他在日记本上赫然写下这样一段话："有人问我，今后在艺术上有何想法，我想是这样的——其一，必须和

'长安画派'拉开距离；其二，必须和生活原型拉开距离；其三，必须和当代流行画派拉开距离"。①

从这样的"心语"中，我们可以理解到，一位真诚而卓越的艺术家，是如何以坚卓的人格力量，突破时代的局限，在现实的挤压中辟出个在的艺术天地，创造出一派葱茏隽永而充满诗意的田园画风，并最终奠定了其独在的艺术地位。

三

"回家"不是"归隐"，而是为失去精神家园的现代人，找回那一脉"诗意的栖居"。（海德格尔语）

单向度的"归隐"，是传统文人画的品性，是不免失于逃避、把玩和趣味性的"遁世"之居。方先生笔下的田园，则是对远逝的精神家园的倾听与呼唤，是在同故土家园的面晤和对话中，所生发的对文化乡愁的追思，包括对儒家济世情怀的反顾，其底蕴是进取的、朗逸的、精神性的，是融合了西方现代意识而本土内化后的"天人合一"——这是理解方济众先生艺术特质的关键，也是其作品在当代文化语境下，无论对于专业性的研读还是对于纯欣赏性的阅读，都仍有强烈的审美感应和精神契合的根本原因所在。

追溯先生的人格本色，有素宁、平和、冲谦自牧的一面，也有灵动、超拔、孤郁面世的一面，这一切，都在与田园的对话、同山水的唱和中得到了适切的呼应。人类文化之根，系于对自然的感知、理会及表意。尽管，在先生的艺术生涯中，其开始的抱负很大，观照的范围也很大，探求的层面也很广，但最终是在故

---

① 方济众：《方济众谈艺术》，《方济众画集》，荣宝斋出版社2006年版第5页。

乡的田园山水中，找到了其艺术特质的根性所在，心境和语境便有了新的和谐与统一。这是一次真心真意真性情的回归，是缱绻的诗魂屡遭压抑之后的放松，放松之后的诗意的抒发，以及对铁板一块的历史意识和现实存在的一种"解构"，初始或不乏自恋自我安慰的倾向，到了却化为重铸的浪漫情怀，化为本真生命自由呼吸的沧桑符号，一个求美求真的艺术人格与自然和文化家园息息相通的精神世界。

由此我们可以指认：方济众先生的田园山水，一方面与传统文人画有了质的区别，不是哪一流派的投影，而是人格化了的精神镜像，有现代精神及其所开启的现代审美意识灌注在内；另一方面，也与所谓"自然主义"的田园牧歌式作品不同，是收摄之后的抒写，散逸的视点和疏淡的外表下，暗结内在的艺术张力，有稳得住的重心。在这里，外在自然在某种程度上是进入了画家的血液之中，并同先生一道吐露自己的情怀——自然是美丽的铜，诗人艺术家则将它炼成了更为美丽灿烂的金。

诚然，由于时代语境所限，方济众先生在他的"诗意田园"中，并未能完全脱离对物态空间亦即自然山水的摹写，而且在陕南十年间，一直坚持画了大量的写生，用最简单直接的形式，探求艺术与自然的关系。但即或在这样的局限里，先生也最终形成了他独特的"田园语境"，及不乏"标出效应"的"语码符号"。譬如反复出现在画幅中的"小鹿"、"山羊"和"牛"，均已成为画家的人格代码，一种含有抽象意味的精神图符，或彷徨、或迷茫、或稚拙、或天真、或眷顾、或寻觅、或沉郁、或孤高，皆笔走情性，墨落人格，与其他景物脉息相通，情景相融，使人在清新鲜活的审美快感之中，复联想到更多的一些什么。正是通过这样一种语境，先生在对深永常新的自然与田园之美的吟诵中，方表现出纯正的、音乐般的审美意蕴和生命脉息，令我们最细切的感怀也得以深切地共振，且映照了我们对自然和对生命的种种追忆与仰望。

精神的"回家"带来了语感的"出家"——这后者的"家"可以说是与"枷"同构，指代早先异在于方先生本源艺术质素的一些传统束缚，和所谓"场效应"的干扰。在颠沛流离的岁月里，先生被迫"离场"而返归本我，自可顺乎艺术天性来追求个在的语感体验。

这一语感追求的关键在三点：一是"以书入画"，笔下有独特的运动感，亦即方先生所说的："有生命的笔触。"因此，画面也就有了荡得开的通达感，笔意舒放鲜活，外散内紧，从心所欲不逾矩，既丰富肌理意趣，又弥散诗意烟云，视觉美感之余，更可作深入品味。二是融会中西，色彩上有大胆的创化。先生以传统中国水墨画色彩为底，借用西画色彩作扩展，以开放心态承接色彩感觉，计色为墨，墨色并重，画面浓淡相宜，见明快也见秾丽，于传统纯正之中渗化现代气息。三是形神之间的均衡、集中与和谐。先生常用暗示和蕴蓄代替激情，主客体互为感应，澄淡含远，简静留蕴，敦雅醇厚。尤其善于咀嚼平常，入常境而出妙意，以小见大，以简生华，以平常化神奇。

"十年浩劫"后归来，方济众先生已自成风格与位格，且在新的反思中，开始寻求新的突破。遗憾的是，经由"回家"重塑的主体人格，在乍暖还寒的1970年代末，似乎更加无法适应仍处于过渡形态而举步维艰的陕西文化艺术之"生存场"，而此时，先生又出于担当情怀，勉为其难地肩负陕西美术家协会和陕西国画院行政重任，恪尽除旧布新之责，终不堪其累，身患癌症，猝然离世，成为陕西乃至整个中国美术界，至今难以弥补的遗憾！

四

在陕西国画界，方济众先生是真正承先启后的一代尊师，一位具有历史影响且必将深入影响到未来的、优秀而又重要的艺术家。

纵观方济众先生一生的生命历程和艺术历程，皆贯穿"真诚"二字，没有强敷的色彩，只是本真前行。他告诉我们：作为一个真诚的艺术家，首先需要确立的是其艺术人格，知道自己只能做什么和只能怎样做，以纯正的品性和独立的人格，去探寻和求取个在的艺术位格。以此回看先生的"诗意田园"，无论是其艺术境地还是其精神境界，都是一个需要我们不断返回和重新认知的"家"，一个永远"在路上"的前导的身影，引领我们开启新的步程。

然而新的遗憾在于，因了空前浮躁和功利的时代风潮，当代美术界对方济众先生的研究一直疏于全面和深入，包括对整个"长安画派"的研究也远远不够；曾经改写历史的人，似乎正在被新的历史书写所遮蔽或悄悄改写。不过我们也看到，当变革失去边界，典律的缺失造成标准的混乱时，人们对经典的重涉也便越发强烈。

早在十年前，当我第一次潜心于对方济众先生绘画艺术做全面深入的研读时，就生发出一个推想：作为"长安画派"的一位主要代表人物（依照通行的历史说法），且又有别于其主流走向、卓然独步而风格迥异的当代山水画家（依从艺术本质的说法），方济众的艺术人格与艺术成就，将会成为一个具有长久欣赏与研究价值的潜在热点，为今天及未来的艺术爱好者与艺术研究者所重新认领和倍加珍重。十年后的今天，我的这一推想正顺理成章地变成现实，且成为一个更为理性和纯粹的热点，一种具有经典意义的"慢热"过程。

这里说的"理性",是指无论在专业的艺术研究者那里,还是在普泛的艺术爱好者那里,都渐渐从过于功利的时代语境中超脱了出来,越过时代的峰面,深入时间的深处,去发现真正有价值的东西。

这里说的"纯粹",是指在现实(受狭隘的时代精神与远未成熟的市场导向之局限的当下"现实")并未提供多少有利于方济众绘画艺术研究"热点"因素之背景下,人们自行认领了与这位隐没于时代背面的艺术家的不期而遇,并激荡起发自内心的热爱。

这样的一种认领,得以在这个空前浮躁的时代发生,实在是令人备感欣慰的一件事。

五

认领一位艺术家和他的艺术作品,有美学因素的驱动,也有社会学因素的驱动。对此,我曾将一切文学艺术家及其作品,概分为重要的、优秀的、重要而不优秀的、优秀而不重要的、既重要而又优秀的几种基本位格。这样的区分,主要是想消解一直以来,长期倚重中国特色下的文学史、艺术史之书写中,偏于时代性即社会学成分的考量而疏于时间性即纯艺术性考量的价值观念——在这种观念的影响下,人们常常将依附于时代性的"社会价值",与从属于时间性的"艺术价值"混为一谈,将"重要的"文学艺术家和文学艺术作品,与"优秀的"的文学艺术家和文学艺术作品混为一谈,并由此造成许多从欣赏到研究的误区,难以回到科学理性的判断与认识上来。

由此,穿过时代话语的迷障,转由时间的维度,来重新认识方济众先生的艺术历程,可以看出,无论就先生的艺术精神而言,还是就先生的艺术成就而言，都越来越显示出他的经典化意义与价值。

这种经典化，可具体概述为：

其一，是渐次消解了因笼统的"长安画派"所指认的"流派价值"和"群体性格"之局限，真正回到独立自由的艺术创造。其作品从图式到语言，都凸显出不可模仿无从归类的原创性，具有鲜明的个在风格。

其二，是出于传统又超越传统，赋予传统山水画精神以现代面貌的艺术创造。其作品提供的审美经验，是一种与传统山水画的审美旧经验既有联系又有差异的新境界，变中守常，常中求变，有承接，有分延，得以悦目、悦意、悦心、悦志的复合美感。

其三，是有效地超越了狭隘的时代精神之影响而深入时间的艺术创造。其主体风神优雅自在，没有太多功利性的"张望"，本真投入，本质行走，湛然自澈而风规独远。

总之，无论出于理论的认识，还是出于感性的认同，以及其他动因，人们对方济众先生的重新发现与虔敬认领，总是在一个基本的方面有着共同的一致性：在越过各种所谓"史"的追认，而深入时间深处的回望中，蓦然发现，方济众先生的艺术位格和艺术风格，正以其具有超越时代的独特品质与经典意义，从尘封的岁月中光耀而出，让真正到位的艺术研究者与欣赏者为之击节叹服！

六

重读方济众先生其人其艺，除了理论性的重新认识与重新梳理之外，更多的是一种发自心灵深处的感动。

艺术的存在，首先是要以艺术的方式感动人的。具体于绘画，经由视觉的冲击悦目养眼之外，还应深入精神的层面怡情养心。

这说起来是个常识性的认识，但在这多年的当代中国书画界，却已渐渐成为一种日益缺失的稀有元素。

身处一个看似多元实则杂语丛生而空心喧哗的时代，大概每一个依旧持真善美为价值准则的人都会感到，在这样的时代语境中，无论文学还是艺术，拨开浮面的热闹后，真正能让我们感动的东西真是越来越少了。至少我们知道，在无数成名或当红的画家那里，由于市场的驱迫和功利的诱惑，他们出手的所谓"作品"，总是会分为"创作"与"行画"来不同对待的。这样的"画法"，拼的是"名头"，玩的是"技巧"，经营的是画外的功夫，创作主体已然心不在焉，又何谈以作品感动人？

在方济众先生这里，包括与方先生一样以艺术为精神庙堂为生命归所的艺术家那里，不管名头大小，时代待之厚薄，至少出手的作品，都是真正意义上的创作，是用心血养就的笔墨，再以真情实感灌注其中的、纯粹的艺术作品。这样画来的画，既不是流行观念的投影或技术性的自我复制，更不是为某种艺术之外的什么需要而促成的东西。那时也没有市场，展览也无太多的功利可图。先生们只是想画画，画一些自己想画、愿画、从自己心里自然生长出来的画。而更多的时候，艺术之于先生们而言，有如生命前行的脚前灯，照亮的是艰难岁月中，独抱艺术良知和理想人格的人生路程，先温暖了一己的心斋，复感动所有尚葆存一份真善美之精神追求的灵魂。

由此，细读方济众笔下的那些山水，山水中的那些景物，无一不是先生饱含诗意的心象之投射。读久了，你会读出一颗童心，一份哲思，一种人文传统与山水情怀的现代重构，及由此而生发的精神内涵与气质神韵。艺术要感动人，须有外在之美，更须有内在之真性情、真人格的支撑——重读方济众，首先感念于心的，正是这种画品与人品的合而为一，让我们真正领略到：何为"画为心声",何为文人心斋,何为诗人灵襟,何为"艺术是人格化了的第二自然"。

七

研读方济众的画作,精神的感动之外,更有一种特别的视觉的愉悦,以及由这种愉悦所生发所提升的审美快感。

首先,就笔墨而言,将中国传统书法语言与现代水墨意识打通融会,进而化为独备一格挥洒自如并富含人文意蕴的绘画语汇,来抒写山水情怀和人文精神的个在体验,是方济众绘画艺术最为人称道和欣赏之处。

作为"长安画派"的主要代表人物,方先生在经历了"文革"十年中,被放逐陕南汉中故土颠沛流离的生活洗礼之后,终得以重返长安画坛时,于反思中特别强调"必须和'长安画派'拉开距离"的观点,正是想表明,他的艺术追求只代表他个人,他所形成的艺术风格,并不能为带有强烈时代主流话语烙印的所谓流派之命名所概括。

现在回头看,实际上,从一开始,方济众的画风就和"长安画派"的其他几位代表人物有着本质上的不同。

尤其是,作为"长安画派"的标志性观念,"一手伸向传统,一手伸向生活"的提法,在方济众这里,无论是当年还是之久,已然被暗自置换为"一手伸向传统,一手伸向语言"的另辟蹊径的探索。在方先生看来,当时所高喊的"生活",不免带有为时代代言即"主题性"绘画的嫌疑,而这至少是有违先生的本源性艺术情性的;尽管先生的创作中,也有少量的此类应时之作,但并不影响其艺术追求的根本走向。

而,人是语言的存在物,人选择什么样的言说方式,就是选择什么样的生活方式。艺术家更是创生语言、更新语言、美化语言的"祭师"。作为中国画的笔墨语言,既是中国传统文人风骨的具体化表现,也是当代艺术家拿来将其改造为接纳现代意识与现代审美情趣的有效方式。对此我曾说过:是山水中人,方画得了好山水画。反过来讲,好的山水画,养的是山水精神,而不是其他。从本源性艺术情性去考察,方济众先生本质上是一位具有理想色彩和浪漫情怀的抒情诗人,难以拿艺术去做什么现实抱负或时代担当,这是先生和当年同行的许多艺术家根本不同的地方。

因此,在方济众先生这里,对笔墨的钟情远胜于对社会生活的关注。尤其是在"流放"故土、孑然独行,以及重返长安、独自深入的中、晚期创作实践中,没有功利的驱迫,也没有观念的焦虑,只是以心养墨,以情养笔,本真抒发,悠然神会。由此心境所生成的笔墨,在作为一种独特的笔墨形式存在的同时,也便获取了一种独特的情感表达的形式,一种对自然山水、人文情怀、生命体验与生存体验之深厚而独到的感知方式。

另外,熟悉方济众先生的人们都知道,作为画家的方济众,同时又是一位既写旧体又习新体的资深诗人(笔者拜读过先生的许多诗稿),更是一位造诣颇深而独得堂奥的书法艺术家(至少在陕西书法界,对方先生书法艺术的推崇是有公论的)。以这样的文学修养和书法功力入画,则笔笔传情,笔笔有意。这里的情,是画家融合了对自然山水、人文情怀及诗性生命意识之深厚体验而生的真情实感;这里的意,是画家参透了中国人文精神和山水精神之后,自然生发的物我两忘的意象境界。由此,徜徉于方济众笔下的山水世界,感觉既是那样素朴的真实,又是那样理想化了的幻美,一景一物,皆含诗意,带着梦态抒情的特有韵致。加之方先生在作画中,特别强调"我的画笔是在运动中表现形象的",是"有生命的笔触、线条所表现的有生命的形象和画家个人的生命特征。"① 是以所成作品，从整体到局部，细细看去，一笔一墨，在在生动鲜活，且充满了节奏与韵律的动感，富有弥散性的文本外张力。

这是笔墨的感动。还有色彩的感动。

善于用色，色墨融溶，色中有墨，墨中有色，相生相济，浑然一体，于素朴中见高华，是方济众山水画的又一动人心魂之处。可以说，当代水墨山水画中，像方济众这样，在充分挖掘与体现水墨表现质素的同时，更能将色彩的元素发挥到极致，而又与水墨元素协调到如此出神入化之境地者，并不多见。

以方先生的艺术修为，自然了悟中国水墨画以墨为重、色为其次的理路，但作为一位具有理想色彩和浪漫情怀的抒情诗人，一位具有较强的现代意识和现代审美情趣的当代画家，对色彩的钟情显然和对笔墨的钟情一样，是不可或缺的。这里的关键在于，色彩的加入后，是弱化了笔墨的效果，还是对传统笔墨的笔法墨法的增华加富，方先生以独步化境的作为，给出了最理想的答案。正如卢新华所指认的："以书法为功底，用书法的生命节奏来表达人与自然合一的最高境界，在守望中国画艺术精神的同时，又把西方的色彩和视觉图式融入中国绘画的审美意境中，改变了中国山水画的视觉弱化性，同时打破了传统文人山水画题材和表现的主观局限性"。②

单纯的素墨山水画，有其单纯性的玄远和野逸之美；复合的色墨山水画，有其复合性的亲近与沉酣之美。墨存精神，色添情趣；墨承传统，色融现代。色墨交融，且交融于功力深厚的书法用笔之中，意趣相得，多了一些素墨山水不能顾及的"看点"，而

---

① 方济众：《方济众谈艺术》，《方济众画集》，荣宝斋出版社2006年版第5页。
② 卢新华：《诗意的笔墨 超越的境界》，《方济众画集》序，荣宝斋出版社2006年版。

得双重的享受、双重的感动，何乐而不为之？正是因了色墨并重的浑然相济与和谐交响，欣赏方济众先生的山水画，方有鱼与熊掌兼得的丰富感受——质朴与华美、简约与丰厚、醇和与绚丽、轻灵与朗健、韵致与气势，以及"真"与"梦"、"形"与"意"等，无不相得益彰，和谐共处于一体，令人目醉神怡，感念至深！

八

总括上述，三重感动，一脉相生，皆源自三种统一：自然与人文的完美统一，笔墨与情感的完美统一，色彩与水墨的完美统一——由此构成方济众绘画艺术的三大基本元素，并又同时统一于传统与现代的融会贯通这一最根本的艺术思想之体系中。

方先生曾经说过："鉴别一位艺术家的艺术水准，主要看他是否具有当代最卓越、最强烈、最高超的思想体系、感情表现和艺术技巧。"先生还说："我不敢发誓说，我一定能超过前人，因为真正的艺术大师是很难超过的；不能用苏辛替代李杜，也不能用徐悲鸿去替代齐白石。如果一位艺术家能懂得什么是精华与糟粕，从而融化吸收，创造出别人无法替代自己的艺术作品来，那他便是艺术大师，令人敬佩"！[①]

现在，我们以方先生的这两句话，借用于对方济众艺术成就的概括性表述，实在最合适不过。同时更有理由相信：在不断深入时间的回望中，在更趋于理性与纯粹的艺术欣赏和艺术研究中，与方济众先生之艺术成就的不期而遇而惊艳与感动，无疑将是一个不断跃升的过程，并具有超越时代的深远的历史意义。

2013·春

[①] 方济众：《方济众谈艺术》，《方济众画集》，荣宝斋出版社2006年版第5页。

静 净 敬
——品评钟明善兼谈书法艺术核心美学价值

一

在当代中国书法界,对钟明善书法艺术的认领与评价,经历了一个由去蔽、到心领、到神会、再到经典化的过程。置于一个急近功利、求新求变的时代语境而言,这个过程在钟明善这里不免有些漫长,但正因为如此,方显出其"久经考验"的价值在性,并使之经典化的存在,有了一个坚实的基础,和足以跨越时代局限,深入时间深处和历史深处的价值认同,而非"时势造英雄"式的昙花一现。

由书法理论家到书法教育家再到书法家,拥有多重身份的钟明善,其书法创作的成就,曾长期被遮蔽或误读。尤其早期阶段,或者被视为学者书法,或者被归为文人书风,或者被看作理论与教学的副产品,一直疏于将其作为独立艺术探求和艺术创作来看待与研究。加之钟氏书法根植传统、取法众长而守常求变，渐次打通古今、潜沉格局，非造势跟风、炫技惑众者可比，一时成不了热点话题，便只能以"慢热"而广大，也是这浮躁时代的必然。好在大浪淘沙，真实的历史书写，总是在尘埃落定之后。

时至今日，钟明善书法已然荣登殿堂同时深入人心，无论是专业性、研究性的解读，还是业余性、纯欣赏性的赏读，皆将之敬为经典，耀然行世。但其何以经典、怎样解读，方能得其要义、领其精髓，而不致人云亦云，同时，还能从中归纳出一些学理性的话题，以有益于当代中国书法艺术的研究，依然是个有待学界深入探讨的命题。

二

汉字，汉诗，中国书画，向为中国文化之指纹。无论是现代还是传统，这"指纹"在，中国文化之根脉、之特性、之深度基因的承传光大，就长在长新，如江河万古流。

而，在源远流长的传统文化脉息中，诗书画原本就是相生相济的同构存在。历史上书家之贤能之圣者，无不先是诗人、文学家及有为文人，下笔落墨，书得是自家诗文，畅得是自家精神，其思、其言、其道，自是和谐贯通，浑然一体，先于笔墨之前，便已由生命内部获得了另一种生命，方能越千年百载而生生不息。

只是到了近世，西学东渐影响所致，科层细分，技意背向，原本一体（气韵、气息、气脉之体）的诗书画之存在形态，便日益分道扬镳，各以所谓"专业"立户扬名而行世。

进入当代，在意识形态、展览机制和市场机制的相继促迫与诱惑下，至少书画艺术已屡屡为"变"所累，成为为功名生业者的竞技场乃至生意场。由此，毋须讳言，受时代语境所驱迫，当代中国书法在发为显学的同时，也渐次衍生出诸如人书分离、道艺分离的诸般问题。所谓书法艺术或专业性的书法创作，越来越多地呈现为一种脱离主体心性和人文修养，只在技艺和观念层面求新求变，以"吸引眼球"、标出个我而领风骚于一时的"运动态势"，虽也由此或多或少地拓展了当代书法艺术的表现域度，增强了一些对时代精神的表现力，但也不免有偏离中国书法之美学传统和本质属性之嫌。

落于实际创作，"创新"者多钻了"技术化"的牛角尖，"传统"者多囿于泥古之投影与复制。"笔墨当随时代新"这句"行话"，在当代书者中多被"误读"，只知去"新"笔墨之技能，不知去"新"笔墨之精神。说白了，还是那句老话：功夫在字外。只是这"功夫"一般书者下不了，方转而钻研纯手腕的物理运动，只见"书风"变，不见"书心"新，又何以"随时代"且超越时代呢？

一个时代必有一时代之新气象、新精神，需要新的表意方式来传达。但这个"新"，尤其是书法艺术之创新，是要在守住根本的基础上，来常中求变而自然生发的，好比大树应和季节的更迭，自然生发出些新枝新叶来。若凭空炫惑，争奇斗诡，到底只是一时之盛，撑持不了长久的大局面。

再说，中国书法原本就是一种人书合一、道艺一体之文化精神的综合，着重于对诗性、神性之生命内空间的冥思与聆听，而后缘笔墨线条藉以认识自我、接近天地奥义之美；于欣赏者，也主要作用于其心灵、心性、心气，而不是如西方现代艺术那样主要作用于视觉与观念。是以"质感重于造型"，气息重于形态，遂成为古今书法第一义的审美价值取向。

而"质感"何来？——在技艺，在才情，更在人品、思想和学问之修为。

三

由理论而实践，由学者而书家，在钟明善先生这里，是先打好了深厚的人文底背，再借由书法这一艺术形式，自然生发为现代学人之精神性的创造活动，也便自然带有中国文化和中国艺术精神的深度基因，即隐修与独善；所谓内无挂碍，外无所求，只是与自身学问的发展、生命的行程相应之事，而无缚无解，自在通透，无心而臻于至道。由此方能上溯源头，在对传统书法精义深度理解的基础上，再经由落于日常、归于修行式的笃诚实践之综合、之发展、之变异的过程，跨越传统程式，融会古今书理，渗化个在才情，默然而沛，厚积薄发，成为具有中国文化风神情趣，而又饱含主体精神和艺术个性的现代书写。

实则，早年钟明善先生入书道、书学之道，原本就是为陶冶情操、磨砺人格，消解社会角色所带来的挫折、苦闷和烦忧，在艺术中重塑自我而作的本真选择，所谓"苦中作乐"，乐而忘返，沉潜浑化，变寄托为事业了。至于后来由这事业所生发的声名和地位，也只是"功到自然成"的事，所谓"清风出袖"为因，"明月入怀"为果，并非初始的刻意，反得了"无心插柳柳成荫"的机缘与善果。

正是基于这一纯正心态，钟明善先生方推己及人，刻意将这一份以艺术为生命托付的美意播撒周遭，于个人修养之外，更以书法理论、书法教育、书法活动之不懈努力，为陕西以及整个当代中国书法艺术的推广与发展，克尽其力，也便在生命托付的同时，实现了弘扬中国传统文化的抱负。

由"自救"而"救人"，由寄托而事业，由人格之修炼而艺术之修养，在钟明善先生这里，自始至终，都是发自情性、本乎自然的，这在欲望高度物质化、实利化的今天，实在是让人感佩的一种境界。而人之境界即艺之境界，人至何境，艺方能至何境，仅以中国美学而论，向来是要讲这个理的。回头再品钟明善先生的书法，豁然开朗之处，正是这人书和谐共生的专纯一统之境。

众所周知，无论古今，所有真的艺术、好的艺术，皆生于修行而非造作和经营。而一切真正位列经典的书法艺术作品，也无不是与创作主体的诗性、神性之生命意识，和问道于学问及修行之中而得。中国书法史上的三大行书，皆为斯时应和无心之作，却件件是绝响。这一"史料"表明，真正好看、耐读的书法作品，不仅仅在于其形体与线条之美，而更是形体与线条之外的天心人意。

由此，从发生学的角度来看，钟明善先生的书法历程，确然一直遵循着人书合一、道艺一体的路数而来，因此奠定其书法艺术之经典性的质素和品格。这也是欣赏与理解钟明善书法创作的意义和价值时，不可忽略的一个重要方面。

四

换个角度，从接受美学来看，或许能更进一步认清钟明善书法艺术的经典意义之所在。

钟明善的书法作品，好看且耐看，已成公论。仅以欣赏角度而言：居庙堂而显高华，端肃中见生动，浑穆中见散逸；处民间而生亲和，潇洒中得神采，冲淡中得精神；气象严整，内涵丰厚，不饰不矫，平宁修远，既感目会心，又涵养精气神。

概而言之，有清气亦有贵气，所谓"极高明而道中庸"。

这里的"中庸"，按笔者的理解，关键在于暗合了中国文化的核心价值取向，亦即合乎在这样的文化传承与熏陶下，所生成的我们中国人本源性的审美感受，和由此所需求的"天心人意"。

总结传统中国文化的核心价值取向或基本元素，笔者曾用"静""净""敬"三个字概括之，并认为，这才是传统中国文学艺术的本根之所在——

"静"者——虚静为本，安妥心斋；

"净"者——简约为本，净化心灵；

"敬"者——虔敬为本，提升心境。

进而认为，这一本根在中国古典艺术中曾得以充分体现——仅从接受美学角度而言，中国人喜好中国书画及其他传统艺术的根本心理取向，正在于倾心于这一文化根性的艺术性演绎或叫作艺术性诠释。

同时，在急剧现代化而空前浮躁与焦虑的当下文化语境下，这一源自中国人本源性审美感受的倾向，也正潜移默化为一种"文化乡愁"式的诉求，为各种传统艺术的发展提供了新的可能。——说白了，除开商业与财富逻辑之外，今日国人欣赏或收藏包括书法在内的传统艺术到底求的是什么？不正是要欣赏和收藏这举世稀缺的"静""净""敬"三字，以安妥心斋、净化心灵、提升心境吗？

回头再以这"静"、"净"、"敬"三点品读钟明善书法，并作为指认与评价其核心审美价值的"关键词"，显然是恰得其妙而识其要义、领其精髓、尽可细细领略的。

五

具体而言，体现在钟明善书法作品中——

"静"者，指其气息安稳而蕴藉涵远；渊渟岳峙之气象下，有书生之道气、清旷之心境浸漫弥散。注目既久，则心旷神怡，纳静气，散情怀，云卷云舒，得大自在。

"净"者，指其笔情墨意端正清华，不着迂怪；简约，自由，合心性。其用笔在有节制的运动中体现一种浑然的力度，其着墨，则素净为本而又饱含情韵。沉浸其中，逸气袭人，消妄障，清郁结，得素宁，发远志，而净化灵台。

诚然，若仅以"静""净"两点看待古今优秀书法作品，大多或都可当得，这也是以"隐修与独善"为书道要旨的传统书法路数，所必然归属的审美取向。关键是第三点：一个"敬"字，不知将多少书家及其他艺术家，挡在了"经典之门"的外边——这也是处于浅近、低俗、功利主义和商业文化盛行的当下时代，我们对真正优秀的艺术家所期待的价值标准。

而这，也正是钟明善书法艺术高标独树的根本所在。

是以观钟明善书作，首先不在视觉冲击，而在气格袭人。几十年一以贯之的学者心性、文人情怀及诗人气质（书家原本是诗人，有自书诗作墨稿出版）归于笔下、融于墨中，扑面而来的，首先是儒雅高华之书卷气，于足够怡人的笔墨趣味之外，更富有文化内涵可作深入品读。而真的由此读进去了，方解得此儒雅高华中，更有兴发浩然之气的敬意存于深处，而得以扩展胸襟，提升心境。

显然，这与创作主体的精神"内存"之高远与丰赡是分不开的。只有那些尚葆有一脉诗性、神性生命意识，和心存虔敬笃诚之艺术理想的艺术家，方能抵达这样的境界。

如此说一通，又回到那个老话题：艺术的"立言"之外，关键还有一个"立人"与"立德"的问题。

而，汉字书法同汉语诗歌一样，都是人生命中最自由、最见心性的一部分，沉默于日常言行，挥洒于笔下纸上，最忌讳的，就是另有心机而成为角色的出演。尤其书法，看是仅仅一根"线"

的形体之曲直运动，和空间构造的不同比例之配置组合，其实更是"线"的内涵之情感波动，和想象建构的不同比例之有机融会；没有后者，前者就不成其为"有意味的形式"之艺术表现。

说到底，无论是传统还是现代，所谓书法艺术的最要紧处，即"线质"及"墨意"的品位高低之外，其实真正要紧在"心质"与"情意"的品位之高低。而正是在这一点上，钟明善先生可谓是有口皆碑，晚来，更是渐入化境的了。

2015·春

与唐对话
——品读匡燮散文《唐诗里的长安风情》

一

当代散文作家匡燮,在20世纪八九十年代,曾以多部散文集行世,以其鲜明独到的语言风格、富于创新的文体意识、求真求美的诗性情怀和深切精微的文化内涵影响广大。

步入21世纪,潜心多年磨一剑,于2009年在台湾尔雅出版社和大陆西安出版社同时出版散文专著《唐诗里的长安风情》一书,可算是散文界一个引人关注的重要收获。

熟悉两岸文学出版的业内人士都知道,台湾尔雅出版社是在世界华文文学出版界享有很高声誉的一家纯文学出版社,尤以现代经典散文、诗歌及小说的咀华而推新为世人所瞩目,近年更以力推文化散文为业界翘楚,如余秋雨的《山居笔记》一书,便是在尔雅首发,然后才返回大陆畅销的。匡燮的这部书,能为尔雅看重，显然品质不凡，也是继余秋雨、陈丹燕、王充闾之后，大陆不多几位以文化散文耀然台湾读书界的作家之一。

以散文为体，以文化为魂，以连篇专著的形式和现代人的思想情怀与唐代诗人对话，再现并重新认领唐诗里的长安风情，风情中的古典文化人格，进而映照现实，以求再造我们散失已久的文化精神与文化风骨，可谓匡燮这部精心之作的苦心孤诣之所在。

诚然，作为中国文化和中国文学的巅峰所在，与唐对话，与唐诗对话，已成为一代又一代中国士子文人挥之不去的情结，连鲁迅这样的新文化与新文学之旗手，也在晚年由衷怀念起唐朝人的生活"语境"，编了《唐人小说》。此类有关著述，无论出自庙堂学府，还是出自民间个人，无论是学术研究还是个性抒怀，都可谓浩如烟海，要想在此中再显露头角惊人一顾，实在是不易之事。

二

记得1994年秋，我在北京大学中文系拜谢冕门下作访学时，曾提出21世纪文化走向的三大关键词：怀旧，造梦，对话。这其中的"对话"，就包括了现代与古典的对话。

也正是在那时，读到东西方两位文化学者汤因比和池田大作的对话录《展望二十一世纪》一书，其中有一细节至今耿耿在怀。在两位学者以世界视野对人类历史作了纵深古今的回顾与展望后，池田先生临时转换轻松话题，请汤因比先生回首历史，选择一下他愿意生活在人类发展的哪个阶段哪个地方，汤因比先生毫不犹豫地当即说出：我愿意生活在七世纪的中国——我们的盛唐！

显然，对盛唐的心仪，不仅是国人的文化情结，也是世界文化人的文化情结。而与唐对话，更是一个世界性的文化命题，而非仅仅中国人的"私房菜"。

这里首先要明确的是：作为今天的中国人，在被迫承受的文化错位中，和急剧现代化的文化语境中，与唐对话，与唐之精魂即唐代诗人及其诗歌作品对话，该以什么样的立场和怎样的情怀亦即何种方式来进入，方能独辟蹊径，不落旧套。

另外，一直被我们，尤其是被以"长安"所在为荣的陕西人士人物们，时常挂在口头嘴边空心喧哗的所谓"汉唐雄风"、"盛唐精神"等大词豪言，到底所指为何，也是需要在进入"对话"前搞明白弄清楚的前提。

三

先说方式。

一般来说，近世中国，今人与古人对话，多应学科所需复在学界流行，一般老百姓和诗人、作家，更关注的是当下的"对话"，或偶发传统文化之"乡愁"，也多以读读典籍，聊以自慰而已。

而，身处当下中国文化语境，一方面是学术产业的泡沫化膨胀而兀自空转，一方面是江湖游客式的野狐禅大行其道而乱花迷眼，两厢热闹，都与真正可解"文化乡愁"的期盼无干。即或是学界的正经对话，也多从学术出发，以史观史，梳理谱系，完善体系，客观求证，通学理，通知识，旨在学问之增华加富以求发扬光大；或再要拿此学问去求功业的，遂讲究有来处、有去处，唯科学之"术"为是，更以能立身入史为归所——我将这种"对话"称之为"冷对话"。

返身来读匡燮式的与唐代诗人"对话"，颇有些别样的亲近感。

这部散文专著以"唐诗里的长安风情"为题材，看似脱离现实，偶发闲情闲笔，实则是有备而来，借题发挥，要从浩如烟海的古今对话中，生发出一片新的意境来。

纵观此书，通篇文字，皆从个在的生命体验、生存体验和艺术体验之精神脉动出发，以我观史，续接血缘，打通脉息，盘诘认领，通心意，通情怀，有如知己之交心，图个思接千古，情在当下，豁然开朗处不了了之。当然，说是不了了之，是就其文章的整体语境而言，文思流荡，不粘不滞，随意生发，无适无莫，读来鲜活自然，荡气回肠。但深入读进去之后，自会体味到作者笔情墨意及其诗情画意下，潜隐的那一脉苦心孤诣之所在：原来，这是一次意在汲古润今、借古证今而以利未来的"唐诗之旅"。

同时，这部散文专著的选材也颇有亮点，特意从唐代众多诗人和作品中，选取以帝都长安为题，或在长安创作的诗作为主要对话对象，可谓对"典型环境"下之"典型人物"的"典型作品"，作一次别开生面的唐诗巡礼，似乎要刻意探勘一下，任你是何等狂放的诗人，一旦置身于天子脚下庙堂之侧时，会有一番怎样的表现，进而深究其潜藏底里的文化蕴含。

四

这就要说到何为"汉唐雄风""盛唐精神"了——至少在陕西，这两个词已成为贯穿政治、经济、文化各个领域的超级"关键词"，处处可见，人人喊得，但若要细究其内涵，又总是莫衷一是，唯剩空心喧哗而已。

仅以笔者个人理解，我认为，真正要追索要认领的所谓"汉唐雄风"与"盛唐精神"的精义，可以一言而蔽之：诗性生命意识的高扬和诗性人生风采的广大！其他诸如帝国之威仪、政治之开明、疆土之开拓、经济之昌盛,都是一时之兴,或可为后人拿来夸口自慰,却全然不可复制。唯其文化精义与根脉,才是可承传而发扬的核心价值之所在。

读匡燮式的与唐人唐诗对话,让人豁然领悟,原来盛唐长安诸般风情的好,全来自唐诗文化人格的正!套用陈寅恪先生的一句话,即"独立之精神,自由之思想"。再将这百年警世之言套回到唐诗中去印证,即"天子呼来不上船"的独立之人格,和"安能摧眉折腰事权贵"的自由之精神。正如匡燮书中所言:"一般说来,唐朝的读书人,或居庙堂之上,或处江湖之远,或爵尊位显,或官小位卑,或升或沉,或富或贫,皆有'天生我材必有用,千金散尽还复来'之慨,有一种境阔意远的朝气在"。

具体到匡燮的行文中,表面看去,多是以曼妙文字借诗说事,借事品人,超时空、超现实地"还原"唐代诗人如何为长安而诗,为诗而颠狂、而耿介、而颠沛、而痴迷、而得意失意诸般风情,读来别有生动情趣。实则暗里伏笔,夹叙夹议中,时时扯出一些弹性良好的意绪及议论,点染其中,并渐次集合统摄于一个大的指向,即如何重新认领唐代诗人的文化人格与精神气象,却又避免了预设主题、观念先行的生硬与枯燥。

同时,在这种感性的、意象化、诗意化的对话中,作者又一直坚持将叙事主体即书中无处不在的"我"(可看作现代文化人的代表)直接植入对话中,有如戏剧中的角色、小说中的主人公,于相生相济之情景中互动展开,不但使其散文文本多了一些戏剧性元素和小说意味,更使得这些看似发思古之幽情的斑斓文字中,总是有一个活泼泼的现代生命体贯穿始终,亦古亦今,亦幻亦真,读来亲和无隔,读后也平添一份信任——我则将其称为"热对话"或"活对话"。

这样的"热对话"与"活对话",想来今天的作家诗人都不乏向往,但却不是谁都可以"对"得了的。必要的修养不说,关键还取决于主体风神的到位不到位。

作为诗人和诗评人的笔者,多年之所以越界偏爱地跟踪阅读和研究匡燮的散文创作,并在为其探索性散文专著《无标题散文》(陕西人民出版社 1994 年版)所撰写长序文中特别指认:"在陕西这方文坛,走近匡燮,便是走出陕西,走向迥异于这方文坛之主流意识的另一脉气象,一个在场的游离者,一种边缘化的诗与真。"其主要原因,便在于心仪匡燮之主体人格和精神气象的不同一般。

不妨就此再多说几句以作绾束。

五

匡燮是土生土长的陕西作家,也曾得益于斯,也曾深陷于斯,而最终却又因迥异于斯而得超拔与独在。

至少就当代陕西文坛而言,有几个涉及到创作心理机制的问题,一直没有得到很好的解决:一是携带生存,为改变人生际遇而写作;二是事功心切,疏于对纯粹艺术理想的潜心追求;三是视野狭窄,局限于本土这一亩三分地闹出名头为归所,且一旦出名,便坐吃山空,不再攀升;四是缺乏文体意识和创新意识,只在拼生活积累及拼素材,以量取胜,惯于"旧瓶装新酒"。

此四点积弊,在匡燮早期创作生涯中,也曾多多少少有过影响,但很快就得以消解,由事功返身修行,视写作为心侣、为无所他求的生活方式,耐得寂寞,不求闻达,风神散朗,自得而适,方渐入佳境,走出陕西,步入境阔意远的视野与格局,继《无标题散文》一书令当代散文界刮目相看后,又有了这部《唐诗里的长安风情》让两岸文坛惊艳。

特别让人感佩的是，匡燮在创作这部散文专著过程中，全部书稿竟是以毛笔书写，蝇头小楷所就，仅这一份安步当车的心境，已可谓惊世骇俗。再置于当下空前浮躁功利的文学大环境下观之，更可见得其视文学艺术为人生宗庙，如香客般笃诚虔敬而又洒脱旷达的主体风神之所在了。

诚如贾平凹所指认："他虽饱学却未见到卖弄而沦为迂腐，一个才情洋洋的人却也不敢于轻佻来。他为人淡泊所以活得并不乏累，文作得寂寞故此与艺术日益亲近。"我则将之指认为"现代版的传统文人风骨"。以此主体风神与唐对话，才能活泼泼地走入唐代诗人的人生里面去，于悠然神会处，展现其有风情的人格，有人格的风情，和由此生成的文化底蕴。

最终，对匡燮这部与唐对话的佳作从文本到人本的激赏，其实还有一层意义，即梦回大唐一番后，幡然猛醒于现实的反思。正如前文所指出的，作者带我们与唐人唐诗悠然神会一通的本意，是要汲古润今、借古证今而以利未来的。这里的"润"，是要汲取唐人的诗性生命意识，来作为当下物质时代的精神植被，以润国魂；这里的"证"，是要借体现在唐诗中超凡脱俗的主体精神，来对质当下追名逐利蝇营狗苟的文化乱象，以证人格。

一部文化散文，能隐约见出如此的精神气象和文化品位，我想，大概已足以证明其价值之所在了。

2010·春

重构：古典理想的现代叙事
——评马玉琛长篇小说《金石记》

一

对于文学作品的阅读，我一向习惯于将其分为专业性亦即研究性的阅读和非专业性亦即纯欣赏性的阅读两种。前者属文学理论与批评范畴的考察性阅读，出于眼光；后者属一般文学读众的消费性阅读，出于兴趣。就接受美学而言，后者的要求立足于"好读"而乐于读，前者的要求则立足于"耐读"而潜心去读。

两种阅读，为文学作品提出了不同层面的审美标准，都有其存在的合理性，而真正优秀的作品，必然是在两种阅读中都有效而兼得的作品。这似乎已然成为一个常识。不过在文学创作者那里，要真能达到这个常识的要求，却也并非容易。

作为一个以新诗研究为专业的文学阅读者，读马玉琛的长篇新作《金石记》，我是先出于兴趣（玉琛乃与我同在一所大学教书而同事半辈子的知己道友），后出于审视（因了专业阅读的习惯）而欣赏继而潜心研读的。如此读下来，直觉中便认这是一部"好读"又"耐读"的优秀作品。

作为陕西板块的小说创作，在新时期以来的当代文学进程中，一直占有相当厚重的分量，尤其是以"陕军东征"为名号的那次集约性展示，产生了颇为文学界称道的社会影响。然而我们如果换一个角度，仅从对当代小说艺术的发展，尤其是小说文体意识的发展变化之贡献来看，还是存在不少缺憾。究其因，有两点比较关键：一是缺少体制外（包括话语体制）的艺术思维和创作立场，导致在小说美学和文体层面上缺乏新的生长点，惯以题材与生活积淀取胜；二是创作主体过多携带生存，难以由生活形态（作为"社会人"）向艺术形态（作为"审美人"）转换，其创作态势，也便难以由功利型形态向心性型形态转换。

由此我认为，马玉琛长篇小说《金石记》的出现，就其现实价值概括而言，至少有两点值得我们重视：

其一，将其置于陕西小说板块中去看，在注重现实主义风格和传统叙事路数的格局之外，有效地增补了现代小说的文体意识和语言意识；

其二，将其置于新世纪以来当代中国小说创作的整体态势中去看，这部小说在"国家话语"的宏大叙事和"个人话语"的空心喧哗之外，有效地恢复了"民间话语"的文化记忆与历史记忆之小说美学的功能。

此中之其一，可谓对《金石记》艺术品位或审美价值的指认；此中之其二，可谓对《金石记》文化品位或意义价值的指认。

二

先说"文化品位"。

多年来，我一直持有一个不成熟的观点：中国文化的创生与承传，不在帝王将相，也不在人民群众，而在扎根于民间的士绅、文人及市井（包括乡野）能人之群落。

百年新文学，因其一开始就背负的"启蒙"与"革命"等属于"国家话语"与"社会话语"层面的宏大叙事功能，沿以为习，故而对以"民间话语"方式来承载文化记忆与历史记忆之小说美学的功能，总是排除于主流之外，乃至忽略不计。这也是今天我们对沈从文的《边城》系列、老舍的《茶馆》剧作，以及张爱玲、汪曾祺、林斤澜、陆文夫一路作家及其作品，重新认识、重新评价的原因所在。

而《金石记》的出现，至少在陕西文学界，确然成为这一路数少有的代表，不但填补了缺憾，而且不失标高，不乏新意，其堪可追索的外延价值，有待深入研究。

改革开放以来，急剧现代化和商业化的当代中国文化语境，加速度地将国人由过去单面体的"政治动物"转型为如今单面体的"经济动物"，只活在当下、手边、物质化的欲望之中，成为失去文化记忆与历史记忆的空心人，忘记了人的本质存在还是一种文化的存在。由此，在所谓"物质狂欢"、"肉体狂欢"以及空心喧哗的"话语狂欢"之后，复生的"文化乡愁"，正不可避免地成为21世纪中国文学必须直面而对的命题。

从这一角度而言，《金石记》可谓应运而生，其以"古典理想的现代重构"为主旨的创作立场，以及由此贯穿全书的精神品质与文化气息，为以小说艺术阐释"文化乡愁"这一重大命题，做了"正中穴位"式的突破性表现，令人叹为观止！

具体来说。

其一，所谓"民间话语"，在《金石记》中，不仅指其小说语言（从小说叙事人到小说中的人物角色）基本上是以陕西关中民间方言（当然是经由现代汉语及普通话改造过了的民间方言）为底，以此充分调动这种可谓"草根"话语（相对于主流话语及公共时尚话语）中所留存的地域文化特色，进而激活这一话语场域中所留存的传统文化之底蕴（可追索到周秦汉唐之遗脉），并与小说整体的主旨取向相匹配相和谐。

同时，小说中的主要人物，也多为民间身份，或"世外散仙"者如杜玉田、楚灵璧列位，或"都城隐士"者如唐二爷、金三爷、郑四爷、陶问珠等人，或"城乡游动"者如齐明刀、货郎苗诸君，以及"市井闲人"冯空首之流，无论正邪显隐，皆与代表"上层建筑"或"时尚话语"的当下主流风云人物者无涉。书中只写到金柄印、宋元佑两个不大不小的基层官员，却又都属反派角色，以印证良善在百姓、希望在民间这样的潜在理念。

再就是民间视角：无论怀古还是讽今，皆以民心、民意、民间立场为出发点，不作什么"时代代言人"或"救世主"式的高言阔论，只是"草民"式的寻寻觅觅而"上下求索"。

小说中的"准主人公"齐明刀，以"农民进城"的角色活动于全书，既是小说中人，其实更是作为小说叙事者的"复眼"，来看时世、论古今、发感慨，进而承担推动全书情节推演和精神嬗变的枢纽性角色；而这样的关键人物，正恰好是操着一口民间方言、揣着一腔民间理想、集乡村能人与城市游民多重底层形象于一身，可为"民间话语"的典型代表。如此安排，既是小说叙事结构的特别经营且特别出彩之处，也是作者以"民间话语"方式，来承载文化记忆与历史记忆之小说美学功能的苦心孤诣之所在。

其二，所谓"文化乡愁"。

表面上看，《金石记》是在写一群生活在时代背面的古董行当的人物们，如何以文物收藏与文物保护的人生途径，来寻古、焕古、悼古的民间故事，但在这故事的背后，却深藏着一条支撑整部小说架构的精神命脉，即，以一群怀抱古典人文精神和传统文化情结的民间人士，各自以不同的理念与方式，来共同为一个曾经辉煌而今晦暗的文化名城长安"招魂"而不得的文学叙事。——整部小说的情节发展，也正是依据这一贯穿全书的隐在思想主线来展开的。

按照现代学人的说法，一座城市的存在，不仅是其所在地域、所处时代及其历史沿袭之物质财富的代表性集结地，更是其所在地域、所处时代及其历史沿袭之精神财富的代表性集结地。也就是说，城市的本质在于它的文化内涵，在于它由其特有的文化内涵所形成的精神"磁场"，亦即其灵魂之所在。——这也是齐明刀下死命要奔赴长安城的原始动力。

不同的城市有不同的灵魂。长安城的灵魂是以汉唐精神为根脉、为底蕴，复以此为世代长安人所追寻而骄傲的。骄傲的原因，在于这颗灵魂其实也正是中华文化传统的灵魂，是其正根正脉的代表。只是到了近世尤其当代，因了文化语境的巨变，这座城市之灵魂的存在，真正可触及可感受的，也就只剩下"器物"（即小说中的"古董"）这一真正经历过历史情景而依然活在当下的"灵魂"之"导体"了——其他的"导体"，如建筑、服饰、语言（包括文本化了的文学艺术）以及"城里人"，都早已失魂落魄找不到"根本"。所谓的千年文化故都，也只剩下一个徒有虚名的外壳与名号而已。

而《金石记》以"金石"为阐释"文化乡愁"的小说叙事之关键"导体"，并以此来为一座尚未完全废掉的"废都"招魂，实在是既恰切又别致而"正中穴位"的高妙构思。

为此，在具体的小说情境中，代表盛唐文化精华的"昭陵六骏"成了杜玉田的灵魂；代表商周文化精华的"小克鼎"成了唐二爷的灵魂；"带着唐人的精气神"的琉璃鸱吻成了郑四爷和他的新茶楼的灵魂，以至招引"凤凰来贺"；元青花凤凰虫草八棱开光梅瓶成了董五娘的灵魂，以至一朝痛失便决然休夫……正是这些视国之重器以及民之珍玩为灵魂之居所的民间人士，复合成为现今的长安城真正活着的"灵魂"——"在最高的意义上说，收藏者的态度是一种继承人的态度。"（本雅明语）由此构成整部小说中互为依托的一条情节链：从觅魂、保魂，到失魂、悼魂，作为"物质长夜"（海德格尔语）的"守灵人"，以杜玉田为代表的这些刻意要为长安城招魂的人物们，最终还是在夕阳残照中无奈地退出了时代舞台，唯留下那个由乡下奔赴城市，由讨生活、做生意到得见识、求文化，直至认领古典精神之遗脉与风骨的年轻的齐明刀，立大荒而思接古今，发出"下一场大雪，让丈儿八尺厚的雪埋住长安城，然后再出一轮红日，融化那雪，让纯净的雪水洗礼出一个新的长安城"的浩叹与愿想！

斯人远去，斯意如岚；乡愁依旧，传人有待。

篇终回味，整部《金石记》，原本正是要借"金石"为喻体，并以民间人物之民间视角和民间话语，来为一座文化古城的灵魂和这灵魂的"守夜人"树碑立传。正是出于这样的立足点，作者甚至煞费苦心，连书中主要人物的名姓都赋予了隐喻性的文化意涵：杜玉田之于诗圣杜甫遗脉及"蓝田玉生烟"的名典，楚灵璧之于传统文化另一大系楚文化（互补于杜玉田所代表的秦文化）的暗喻，以及齐明刀等。

以此看来，指认《金石记》为当代"城市文化小说"的翘楚之作，当不为过。

三

再说"艺术品位"。

一部成功而堪可被指认为优秀的小说,无论长篇短篇,除了要有独到的选材、立意和人物塑造外,还要有独到的小说叙事才能的特别表现;换句话说,好小说不仅要故事讲得好,还要以你的"讲法",为小说艺术这门"手艺",多少添一点新的手艺才是。现代小说讲究要将"关于奇遇的文字"转而为"关于文字的奇遇",虽然说得有点过头,但刻意强调小说语言与叙事方式的重要性,还是对的。

细读马玉琛的《金石记》,自可发现,这部长篇不但题材独出一门,立意宏深高远,人物形象生动,文化含量丰厚,同时于小说叙事结构方面,也是匠心独运而精彩纷呈,显示出作者强烈的文体变革意识和语言探索意识。概括而言,整部小说融发散性结构的疏朗与情节性叙事的紧凑为一体,形成整体语境野逸通透,有诗意化的云烟感,局部情节紧凑利落,有故事性很强的张力感;闲笔不闲,重墨不滞,好读耐读,文质兼备,实属难得。

具体说来,不妨先借《金石记》中的一段话为用。小说在写到齐明刀感慨楚灵璧与陶问珠两个奇女子,"若揉搓融合到一块,那必是长安城最美的女子"时,进一步判定:"既真实又虚幻,既现代又古典,既可视可摸又可沉思遐想。"其实若以这一判语拿来,作为对整部《金石记》艺术品位的阐释之关键词,实在是再合适不过了。

这里主要评说一下"真实又虚幻"之关键点——这也是这部小说叙事手法最为出彩之处。

好文章讲究要有"底"有"面",相生相济而并美,好小说也该如此。"底"即气息、精神、思想而成境界,所谓"底蕴",

"面"即内容、形式、风格而成趣味，所谓"气象"。一般而言，"底"为虚，"面"为实，以实求虚，以虚润实，是谓常法。马玉琛写《金石记》，却是"反弹琵琶"，笔走偏锋，反虚为实，反实为虚，实为衬托，虚为实在，故生云烟、得神韵。仅就人物而言，也是以"虚"为主，以"实"为副，"虚"者其实是真实的"在"者，"实"者其实是空虚的"在"者。

小说为我们塑造了两列人物：一列人物以杜玉田、楚灵璧、货郎苗、唐二爷、金三爷、郑四爷、董五娘、陶问珠等为代表，可谓与中国古典文化亦即古典精神、古典理想、古典情怀、古典气质共命运的人，"是真真正正的长安人，是长安城的灵魂"。另一列人物以金柄印、宋元佑、肖黄鱼为代表，是只活在当下、手边、权力与欲望之中，与所谓现代文化语境同生死的人，是活跃在当下时代的"害群之马"。

对前一列人物的塑造，小说大体是浮雕写意的手法，虚写，幻写；后一列人物，则近于圆雕，多用实写。

具体说，书中相对着墨不多的杜大爷，看是"虚"的，飘然而来，忽然而去，神龙见首不见尾，却是小说真正的"男一号"主人公，牵一发而动全身的关键人物，且是整部小说的灵魂之寓所、精气神之代表。同样"虚"来"晃"去的楚灵璧，则不失为阴阳伴生的"女一号"，看去只是杜大爷的影子，实际可谓"杜家风骨"的传人，一种古典精神的"幽灵"。而贯穿全书情节发展的齐明刀，表面似为主角，其实更多的作用在于"穿针引线"（从叙事方式角度说）和"承前启后"（从精神内涵角度说）。这里的关键在于，杜大爷等形象，并非现实中真实存在，而是历史的回音，是长安城精神本质的化身，所谓"道成肉身"。这样的"肉身"如何实写，且还要做小说的主人公，实在是作者自设的"高难动作"。

正是这种有难度的写作，"逼"出了《金石记》独特的叙事风采：虚化时代背景，虚化主人公角色，博采众长，杂糅并举，以现实主义手法夯实细节与形象，以浪漫主义手法抒写情与义，以古典主义手法描绘景与物，以魔幻主义手法渲染意绪与神韵，以现代主义手法刻画人格与性灵——如此虚实有度、隐显得法，既传神于人于事（包括"凤凰来贺"等魔幻场景的描写），使之合情合理，又丰富了小说叙事的层面和肌理感，不失为一次成功的探索。

同时还应该看到，这里的"虚写"与"幻写"，只是说出于小说中主要人物和事件的超现实因素所致，避免因坐得太实反而使其变得不可信，也与小说整体的艺术气息不协调。中国传统文学及书画，无论言物、状事、绘景、写人，皆讲究"传神"为要，"画气不画形"。《金石记》在这方面可谓得其真传，且于"虚写"与"幻写"之下，依然能"虚"出生动，"幻"出真切，不乏现实的合理性与细节的说服力，以及诉诸实感、合乎情理的人性刻画，使得其人、其事、其情、其景，皆如现实中存活过的一般栩栩如生，宛若眼前，实已充分说明作者手中那支笔的功力与造诣，非寻常可比。

另外就是"戏剧性"的强有力支持。

小说叙事结构越复杂，越注重传神写意，就越要注意以必要的情节之"骨架"来支撑全局，不然就真的虚幻无着了。在这一方面，《金石记》又显示出技高一筹的能力。

全书以齐明刀进城、入道、经事、明理等人生阅历与精神成长史为脉络，且以其所见、所闻、所感为驱动，环环相扣，推演情节，相生相济，本身就是一个中规中矩不乏戏剧性的好故事。在这样的常规戏剧性叙事发展当中，作者又顺势而为，精心排演出三场重头戏：第一场，郑四爷得齐明刀之助，造得仿唐新茶楼

"四水堂"，开业庆典中，古董道上众名士高人各显风采"斗茶"一节（见第9章）；第二场，为促成流失国外的"昭陵二骏"回归长安，以了"招魂"心愿，重阳节众贤士委曲求全设宴"宝鼎楼"，为贪官金柄印赴美谈判送行"斗心"一节（见第19章）；第三场，四水堂来凤仪竞拍"小克鼎"，一应收藏界成名人物与日本收藏家秀水斗眼力、斗心性、斗底气，以证"就连那个扶桑人秀水，也生长着长安城的灵魂。"（见第21、22、23三章）这三场戏，场面大，人物多，头绪繁复，情境玄妙，极具张力。而作者以"乱针绣法"写来，着墨不多，照顾周全，既见林又见树，丝丝入扣而扣人心弦，颇显游刃有余之能事。

一部长篇小说，有此三场戏码的精彩演出，已足以照耀全局了。

四

这就要说到语言了。

好的小说语言，在承载叙事、推演情节、塑造人物的同时，语言本身也要有"意思"，有"味道"，即"叙事"要和"被叙之事"一样，成为小说审美活动的有机组成部分。可以说，用现代汉语书写的现代小说发展到今天，语言不行，其艺术魅力也就失去了一大半。

《金石记》自设"高难动作"，对语言功能的要求相当高。既要实写，又要幻写；既要再现现实语境，又要营造超现实氛围；既要对一座城市之精神本质进行深刻的挖掘，以求以古典精神的灵光洞穿现实语境的晦暗，又要将这种挖掘落实于具体生活、具体人物的描写，且要立足于民间视角和民间话语的根本，实属不易。

这里的关键在于，作者选择了齐明刀这个"穿针引线"于全篇的人物做"准主人公",担负小说中人(显在,被看者)与小说叙事人(隐在,另一种看者)的双重角色,而这个角色又是操着一口的民间方言、揣着一腔的民间理想、集乡村能人与城市游民多重底层形象于一身的"草民",以他的语言为"底",自是如过河卒子,一子活则满盘皆活。

这是学理性的推论。印证于小说文本,可以发现,作为"感官化"的语言"使者"(小说叙事的主要"语言器官")这一特殊角色,确实起到了照应全书的有效作用。

具体而言,一是人物的对白,写得生动鲜活而富有生活味,并与其角色特别贴切。二是能将小说的叙述变成有意味的"叙述",而不单单是"运载"情节发展和塑造人物的工具,即"叙述"的语相、语态、语势、语调本身,就不乏"嚼头",有言外之意味可品。再加上小说中不少文物知识、历史掌故、诗词俚语,以及人伦、风俗、礼仪和几段凄美传奇爱情的穿插点染,使之整体语感和语境,真正是"既真实又虚幻,既现代又古典,既可视可摸又可沉思遐想"的了。

五

考量一部重要的文学作品,不仅要从接受美学方面评估其审美价值,还要从发生学角度审视其何以能产生及获取这样的价值。

自20世纪90年代中国社会大转型以来,在浮躁无着的"话语盛宴"和商业文化的作用下,大大改变了当代文学创作的心理机制和审美取向,影响所及,所谓文学中人,无不充满了急功近利的张望,多以量的簇拥与堆积,造势表面的繁荣与浮华,难得有人潜心静气地做一点"细活",由此渐渐失去了对文学理想的把持与守护。当此关口,文学界有识之士重提"一本书主义",及对文学精神的讨论，至少就纯文学创作而言，确实具有一定的现实意义。

马玉琛长篇小说《金石记》的成功，正是对这一意义的印证。

尽管，若以苛刻的眼光对其细加挑剔，还是有一些或大或小的瑕疵令人遗憾。例如：作为小说中"男一号"主人公的齐明刀，进城后的精神历程，后期明显发展太快，缺少必要的"点化"之笔；部分文史资料的铺陈插叙，不免有些过头而生赘扰；几处小说叙述人话语与小说角色话语的转换也稍有差池等。但总体考量，还是不失为文化品位高、艺术含量大、重要而又优秀的一部力作。究其成功所在，文本考量的背后，更可见作者创作心理的纯正及其对文学理想的追求。

《金石记》之前的马玉琛，在小说界略有名气而影响不大，却也并未因此而急于求成。十年磨一剑，马玉琛无疑是深怀着作家的一种理想主义的愿想，下了"做细活"的功夫去"磨"的，方才有了这部以心性孕育、以学养支撑、以修为润化的扛鼎之作。作者于小说问世之后，谈到自己的创作体会时说："我要把《金石记》写成历史的回音，让历史的精气神回荡在我们生活的现实之中，不管是缺失、淡远，抑或是增殖、回复或昂扬，只要金石之声回荡在长安城上空，那便是我及所有在长安城生活过或正在生活的人们的强烈愿望"。

如此跨越时空的文化理想与艺术理想的对接与重构，经由金石之质、朴玉之文的文本化创造而得以较完美的实现——仅此一点，我们就有理由相信，马玉琛和他的《金石记》，必将穿越时代迷雾而深入到时间的广原，为未来的文化记忆和历史记忆所珍重。

2007·冬

"贵族的开始"
——读高璨读书随笔《守其雌》有感

1

认识高璨十年有余,从她上小学四年级到现在读大学三年级,年年看着她长高,看着她长聪明、长智慧、长才华、长美丽,再不断从她智慧而美丽且天生朗逸的微笑中,接过她新出版的书,读,读十年有余。

这期间,得高璨信任,还为她的一本诗集和一本散文集写过评论,从阅读感受和学理层面,充分肯定这位"小诗人"的才华和位格,相信她有着不可估量的未来。

如今,"小诗人"长成青年学人,治学与写作双修并进中,自然而然生成积累另一些文字,示于我先看看。说老实话,此前两次为小高璨撰文作评,多少有些居高临下而轻车熟路之心境与语境使然,此次则不同,愚长高璨四十多岁的老书生,面对"九零后"的这部读孔子《论语》、读老子《道德经》、读尼采《查拉图斯特拉如是说》的系列"札记",不由地生出些肃然的惊叹来,而后,先诚诚恳恳做了一回读者,再而后,于不知该如何说来之纠结中,试着勉强说说看。

2

读书做笔记,即时记录感想与思考,是一切读书人和为学者,也理应包括作家和诗人的日常功课。

这功课一则积累知识,扩展学养,为自我的修行增华加富,一则借由与经典之作之灵魂的对晤而丰富精神,调理思想,为后学的言说别开界面。至少近、现代以来,以"读书心得"为文为论,乃至由此建构体系独成格局者,已成学界文坛之盛事。

如此"读得"之盛,到了早晨八九点钟的高璨这里,轻直透脱为独一份的悄然而得:看似惯常"读书札记",一小段一小段体例相近的清亮文字,可慢慢深入读进去了,却由不得叹服这一抹晨光的简净而高华,素宁而丰赡。

这些一小段一小段的文字,是札记也是散文,是散文也是诗歌,是学问也是文学。由文生文,而文生情,而情生文,而文生思之诗或诗之思;言之有物,有情有理;物外有言,有韵有致。骨脉相适,秀练无懈笔;水流花开,浑然如天成。清流一溪,石头是石头,水是水;石头是思之得,水是诗之得;思之"石头"来自心得,诗之"水流"来自语感,且都独一份的清实而澄明。

一时读得激动,跳出这些套话判语瞎比喻,都不如高璨自己说得好:"我们读书,这书中的思想就走到我们的脑子里,你让他们都住下了,那么你的脑子就成了社会;你挽留了一部分精华的基因,让另一部分成为过客,才是贵族的开始"。(《消化一切》)

是的,"贵族的开始"!这开始充满自信——

早晨八九点钟的年轻诗人及青年学人,读老子,读孔子,读尼采,大多有如踮起脚跟抬望眼读远方,不免吃力的,然而在二十岁的高璨这里,却有一种"宾至如归"的自在,"尼采说有些人不畏远方,是因为无论身处何方都宾至如归。我读尼采,大抵也是如此"。(《宾至如归》)

这里的关键是彻悟了"读"与"得"的关系:"上千年的知识与记忆是不会自己开出花来的,他们都需经过现代人的咀嚼消化,融进带有生命力的血液,重新绽放"。(《枷锁》)

如是,化"枷锁"为"绽放",高璨在在"宾至如归"。

3

你看她如何阐释"君子坦荡荡,小人常戚戚"。

名言总出现在最吻合的场合,有时为了一类人,有时为了一些事,其实这世间的形容词,大多人都没有缺席。

因为人类不是平面,我们都如是——一脚长一脚短地行进,时而坦荡、时而戚戚。试图用不完善的圆规构造完美的圆,尽量将不平和的人性打磨成平坦大道。

没有人离开,君子和小人都还在,一个不多,一个不少。在每件事中,在每个人里。(《君子坦荡荡,小人常戚戚》)

再看她怎样解说"知及之,仁能守之"。

聪明才智足以得到它,仁德不能保持它;就是得到,一定会丧失。因而我们一边得到,一边丧失,还浑然不知。

总是在想开始维持哪个更重要,就像在争执天赋与努力哪个更重要;种子与水分哪个更重要;质料和条件哪个更重要……可是这些,无论是在亚里士多德的"四因说",或是佛陀于祇园精舍讲法的"因缘论",都未将二者分开过。

起点和路途兼不可辜负。缺少前者,成就一"美妙"的原点,不增不减;缺乏后者,杜撰一空欢喜,过眼云烟。(《知及之,仁能守之》)

读孔子,她发现"孔子没有说过什么大道,他只是有时站在川上,大多时候,他都站在书桌旁,站在交谈者的茶杯里,站在父母的眉眼里……他站在生活里——细致入微地教导,教导人儿温润如玉"。(《侍于君子》)

这段话说得既不着学理,又横生逸出,还不明不白——什么叫"站在交谈者的茶杯里,站在父母的眉眼里",但非得这么写,20岁的诗人学者非得这么写,就这样把孔子写活了,千古文章没这样写过,千古后的后学这样一写,想象中的孔子就这样生动活泛地站在了我们面前,站在"茶杯"和"眉眼"里,使如此"读"着这样的文字这样的孔子的我们,也如此地"温润如玉"。

她甚至早早由阅读而悟而充分理解和高度概括作人间父母的至爱与至责:"我尚不知为人父母的感想,但这定会是一种甜蜜的负担,并且负担丝毫不会轻于幸福感,因你提供的不仅是种子,还是一座大楼的地基,和最初的几层。崩坏往往从内部开始,而崩坏理由越靠近早年,越会得到一个更加满盘皆输的结局"。(《溺爱》)

她甚至不无调侃地说到"国学热":"这国学家中的一壶水啊,总有开的时候,但是国学不在家里,甚至不在厨房里,甚至不在屋子里，它在外面的森林里，在森林之下的土壤里，在森林之上的不可目测的长空里。"末了还调皮一句："水即使开了，谁能与我吃茶去"？（《国学热》）

结尾一句，多牛，多酷，多"贵族"，又多么"温润如玉"。

六经注我，我注六经。到了高璨这里，既非"朴学"之注，亦非"空执义理"之注，只是后学与先贤隔千古而穿越的对话或聊天而已——詹詹之智，盈盈之情，切切之感，恳恳之语，而在在"温润如玉"而"贵族的开始"。

4

回头再看她怎样一时开悟，"注"说她理解的世界之《开始》——

给你讲个故事吧。刚开始的时候，山没有这么高，水没有这么深；色彩没有这么纷杂，乐声没有那么响亮；善的人没有这么可亲，恶的人没有那么狷獗。

世界从它的底层，开始向上生长。人类也如是，只是人类攀到高处后，却将他的开端，命名为低级或原始。

你从你看不起的人群那里来，你的道德也从你诋毁的天性中来。

世界从对立的世界来，你也从你的背面来。

这里有多大的一个旋转门啊，像月亮的阴面和阳面，大象、狮子从其中走出；草原、山河从其中走出；星象、节气从其中走出；真理、谬误从其中走出——世界从其中走出。

读这样的文字，你已分不清也无所谓是什么"章"、什么

"体"、什么"主题"、什么"风格",只是觉着有意思、有味道、有嚼头,且滋润化渣、余味清幽;由此,既读了至理,又读了妙语,还读了寓言故事,且不乏"贵族语",却一片亲和,不紧张。

也有不留神间,稍稍溜出来的一点点"自负":"我也是同样的孤独啊,每个说着会与我同行的人,只不过是和我一些照片般的侧面同行"。(《想起》)

由是,她称艺术为"一种温和的过渡"(《艺术》),她指认"语言产生后,第二个、第三个世界开始在概念中产生。世界的样子,变成了我们定义的样子"。

如此说着说着,她便顺口说出了她自己的格言:

半瓶醋是一个可爱的小角色。(《关于半瓶醋的比喻》)

万物生长靠太阳,并不是万物生长为太阳。(《想起》)

名画总有一部分在阴影里,并且感觉阴影里隐藏了更多的玄机。(《留白的重要性》)

孤独的时候,被自己吃掉;在人群中,被众人吃掉。(《吃》)

你的前脚现在还踩在你的后脚的影子上,就不要说你在前行。(《自爱》)

那些说自己没有选择开始权利的人都没有真正开始;那些把道路当作归宿的人背弃了自己。(《初衷》)

你从不应该开口向生命索求什么，因为它唯一能给予的在你可以开口之前就已经向你慷慨馈赠，接下来的一生，你都应倾尽全力报答。(《生命的许诺》)

我们以为的舞台其实在各自脚下，我们以为的观众席其实并没有，我们以为的偶像其实在崇拜自己，我们以为的受宠只是短暂地划过别人的发际。(《引起光明》)

人的思想是谎言产生的先决条件，世界观和价值观的产生与养成，更是根深蒂固地隔绝了人与真实的世界。事情"本来的样子"变成了事情"我们以为的样子"。所以历史"本来的样子"，一直都是记录者"眼中的样子"——狭义的历史可以理解为广义的人类思想史，真正的历史只有幽灵和幽灵知道。(《幽灵》)

沉重的事物都会再次起舞，因为他们最终负担了自己的沉重(《起舞》)

5

由不得当了一回"文抄公"，最后还得总结点自己的感想。

读高璨的《读得》，既惊喜她的"思"的升华和深入，又欣然她的"诗"的生长与精进。说老实话，初见《读得》，私心里生怕由诗人转而为学子的高璨，一时为学问"枷锁"，萎顿了诗的"绽放"。待得读完全书，方放下心来，叹赏即或深入到如此学问境地，那一种诗人的气质、诗人的语感，依然跃跃如故。

是以通篇《读得》，文字干净而又富质感，语感精确而又不失委婉，语境笃诚而又通透静澈。如木，素直亲和；如玉，坚实莹润。既是思之诗，又是诗之思。

原来担心是多余的，而高璨对此早已了然："诗人和哲学家总在血液中有着秘密的联系。真正的诗人必有哲思，真正的哲学家必有诗意"。(《他的思想不会步行》)

只是，作为十几年看着高璨成长起来的长辈诗友，由不得要想：至此境地，未来的高璨，到底是要成为诗人学者，还是作学者诗人呢？还得引高璨自己的话做结："我离自己时远时近，我是一座活火山，岩浆尚没有冷却成新的地形"。(《火山》)

说得多好——既是作者的自诩，也是对青春年华绝妙的说辞和命名！

由此可以想见，未来的高璨，无论生成怎样"新的地形"，都自会是"贵族的开始"，而"宾至如归"，而"温润如玉"。

2015·秋

慧美双修　芳意归心
——王倩书画集《艺海缀珠》序

1

多年前，得王倩先生信任，赠我一册她的水墨人体画集《黑白世界》，拜读之下，好生惊奇！——名门之后，沾灌有加，何况天赋奇情别才，一时发挥，虽是业余出手，却也将平日司空见惯的西式人体素描，转而水墨语言抒写中，竟至满纸云烟而质卓韵丰，令人余念耿耿，知先生才情心性，不同一般。

原本，先生长我五岁，该称大姐的。一者，平日几乎没有交往，只是相互知晓而已，攀不得亲近；二者，大姐不仅画得画，做得雕塑，且学问广厚，一派女先生风范，原是敬重在先的。犹记两年前初夏，应西安美院张小琴教授邀请，为其应届硕士生毕业论文答辩忝任主持，恰好也请了王倩先生，第一次细听其评审发言，并得以席间小叙，方确切同道知己而欣然先生大姐并重而近之了。

大概正是因了这次不期而遇的聚叙，方得大姐再次信任，要我为她的这部题为《艺海缀珠》的新集作序。先生之命，大姐之情，却之不恭，便只有勉力而为，说些自己想说能说的话了。

2

开篇行文中，妄言王倩先生"业余出手"，先得赶紧补充解释一下。

近年治学修行，悟得一偏颇之理：百年新文化进程，包括新文学、新美术等等，凡与时俱进之主流、主潮、主业者，无论其人本还是其文本，大多难免随时过境迁而不复为"主"，甚而废之，实则粗人干细活，"主"不到哪去也"专"不到多深。倒是那些游离于时潮之外的"业余"者，背尘合觉，本真而为，反而得了为学问为艺术的真谛、真义、真趣味，堪可慰藉平生抑或有补于史。故，至少在我而言，这"业余"一词，非但没有贬义，反而是一个私下看重的"位格"呢。

后来翻阅当代西人学说，欣然发现，也有专门指认当世文化境况下，"业余"反而是正道的说法。何况，西人先贤还有游戏中的艺术方是真正的艺术境界之名理为前例，如英国大诗人艾略特就说过："诗是为安慰有教养的人做的游戏。"

由此回头解读王倩先生的"业余出手"，包括此次《艺海缀珠》的结集之作，确然为其本真生命的自然呼吸，且发乎与其文博专业唱和的游心于艺，进而借此安妥心斋、净化心灵、提升心境，成为一种润己明人的"私人宗教"，而绝不希求由此再"专业"出些别的什么来——说老实话,这在一切都渐变为钻营和生意之当代语境下,实在是难能可贵的了!

3

复品读《艺海缀珠》之具体文本。

按王倩先生自己在本集"后记"中的说法,这多年"任意而为"的艺术"履痕",大体可分为临摹与创作两大部分,贯穿于其中的艺术脉息,则通和绘画、音乐、舞蹈和诗歌等元素,由此概分四卷集成。

卷一"时空的微笑",为作者早年在文工团工作时,试着用毛笔画人物素描的习作集。其中特别之处,不但因物质条件之艰难所限,改正规碳铅素描为毛笔素描,且因人文环境的"荒芜"所限,所"描"对象,则全是从前苏联画报上的照片"转借"而来,一种提前"后现代"式的互文仿写而借题发挥。有意味的是,即或如此条件下,作者还费心选择了从小姑娘到少女到老年妇女的系列形象,且大都"外星人"式地张扬着生命活力和女性魅力与母性光彩,构成一个特殊时空的艺术剪影,其笔墨挥洒间,见得灵魅也见得硬朗,读来亮眼提神。

卷二"高远的飞翔",乃作者一组舞蹈速写小辑。其特别之处,在于以其多年习书瘦金书的笔墨语感,来勾画舞蹈中的女性形体美感,而且是一种想象中的"舞蹈自我"的演绎性速写,一种自诩为"高远的飞翔"的诗意的速写。如此心裁别出得来之小品,线质细切入微而又洒脱自如,多有"体如清风动流波"之曼妙,再配以古典诗词有机唱和,读来别有意趣。尤其"新妆本绝色,妙午亦如仙"一作,仅仅十五六笔,已是栩栩然如和风拂柳、疏影暗香，而余味袅袅。

卷三"寂静的风雅"，为作者仿写瘦金书所得佳作小辑。王倩先生有言，称瘦金书有一种"入骨的风流"，可谓至理会心。先生学养博驳、爱好广泛，却千年穿越，独以瘦金书为书法课习而钟情深切，乃至"如影随形，相伴数十年"，既是一种仪式化的修行功课，也渐次成为其为学问、为艺术之精神底背，其中微妙，他人实难悉解。复细读其作，确然会心悟道、缘法理气，揣摩中感知，对话中表意，如师友之手谈，寂然风雅，而岁月静好，天心回家。

卷四"水墨乐章"，即为此前拜读过的那册《黑白世界》的修订本。中国水墨，因特殊语言材质使然，无论书画，皆重在写意传神不务"实"，所谓文人闲墨，诗家戏笔，却也千古不废，乃至成为中国文化基因之"指纹"所在。是以古往今来，凡与传统文化沾亲带故者，莫不或迟或早或专业或业余与之结缘而恋之痴之。于此，王倩先生更是"可爱"，原本中式学养而西式情性的她，一时兴起，来个西学为体中学为用，以对水墨语言的个在感悟，再融会从事中国古代雕塑艺术研究的专业心得，转而实验水墨人体写意，以求"让世界经典的人体艺术在中国水墨的泼洒中显现出具有东方神韵的魅力"，一时生面别开而渐入佳境，成其最为得意之作。

4

品读完文本，转而再回味先生人本所然，自是越发豁亮明白，也不妨再啰唆几句为补。

大凡古今为文学艺术者，客观考量，无非"才、情、学、识、工"五能，五能修得圆满，则德全神盈，而"下笔如有神"。只是，若真要依了学理细加考究，五能之中，其学、其识、其工倒可修得，而"才"与"情"两能，却是秉性所由而天赋所得，后天修不来的，是以古人将其排在首二位。

如此考量，落实于具体文本以及所谓作品，尤其是汉语文学和中国水墨之书画而言，便有了人文精神为德而气韵生动为神的考究。得此德全神盈之灌注，无论写什么、画什么、塑造什么，以及无论是专业还是业余，那笔墨语言中的精气神儿，总能透纸而出而感人至深的。当然，若再能配以学养、识见和功夫的技道和合，那就更上层楼而成就另一番境界得了。

故而，古往今来之汉语文学艺术，大体不离出于教养又能作用于教养的路数，虽也强调诸如匠心独运、法度谨严之说，但总是将人文精神之主体风神作首要标准来考量的，所谓戏笔、闲墨、诗余、文人书画等等，无不出之此理。

如此，再读"业余出手"的王倩先生，了然如此不专不工之游心于艺，且珍之、惜之、集之、传之，在在出自名门熏染、家学传承及才情心性使然，为己之学，自得其乐，润了己也明了人，何乐而不为之?!

5

啰唆够了，回头解题结尾。

此序动笔前，仔细拜读先生大姐的图文，一时灵动，便有了"慧美双修、芳意归心"的题旨归纳，遂莞尔惬意，知道如此定调，可以顺理成章了。

其实说到底，一部《艺海缀珠》的结集，其最终的意义，或许主要在于重新提醒或专业或业余的艺术从业者与爱好者们：一切艺术，总归还是要出于教养而作用于教养，才是其筑基之处和价值所在矣！

而，大姐美善，先生慧雅，虽几多坎坷几多波折，到底得于教养而行于教养，且不忘生的乐趣在于美的照耀，一路走来，文化立身，艺术洗心，业余乎，游戏乎，美慧双修而芳意归心，大姐先生得其所然也。

2019·秋

孤岭横绝,暗香梅花消息
——读大生《悬崖边的名士——魏晋政治与风流》

1

题目像一句诗。

读大生新著《悬崖边的名士——魏晋政治与风流》,脑子里忽而就闪现出"孤岭"、"暗香"这样的意象,顺势成了诗句,且将"暗香"做了动词用,以此概括这部书的意旨、风格及蕴藉,大体不差,一时欣然。

其实作者为这部书取的正书名"悬崖边的名士",也算得一句诗。

遥想,一千八百多年前的魏晋名士们,确然是空前绝后地达至"悬崖"边的风流绝唱——此后至今,江河日下,士风日下,那一抹"悬崖"几成孤岭,横绝千载,偶尔或有些些梅兰竹菊之浅吟低唱,也不过遥致几缕挽歌而已。

这就对了!

所谓:魏晋风骨,其根骨所在、风致所在,说到底,只一个"诗性生命意识的高扬"使然。"不知诗,无以言"(孔子);不知诗性生命意识,无以言魏晋名士风流。——大生此著,以"风流"与"政治"对质,"名士"与"悬崖"和歌,以诗证史,以史证诗,融古通今,暗香梅花消息。

——"闻香识美人",想想就知该是本好书的。

2

当然,选题好,还得写得好。

近年这类历史普及类读物,渐成著、读之热点。看来我们在现实中的纠结,一时很难经由"现实语境"得以消解,便想到回溯"上游",去古人那淘点什么以解困惑,或者,至少可以换一种"语境",散散心。

可问题又来了——如此"文化乡愁"之旅,何来好导游?既不能"戏说",又不能"死说";要清通于古,还得清通于今。且,带我们散过心之后,还能在重接当下"地气"的同时,再多一点"底气"和"雅气"的生成与弥散。

这确实难得,难得的是青年学者大生的这部书做到了。

此书以魏晋政治与名士风流为横竖中轴线,重点表现魏晋名士们,在外儒内法的政治风云中,以及充满杀戮和战乱的历史环境中,其内心世界之纷繁,其外在抉择之艰难,其命运跌宕之所以然。写来如水流花开,清通自然,且滋润化渣,堪可雅俗共赏。

3

全书第一章"建安风骨",主要写汉末建安时期到曹魏早期,以三曹父子为核心，孔融、应玚、杨修等名士的故事和内心诸相。

第二章"始倡玄学"，主要写曹魏正始年间，何晏、王弼等人的故事，讲述魏晋玄学的起始、内容、特点，以及名士们一开始就面临的政治压力等等。

第三章"竹林名士"，以竹林七贤以及相关名士为讲述核心，并成为全书最精彩的部分。

第四章"身名俱泰"，主要写短暂而飘摇的西晋王朝，以及当时活跃在舞台上的名士们。西晋是个转折点，在荣华富贵的诱惑下，名士们由反抗转而合作，风骨转为媚骨。

第五章"衣冠南渡"，侧记东晋名士之千姿百态。此时的所谓名士们，早已经丧失了反抗思考的内核，更多成为形式上的"风流"。

最后以陶渊明做结，自是遗响而远致。

如此展开，脉络分明，叙事有度，亦史，亦诗，亦理，亦情，而具体展述之语感及语境，则采用书面语和口语以及当下时尚"潮语"混搭偕行，读来亦古、亦今、亦庄、亦谐，兼阅读与听讲两厢得趣之美。

4

尤其值得特别称许的是，大生此著，常常于书中本事夹叙夹议之际，还时时闪亮几抹思之诗的火花，令人击节！

比如，言及"竹林七贤"，指认"他们都是反抗暴力的载体，他们都是独立自由的象征"。进而慨叹嵇康"让死亡变得凄美而绚烂"，而"此后一千五百多年中，再也没有嵇康那样潇洒自由的身影"。且由此横眉冷眼而痛心疾首指认："自《广陵散》绝唱后，知识分子的那颗头，至今，都跪在地上！"

再如，以新一代学人之见地，总结大名士的结果，无非三种："第一种，是政治投机者，通过'异见'谋取名望，条件成熟就积极投诚，所谓的'态度'，只不过是一种晋升的手段；第二种，如何晏、孔融这类理想主义者，执拗天真、无法合作，最终被权力迫害；第三种，如阮籍，无可奈何，消极反抗，大隐隐于朝。"

更有一时激扬之高论——

《庄子》中有句话："中国之君子，明乎礼义而陋于知人心。"就是说中国的一些"真正的君子，懂得礼仪，但是却不懂得人心"。

今天看来，这实在是对真正的君子——即士人、知识分子非常恰当的评价。尽管有人认为这是对知识分子的讽刺，认为他们只懂得钻研道理思考问题，却不善于搞人际关系，但在我看来，这恰恰是知识分子最可贵的一面。中国虽自古就是"君子国"，但却也很少"明于礼义而陋于知人心的君子"，大多是"凭借礼义而摧残人心的伪君子"。

中国文化的糟粕之一，就在于教人处处钻营，随时揣摩别人心理，这导致人们把很多精力都花在搞关系上，从而丧失了学术的独立性，使得学术思想不能独立进步。

真希望能多几个嵇康一样耿介质朴、桀骜不驯的独立知识分子，而少些钟会一样精于经营关系、落井下石的御用文人，如此，这个民族才会获得真正的救赎。

5

读罢全书，回味受益，以笔者老迈而迟钝之感受，也得以洗心、扩胸、濯灵、展襟之功效，好生感慨！

以此推想，于年轻少壮读者们而言，或可经由这一番"魏晋政治与风流"之旅，领略过"悬崖边的名士"之"古早味"的风采后，更可益气补血、强筋壮骨，得山壮水明之雅正，而修远于未来的了。

秋风失远意，故道少人行。

读大生，读《悬崖边的名士》，知远意并未全失，故道尚有人行——故此为评为赞，实在只想遥揖而致隔辈之敬意与欣慰矣！

2017·春

复古弥新　归根曰静
——品评朱文立汝官窑瓷艺术

一

"弘扬工匠精神",正成为许多行业及文化界,急剧走热的一个"提倡"或理论"说头"。

大凡近世国人都知道,在当代中国语境下,一说要弘扬什么提倡什么,那被弘扬和提倡的"物事",一定是迹近稀罕或者濒危之类的"物事",这才要被特别重视。诚然,比之许多我们耳熟能详的大"提倡"大"说头",所谓"工匠精神",未免显得有些小题大做,乃至听来都有些陌生,但真正熟悉中国传统文化的人们都清楚,这个"精神"可是说来话长、小瞧不得的。

关键是,就当下文化语境而言,落实于行业界面,具体于个人操守,这一"工匠精神"到底意味着什么?

在我看来,高喊不如低就,说白了,就是"行业自律"与

"个人自尊"。

再换句话说,即,身处"与时俱进"之市场经济大潮中,如何立定身心,明白自己到底能干什么,能把什么干好,然后一门心思一根筋地干下去,干出个山长水远专纯一色的境界来。特别是那些沾着些"手艺活"的"行当",更得好赖靠个"谱"——由"工"而"匠",由"手艺"而"心艺",由"心艺"而人生托付,及至传承有序、后继有谱,留得身后名——而这,正是失落已久需重新认领的"古早味"的老辈国人,安身立命的"范"。

无疑,这一"工匠精神"的弘扬,对于须"手艺"与"心艺"高度融会贯通方得其正果的陶瓷艺术和陶瓷工艺而言,显得尤其重要而至为关键!

由此想到,在当代中国陶瓷艺术界和陶瓷工艺界,就笔者有限认识之"人物"们中间,能否找到一两位堪可作此"弘扬工匠精神"的"形象代言人"呢?瞬间印象"过电"筛选,耀然而出的,便是国家级非物质文化遗产项目——汝瓷烧制技艺传承人、称誉"大国工匠"及"青瓷第一人"的陶瓷工艺大师朱文立先生。

二

其实,我与朱文立先生并不熟。

这多年,以跨界"票友"身份,不带"地图"不"靠谱"(业界行内论资排辈的谱),随缘就遇游走于当代陶艺界,任你是多大名号多显赫之身价,在我这里,便都先行"归零"无知,而后凭印象(关乎艺术人格之"品藻")、凭直觉(关乎艺术风格之"质感")、凭有限的理论认知(关乎艺术价值之"位格"),或许深入了解而为评为论为知己之交,或许失之交臂而"相忘于江湖"。不过话说回来,即或如此"不靠谱",也毕竟有半生诗人之灵视、多年杂学之通感、一点点尚且管用的艺术直觉为底气，一般也不会太离谱。

说起来，知道并心仪朱文立先生有年，期间在有关陶瓷艺术方面的活动中，也匆促见过两面，但真正一握如旧、小叙即如故交，是在2016年岁末，由《陶瓷科学与艺术》杂志主办的第六届中国陶瓷艺术高峰论坛上。

此次论坛，在山东淄博举行，会议的主题就是"弘扬工匠精神"。作为论坛的学术主持，在聆听和点评了包括朱文立先生在内的与会专家学者发言后，于总结散论中，对当下中国陶瓷艺术家们，到底如何理解"弘扬工匠精神"，并落实于个在人本与文本的修为之中，提出了"清脉"、"正骨"、"靠谱"、"修远"四个关键词，得到大家的认同。之后又动心思琢磨，此次与会以及没有到会而我尚知晓的陶艺家，能完全"靠"上这四个关键词之"谱"的，可选为谁？便再次凭印象、凭直觉、凭有限的理论认知，当即认定朱文立先生。

动了这个心思后，遂于会议间歇中，第一次和朱先生正式交流并请教了一阵，渐渐摸到了些底；其实也无须细聊，只是证实一下我原先直觉印象的正确度。古人讲"相由心生"，仅老先生40年功力之沉潜和天性所在之使然，而"铸"就的那一副"古早味"的面相，与支持或叫做滋润这面相的"心象"，以及由此聚合发散的那一派"渊渟岳峙"的静气，就让人相信了可能的一切。

想到前辈先贤大学者顾随先生的一句话："能做轰轰烈烈事业之人，多是冷静的人"。[1]

由此展开说来。

---

[1] 顾随：《中国古典文心》，北京大学出版社2014年版第234页。

三

先说"弘扬工匠精神"与朱文立。

其实在我看来,套句当下时尚说法:朱文立先生可谓"工匠精神"的"本尊";"本尊"无须弘扬,因为他就是;或者说,"工匠精神"在朱文立而言,是生就的,命里带的。

在《中国古典文心》一书中,顾随先生谈到"若想以文学安身立命,作为终生事业,则要求无法之法,要得到慧(比天才还宝贵),这才能得到大自在"。"我们要得到慧,但得先受戒。"① 这里的"受戒"一词,下得实在精准而微妙。这个"戒",在我理解,即"匠",即"律",即"规矩",即"法度",以及由此积累生成的"功夫"与"底气"。文学如此,艺术亦如此,陶瓷艺术更得如此。

从发生学角度来讲,陶瓷艺术首先是"动手的艺术",一门手艺。先动手学艺,懂"规矩",解"法度",得"典律",步步"受戒",手艺既久而专一用心,方转而为"心艺",继而心手相宜,技中见道,道中见心,心裁别出中,得"安身立命"。尽管现在科技发达,许多传统工艺程序都无须用手,但这个意识,断然不可缺失。

汉语成语中有一个关乎古典美学的关键词,叫做"匠心独运",也是强调先得有那个"匠"做底背,而后清通于心裁,方得"独运"之功。此功既立,有名无名于当代后世,那出手的"物件"亦即作品中凝聚的"匠心",总是会为欣赏者与研究者称奇而折服,所谓"留得身后名"。

"受戒"方得静气,也才能端肃敬业之心,得道于"工匠精

---

① 顾随:《中国古典文心》,北京大学出版社2014年版第99页。

神"。以此回头勘察朱文立先生陶瓷艺术生涯，于"敬业"与"静气"两方面，最是突出。

众所周知，朱文立由农家子弟、军人、国企临时工、坊间工匠……到独自发心研制"天青釉"及再造汝瓷烧制技艺，其间经年累月的田野考察、考古研究继而以千余次的烧造实验，终得以让失传八百年的"天青釉"汝官窑瓷重返人间，个中心力、功力、苦累艰辛，实为常人难以想象与理解。要知道，这一中国陶瓷史上的"奇葩"，明清两代恢复不了，当代许多科研机构和专业院校恢复不了，独百年待一人，在朱文立手中得以恢复，实在算得一个奇迹！

同时，"朱氏"汝官窑复烧而填补空白，绝非似是而非的简单仿造，而是从研究到实践、从原料到工艺、从成品质地到艺术品位的全方位恢复再现，达至复古弥新的极致，是以获得当代"青瓷第一人"的美誉。

由此分延出"工匠精神"的另一考究，即其内涵的"科学精神"。可以说，这是足以支撑一切"自律"与"自尊"之志业，可持续发展以达至真正"工匠精神"之大境界的动力源所在。具体到有"瓷痴"之称的朱文立，尤其符合这一点：比起普泛的或徒有其名的所谓"艺术家"和"大师们"，他似乎更像一位"现代版"的民间匠人、"古早味"的个体科学家，不奢谈艺术，不妄求大师，唯以探求为趣，钻研为乐，以手中的"活"和脑子里的"迷"为"痴"。别的不说，仅以一个"蜗居"汝州县城的个体陶瓷从业者，近年在国内外发表的高端专业学术论文，就足以令业界刮目相看——科研打底，考古筑基，再落于常年累月的具体研发，直至匠心独运，运于国之重器复古弥新，而终得一人独出，一帜独树！

尤为难得的是，及至功成名就誉满海内外后，文立先生依然笃笃定定，沉沉稳稳，手不离艺，艺不离心，心不离业，业不离"规矩"与"法度"——如此历历40年，可谓处处"受戒"，步步唯艰，而40年一以贯之，不失"敬业"，每有"静气"，把手艺当作科研去琢磨，把科研当作手艺去打磨，复将手艺和科研以及田野调查、考古研究、做学问等等，集于一身而会于一心，"清脉"、"正骨"、"靠谱"，及至慧照豁然，复得"大自在"，而"修远"以求。

这个"自在"说来轻巧，实在是当下"转基因"后的各色国人，最为缺乏的"基因元素"，可谓自若既失，唯剩顾盼，或转而趋流赶潮以投机。特别是惯于"与时俱进"的各色"艺术家"及"准艺术家"们，大都"机心存于胸中"而"纯白不备"（庄子语）。按庄子的说法："纯白"即"纯素"之美，"朴素而天下莫能与之争美"。庄子进而说："纯素之道，唯神是守。守而无失，与神为一……故素也者，谓其无所与杂也；纯也者，谓其不亏其神也。能体纯素，谓之真人。"（《庄子·天道》）

这个"真人"之"范"，朱文立够得上。

熟悉朱文立先生的人都知道，正是因了这份"真"，连他或被动或主动参与的各种"工匠"之外的事，诸如宣传、研讨、推广等"露脸"活动，包括应邀出国访问办展，也总是那样泰然自若，处之本色，应事而不分心，更无涉虚张声势。同时，始终将这些活动的参与，落于绍介与弘扬已成为其生命托付的汝官窑研究与汝瓷创化之事业理想上，而别无旁骛。

是以每每"回放"朱文立先生"人本"神情，总会想起"用志不分，乃凝于神"这句古语（《庄子·达生》）。由此可信：朱文立对"左顾右盼"之"机心"有天生的"免疫力"，以至让人感到似乎他从未顾盼过，而一直自若如初。窃以为，这才是所谓"工匠精神"的传统精魂所在，也是够格"大国工匠"的本色所在。

这是人本，再说文立先生之"文本"。

四

换过话题，从接受美学角度，来看"朱氏"汝官窑瓷作品中，所具体体现的"工匠精神"。

当代中国陶瓷艺术与陶瓷工艺界，这些年借助资本推手和市场效应，可谓空前繁荣，同时也不可避免地催生了许多空洞的热闹。这里的关键，在于唯"创新"是问，乃至于舍本求末，"调酒师"似地，在当下手边的"现代"或"后现代"之"流"上巧取勾兑，以求急功近利，或别有所图，及至"野狐禅"泛滥。至于那些唯市场钻营为要而粗仿滥造，既败坏传统又糟蹋资源之流，更令人发指！

由此，我在第六届中国陶瓷艺术高峰论坛上所提出的"清脉"和"靠谱"两个理念，就是想提醒业界，要清这个乱脉而回靠正谱。

其实大家都明白，陶瓷艺术及陶瓷工艺，说到底，最根本的"谱"，是有关"硅酸盐"的"谱"——由坯质、器形、釉色、绘事、烧造、窑变六大要素相生相济，而转化为"硅酸盐"艺术的"谱"，没了这个"谱"，怎么折腾，到了都不靠谱。

有意味的是，在我看来，所谓"工匠精神"，就接受美学而言，就是渗化于陶瓷艺术与陶瓷工艺作品中的"盐"，"硅酸盐"的"盐"。没了这种精神，就没了基本的味道。中国人讲"好厨师一把盐"，盐是最基本的，也是最香的，只一点盐，就有了单纯的香，单纯的力量。当然，若只有盐，或盐放重了，只有"匠"而没有"心",也不行。实则对于真正靠谱当行的艺术家和"大国工匠"们而言,若匠心独运至化境,也就匠心不存了——心气、心境、心思等,重新化为"手感",化为艺术直觉,任运不拘而无心自在。

被海内外誉为"青瓷第一人"的朱文立,由主体人格的"工匠精神"之"盐",转而为"硅酸盐"之独一份艺术文本,其关键处,正在于溯源靠谱,再由"古谱"二次"窑变",逐渐形成自家谱系。

我们知道,失传八百年的宋汝官窑瓷,仅就其自然矿物秘制为釉及烧制效果而言,当代能工巧匠们,或有能基本达到或恢复靠近古器品相与气质,就已十分难得,更别说超越。然而当我们欣赏朱文立先生的汝官窑瓷佳作时,确然有一种融古典与现代为一而时空穿越之感,可谓现代之古器。

顾随先生讲:"古器的可贵在于从其中可以看出古人的精神",并将这个精神概括为"厚重"、"雍穆"、"和平"三个词。[①]"朱氏"汝官窑古器再造,形神兼备,神全意简,这三个词实实都当的。再加上其釉色的色阶之微妙和变化之微妙,更添一分灵秀之气,让人叹为观止!

复"文本细读"。

"朱氏"汝瓷,或仿古再造,或新意独出,凡出炉后经严格汰选够格登堂入室者,都堪可细细品来:亲近,入目,心会,顿寂然悦影,觉水流山立、天朗气清之美;清而微茫,朗而凝重,如秋风故道,飒然有远意。再深入品味,更有光阴徘徊之感动——"青青子衿,悠悠我心"(《诗经·子衿》),想象置其"天青釉"之作,或瓶,或尊,或钵,或洗,或碗,或杯,于室内案头,一色纯净,百媚低徊,即可召集与物为春的清气与静气,进而弥散敬

---

① 顾随:《中国古典文心》,北京大学出版社 2014 年版第 111 页。

重之意、有思之情景……"天青色等烟雨，我在等你"，一时间，古往今来之人文心性、品藻、气度，皆于一个寂然而又卓然的小小器物中凝聚而升华，如友，如师，如沐，如度，洗心明志，幸莫大焉。

身处信仰无着而欲望有加的时代，艺术的存在意义，以及我们亲近艺术的"初心"或本然意愿，不正在于此吗？

五

回头释题。以"复古弥新，归根曰静"概括朱文立陶瓷艺术之文本与人本，旨在指认其独特的意义范式。

不妨再引用顾随先生一段话："凡革新的事情，其中往往有复古精神。若只是提倡革新，其中没有复古精神，是飘摇不定的；若只提倡复古，其中没有革新精神，是失败的。"①

朱文立的成功，正在于其"复古"加"革新"的路数，在当代陶瓷艺术与陶瓷工艺界，实在堪称"典型个案"。

而且，作为"典型个案"，朱文立既是独在的，又是自在的；独在，在其"复古弥新"，自在，得于"归根曰静"——这个"根"，即靠"古谱"而"清脉"、"正骨"、求创新的"工匠精神"。

有根，方得正果。

在他人，这是要苦修而得的；在朱文立，这是生就的，命里带的——所谓其"独特的意义范式"，正在于此。

2017·春

---

① 顾随：《中国古典文心》，北京大学出版社 2014 年版第 228 页。

【辑二】

灵魂的力量
——《谢冕编年文集》(12卷) 出版感言

一个时代有一个时代的灵魂。

开启当代中国新"启蒙"历程的"一九八零年代",是诗歌,是现代汉语之"新诗潮",成为这个时代及其后的历史进程中,一直作为"深度呼吸"而存在的"灵魂的力量"。

从"朦胧诗"到"第三代诗歌",从"九十年代诗歌"到"新世纪诗歌",在这一由无数正直、热忱而优秀的诗人、诗评家及诗歌爱好者共同熔铸的"灵魂的力量"中,始终作为"核心元素"而存在而发挥其无可替代的关键作用的,无疑,当属谢冕先生和他的诗歌理论与批评。

自"新诗潮"晨光初露的那一刻起,谢冕先生就义无返顾地率先扛起"拓荒者"的大旗,一路叱咤风云,以其历史担当的激越,以其不负使命的热切,以其宽广的视野、明锐的勘察、仁厚的情怀、忘我的劳作，跨越30余年而专注不移、热力不减、影响不衰，成为当之无愧的"灵魂人物"。

历史的幸运更在于，在拥有了谢冕这样的"灵魂人物"的同时，也拥有了由其"灵魂的力量"所激发、所号召、所聚合而团结一起的几代诗歌学人之纯正阵营，心心相印，薪火相传，携手并进，成为当代中国诗歌写作与诗学研究之信任、之凝聚、之提升、之发扬光大的"力量源泉"与"精神高地"。

"灵魂的力量"何以庞沛如斯？

终于，作为诗人中的诗人，30年为当代诗歌赴命、60年为当代文学赴命的"灵魂之旅"，凝结为12卷《谢冕编年文集》出版发行——这不仅是谢冕先生丰赡劳绩的文本化体现，更是谢冕先生学者之志、诗人之心的史诗般印记——"灵魂的力量"之何以庞沛，12卷玉如之作、凤鸣之音已卓然见证。

作为文本意义的谢冕先生，集学养、学理、文章、艺术直觉和问题意识之五大要素为一身，在当代中国文坛，可谓高标独树，风范迥然。而作为"灵魂人物"的文本化之魅力所在，其实更关键之处，还在于其人文一体而灌注、而激扬、而浸透于学术与文章的那一种火样的激情，那一份矢志不渝的爱心。

原本"学问也者，乃二三素心人，荒村野店商量培养之事"（钱钟书先生语），但作当代中国文学尤其是当代中国诗歌研究之学问，若无历史担当的激越与不负使命的热切，则难免落于皮相之识或隔靴搔痒之尴尬。

至少，仅就当代中国诗歌之30年进程而言，谢冕先生始终立于潮头，切身其中，同呼吸，共命运，书斋与田野相连，诗心与诗人相通，知常而明，识高行远，而在在感召于诗人、诗潮和诗歌运动。文章内外，其丰沛洋溢的人格魅力和精神魅力，更是值得后世加倍珍惜的宝贵财富。

最终，谢冕的意义，从文本到人本，正化为一个时代的见证。

在这个艰难过渡的时代里，有人种月为玉而后待价而沽，换取现实的浅近功利或虚构的荣誉；有人种月为玉，再把玉种回到月光里去，润己明人而朗照天下。

作为诗人中的诗人，作为诗人型的学者，作为跨越当代中国文学 60 年的"灵魂人物"，谢冕先生为玉为月的学术生涯和诗人气质，确已是朗润四海而润己明人的了。

尔后，德将为若美，道将为若居，坐看云起，心烟比月齐。

——历史无憾，先生无憾！

2012·夏

摆渡者的侧影：仁者无疆
——吴思敬诗学精神散论

一

从上世纪80年代到新世纪以来，三个十年，四个阶段（朦胧诗、第三代诗、90年代诗歌及新世纪诗歌），当代中国大陆现代主义诗歌之艰难而壮阔的历程中，诗人和诗评家肝胆相照并肩前行，得以诗与诗学的双重崛起、巩固及全面确立，已成为历史记忆中最为浓重的底色和最为感念的节点。

30年艰难过渡：主流与潜流，庙堂与民间，风潮与个在，探索与鼓呼——回看来路，很难想象，若仅仅只是靠几代诗人们的搏击与竞渡，而失却有如"摆渡者"般重要的现代汉诗诗学与先锋诗歌评论的支撑，那又将是怎样的另一种历程与结局？尘埃落定，我们或许更要感怀，比起自由"竞渡"的诗人们来说，"摆渡者"的生涯其实更为艰难而不易。有幸的是，30年间，各个阶段，每一关口，我们总能"风云际会"中携手葆有至者风范及知音情怀的"摆渡者"，而得以精神的激励与理论的导引，及至方向、坐标与重心的确认，不致长久徘徊或无由地沉没。

二

在这一横跨 30 年的"摆渡者"前列中，著名诗学家、诗歌评论家、诗歌活动家和编选家吴思敬教授的身影，无疑是最令人难忘者之一——七部诗学专著，沉潜新诗现代化问题；近百篇诗歌理论与批评文章，穿越 30 年现代诗发展历程；视野广阔，横贯四个阶段先锋诗歌及常态诗歌写作现场；宅心仁厚，泽被几代诗人之发现、之推介、之认证、之确立；主持《诗探索》复刊 16 年，举步维艰、任劳任怨而殚精竭虑不居功；组织并介入诸多重要诗歌活动与诗歌事件，皆已形成深刻历史印记，却淡定视之无张扬。

与此同时，作为首都师范大学中国诗歌研究中心的主要创办人和主持者，吴思敬更以其深厚的学养和明锐的眼光，以及兼容并包的仁者胸怀，不但引进与培养了一大批影响日盛的中青年新诗理论与批评家，且为跨越世纪的现代汉诗诗学与诗歌创作，搭建了一个实力雄厚而又格外活跃的平台，使之成为与北京大学新诗研究所比肩而立，共同打造近 20 年来研究、推动当代诗学研究和当代诗歌创作之卓越成就的又一方重镇，为海内外所瞩目！

或许，着笔评价一位名重天下的诗学家、诗歌批评家，我们更应以其学术成就为本。但一方面，吴思敬的诗学建树和诗学影响已属有口皆碑之公认，无须赘论；另一方面，出于上述"摆渡者"之历史功用的特别视角，我更看重吴思敬之诗学精神的价值所在。一位现代学者，尤其身处这 30 年之风云激荡而艰难过渡的时代大潮中，其学养、学理、问题意识和学术直觉都是不可或缺的重要条件，但更重要的是学术自性与学术精神的独立与博大。"若其道术，乃必尊个性而张精神。"（鲁迅语）无论是立于"潮头"还是隐于"潜修"，无个性则难免平庸，乏精神则难成格局。特别在当代中国之现代主义诗歌大潮中，若要以"摆渡者"为己任，没有深厚的爱心和责任感，以及由此自甘认领的担当精神与济世情怀，仅以案头学术持之，绝难担此重任而立身入史。

于此，30年间，吴思敬以个我的鲜明立场、确切方向和不凡才识投身现、当代诗学研究和现代主义新诗潮，成就卓著，影响广大，同时更以仁厚、真诚、热切、亲和的仁者风范，相濡以同侪，相携于同道，奖掖晚学，扶助新生，兢兢业业，一以贯之，尽显"摆渡者"济世淑人的精神风貌。尤其是与四个时期之几代诗人和诗评家的广泛交往，屡屡传为佳话：无论是于文本（创作与批评）还是于人本（诗人与批评家）之间的关系，都一直保持着一种"自由平等的气息"和"互助共存的气息"（鲁迅语），令无数受沾溉者感念深深。

实则，凡真正有为的学者，在学有专攻、著书立说之外在成就后面，都有一脉不同凡俗的精神与人格作内里的支撑。读其文，识其人，体悟其立言立行之精神底背及人格基质，于吴思敬先生而言，我认为，其学术精神和学术人格之"打底"的主要元素，正是这一济世淑人之仁者情怀。而或许只有以这样的情怀"打底"，方能真正胜任"摆渡者"的使命，并化为其本色所然，虽历尽艰辛而茹苦为甘，在在不失一己之责任与担当。

探讨一位诗学家的精神理路，仅从理论认知入手，不免概念化。作为与吴思敬先生忘年君子之交近20年的笔者，其实有更多感怀留存于记忆中的细节，或可更能透显"吴老师"诗学精神和仁者风范的精微之所在。

三

至今清晰记得，第一次见到吴思敬先生，是1994年10月23日在北京大学中文系，由谢冕、杨匡汉、吴思敬主持召开，题为"当前诗歌：思考与对策"的研讨会上。

那年秋天，有幸赴北大做谢冕尊师的访问学者，得以出席这次会议。记得到会发言的还有洪子诚先生和林莽、刘福春、刘士杰、程光炜、臧棣、陈旭光诸位，我负责做记录，并于会后整理成文字稿，由臧棣和陈旭光补充校勘后，发表于《作家》文学月刊1995年第5期。

实际上，这次会议是于当年刚复刊的《诗探索》编委会一次扩大性的工作会议，但所讨论的主题和展开的发言却颇有分量，可以说是现代主义新诗潮由80年代向90年代转型的关键阶段，一个颇具学术含量和历史意义、从理论批评到创作状态的重要反思与前瞻，其中不少话题，已预见了后来的诗歌发展现实，有的则已成为数年后"盘峰论争"的前奏。

以后来发表的近七千字会议纪要看，会议主要发言大多集中于如何认定80年代后期到90年代初期这十年间，现代主义诗歌的成就与问题，包括理论与批评的状况。其中程光炜和臧棣的发言，已初步透露了后来逐步成形的"九十年代诗歌"和"知识分子写作"的理论认知，并在各自的发言中开列了这一认知下的代表诗人。其他发言，则多以对这一阶段诗歌的不足与期望为主。

吴思敬的发言则对这十年予以了高度评价，并开列了另一份代表诗人名单。其中，既有对海子、西川的激赏，对王家新、陈东东的中肯评价，也有对"他们"、"非非"诗学贡献的充分肯定，以及对"伊蕾、陆忆敏、翟永明、唐亚平"（原发言排列顺序）所代表的女性诗歌发展成就的认定。尤其谈到韩东时，认为他"提出了一种新的观照世界的方式，尽管有些偏颇的地方，但开创了一个新的诗歌时代"。同时还特别提到伊沙的创作影响"已构成一种伊沙现象"。并最终认为："诗歌的局面还是可观的……目前能与现实相对抗的，仍然只是诗，比起小说要好得多。关键是对新生的诗人和诗总体把握不够，深入研究不够。"

此次到会的诸位先生和道友中，唯有吴思敬先生我是初识，而也正是他的发言，让我特别认同并为之感佩！

一方面，我自己自80年代中期开始投入现代诗评论后，一直重在对第三代诗歌尤其是"他们"和"非非"诗人与作品的关注并为之鼓呼，也是"伊沙现象"较早的论述者，故而听到前辈评论家中有如此高度评价的声音，自是颇生共鸣与鼓舞；另一方面，综合会议总体发言来看，窃以为吴思敬当时所持有的立场和视野，包括他所认同所开列的那份代表诗人名单，确实要更中肯和更全面些。由此油然而生的直接感受是：在谢冕、孙绍振、徐敬亚"三个崛起"理论的历史性开启与摆渡之后，现代主义新诗潮在其新的发展进程和过渡阶段中，又有了堪可胜任其承前启后使命的新的"摆渡者"。

后来的诗歌发展现实也证明，吴思敬的诗学研究、诗歌理论与诗歌批评，及其发起、主持、参与的一系列诗歌活动，确然是继"三个崛起"之后，自"第三代诗歌"至新世纪诗歌20余年的发展历程中，最为出色而重要的"摆渡者"与"发言人"，其视点和着力处，遍及这一时期诗歌进程的各个节点与要津，产生不可替代而别具推动作用的重要影响。

记得就在那次会议后不久，便约了由西安调往北京和平出版社工作的诗友刘斌，一起去吴老师家拜访。刘斌早年的代表作《天上的歌》，曾得到吴思敬题为《读〈天上的歌〉兼谈儿童诗的幻想》的重要评论，发表于1978年3月11日《光明日报》。这篇文章既是对刘斌早期诗歌创作的定位之评，也是吴思敬步入诗歌评论首开影响的处女作。两人之前并不认识，后因此结缘成为知己友人。我在此前与刘斌聚叙中曾谈到列席北大《诗探索》会议的感想和对吴老师的感佩，刘斌复以他的感念认证了我之所感所言不差，遂约定一起拜访。及至家中促膝而叙，方备感亲和无隔，虽心存弟子礼而毫无外在拘谨之虑，似是早熟悉了的一般。

正是这次拜访和那次会议的启示，以及在北大为期一年的访学经历，使我有幸在拜领了谢冕尊师的恩泽，和牛汉、郑敏、洪子诚、杨匡汉诸位尊师的沾溉之外，更得以走近吴思敬先生，并结下绵延十多年的忘年君子之交与师生之谊。

四

有如不是每一位学者都作得了出色的批评家一样，也不是每一位批评家都胜任得了"摆渡者"的"角色"。这里的关键是在不失担当之外，还需要一份"渡人"重于"渡己"的仁者情怀，亦即为历史负责胜于为一己之学术功业负责的宽广胸襟，及同样宽广而明锐的历史视野——尤其是对于置身于如此驳杂而又宏大的现代诗学和现代诗歌浪潮之中的理论与批评家而言。

正是在这一点上，吴思敬先生的仁厚、热忱、纯正、睿智，既从善如流又不失历史维度的学术精神，以及集立言、立行与立德于一身的学人风范，为其胜任并出色发挥"摆渡者"职能，奠定了坚实的基质。由此回望近20年间可谓"千帆竞发""百舸争流"的当代诗歌进程，吴思敬之"摆渡者"的身影，确然十分瞩目而令人难以忘怀。

这里不妨举两个与笔者有关的具体事例以证拙见。

自 1994 年《诗探索》复刊至今，我一直是其虔敬的读者和投稿人，以至最后生出"为《诗探索》而写作"的"《诗探索》情结"，成为我从事现代诗理论与批评以及诗歌创作的主要动力与归宿，而且至今完整珍藏着自《诗探索》复刊以来的所有刊本。记得刚复刊那两年，多是应陈旭光学兄作编辑时的热忱约稿，后来则完全是奔着吴思敬先生的信任和抬爱而去的了——其中的转折点，除对先生诗学精神和仁者风范的认同与敬重而心仪有加外，还缘于那场"盘峰论争"所开启的我对先生的更深理解。

1998 年秋，我在《中华读书报》发表了一篇题为《作家一思考就让人发笑——为〈中国作家 3000 言〉悲哀》的书评文章，尖锐批评由新华出版社出版的皇皇上下两大卷的《中国作家 3000 言》一书中，所暴露出来的当代中国作家人格模糊、观念陈旧、思想苍白、语言干瘪等，从精神底背到语言素养的诸多问题，一时反响强烈而被广泛转载，后来又被著名学者编辑家刘硕良先生读到，专门来电话为其刚主持创刊并任主编的《出版广角》约稿。

此时，恰好因读到程光炜所编选《岁月的遗照——九十年代文学书系·诗歌卷》和《诗探索》1998 年第 2 期有关"后新诗潮研讨会"的会议纪要，有话要说，便在电话中简单提到正在构思中的有关批评文章，刘硕良当即约定写好给他。这便是后来成为"盘峰论争"导火索之一的《秋后算账——1998：中国诗坛备忘录》一文，原本是应硕良先生之约撰写的（发表于 1999 年 2 月出刊的《出版广角》），稿成后觉着毕竟事关先锋诗歌界，便另打印一份并附信给《诗探索》编辑部，解释撰写此稿的初衷并说明已定《出版广角》刊发，同时建议能否再开一次会，以补"后新诗潮研讨会"之缺憾。未想很快收到编辑部林莽先生电话，告知已转呈吴思敬主编并商量过，拟在《诗探索》发表此文，而且也正好在考虑择时举办新的研讨会。随后此文便在3月号（1999年第1辑）的《诗探索》再次发表，及后来的"盘峰论争"之发生与后事。

正是从这一"事件"中，包括"盘峰诗会"后《诗探索》组织的相关论争及后续"龙脉诗会"的召开等，使我更加切实地领略到吴思敬先生作为那个时期之重要"摆渡者"的仁者胸怀与历史眼光，也便由此暗自生成了"为《诗探索》写作"的信念，至今锲而不舍，每有自己觉着比较重要的文章，总是首先想到呈寄吴思敬主持的《诗探索》。现在回想起来，促使我在新世纪前后十年间，于现代诗理论与批评付重力而稍得进步，大概是与怀揣这样一个潜在的心理机制息息相关的了。

还有一件与吴思敬先生有关的小事，则是促成我重新找回诗歌写作信心和开启新的探索之路的关键。

正如我在一篇题为《我写〈天生丽质〉》一文中所谈到的：我其实是一直于批评和写作"双栖"兼顾的"新诗信徒"，只是近20年间，因忝列"诗评家"行列，着重力于现代诗理论与批评，写诗少了，发表也不多，故而作为"诗人"的身份日益被淡化，但心底里还是念念于斯的。在当代诗歌界，如此"双栖者"的诗人诗评家有不少，也都或多或少地，有着因"诗评家"身份所碍而难以得到创作认同的困惑与尴尬。

正是在这种困惑与尴尬时期，收到吴思敬先生编选、北京师范大学出版社1999年出版的《九十年代文学潮流大系》诗歌卷《主潮诗歌》一书，收入我的《上游的孩子》一诗，使我在重新找回自信并重燃写作激情的同时，更惊叹于先生连我这样身份的这样一首小诗也能关注到，并给予如此认同。受此激赏，我便在随后逐渐恢复的诗歌写作中，每每汇报和求证于吴思敬先生，并得以在后来新创办的《诗探索》作品卷发表诗作及相关评论文章。为此我曾写信给吴老师表示感激之情，先生很快回信说："你的诗作我一直是留心的。我编《主潮诗歌》时，也曾选过你的《上游的孩子》，那绝对是好诗。只不过你作为评论家知名度太大了，诗名反而被遮蔽，今后尽可能给你做些'恢复名誉'的工作吧"（2008年6月17日信）。

我不知道像这样鼓励的信，吴老师还写给过多少人，也无从知道还有哪位"双栖者"诗人也得到过这样的际遇而改变了他的诗路历程，但至少在我这里，实在是有幸得遇又一次关键性的"摆渡"，从而得以重返诗人行列，并重获创作丰收——正是在拜领此信之激励后，我投入了总题为《天生丽质》之系列诗歌的实验写作，先后在海内外发表并获认可的同时，也通过电子邮件向吴老师和其他诗界同道与朋友交流求教，并有幸在2009年第1辑《诗探索》"作品卷"上，以20首的篇幅隆重发表，加上后来《钟山》《星河》等刊的大力推介，成为我断续30余年诗歌写作历程中，最堪可告慰之事。

五

回头再说"学术成就"。

就学术而言，30年间，吴思敬在从朦胧诗到新世纪诗歌的四个阶段的各个关节点上，都有自己独到的见解且影响广泛，并将之延伸为一系列具有前沿学术价值的诗学思考与研究。这其中，足以体现吴思敬诗学精神的关键处，在于其强烈的问题意识和历史使命感，且有机地将个在立场和独到见解，与历史维度相联系相权衡。诗学研究与诗歌批评同步，潮流研究与个案研究同步，诗学思考与诗歌现场同步，学术研究与学术活动同步——吴思敬由此提出过不少诗学新观念、新命题，也由此推举过不少诗坛新人、新潮、新走向，但都维系于历史向度的考量和以公器为重的精神底背，立言、立功中不失立德，处处有情怀在，与其"摆渡者"的形象风范可谓一体两面，相得益彰。

当此急功近利时代，加之"学术产业"大行其道，做学问，尤其是做当下眼前的学问，如渐趋"显学"情势的新诗理论与批评，跻身于众声喧哗且名家云集之中，不少后来入道同行者，难免出自急于"标出"心理而"剑走偏锋"。其中，或另辟蹊径另"命名"，或另立山头另"圈地"，以求于另起理论"制高点"或改写历史谱系之下，快速打造个人学术身份与学术成就的"平台"。潮流所至，其实这样的"心理机制"本无可厚非，问题是得有个前提，即尊重历史之序和公器之在，不可一味自以为是、以偏概全，唯急功近利为是。

正是在这一根本点上，吴思敬以公器为重、融个人于历史的诗学精神之核心所在，方显得尤为突出与珍贵。

从1980年7月24日在《北京日报》发表题为《要允许"不好懂"的诗存在》起始，继而为朦胧诗代表诗人食指、舒婷、北岛、林莽、梁小斌等撰写系列评论，同"三个崛起"理论一起并肩前行、开疆拓土。到《新生代诗人：印象与思考》等文章，为"第三代诗歌"及其代表诗人的认证与推举，及至《九十年代中国新诗走向摭谈》《精神的逃亡与心灵的漂泊》《转型期的中国社会与当代诗歌主潮》《中国新诗：世纪初的观察》《当今诗歌：圣化写作与俗化写作》等重要诗论，对"九十年代诗歌"和"新世纪诗歌"的把脉与导引，以及复刊主编《诗探索》，并以此为平台，参与策划、主持"字思维与中国现代诗学"、"盘峰论争"等重大活动，一路走来，与诗同行，与史同步，在在不负使命、不失情怀，虽居功至伟而唯留侧影于远念！

行文至此，复想起今年春上，应邀赴京参加《中国新诗总系》出版研讨会。谢冕先生在总结发言里，特别提到吴思敬参与主编《总系》第八卷"理论卷"过程中，虽然经他再三提命，仍坚持不收入自己的文章这件事，并十分动容地当场向吴思敬致意感谢！——百年一选，藏之名山，80万字，百余作者，吴思敬精心编就并撰写三万余字的"导言"后，自己则悄然"出列"，又一次让我们领略到这位以公器为重、以历史为怀之"摆渡者"的风骨之所在。

时代不乏"达人"，历史不乏"典范"，唯"仁者无疆"而山长水远、天高地阔。

——此种境界，或许正是吴思敬先生为学术为学人的精神寄托之所在，而又何尝不是今日时代里，真正为诗歌、为诗人、为诗学、为诗学家者，可资参照的精神坐标？

2011·秋

领略陈超
——读陈超《打开诗的漂流瓶——现代诗研究论》

1

在物质时代的海面上,有谁还会注意一只诗的漂流瓶的存在?

在消费文化的沙滩上,有谁还会留意一只诗的漂流瓶的呼唤?

现代诗人由此成了当下时代最孤寂的航海者,而现代诗之研究者,更成了这份孤寂的双份的守望者。

然而,当守望被认领为宿命,"漂流瓶"的寓意,便上升为一种高贵的自信!

陈超在其《打开诗的漂流瓶——现代诗研究论集》一书的"后记"文中,特别提到为这部论集取名的"灵感"所由,字面看去,不免些许苍凉,但在我看来,正是这种高贵的自信之委婉的表述。

唯其自信,方得抵达;在昨日历史性的抵达之后,又得以不断抵达今日的现场——不因时而废,且持久地生发其影响力与号召性,正是陈超的现代诗研究,所取得骄人业绩的重要价值之所在。

作为这一业绩的精华体现,十年前出版的《生命诗学论稿》,已为当代诗学界留下凝重的记忆,以此为底本,容纳近年新成果而重新结集出版的这部论集,则不但及时回应了人们的阅读期待,更以其新的影响力与号召性,伴随当代中国诗歌重新上路。

2

算起来,连同《生命诗学论稿》在内,我已是第三次拜读陈超的诗学论集之类的书了,但依然如最初拜读时一样,充满鲜活的感受和富有启发性的体悟。

陈超对现代诗的言说,是有极为坚实丰厚的哲学与美学等知识谱系作底背,且有一幅诗与诗学的宏观版图作参照的,所谓"心里有底":学养底背与精神底背,"笔下有数":学问的路数与学理的路数。因此,无论是发问还是辨析,在陈超这里,都是有备而至,有的放矢,一准能切中诗坛时弊,直抵诗学要害,并不乏超越性的见解,影响及当下与未来。

这部近40篇的论集中,有近30篇写于20世纪80年代中期和90年代,但今天看来依然是十分有效的言说,许多命题的提出,依然富有前瞻意义。

如,写于十年前的《先锋诗的困境和可能前景》一文,指出"汉语先锋诗歌存在的最基本模式之首项,应是对当代经验的命名和理解"。"因此,今天我们的诗歌,应当更广泛地占有当代鲜活的、'日常'交流的、能激活此在语境的话语,而不仅仅是为自己划定一套唯美的、相对稳定的语言'纲领'……",由此进而对可能的先锋诗歌写作路向,提出"准客观写作,怀疑和相对主义立场的写作"之要求,以建构"自由的想象和生存现象异质混成的复杂整体的生命空间,而不是文化闲人的话语遣兴及梦境漂流"。同时还就此在技艺层面提示"模糊一下诗歌文体的界限,在其中加入叙事因素,也是应予以考虑的问题之一"。

熟悉当代诗歌进程的人在此都会发现,陈超的这些观点,在当时可谓振聋发聩,反响巨大。之后的先锋诗歌写作的发展变化,尤其是对"此在语境的话语"的激活,对叙事因素的加强,也都印证了上述思考的合理性与前瞻性。

3

进入新世纪之后,陈超又先后提出"我们的诗歌存在的突出问题是缺乏现实经验的分量和对求真意志的悬搁"。(《诗的困境与生机》·2003)"对活力和有效性的追寻,是'新诗'之'新'的依据和理由。"(《对有效性和活力的追寻》·2001)等重要观点,并和其一以贯之的"生命诗学"之思考一起,构成了陈超诗学研究的核心命题,这些命题至今仍是当代中国诗歌、尤其是先锋诗歌研究的关节点,也便因此而显得格外突出与重要。

在深广的学养支撑下,经由深刻的思考、深入的追问以及深切的在场体验,使陈超的诗学论述,常有超量的价值负载和高密度的问题意识,阅读时须得小心翼翼,虔敬待之,以免疏漏。

如《现代诗:作为生存、历史、个体生命话语的"特殊知识"——〈学术思想评论〉"学者访谈录"》一文中,陈超在指出"九十年代诗歌"存在着"成为新一轮的'美文修辞手艺'或蒙昧式的'口语'"问题之后,又对这一时期的诗歌写作形态,给予一连串的命名性指认:"玄学游戏写作""'超'现实主义写作""源于阅读的所谓'学者型写作''欲望型写作''"后现代'口语填充式写作""'以笔为旗'的绝对情绪化写作""感伤娇弱的'缅怀'型写作"等，这种指认，既简括，又精确，因行文所限，又只能点到为止，但其每一"命名"的后面，都连接着一片当代诗学的开阔地，非简单阅读可了悟而抵达的。

同时，到位的阅读者也会发现，陈超的诗学论述，并未因这样的"密度"与"超量"，而落入或板滞或缠绕不清的某些经院式弊病。——学者加诗人的双重修为，使其在严密的逻辑、严谨的学理之外，更有敏锐的艺术直觉、丰沛的诗人情感和由此而生的意象化的展述活色生香，予以润化和鲜活。且不拘一格，随命题的展开与意绪的导引，生发不同套路与韵致的言说。

如此，整部《打开诗的漂流瓶》读下来，有如欣赏一部现代诗学的交响乐，快板、慢板、散板，论说、访谈、断想，脉络阔展，肌理丰富，有学术见地的开启，有担当情怀的感染，又处处可见陈超式风格的特点：演说的调性和雄辩的色彩。

而，若是将这种颇具深度而又不乏才情的风格化言说，置于当今文论日趋雷同化与平庸化的乏味阅读中作一比较，自会发现，读陈超，当有怎样的弥足珍贵的了。

4

考察一位文艺评论家有多大成就，其实完全不必看其姿态的高低和产量的多寡，只需细究其文本后面的基质，即可立见分晓。

这基质概括而言，无非五点——

其一背景：文化背景与生存背景；

其二品位：艺术品位与人格品位；

其三直觉：艺术直觉与生命直觉；

其四理想：艺术理想与人生理想；

其五文字：精确、生动、成文章。

以此来认证陈超诗学研究之人本与文本，五点基质，无一不备且无一见弱。学养，人格，才具，特别是其持之一贯的诗学立场与诗歌理想，和其融生命与艺术为一的诗性直觉，使陈超持续20多年的现代诗研究，总是充满了"活力"和"有效性"。无论是"将生命、生存、历史、文化、语言，做扭结一体的思考"而生发的宏观理论建树，还是"微观实践的文本细读或修辞学批评"（《打开诗的漂流瓶·后记》），都不乏足以立身入史的贡献，影响所及，早已非同凡响。

由此，作为同道和老友，打开陈超的这只诗学"漂流瓶"，领略的便不只是一种自信，更是一种风度之所在了。

2004·春

【附注】

此文系十年前，拜读陈超兄寄赠在河北教育出版社出版的《打开诗的漂流瓶——现代诗研究论集》新书后，写的一篇书评，之后在《中国诗人》2004年第4期发表。孰料十年匆促成永别，含泪翻找出来，重新发布，或可为超兄亡魂祭。

"修远"与"切实",以及"自若"
——陈仲义诗学精神散论

一

在出版了第九部诗学专著《现代诗:语言张力》后,自来淡定且一向低调的陈仲义,继华中师范大学文学院、湖北文学批评理论学会和长江文艺出版社三家联袂举办的该书研讨会后,再次应邀在北京大学举办这部专著的学术研讨会。假若说前者尚是应出版社推介新书所为,后者则有些因缘际会的实至名归。按照与会谢冕先生的说法,为一位诗歌评论家的诗学著作举办研讨会,在北大新诗研究所还是第一次。

我与仲义同道知交近30年,知道他早年做过"北大梦"而未得,后来的学术路程和所发出的声音,又因各种客观条件所限,一直游离于中心与主流之外,至少在"学术产业"之"核心台面"上,难以有多么大的"共名效应"。

然而最终，仲义以其持久的实力与卓越的成就，达至边缘与中心的对话而不容忽视——其精湛的专业风度、具有原创性的理论架构、丰富的内容与广阔的视野，以及独具风格的论述语言，尤其是对新诗形式苦心孤诣的探究与深研等，对当代新诗诗学研究及创作实践，都具有广泛而深入的影响。此次高规格的"北大研讨"，实在堪可慰藉。

忝列与会发言中，我以"修远与切实"为"关键词"，特别强调了陈仲义诗学精神的可贵处，就某种意义上来说，我认为这甚至比其理论成就更有价值。会后"反刍"，又想到"自若"一词——修远而切实，边缘而高致，粲然自若，独备格局——由此或许可以更全面地来"诠释"这一可称之为"陈仲义现象"的诗学精神之要义了。

二

当代学界，无论哪个"档口"，进入 20 世纪 90 年代以来，多已为"学术产业"所裹挟。对此，笔者算是较早提出警惕"学术产业"负面问题的。历史拐"大弯"，一时"拐"出那么多"虚位以待"的"金交椅"，加之教育产业化、高校扩招、科研量化等，诸种历史因素的合力，很快将学术话语纳入科层建制，随之形成"待遇"不同的"标出"程序。

当代学术研究至此"大环境"，所谓"身份"与"位置"已成为比学术本身更要紧的事——若不在话语权利中心、无涉微观权利运作、不能与时俱进地适时"标出"，便倍显艰难与不易。而，跻身于"一线"及"核心位置"的老少学者们，随着"产业逻辑"和"体制逻辑"的强势主导，心理机制也大都随之发生了微妙的变化，其学术研究的纯正性和含金量，也难免暗自打了折扣。

我们知道，老一辈学人的学术"耕作"，大都先埋头做去，等庄稼种好，粮食丰收了，烧饭的柴火自然也就有了。自当代学术产业化后，一切学问，一众新学人，总难免刚刚开始种庄稼，就已经盘算着"柴火"的多少，遂将古人前人的"见贤思齐"转换为"见先思齐"，争着"当下"之"出位"，难得修远以沉着，话语盛宴的背后，是情怀的缺失、价值的虚位和主体精神的无所适从，以致成为当代学术语境的"暗疾"而不治。

于是近年又空喊着"接地气"。其实所谓的"地气"，本来就一直在那儿的，只是一直忙着在"流"上"争先恐后"的人们，忘了这身边的"地气"而已。即便一时醒悟过来，还有个你如何去"接"的问题：其一有没有自己的"脚跟"去和"地气"相接；其二有"脚跟"接"地气"之后，能不能在浅近功利的诱惑下站得稳"脚跟"。以及如此等等。

三

这些问题，在"时运不济"而自甘边缘的陈仲义这里，只能是"可远观而不可亵玩焉"——据我所知，由于各种客观因素所致，这些年"学术产业"运行中所附带的一切"合乎逻辑"的"附加功利"，很少与仲义沾边的。他只是他自己，一个在普通高校教书，仅凭理想、情怀与热忱，从事独立学术研究的"红尘道人"。如此的寂寞之路，他已安之若素地走了30余年。

就是在这样的"际遇"下，从1991年出版《现代诗创作探微》，到2013年问世的国内第一部以"张力"作为核心范畴研究现代诗语言的《现代诗：语言张力》，陈仲义已先后出版九部诗学专著，加上平时发表的相关论文，总计近五百万字。其学术方向分别涉及新诗创作论、当代诗潮论、当代诗人论、诗歌美学论、诗歌形态论、诗歌技艺论、诗歌鉴赏论、诗歌前沿综合论和诗歌语言论九个方面，形成其多维度展开而富有创建性与切实性的理论与批评体系。同时，其诗学研究的"代际时间"跨度，更是横贯"朦胧诗"、"第三代诗歌"、"九十年代诗歌"和"新世纪"诗歌全过程，从宏观脉络到微观肌理，从广收博采而中西打通的理论探究，到全方位全天候的诗歌实践之"田野调查"式的同步追踪与阐发，皆有独到之深入和独在之贡献。

这样的成就，若置于这些年被"学术产业"推为"重点大学"及重要"学科带头人"范畴去看，或许并不见得有多显赫；"老板"加"团队"式的"流水线"作业，加上"高投入"的运作，其"量"的"高产出"自不在话下——其实也有的一比！关键是，陈仲义的学术"产出量"，除了不失品质保证和个在风格外，更是纯属个人性的集腋成裘、聚沙为塔，唯"劳作"为安身立命之事，虽殚精竭虑而虚静笃诚，其不计声名、无涉功利的儒雅风范，少有能与之相比的。

为此，我常常不由地暗自设想，假若陈仲义是在北大、复旦或社科院之类的研究机构当教授搞科研，借由"高分贝"的"麦克"之扩音效果，如此成就，其"标出"效应，又当如何呢？

想来在仲义而言，自会依然如故守着他农夫般的劳作和圣徒般的虔敬。

四

这便是我称之为"陈仲义现象"的诗学精神之可贵所在了。

眼下，无论学界内外，"淡定"一词已流行为"范"语，可见已很难真正"淡定"。遂常要想到钱钟书先生那句话：大抵学问是荒江野老屋中，二三素心人商量培养之事，朝市之显学必成俗学。

复以陈仲义为例，可以看出，当今学问之正道，反而在"业余"，在"情怀"，在"在"与"不在"之间。这里的"业余"不是说不专业，而是指跳脱"产业逻辑"和"体制逻辑"之"专业化"的羁押，重返自得而纯粹、自若而笃诚的内在心境，所谓"脱势以求道"。再具体于诗学"作业"而言，还得有切实的功夫去下的，将学术理想和学术情怀，转化为实实在在的真学问，亦即前面所说的"接地气"。而这，更是陈仲义令同道业界每每叹服之处。

凡从事当代诗歌研究的都清楚，比之当代文学其他方向的研究，这一块的"作业"是最为艰难困苦的：如此繁复而辽阔的诗歌版图，加之大陆、台港澳及海外板块的比较、对接与整合；如此繁复而激荡的诗歌运动，加之官方、民间、个人的交叉互动与纠结；如此繁复而驳杂的美学嬗变，加之有如过江之鲫的诗人辈出与几近天文数字的创作数量，以及近年来网络诗歌的滥觞等等——别的不说，光是直接间接的资料的占有，以及基本脉络与谱系的梳理，就非寻常功夫可得。

读仲义的诗学著作，及其平日散发的诗歌理论与批评文章，不仅常常要叹赏其理论涉猎之广博、学养之深厚，仅行文中随手拈来，或举证，或分析，或阐释，所涉及的当代诗人及诗歌作品，就常常让人难以置信：他怎么能拥有如此丰富和详尽的资料，以及如此无所不包的阅读量？其中许多例证，举凡活跃在当代诗歌研究前沿的诸多同道，也常感不及。

尽管这种以鲜活代替共识的举证，不免会有失学理的严谨性，但其推陈出新的良苦用心，可见一斑。同时，在几乎是"日新月异"般变化着的诗歌创作界，尤其是民间诗歌、新潮诗歌及年轻诗人那里，总是会首先见到陈仲义研究触角的敏感显现，以至每每成为其最早的鼓呼者和代言人。

如此这般的"接地气",说老实话,一朝一夕、一个板块或一个阶段功夫下到,而成效突出,已实属不易,难得仲义居然能全天候全方位 30 余年持之以恒地"广阔天地大有作为"。其含辛茹苦之心力所及,实在是非同一般。

由此,陈仲义诗学研究之切实精神的另一大体现,即强烈而鲜明的问题意识和独辟蹊径的细节探究,便豁然明了。

五

学养、学理、艺术直觉和问题意识,是现代文论不可或缺且相互作用的四个基本元素。这其中,问题意识尤其重要,特别是在当代中国诗歌研究这一块。新诗百年,先天不足,后天不良,加之外部因素的屡屡困扰,可说是问题成堆之地。并且,受制于新诗发展进程的变动不居,和新诗创作机制的唯新是问,许多诗学问题便总是被一再悬置或隐匿,得不到深入有效的探讨。

这一状况由来已久,大多数从事当代诗歌研究者也以避重就轻——或者只作当下手边的现象研究和作品鉴赏;或者返身早期新诗诗学的梳理与阐发;或者乐于西方现代诗学的引进与推介;或者埋头已然显豁的当代诗歌发展理路以重写诗歌史。

反观陈仲义的研究所在,无一不切切实实地聚焦于当代诗学基本问题的探讨和创作实践之细微节点的深究,如《现代诗创作探微》(海峡出版社 1991 年版)、《台湾诗歌艺术六十种》(漓江文艺出版社 1997 年版)、《扇形的展开——中国现代诗学谫论》(浙江文艺出版社 2000 年版)、《现代诗技艺透析》(台湾文史哲出版社 2004 年版)等。包括像"现代诗语言张力"问题这样既生且硬的"骨头",也要敢为天下先,硬是"啃"出了 30 余万字的专著,引起诗学界的强烈关注。

陈仲义这一代学人，之所以熬到现在，还能如此潜行修远孜孜以求，并不失担当与情怀，究其根本，在于其当年上路时，满怀"伟大的八十年代"之人文情怀和学术理想，一路走了过来。这样的情怀和理想，许多同时走过来者，已经逐渐淡化乃至遗失殆尽，仲义却一直坚持了下来，并全身心地与当代中国诗歌同呼吸共命运而从不曾旁骛，且心态沉着，步履稳健，不着"沙龙"，无涉"圈子"，一以贯之，置身于诗歌现场和潜心于诗学生命中，虽清苦而自得。

正如仲义在一篇文章中夫子自道所言："一次书写，不仅当作一次专业探询，更看作一次难得的精神'施洗'。"

实则，一切学术成就的背后，必有其相应的学术精神的支撑；一切学术精神的背后，也必有其学术人格的支撑。今日为学问者，真要想脱出"形势"、潜沉于"道"以求卓然独成，无非三点：立诚，笃静，自若。而熟悉陈仲义的都知道，这是一位素直、谦抑、清澈见底的"夫子"式学人，气质所在，性情使然，使之得以守志不移，静心不变，定于内而淡于外，于朝市之烦嚣中备显自若。

六

说到"自若"，忽而想到 2013 年诺贝尔文学奖获得者、加拿大小说家艾丽丝·门罗。我是在《文艺报》上看到这位老太太的一张肖像的，十分震动——不是为老太太获奖震动，而是纯粹为那张肖像照震动——一位 82 岁的女性肖像，居然如此灿烂，将少女、少妇和老奶奶三个季节的风采与韵致，共时性地并置于风烛残年之中，实在太罕见了。回味再三中，豁然得之对"灿烂"这个词的重新理解：无可俯就、元一自丰而净空生辉！

于是便想在我熟悉的文朋诗友中,是否也能找到大体相近的"门罗式"形象,结果首先想到的是仲义——借此我想说的是,陈仲义诗学精神最为特别也最是难以企及的"基因"要素正在于:无论身置何时何处,都能痴之不变地葆有清晨出发时的朝气与纯真。

所谓:原粹粲然!

行文至此,作为与仲义兄同道至交近30年的老友,面对他农夫般的劳绩与圣徒般的精神,我想借用一位"八零后"年轻学者在写他的书评中的一句话,来作本文的结语,或许是更为合适的了——

"最棒的一个最朴素,也最高贵"。

2013·冬

林风有仪　云水无痕
——诗外舒婷剪影

1

　　一代名诗人舒婷，近年分力于散文创作，妙笔生花，一枝独秀，很快成为散文界的名家，令人叹服。

　　看来诗还真是"文学中的文学"，是真诗人、大诗人，手中的那支笔，就没有玩不转的活，写诗行，写别的就更行，所谓"皇帝女儿下嫁"呢！韩东、朱文以诗成名，转而写小说，三两下就成为"腕级人物"。于坚的诗越众独出而卓然一家，北岛之后，就他能与老北岛争那个诺贝尔文学奖，闲时玩几把散文，那语感，那文体，惹得一大片散文作家惊呼："这家伙这样写散文，叫我们咋活?！"

　　说起来，这不是一个诗的时代，但到头来看，还是诗人有底气。

2

其实，从一开始至今，舒婷作为诗人的存在，无论人本或文本考量，皆可谓虔敬为本，笃诚有加，水流花开般自然生成，而又不乏专业风度。"她坚决捍卫要过许多时候才偶露峥嵘，极其珍贵的灵感，除此之外她不为任何外部的强加所动。"这是舒婷的夫婿、著名诗歌评论家陈仲义的评价。是夫妻，又是同道，仲义兄的话，该是最"权威"的。

在同一篇文章中，仲义兄还披露道："她被戴上诗名的时间不算短了，但她真正成为诗变成诗总共不过上百小时而已，这就是为什么二十年来，她创作的诗歌总数仅仅一百四十多首，平均每年不到十首，有时甚至可以两三年辍笔不动……她不是那种三百六十五天，规定每日非'吐丝'一首不可的苦行僧。也不是那种为长久保持诗的临界状态，而按时伏案矻矻磨练的操作工。她可以因孩子一个钮扣掉了马上扔下手中的笔，也可以因一丝噪音而顺势借口中止展开的思路。她是那么漫不经心那么毫不在意，常常忘了自己的职业，倒好像是一个永远想法子逃学，永远视功课为重负的放任的小孩，散漫于海岸边，只是凭一时兴头，才偶然做些拣拾。"

忍不住引了仲义兄的这么多文字，实在是，作为最知己的人，他已生动地为我们勾画了诗外舒婷的精妙剪影。

3

话说回来，舒婷有这样一位须眉知己作丈夫，也算得是一种福气。实际上，我认识舒婷，也正是从认识仲义兄开始的。

1985年秋天，仲义从兰州开诗学研讨会归途路过西安小住，经老诗人田奇介绍，我在"止园饭店"结识了这位仁兄。记得当时一见之下，顿为其儒雅纯正的气质所感佩，心里惊呼啥年月了还有这样干净老派的"书生郎"，暗叹舒婷命好！——一般而言，诗人的命大多不好，女诗人的命好像就更费折腾些。"男怕选错行，女怕选错郎"，舒婷于事业于家业，看来都没走眼，得说命好。这话听起来老旧些，但在汉语语境和中国国情里，似乎啥时候都不会过时。

半年后，1986年春夏之交，我去厦门大学看望大学同学张勇，便顺道去鼓浪屿拜访仲义家。那时舒婷已盛名于天下，"鼓浪屿中华路13号"，不知在多少诗歌爱好者的心中编织着一片神秘的想象，说实话，连我当时也有点小小的激动。

那是单家独院的一处别墅式的住宅，一座为阳光和花木簇拥的二层小楼，客厅里则摆满了颇为"经典"的旧式红木家具，使我一时怀疑这怎是写现代诗的地方？忽而又悟到，何以在舒婷诗里，总有那么几分古典的韵致。事先未打招呼，突然造访，仲义兄仍是极热忱地接待坐下，遂呼舒婷，介绍与我认识。

大概是诗人都爱睡个懒觉，或是偶尔让我碰上了，已将近上午十点，好像舒婷才刚漱洗完，穿一身细碎花家居便服，幽幽地从里屋出来同我打招呼，再加上一屋子设施的古典"语境"，让人感到在一时穿越拜访李清照呢！

初次见面，落座叙谈，当然也多是日常话语，知我从西安来，舒婷顿愁着面容感叹着说："不知你们怎么过的呢？那里那么干，连日常的青菜也很少，我那次去待了半天，就急急走了……"我顿时觉着面前的大诗人成了一位娇小柔弱的庸常主妇，想象中的诗人兴会之激情飞扬豪语飞溅等等，连个泡也没冒，便归于一泓静水，遂有一句没一句地主要和仲义兄叙了会儿旧。末了舒婷要留我吃午饭，我既因要赶中午飞广州的航班，又因没了在西北写诗的哥们相聚时的那种豪兴，便早早告辞别过了。

现在想来，是我的可笑，那时还未全脱80年代那种"激情燃烧的岁月"的"矫情"，加之初次见面，半生不熟，难免失意。记得去机场的路上还在猜想：仲义兄是怎样和我们的大诗人、弱女子居家过日子的呢？怕是里里外外都得忙活个没完吧？

4

一晃十年，再访舒婷时，已是1997年盛夏了。

七月底，应邀参加由中国社会科学院文学所和福建师范大学在武夷山联合举办的现代汉诗诗学国际研讨会，刚巧，会议安排我和陈仲义同住一个标准间。这十年中，虽再也未能有机会见面，却因了我也分力于诗歌理论与批评，成了同道，且与仲义兄常有书信来往，反而更加知己熟悉了。

见面的当晚就聊得失眠，问老兄有无安眠药，仲义竟一下子拿出各种安眠药，还有其他日常备用药，我笑老兄竟如此心细，仲义笑答：全是舒婷给装上的。并说次次出门，概由舒婷代他整理行装，一应所需所用，无巨细皆精心安顿好、交待细，连外出几天该带几件几双换洗衣袜都盘算好的……如此等等。

我一时半信半疑，复想起十年前的猜度。第二天中午，仲义见我要洗衣服，便拿出一小瓶洗涤液让我用，说是出门时舒婷专门给倒好的，怕他自己用宾馆肥皂洗不干净衣服。我一用，果然不错，仲义方说这是舒婷应邀出访德国时，留心买下的，特别好用，又省事。

这下话题拉开，才知道我当年完全猜想了个反的。

舒婷在外，是盛名海内外的大诗人，且与人处事口碑极好。

居家过日子，则是传统到不能再传统的贤媳妇，疼夫婿，爱孩子，家务活样样不落。这两年又添上两家老人都上了年岁，常常闹病，不时得跑医院，大家小家全得顾，同时还当着个福建省作家协会副主席的"家"，那么小小弱弱的一个女子，如此里外承担，还诗文惊世，真是实实了得！

末了，仲义兄说出一点耿耿于怀的意见："惯儿子惯得过了些。"我这才重识"庐山真面目"，慨叹竟是仲义兄有福命好了。遂想着再访舒婷。

武夷山会议结束后，仲义兄回鼓浪屿，我去福州访友。顺海边闽东南转了一圈，一周后方赶到厦门。

仍是阳光灿烂的南方上午，仍是花木簇拥的那幢二层小楼，仍是未提前确定好时间的突然造访，且下午就要赶往深圳——轻轻敲门，出来的却是已长成大小伙子的舒婷的儿子陈思，见我面生，许是妈妈打过招呼，沉着脸"挡驾"说"我妈去医院了。"我问仲义在不？说出去办事了，我这才有些后悔没事先约一下，遂掏出在武夷山会上给仲义拍的照片，想留下让陈思转交给爸爸。正说着，舒婷在里面喊："是沈奇呵，快进屋！"说着出来迎我，一边解释昨晚去医院陪老人，早晨刚回来补会瞌睡。我又是欣慰，又是歉疚，一时不免有些尴尬。倒是舒婷毫不介意地忙着开风扇，倒冰水，忽而又端出一大盘水淋淋洗好的各色水果，这才坐下来说话，问些武夷山会上的情况。

不一会儿，仲义老兄也悠悠然回家来，原来到邮局取几个邮件去了，便怪我又是不打个电话搞"突然袭击"，舒婷就说这次要一块儿吃个午饭的，几千里从大西北来不容易。我当然还是推辞了，唯提出一块儿照个相留个纪念，舒婷便要去换衣服，仲义说老朋友了在家照相换什么衣服，舒婷只管进里屋去了。

十年不见，女诗人显然较以前稍稍发福了些，少了一分单薄、瘦弱，多了几分雍容、大度，且这些年满世界出访交流，风华有加，一身裙装出来，竟是比十年前还年轻，还精神，连个子似乎也高挑了些。舒婷指挥儿子为我们拍了两张合影，并许我为她和仲义拍了几张特写，这才欣然作别——仲义送我两本书，舒婷塞给我两瓶水，送下楼，还喊一嗓子："问西安的诗友们好啊"！

5

再访舒婷，仓促间依然是剪影一般的，但又确乎比十年前那幅剪影实在了许多。回西安照片洗出来，朋友们看了都惊呼：舒婷真精神！我为诗人能有这样的状态而欣慰，更为仲义所讲的那些细节而感动。

记得武夷山会上，翻译舒婷日文版诗集《始祖鸟》的日本汉学家佐佐木·久春先生说过：女诗人若过了40岁还能继续写作，且写出好诗来，是很了不得的事。舒婷真是了不得，这几年以散文名世，人们以为诗人于诗是"金盆洗手"了，不想1997年《大家》第3期一下发出七首新作，依然是"宝刀不老"，新锐之气袭人。

而，更让人感佩的是诗外舒婷，永远是那样至人近常般的素宁亲和，不装、不端、不作，如林风有仪，而云水无痕。

还得说：在这个非诗的时代里，唯有诗人活得有底气，活得真诚、自然和永远年轻。

2000·夏

种玉为月的诗人
——古马印象

1

早已是"物质的暗夜"（海德格尔语）和非诗的时代了，却依然不乏诗人和诗爱者，如过江之鲫，簇拥在当代诗坛，营造着或虚构或真实的所谓"空前繁荣"。

这实在是一个令人困惑的现象：明明是空前的实利主义与物质主义当道的年代，疯狂追逐与聚敛财富的年代，却有这么多的"人物们"转而为诗"忙活"，在如此狭小而不免虚妄的"名誉"空间里，争先恐后且不计毁誉而乐在其中，以至偶尔跳出界外看去，竟沾着点荒诞的意味。

困惑久了，便生出些怀疑：进入新世纪后的这七八年中，当代中国诗歌的表面繁荣下面，是否另有隐忧所在？剥开浮华的外衣，其实不难发现，当下诗坛，原是杂语与清音共鸣，文本与人本分裂，中心涣散，边界模糊，价值混乱，典律缺失，问题多多啊！

而凡此种种，关键一点，在于本属于诗性生命意识或文学理想之仪式化存在的诗歌创作，已越来越普遍地为"话语盛宴"的游戏化、娱乐化所替代——所谓诗歌写作与诗歌文本空前高涨的背后，是诗歌人格的普遍矮化与诗歌精神的普遍失血，乃至成了当代国人"平庸"与"郁闷"的发泄平台。

换言之：当一个时代的诗歌，其虚存已经大于实存的时候，其实已经预示着其存在的虚弱性或弱化度。

2

在这个世界上，享有"诗人"的称誉，早已不仅仅是单纯文本意义上的认领，而更多是基于人本意义上的指代。

作家、画家、音乐家、艺术家以及哲学家、科学家、政治家等等，古今中外，只有"诗人"在超乎常人的劳绩与贡献之后，依然被有意味地挽留在"人"的称谓中，这"意味"何其微妙？

诗人是诗的父亲。或许，在诗人之外的任何行列中，我们都多少能理解并接受其成就与人格的分离，但唯有在诗的创造活动中，我们总是更愿意看到并乐于接受，那些将人本与文本完美地融为一体的诗人的存在。阅读这样的诗人，已不仅仅在他所创造的诗性文本，更来自他所体现的诗性气质、诗性精神和诗性生命形象——在这样的阅读与感动中，人们更多看重的，是生命的重量而非艺术的"文身"。

而放眼当下汉语诗歌领域，这样的阅读，这样的感动，已越来越稀有了。——由此想到古马，一位既陌生又熟悉的诗人朋友。

3

知道古马很早，一直爱读他的诗，感觉他是当代诗坛中，少数几位真正能触及到西部诗之灵魂的诗人。但面识古马却很晚，且总共也才匆匆见过两面，仅从形迹往来而言，算不上熟悉。不过诗人之间的交往很有意思，常常多年同处一地的，却越处越远，很远方的知音一时见了，当下便成至交；有的诗人我们只能敬重他而热爱不起来，有的诗人既让我们敬重又让我们觉着可爱而亲和无隔。这里面的缘由很复杂，气味、情趣、功利以及缘分之外，还有一些说不清道不明的什么暗藏其中。

第一次见古马，是2002年暑期，陪叶维廉先生去西北师范大学讲学，我先行一步到兰州见老友唐欣，唐欣便约了古马、娜夜等诗友聚餐客叙。

席间这才得识，原来写诗写那么精致不俗的古马，却是一个如此透着"俗""熟"而亲的典型的西部汉子。说"俗"，是说平实，不架虚势不设防，本色出场，本真行动，是街头巷尾常见的那种热诚；说"熟"，是说痛快，大杯喝酒，大块吃肉，大声爷气地说自己想说的话，一点隔膜也没有。且一脸善笑，将一副五短身材熔融得如过了霜的软柿子，散布着恬淡的温和。那善笑读久了，又让人读出些幽幽的忧伤，如柿子心里的那点涩，留存着岁月的磨洗与和解。

便想起他的诗，解得那样的诗，正该是从这样的心里自然生长出来的。

及至酒过半酣，古马式的快语笑声中就隐隐要溅出些泪花似的，忽尔便自己"申请"要唱歌，打完招呼即放开嗓子吼了起来。吼的是西凉（古马出生地）化了的信天游，不确切，也不优美，只是一味的苍凉与粗犷，让人听得心里一阵阵发颤。吼完，仰脖子又是一杯烧酒，软柿子般安适在那儿，镜片后一双锐亮的小眼睛里，就真的有了些幽幽的泪的闪烁。

过后回忆起来,那次与古马的见面,说了些什么谈了些什么几乎毫无印象,我们甚至没怎么提到诗,太不像一次诗人的聚会,能记住的只是与一颗真正诗人的灵魂的不期而遇,而莫名地感动。这在我与诗人的交往中还是第一次,匆匆的小聚后好像依然陌生,又好像早已是熟悉的老友,让人觉着就该是这样。

4

两年后,我在西安收到古马寄来他的代表诗集《西风古马》,带着一种特殊的兴趣潜心研读后,写出了我从事诗歌评论以来,最为特殊的一篇诗评文章《执意的找回》。

直到现在我也说不清楚,何以会将一篇不乏学理的诗歌评论,写成了连自己也颇讶异的诗意散文:莺飞草长,水流云行,纯然是灵魂的对话、感慨的低语、老友相逢的倾述。在这样的对话中,评论者和被评论者都不再有身份的困扰,只是知己者散漫而真诚的交流。有如我在文中所写到的:那缓缓舒展开来的语调,有一种让人心头发颤的韵律,如无名的乐音渗入灵台,淘洗,澄明,敞开,融入,然后领受"青青的阳光漂洗着灵魂的旧衣裳"。而"蝴蝶干净又新鲜",这样的诗句,到心里就扎了根,还要诠释吗?"森林藏好野兽/木头藏好火/粮食藏好力气",种玉为月的诗人,藏好了老酒,喝就是了,醉就是了,还说什么?

确实没说什么高言大语的这篇文章发表后,得到不少诗友的青睐,甚至不无褒奖地问道:还有这样写诗评的?让我很是惬意了一阵。当然心里明白:没有对出自古马从文本到人本的诗歌气质的特殊感动,便不会有这样特殊的写作体验。正如古马所言:写作是从心灵出发的,出发点不同,一切都会不一样的。

而古今写作,无论为诗为文,语言形式的修为后面,总是要见出些真性情才能生感动、发共鸣的，这是心性性写作与智能性、经营性写作的根本区别。我在有"道"而不失真性情的诗人古马这里，只是演奏了一曲复调的和声而已。

5

再读古马其人，已是五年后的2007年暑期。这一次是有约而来，为诗而谈。

此时的古马，已是"天下谁人不识君"的盛名在身，一握之下，却惊讶诗人依然如故的那般谦和低调，没有这些年诗坛上那种愈演愈烈的所谓"诗人气"。其实这是一个诗人大于诗、诗坛兴而诗歌衰的时代，没有一点定力，很难不被浮躁的时潮裹挟了去的。难得的是，这次还有兰州另一位诗人人邻来会，一位更为低调、秋水长天般的得"道"者，如一杯老茶澄静于古马这罐醇酒之侧，令心仪已久的我好生庆幸，且也是一见如故、当下成了至交！

如此聚谈，便生出些山高水长的话题了。

一直以来，以甘肃的古马、人邻、娜夜、叶舟和由浙江去了新疆的沈苇等为代表的当代"西部诗人"，总是常常在所谓先锋诗歌界那里，被划归为主流诗歌媒体推出的诗人，而屡遭误解。其实这是一个很大的误会。

误会的原因在于，一方面，由于诗歌生存境遇的恶劣，当代西部诗人一直没有能建立起自己的民间诗派诗刊的传统，只能依附于官方诗坛发表作品扩展影响；另一方面，官方诗歌媒体在面对民间诗歌强大的挑战下，为更新自己的面貌，也只能将扩容的目光投向看似传统的"西部诗人"。实则随着当代诗歌进程的发展变化，官方与民间的阵线已渐趋模糊，互相渗透，而古马等诗人代表着"西部诗歌"真义的创作,与主流诗歌的传统走向也有本质性的不同,不能因此作为其价值的判定。遗憾的是,一误再误的先锋诗歌界,对此一直缺少反省。

面对如此的双重尴尬,我看到的古马和人邻,却是一派坐看云起般的淡定。

6

在黄河边的茶座上,听完我的一番慷慨之论,印象中总是热烈有余的古马,一时素宁如对岸的远山,好半天方吐出一句话:"大家都在争当下,真正的诗人该要的是争千古啊!"

这句话一时让我楞怔在那里——好像已然熟悉了的古马,又变得陌生起来,让我重新刮目相看。转而注目河风中滚滚东去的黄河泥浪,我想,无论将来的古马是否真能争得千古,现在能说出这话的古马,已是浮躁当世之清音独出,难能可贵的了!

诗人是超越时代与地域局限的人类精神器官,而非时代与时尚机器的有效零件。那些和当下时代与时尚混为一谈的诗人及其诗歌作品,将无疑会消失在不远的将来。而古马和与古马同道的这些真正意义上的"西部诗人",也许依然要面临"边缘"的尴尬,但只要坚守着这份"争千古"的诗歌理想,这份源自西部精神的铁的沉着和月的澄明,与浮躁的时代拉开距离,就必然会在时间广原的深处,为自己留下了恰切的位置。

种玉为器、待价而沽的时代,独有人种玉为月,渴望布清辉而耀千古——这,才是作为"诗的父亲"该有的心境与人格啊!

2008·春

诗意情怀
——一本书与一则"出版童话"

1996年11月，在台湾出版了我的一部《台湾诗人散论》，欣慰之余，更有一份感动，耿耿念念于心，每有文朋诗友来家，说及眼下出书之难，我总要向他们说起这段佳话，闻者莫有不为之感叹的。

1

自1991年起，我在从事大陆当代诗歌研究的同时，开始分力于台湾现代诗研究，几年下来，断续研读了十几位台湾诗人的作品，写了十多万字的文章，编选了一部《台湾诗论精华》，神交了不少彼岸诗友，便由此渐渐心重而情深，概因想象中的现代版文人风骨一时复现，挠在痒处而欲罢不能，虽一时顾彼（彼岸诗界）失此（大陆诗坛），却也乐在其中。

1995年秋，得台湾诗友大荒先生鼓促，将几年来研究台湾现代诗的评论文章结集为《台湾诗人散论》，推荐给台湾一家书局出版。延搁数月，终因太冷门也太"小众"，出版社怕赔本而遭弃置。大荒便来信提议，让我写信给与我较熟的尔雅出版社隐地先生试试看。

隐地是台湾著名作家，纯文学出版家，近年又以56岁的年龄转而写诗，出手不凡，连连发表诗作，且很快出版了两部诗集，成为两岸诗坛的一个"特殊事件"。此前，经台湾前辈诗人张默举荐，我已在隐地的尔雅出版社出版了两部编选的书，虽未谋面，经年尺牍，已算知心的老友了。虽知这位仁兄为文学为诗不惜奉献，却也不愿再添负担，便于信中婉拒了大荒的提议，欲再等机遇。

谁知半年多后，1996年9月的一个周末聚餐中（台湾诗人作家们常作这样的聚会），隐地从大荒、张默的谈话里听及此事，竟怨怪我太多心、不爽快，当即定夺，让大荒隔日便将书稿"送过来！"在座的一席诗友无不快意，大荒更兴奋地当晚就打电话向我报喜，那一刻，我真是感慨至深，不知说什么才好！

2

仅仅两个月后，厚达四百多页码的《台湾诗人散论》便由尔雅社精印发行了。

不几天，在西安初冬一个响晴的午后，我收到第一本样书，同时附寄隐地的一封信，赶紧先拆读如下——

> 寄上的这本样书颇有故事。为了庆祝此书历经波折终于出版，我特地约了您书中所论及的诗人朋友，在台北宁波东

街罗斯福路口的一家四十年老餐馆聚餐。此样书从尔雅办公室带到餐厅,让诗友们在上面签了名,我和夫人贵真也签了,又从餐厅带回家里,现复从家里带到办公室桌上,准备邮寄给你,庆祝大作诞生。只可惜您未能参加聚餐。

看到这里,我一时怔住,不太相信自己的眼睛,急忙放下信打开样书的扉页,痖弦、罗门、张默、大荒、向明、管管、碧果、朵思还有隐地夫妇的签名赫然在目,上面还有隐地特意提前题写的"沈奇新书·台湾诗人散论出版餐会"一行字,并注明时间"1996.11.29"。隐地在信中还特别说明,因洛夫在加拿大,郑愁予在美国,辛郁和陈义芝临时有事未能出席,故未签齐全。

一时,手中这部样书顿时格外凝重起来,想到如此一本小书,居然凝聚了那么多彼岸诗人的爱心美意,和出版家的诗意情怀,真觉得手中捧着的不再是一本"物质"的书,而是一条"精神"的长河,一个活生生展开在你眼前的"出版童话"!

不久,1997年3月12日,诗人郑愁予携夫人来西安旅游,打电话约聚,看到这部特殊的样书,欣然补签,连呼"难得!"后又逢台湾中生代代表诗人陈义芝访问西安,小聚中也作了补签。剩下洛夫、辛郁二位,有待机缘签齐,我想,这部样书大概就不仅是我个人的一份珍藏,也是两岸诗歌交流与出版史上的一份宝贵的纪念了。

3

诚然,我不知道这多年出过书的人,有多少还有我这样的幸运,也不知道隐地先生是否为每一部"尔雅"版的书,都作过这样的"雅举",更不了解隐地为印行这些被称为"票房毒药"的诗歌与理论作品,承受了多少经济损失——为此我也曾多次声明不要版税,隐地的回答是:"尔雅出书没有不付版税的,暂时我还赔得起!"——主动为你赔钱出书,还掏腰包请客庆贺,还那样细致入微地替你约诗友签名作纪念,如此等等……作为一个以出版为生业的"老板",隐地图的是什么?

想来想去,只想到"情怀"二字。

喜好"命名"的学人,称我们这个变化不定的时代为"转型期"。"型"者样式,"转"者转变,可到底"转"到何时定准以及"转"到什么样的"型"上为归所,谁也说不清。只看到三转两转下来,喜好矫枉必须过正的国人,似乎都由过去的纯粹"政治动物型"转而为纯粹"经济动物型",不仅"体型"大变,"血型"也大变,只讲实利,不讲情怀,难得遇到一点有诗意的人和事。反而,把所有的事都当生意来做,唯利是图,确然已成为这个时代唯一不变的"真理"。由此更加感念隐地的这番情怀,这种做人做事的风度。

4

诗人出版家隐地,早年靠出版小品散文和精萃小说起家,积累了一些资产,跻身于台湾五家最有名气的民营纯文学出版社之列,20多年来享誉海外华文文学界。后来,在台湾诗歌出版滑坡、各家出版社纷纷拒绝再接纳之时,隐地却鼎力独家支撑台湾年度诗选的系列出版达十年之久,近年更全力投入对两岸诗歌交流的介绍出版,而且几乎全部是没有多少卖点的冷书。

实际上,这种诗人式的、诗意化的出版,已纯然是"心灵的加工"了——在隐地和他的"尔雅"而言,决定出版与否的标准,不再是唯销路如何是问,而是作品的意义价值、艺术价值和历史价值如何——这在几乎所有出版业都以商业价值为前提的时代，实在是一个"童话"式的存在了！

5

"在有限的生命里种一棵无限的文学树"！

——这是隐地为他的"尔雅"出版社创办二十周年时题下的铭言，也道出了这位以艺术的良心和诗的情怀、真正为文学献身的诗人出版家矢志不改的心声。

其实，无须如此引申论述以图再印证什么，在我所讲述的这个"出版童话"的细节面前，一切的说明都显得多余，读者自会从中找到自己的感受。

只是，需要再补充提示一点的是：我至今还没有与隐地本人见过面，只偶而从到西安访问作客的台湾诗友那里听说：隐地很忙，忙得很累也很潇洒、很快活。

这就对了。

1996·冬

活在时间深处
——怀念张书绅老师和他的"大学生诗苑"

1

身处话语狂欢、空心喧哗、"介质"本质化而"娱乐至死"的时代，连诗人也由不得"与时俱进"为"时人"、"潮人"的时代，我不知道还有多少未失情怀的同辈诗友，尚能在正午的迷困里，想到那些个出发于黎明时分的步程，和伴随那些艰难步程所留存的记忆。

至少，在我个人的"诗歌年表"中，"伟大的八十年代"，是和一个叫《飞天》的文学月刊及一位叫"张书绅"的诗歌编辑与他主编的"大学生诗苑"紧紧联系在一起的——那是第一抹曙光照耀的惊喜，那是第一口乳汁润育的承恩，那是自青丝到白发都难以忘怀的扶助与激励，念念在心，耿耿在怀，而在在提醒活在俗世中的我自己：在"上游"的记忆中，还有一份诗的清白。

2

20世纪80年代的1981年夏天，我大学毕业，留校工作。也正是在这个夏天里，此前在读期间慕名投给《飞天》文学月刊的组诗《写给朋友也写给自己》，经张书绅老师编发，在第7期"大学生诗苑"栏目刊出。同栏目刊出的还有程光炜《抒情诗四首》和叶延滨的《大学生活剪影》（三首）。虽说这次发表的这组诗，都是早期习作，但就自己的诗路历程而言，却是一个转折点：一个建立信心和确立信念的转折点。

当时的"大学生诗苑"，已成为继朦胧诗之后在全国最具影响力的一个诗歌平台，许多后来成名的诗人，都是在这个栏目上"亮相"启程的。尤其是主编张书绅老师，已成为当时的青年诗人特别是校园诗人最可信赖的诗歌编辑，作品经由他的编发，便是一种资格的认证和荣誉的认取。

其实那时《诗刊》早已复刊，各省的文学期刊也大多已经正常运作，但总体上还是十分保守，而且大多篇幅都给了刚刚恢复创作的中老年诗人，再就是诗歌编辑们之间的交换稿。乍暖还寒时期，民间自办诗报诗刊尚处于个别的"地火运行"阶段，大量的青年诗人及其写作，虽蓬勃欲出而不知何处安顿。此时，张书绅和他的"大学生诗苑"，无异于"指路的明灯"，一下子收摄了那个时代诗歌新生力量的聚焦点，成为一代诗歌青年的"精神家园"和"艺术高地"，能得到这一"家园"和"高地"的认可，自是信心大增而信念有加。

3

自此以后，我便和张书绅老师断续保持着书信联系。其间，也想到过去兰州看望他，但那年月正是我们这一代人刚刚走出岁月的泥沼，艰难跋涉之时，上下左右地艰难着，一时分身不得，也就说不清道不明地一直耽搁了下来。

后来，张老师在"大学生诗苑"之外，又特别创办了一个"诗苑之友"栏目，意在对那些在"大学生诗苑"上发表过作品，走出校园后又一直坚持诗歌创作的青年诗人，作跟踪培养与激励。可见当时，连张书绅先生自己，也已经认识到，他所开辟的"大学生诗苑"所具有的时代意义，方想到以后续的"诗苑之友"，来形成一个完整的谱系，以作历史认证。

1984年，应先生约稿，我一组《写给自己也写给朋友》的新作，又得以在《飞天》第9期"诗苑之友"栏目刊出，整整三排版式的两个页码，是我早期诗歌创作中，难得如此隆重的一次亮相。记得作品发稿后，张老师还特别来信说这期发稿分量较重，值得留作纪念。为此，我特地跑到当时西安一家专卖学术和文学书刊的个体书店"天籁书屋"，请老板代我预购了十本该期《飞天》，收到后分送朋友并自己珍藏。

从"大学生诗苑"到"诗苑之友"，经由张书绅先生前后两次关键性的"给力"，对于一个既不在"体制内写作"，又难得"先锋写作"风气之先的边缘诗人而言，实在是"筑基"性的"再造"之德。

4

得此"筑基"，此后三年间，成为我早期诗歌创作的重要"收获季"，包括《上游的孩子》及千行长诗《仲夏夜，一个成熟的梦》等大部分代表作品，都是在此间完成，并得以陆续发表和选录。

1985年，刊发"大学生诗苑"的组诗《写给朋友也写给自己》

收入北方文艺出版社出版的《中国当代大学生诗选》；《和声》《海魂》收入贵州人民出版社出版的《当代青年哲理诗选》；《上游的孩子》《过渡地带》《巫山神女峰》在《延河》文学月刊第12期刊出；《上游的孩子》入选香港《新穗诗刊》总第5期"中国新一代青年诗人专辑"（黄灿然选编）。

1986年，《看山》《十二点》《碑林和它的现代舞蹈者》分别在《诗刊》第4期、《星星》诗刊第4期、《中国》（牛汉执行主编）第9期发表；同年秋以《碑林和它的现代舞蹈者》一诗和"后客观"旗号，参加由《深圳青年报》与《诗歌报》联合举办的"中国诗坛1986现代诗群体大展"。同时分力于诗歌理论与批评，开始此后诗写与诗评双向并进的诗路历程。

如今回顾，至少就我个人后来从事当代诗歌研究的思考来说，整个80年代，真正实际性影响并改变了这一时期"新诗潮"进程的，主要有四个关节点：一是《今天》的出刊与朦胧诗的传播与影响；二是张书绅主编《飞天》"大学生诗苑"及"诗苑之友"的广泛激励与推动；三是老诗人牛汉在实际主持《中国》文学月刊期间，对"新生代"即第三代诗歌的特别扶植；四是由徐敬亚主持的"中国诗坛1986现代诗群体大展"造山运动般的聚焦与展示。

现在看来，这四个重要"节点"，不但具有诗歌史和文学史的意义，而且也不失文化史的意义价值之所在。

5

遗憾的是，至今30多年过去了，我一直没能登门拜望张书绅先生。开始是分身不得，后来则成了习惯性地搁在心里惦念着，而不再付诸行动。这其中的原由一时我自己也无从清晰，只是觉得先生在我心里，已是一座纪念碑式的雕像，早晚敬着就是。再加上我也是几经磨难死死生生过来的人，虽不知先生人生详情，却也从其为人做事中，隐约可想其风骨所由来，怕或许真的面对面了，反而生出些俗世的伤感和不适来。

临了，再回到开头的语境中来结语。

身处这样一个"翻天覆地"而不断"新颜"换"旧貌"的"大时代"，能持久地热爱一个人实在不容易；不是热爱者变了人，便是被热爱者变了味，"与时（势）俱进"的潮流之力量太大了。便常常想着从未谋面的张书绅先生，曾经那样"指点"过半壁诗歌"江山"的人，却自始至终如红尘道人般在西部兰州城里，守着繁华后的落寞和浮沉后的淡定，甚至不知或许也不想有谁还因早年的"承恩"而深永地热爱着他。

这样想过后，我便再次原谅了自己，并继续以自己的方式，热爱着这位值得永远热爱的师长、知音和真正的诗人。

2013·秋

新诗有了"明细账"
——读刘福春《新诗纪事》随感

1

近年读书教书写书中,渐渐悟到"坐实务虚"的好处。凡事先求真,心里有本账,再求那个理字。有关真理、真义、真相、真实的辨识,有如听什么专家学者或庙堂主持的高言阔论,不如翻翻可能翻到的资料账本,或实际搞点"田野调查",比啥都明白。

"文章千古事",到了,不抵"账目百年清";大叙事糊弄大历史,小账目记载真事实,大小互补,或可还一个完整的历史谱系。

2

回头检视跻身于其中的新诗理论与批评界,也渐渐觉着有许多不踏实之处。账目不清,历史坐标不明,只忙活于当下、手边、推波助澜，再要没点问题意识、艺术直觉及文章功夫，不全成了"瞎嚷嚷"了吗？

倒是有几本"重写"的新诗史或文学史的新诗章节，作了一番新的梳理，但还是脱不了"大叙事"的模式，且受制于当下语境的局限，依旧是一家之言而已。所谓：这边读诗，读得"审美疲劳"；那边读论，读得"话语疲劳"。

值此在在不堪中，收到同道老友刘福春寄来一部名之为"撰"——非著、非编、非编著的《新诗纪事》，无论无评，无"指点江山"亦无"激扬文字"，只是自1917年至2000年间，按年，按月，按日，创作、出版、活动，大陆、台港、海外，一笔笔记账而已。

如此近40万字、六百余页码的"账目文字"，却读得人兴味盎然，手不释卷。一气读完后，再二返翻览摩挲，惊喜百年新诗终于有了"明细账"，既而叹服现，在还有如此做学问的主，而最终感念：原来看这样的"账本"，反而比看那些所谓的"论文"乃至比读"文章"还有意思！

3

新诗百年，追"新"百年，急行军似的，全赶路了。写诗者忙着赶路，论诗者忙着吆喝，从头忙到现而今，终于有人不慌不忙日积月累十几年，整出这部"明细账"来，使新诗有了一个完整的"家谱"，功莫大焉！

纵观海内外：此前远有诗人王统照在1930年代辑成的《新诗编目》（刊于1937年1月版的《文学月刊》）；近有台湾老诗人张默于1990年代编成的《台湾现代诗编目》（台湾尔雅出版社1992年版）；以及其他一些为数不多的编纂，但大都系一时一地之局部

"账目",如《新诗纪事》这样跨海跨代、百年一撰者,刘福春是第一人。其视野之广,版图之大,史料之翔实,都属前所未有。

学界人士都知道史料的重要,只是这多年很少有人能坐得了冷板凳去做这样的苦学问了。而史料的丧失,便是历史的丧失;同理,史料的修复也便是历史的修复。但如何修复,以怎样的学术立场与编纂理念去修复,其结果是大不一样的。

刘福春的《新诗纪事》,采取的是客观还原的方式:"尽可能地展现当时的历史风貌和上一世纪新诗创作的成就,勾画出新诗演变的曲折轨迹,还原其原本的丰富与复杂。"(《新诗纪事·说明》)客观叙述,不做主观评价,让资料说话,让时间做证,这样的"修复",显然是较为科学而又富有远见,从而保证了其现实的意义和长久的价值。

4

如此客观还原,首要的功用是,撰者借"纪年"体例,"顺道"将20世纪下半叶所谓"两岸三地"及海外各自为阵各自为主的新诗板块整合为一,疏通打理到一条"河道",哪段水清,哪段水浑,哪段断流,哪段水深流静,其历史脉络,立见分明。

脉络之外,更见肌理,资料全成了"活物",在被还原的历史时空中对质、盘诘、互证,其生动与真切,非寻常"理论话语"可比。

如,读到这样的记载:"1958年6月19日,《人民日报》刊出新华社报道《田埂边,墙壁上,诗句琳琅满目——四川农村已经诗化了》";"25日,《诗刊》6月号刊出郭沫若的文章《遍地皆诗写不赢》。"便可知道,我们曾有过一个多么"繁荣"而又荒唐的"诗歌时代"。

又如："1968年3月6日,《人民日报》刊出易和元的诗《十唱毛泽东思想学习班》；是年春,郭路生（食指）写作《相信未来》。"便可理解,作为朦胧诗的先声,当年食指的创作,有着怎样雪间春草般的珍贵。

再如："1954年2月16日,《光明日报》刊出冯至的诗《歌唱鞍钢》《鞍山街头素描》《鞍钢劳动模范》。20日,《现代诗》第5期刊出痖弦《我是一勺静美的小花朵》、蓉子《水珠》等诗。"便可明了,从这时起,一直到以《今天》为代表的朦胧诗的崛起,20多年间,在同一段历史时空里,用同一种文字写作的两岸诗人们,在写着怎样天壤之别的诗,并改变了各自不同的诗的命运、诗的历史。

如此的比较,如此的见证,整部《纪事》读下来,常有惊心动魄之感。百年新诗历程,何以曲折,何以驳杂,何以纷争不断,又何以分流归位,白纸黑字,在在举证与认证在案。由此,我们平日里常常要拿来"鼓劲"或"较劲"的一些俗理套话,如"有比较才有鉴别"、"事实胜于雄辩"、"时间将证明一切"等等,在这样的"纪事"中顿生异彩且无须强调——沧海桑田,主流边缘,官方民间,世道人心,诗品人品,以及等等,无须论争,"流水账里"皆一笔一笔显示得清清楚楚而明明白白矣！

我想,在如此还原的历史史料面前,现行所有对中国新诗的言说,大概都得重新检视修正,而未来的新诗步程,更可以此为鉴照,不再那样彷徨与浮躁。

5

总之,一部《新诗纪事》,看似平平常常,不显山不露水,一部工具书的问世而已,既非庙堂文本,更非翰林文字,只是点点滴滴实实在在将散失于历史风云话语喧哗中的新诗史料，予以细心拣拾、精心编纂和客观呈现而已。但时间会证明，这将是中国新诗研究领域中，可谓里程碑式的一部大书！

新诗有了"明细账"，这"账"是修复，是还原，更是历史性的改写，其隐含在流水纪事寻常文字后面的苦心孤诣，或不为当下浮躁的学界所看重，但必将为未来的历史所记取。

我曾说过："写给时间的诗与写给时代的诗是不一样的。"同理，为时代而做的学问与为时间而做的学问也是不一样的。新诗有幸，百年待一人，终于等到刘福春这样虔敬笃诚的学者为之作"司库"，并理出一部"明细账"来，实在堪可告慰于历史的了。

2004·秋

【辑三】

谁念南风北地香

——"蔡鹤洲·林金秀艺术生涯百年纪"感言

一

记得是 2006 年秋天，应蔡小枫、傅小宁画家贤伉俪之邀，参与由人民美术出版社出版的《中国近现代名家画集·蔡鹤洲卷》的前期编选中，有幸在其家中系统拜读了蔡鹤洲与林金秀两位前辈画家的画作，包括电脑中辑录的作品照片和部分纸质原作，当时的直接感受只能用一个词来形容：震撼！

六年后又一个金秋时节，同样参与其中的我，出席在深圳美术馆隆重开幕的"枫林鹤馆：蔡鹤洲·林金秀艺术生涯百年纪"展览，再次细细拜读展厅中一幅幅珍贵原作，和配合展出的各种文献图片资料，又一次的震撼中更添了一份深深的感动。

《中国近现代名家画集·蔡鹤洲卷》于 2007 年 4 月出版。小枫在留赠我的这部画册的扉页上，颇为动情地写了下面一段话："感谢沈奇兄在编排画册期间所给予的热情支持和帮助，使画册顺利圆满面世。这本画册凝聚了我父亲终生心血，又得到我母亲精心珍携。此次出版纪念，亦是了却了两代人的一个心愿。沈兄的倾力帮助，使我们的工作踏实许多。借此书到家之时，顺表谢意，愿在以后的时日里，能继续结缘并得到帮助。谨借此空页写下我的心情。让我们共同为画册成功面世而庆祝！"

满满一页，小楷行书，连同皇皇巨卷，遂成为我书房的珍藏。于今重新翻开读来，则别有一番感念涌上心头。

震撼—感动—感念，一位也算有点阅历且以学术为业的诗人，何以在不期而遇的"蔡门"之缘中，感受如此之深？

二

先说六年前的"震撼"。

作为一个诗人教书匠，越界游学于美术界有年，便常常闻及有关当年长安画坛"二蔡"的种种说法。但由于历史成因所致，这么多年来，无论是各种展览活动、画集出版还是学术研究，都很难见到两位前辈的"踪迹"，大多停留在民间传言而已。及至六年前第一次系统拜读其作品，才算初识"庐山真面目"。记得当时小枫曾提到为画集写评的事，我没敢答应，关键是一时从"震撼"中出不来，不知如何说起。却又深深印在心里，难以忘怀。

现在明白了，这正是"蔡门"艺术价值的精义所在。

古往今来，一切真正超越时代、深入时间、可传世而赏的艺术作品，总是首先能"往心里走"的作品。读蔡鹤洲和林金秀的画，抛开理论阐释先不说，直接的感受就是这样一种"往心里走"的震撼，如直面高士古风，一切说头都显单薄，唯心仪神会而已。其实就接受美学的本义而言，这种"心觉"的深浅，远比当今所谓"视觉冲击力"的强调，要重要得多，本质得多。

这便是认识"蔡门"艺术精神与艺术品质的第一步——看多了这些年林林总总动手动脑不动心、且大多是粗人干细活俗人就雅事的所谓"艺术"后，再读"蔡门"的作品，便知这才叫"心画"——每一笔，每一墨，每一根线条，每一块色彩，都出自心性，发自心境，以借此化解心郁，释解心曲，丝丝缕缕，皆从心底流出。

正有如蔡鹤洲先生"夫子自道"所言："吾作画多随机遇不拘形式，若问则曰，在养性、涤烦、破闷、释燥之间，不计名与利也"。

这是直接感受，转而学理说之。

三

中国画的审美本质，说到底是笔墨语言，笔墨是中国画唯一不同于其他画种的特殊语言。追溯生发与滋养这种语言的精神源头，概括而言无非两点：其一，自然和谐，野逸隐修；其二，回避现实，独善其身。亦即，如蔡鹤洲先生所言"在养性涤烦破闷释燥之间"。讲意在言外，讲意味、兴味、品位。这也是为什么中国历史上的古代名画名家，多出于民间个人，而非庙堂体制之内的原因所在。

这里的关键是"兴味"——从发生学的角度来说，临池起笔，为何而"兴"？是成画后"意味"之深浅实虚、"品位"之高低雅俗的先决条件。按现代西方美学的说法，即艺术创作的"心理机制"决定艺术作品的"品质机制"。

回视百年随新文化而兴的新美术，尤其是主流美术，一路走来，不是被意识形态"绑架"，便是被时代浪潮"裹挟"，及至体制和市场的主导等等，无一不为"外求"所干扰，而很难完全返回到主体自性和艺术自性。

由此，现、当代中国的许多艺术作品，包括为各种美术史所书写的名家名作，大都分裂为"显文本"和"潜文本"两种价值体现。"显文本"是题材、样式等外在的东西；"潜文本"是语言、人格、精神气息，即作品的内涵。本来，在正常文化生态下，二者是水乳交融而并体显现的，没有形神分离的问题。我们读中国古人的东西，常常感念于心的正在于此：心手相宜，形神和畅。但近世新美术所处的时代语境却大不一样，诸如"意识形态机制"、"展览机制"、"市场机制"、"时尚机制"等强制下的生态所迫，艺术家们常常要屈从其主导和驱使，这时候，能否在"显文本"下有机地保留"潜文本"亦即人格与语言的个在魅力，就成为其作品能否超越时代局限性的关键所在。

正是在这里，我们方重新理解到当年的"长安画派"，何以能以压倒"金陵画派"和"岭南画派"的优势，名重一时而影响至今？说白了，除笔墨语言有所创新之外，无非是在时代与个人、外求与内在、"显文本"与"潜文本"之间，找到了一个相切而共存的"权宜"之法，而达至"双赢"而已。

也正是在这里，"长安二蔡"的艺术价值，方显出其"清音独远"的意味与品位。

仅就我认真研读过的蔡鹤洲先生的作品而言，上述"显文本"和"潜文本"的问题，基本上是不存在的。无论是"大蔡"还是"二蔡"，以及两位画家夫人，在20世纪50年代定居西安后，由于各种历史成因，基本上是被阻隔于各种"外求"之外的，时代留给他（她）们的艺术生存空间，只是"躲进小楼成一统"的个人空间，除工作单位的具体美术工作之外，居家临池，画点画——

不是被近世国人搞变味了的所谓"创作"——也只是为着释解生存之困扰、生命之郁积、生活之烦忧，以画洗心，以画养心，不假外求，自得而适。——生命，生活，艺术，三位一体，在"蔡门"这里，被不幸的命运造成有幸的归宿，而反得天机，独成格局。

不妨引证几段蔡鹤洲先生的《题画录》为证：

  古人云喜气写兰怒气写竹，余之此兰偏趁怒气写之，似亦不恶。

  亭前残竹抗衡于风雨中，见而有感，依势写之。

  五七年两度返闽，正逢三年灾害，佳果殊鲜。有友从凤岗携来满筐枇杷换画，一时精神奋发，铺纸执笔即席应之，一家大快朵颐，渠亦开颜，可谓皆大欢喜也。

  夫人市鱼归，图而后烹；有朋携果至，绘而后食。自得其乐，并非欲以传世也。

  近已多病，画事久废，偶触旧作而技又痒，逐开砚匣，一气画成数页，嗜痂成癖，此亦春蚕作茧，奈何，奈何。

这是"画语"，也是"心语"，从中在在可见先生为艺术之"兴味"所在、"心境"所在，而令人扼腕慨叹！

研读蔡鹤洲先生的艺术，每每感到如遇故人而有古风存焉，且有古人作画那样的"心手相宜"、"形神和畅"。细究底里，正是因为先生有如此纯粹而没有"外求"挂碍的"兴味"与"心境",从而优游不迫,自得而美。落于纸上,无论何种题材哪样图式,皆处处可见其笔情深厚、墨意清旷、磊落朴拙而又蕴含洗韧的风格特征,犷秀相济,苍润兼得,且受主观意识之表现性的冲涌推动,笔生骨力,墨发神采,于自由挥洒中风规独远。加之多年独善其身之学识修养、审美理想、人文品格与生存体验,方得以骨重神盈而高风跨俗。

再读林金秀前辈的工笔花鸟,那一种心斋涵养而得的功力,那一脉自然天成而生的雅气,那一派古风犹存而弥散于画里画外的清隽高华——与物为春,岁月静好,以慰忧伤,以寄情志,不求闻达,自适而美——沉浸其中,如沐清风,如聆天籁,而洗心涤烦。

这便是当年的"震撼"之所由了——原来,在已成陕西国画界常常拿来自诩的招牌说头之狭义"长安画派"之外,竟还有如此一脉清流的存在,却又长期不为主流话语所认领,而一再成为历史的遗憾。

四

再说六年后的感动。

"枫林鹤馆:蔡鹤洲·林金秀艺术生涯百年纪"开展前,已成"蔡门"老友的我,于先期参与其画集编辑校勘工作中,尤其是在仔细校勘"年表"中,每每感慨其艺术生涯之曲折艰难,而又难夺其志,难消其情,其中诸多细节,让我这也算磨难过、沧桑过、直接间接阅历过的后学之辈,每每唏嘘不已!及至深圳开展,在另一种语境下再面对两位前辈的原作,特别是那些放大了的、可断续辨识两位前辈艺术历程的珍贵图片资料,便再次感念至深了。

首先，这次展览的创意十分可贵：作品与文献并重，纪念与梳理并行，历史回顾，现实启示，既是一次高端经典的艺术欣赏，又是一次内涵深厚的文化巡礼。

以此理念为主导，同时编辑出版的大型画集，更是以厚达300多码的篇幅，包括代表作品和纪念文图及翔实年表，以全方位呈现的复合文本形式，为读者展现出两位艺术家前辈当年相濡以沫、携手丹青的艰难历程。特别是其中60余幅极为珍贵的肖像与生活照片，让我们得以真切感受到两位艺术家伉俪及分延而及的"蔡门"艺术家族的相关脉息，和与此相关的历史际遇与历史语境。

概言之：整部《枫林鹤馆：蔡鹤洲·林金秀艺术生涯百年纪》画集（天津人民美术出版社2012年版）读下来，可以说，既是修补了一段美术史，更是修补了一段文化史，其苦心孤诣所达成的复合价值，确然难得！由此更可以看出，"枫林鹤馆：蔡鹤洲·林金秀艺术生涯百年纪"的展览和画集出版，其价值已远远超出一般性的纪念意义。

这便要说到另一个话题：有关"蔡门"艺术家族的文化学考量——正是由于这一命题的存在，才是吸引我与"蔡门"结缘而为之倾心之处。

细读《枫林鹤馆》画集，无疑是在读一部"蔡门"艺术世家的精神历程和文化历程，其谱系所及，上承民国年代画坛、文坛、政坛之侧影，及艰难时势下，"二蔡"兄弟妯娌四人举步维艰、玉汝于成、携手并进的早年艺术生涯之纪实，下接上世纪五六十年代及"文革"期间，"长安画派"之广义范畴下的发展脉息，及疏离于主流之外的"二蔡"两家，隐忍自爱、出而入之、苦苦撑持清流一脉的心路历程。南国与北地，艺术与生活，其中诸多细节与情景，无论于理论研究还是于治史而言，都可谓溢出单一美学范畴而富有文化学价值的重要文献。

关键是,这些细节和情景,对于今天急剧现代化语境下的国人,更是弥足珍贵的"文化乡愁"之不堪对比的深深眷顾了——细想当年,兄弟妯娌四人相濡以沫、相互扶持,挺过"战乱"与"文革"两段艰难岁月,风雨同舟,荣辱共受,百般不易中,潜心造就清音独远、唯"蔡门"所有的艺术成就与风范,其间种种,岂是今天之人心所能理解的?

更令人堪可追慕的是,前辈遗泽,传承有序,一门六家,家家堪称翘楚:当年的蔡鹤汀与区丽庄、蔡鹤洲与林金秀两家,已成现、当代中国画坛一段为人称道的佳话;第二代"大蔡"一门之王迦南、蔡小丽伉俪,早就称誉海内外而声名远播;"二蔡"一门之蔡小枫、付小宁伉俪,已是当今陕西实力派画家中的佼佼者,而蔡小鹤的书法艺术、蔡小华的油画艺术,也都盛名业内,独备一格。延及第三代儿女之成长,也大都取道于艺术理想,或在读,或备考,或已在研习创作的路上潜行修远……而熟悉"蔡家"的友人们更知道,上辈传下来的家风,如今依然如故——兄弟姊妹,妯娌亲朋,于艺术,于生活,皆肝胆相照,携手并进,其情洽洽,其乐融融,宛如当年气象——这种久违了的世家风范,古风韵致,又岂是今天的普泛"人家"所能想象的?

五

谁念南风北地香,
却把西京作汴梁。
枫林鹤馆丹青梦,
三世流芳待传扬。

现在我们似乎可以这样说了：若还承认有广义范畴的"长安画派"，曾经存在于 20 世纪下半叶的陕西美术发展史以及中国美术发展史中的话，那么，"二蔡"兄弟妯娌四位画家的艺术精神和艺术成就，理应是其不可或缺而需重新认领与书写的重要篇章。

不过话说回来，其实在笔者心里，这样的认领实已无足轻重，我更心仪与看重的，是流转于"蔡门"艺术血脉中那些可贵的传统文化因子，及其浸透于生活与艺术中所散发的种种韵味与风致，并由此确信：这世界，这历史，这现实，还有些高风可慕，华章可待。

2011·秋

秋日之书
——品读蔡小鹤其人其书

读蔡小鹤其人其书多年,惊之,羡之,敬之,总不敢轻易置喙。

1

近年"长安"城里,美术界内,有"蔡门六家"之说。

"六家"者,蔡鹤汀、区丽庄伉俪一家,蔡鹤洲、林金秀伉俪一家,合为"长安二蔡";20世纪60年代"长安画派"风生水起时,"二蔡"因历史成因未直接参与其中,而另行"巡回展览",共时性呈现,可谓"广义长安画派"之中坚翘楚。风骨遗泽,传至"蔡门"第二代,有王迦南、蔡小丽伉俪一家,蔡小枫、傅小宁伉俪一家,及油画家蔡小华,书法家蔡小鹤。

世家风范,古风韵致,一脉清流,两代六家,皆声名不凡。

唯一不同处，"六家"中五家九人都倾心绘画艺术，唯小鹤横逸旁出，只写字，不画画。

这是一"惊"——诧异"别才"之外，是否另有"心性"？

2

古今存一公论：中国画乃"广义的书法"。

此中除去文化特质与材质特性，所生成的美学发生学之特征外，至少在汉语语境下的审美范畴里，似乎还暗示书法艺术比绘画艺术要"高级"一些？

不然的话，何以汉语中的"书"字，竟然既指称"书法"，又指涉"书籍"、"书信"，更指代所有的"书写"，并延伸至"书生气"、"书卷气"、"书香门第"等等，好一个"书"字了得！

如此了得的一个"书"字，到了当代，无论什么"家"，于文本，于人本，能稍稍沾灌其内涵外延之一二者，都算罕见了。偏是到了避言"书法"只说是"写字"，且独爱写草书的小鹤这里，千古一"书"的内涵外延，竟能如此自然而就、默然而沛、如植物生长般地得其所然。

——正如王迦南所言：近于"道"而与生俱来。

3

以"写字"为生活，如生活般"写字"，既是爱好，又是修行，享受其中，不假外求，所好所图，仅在心性，非为他谋，唯以一"真"一"痴"待之。——多少什么"家"们什么"人物"们孜孜以求的什么"精神"什么"气"，在蔡小鹤这里，原都只是"家事"，日常打理就的。

是以读小鹤的"字"，大幅，小章，慢活，急就，外人可能会挑出一些这里那里或线条或结体的毛病与问题来，知己者观之，则欣然沉醉于其浸漫弥散于字里行间的"书香"气息和"书卷"气质,以及那一派偕友人故交散步叙旧般的散淡心性与烂漫情怀。

由此诧异而惊羡:这一本"植物",怕是从另一个"家园"移植过来的呢?

4

及至与小鹤渐渐深交而知己起来,更生出由衷的敬意。

木心说"植物是上帝的语言",这"语言"实在自然而又奇妙。可上帝造人,偏是刻意,给人一颗比"植物"和"动物"们多些的灵魂,又安排下比"植物"和"动物"们麻烦得多得多的肉身,两厢得"安顿"——现代学人将此称之为"张力",由此构成一切与人有关的"发生学"之"基点"或"激点"。

小鹤是早有信仰托付的人,且十分虔诚,在我所认识的书画家当中,算是一个"异数";无论于学养还是学理,都异于侪辈而独步超迈。而且,无论据有怎样丰富的学养或明湛的学理,在他而言,似乎都是为了认证其信仰所在的。

以此润己明人的灵魂,反顾肉身的托付,于汉语语境下,小鹤认定了"写字"——"书"存大道,道成肉身,肉身是每日都要安顿的,容不得一味虚荣;再说老一辈的繁华与寂寞,也早已让这世家长子看了个透,提前春意阑珊而秋意天成的了。

——如此,将彼岸交给上帝,将此岸交给"书"道,"写字"的小鹤,在信仰之外,也在信仰之内,将汉语之本质意义上的"书法","写"成他日常人生的艺术或艺术人生的日常。

我将其敬称为"秋日之书"。

5

若要在汉字中找一个词赞美秋天,我愿以"朗逸"称之。

拿这个词指认小鹤的书法艺术，更是再合适不过。

古人评书，视"逸"为高格，并有"野逸"、"散逸"、"旷逸"、"嫩逸"等说头。不过这都是在儒释道谱系中而言之。

小鹤的"朗逸"，在别有信仰之"朗"，在落于日常之"逸"。二者相生相济，自有另一种"张力"——"朗"存骨感，"逸"生烟云，云揉山欲活，活得和畅，活得淡定，活得不矫不饰，无适无莫。

以此落于案头，笔情素直，墨意清旷，伸引有致，应答丰华，其感人亦近亦切、亦深亦厚而怡和无隔。读久了，只不知是小鹤在写字，还是字在写小鹤，有如不知是云在写山，还是山在写云，唯"朗逸"之气息弥散如心香，熏洗出一派天朗气清的秋日情怀。

6

秋深了，云在天上闲着。

植物和动物们，忙他们的收获。

而，有信仰的人是安详的——有信仰的小鹤，安详地写"字"，写"书"，写独属于他自己的"书法艺术"。

或许，这样的"书写"，秋意本天成的"书写"，返回"书"之源头的"书写"，才是原本意义上的"书法艺术"及其艺术人生呢。

长安一片月，可为朗逸生？

小鹤明白，长安的那片月也明白。

2014·春

庄重与绚烂
——品读《王迦南·蔡小丽》画集

1

当此"机械复制"(本雅明)、"娱乐至死"(尼尔·波兹曼)、离"道"就"势"而空心喧哗的时代语境下,走近"西行"而"东归"的王迦南、蔡小丽艺术伉俪,品读他们的艺术作品,不免有"隔世"之惑,有"奢侈"之感,有"蓦然回首,那人却在灯火阑珊处"的意外惊喜。

打个不太恰当的比方:那是一种由中国特色的集贸市场(艺术品市场)中脱身而出,猛地转身拾步登临华堂正殿而终于换了一种呼吸的感觉。——我是说:他们将被变味的"市场"弄变味了的"画画",重新还给了本体意义上的"艺术",同时也将艺术还给了本质意义上的"高贵"。

是以品读他们的作品,首先了然于心的是:这是来自真正高贵的艺术家之高贵的灵魂与高贵的手艺的艺术作品。

欣赏这样的艺术作品,虽然"奢侈",但"奢侈"得放心。

2

读王迦南,读其沐浴在"大光明相"中的朗逸"秋色",如读"巴赫",如读"庄骚",如读"巴赫"式的"庄骚",如读"庄骚"式的"巴赫"。——一种中西通合后的大山水交响——化西为中的色彩的交响,化古为今的笔墨的交响,化出而入的精神的交响,化隐而耀的灵魂的交响。

造形而不为形役,写意而不为意驱;笔墨意趣新奇,精神灌注丰沛;气势雄浑,气韵深长;意境葱茏,意蕴深厚;通体发露,高风跨俗。既有作用于心灵、心性、心气的中国传统山水精神的笔墨意味,又不失西画肌理效果的视觉冲击,以及现代理念下的构成意味。可谓经意之极而又若不经意,却演绎出迥异超迈的视觉交响和灵魂诗意。

且,起烟云,生灵魅,有可奇可畏的生动意象,撼人心魄,引人"入圣"。

虚拟"代表"想象中的普泛欣赏者读迦南山水,由不得说了这些"陈词滥调"。不过有意味的是,这些"陈词滥调"用于迦南重彩山水观感中,偏又像重新活过来一遍似的,生动、贴切、熠熠生辉。

3

回到个在立场,再读迦南,想到"虎"。

汉语有"虎虎生威"一词。迎面读王迦南的大山水画,颇有"虎气"扑面之感。但读进去之后,却又读出"秋山闲步"的兴味，开心宇、壮胸怀之外，更弥散一派散发乱服的疏宕与逸气，很妙！

其实大家都知道，真正"原生态"的老虎，反而是松弛的，不"扎势"，不假模假样地拿"洋腔洋调"或"古腔古调"来"虎虎生威"吓唬外行人。

当然，真正"原生态"的老虎，其松弛的外表下，仍是坚实的肌体和深沉的灵魂。

我是想说：真正好的艺术如真正好的诗一样，既要能触及到人心最坚硬的部分，也要能触及人心最柔软的部分。这就需要以松弛致庄重：内凝而后朗现，既是激情性的交响，又是智慧性的创造——迦南的"虎气"之妙，正在于此。

他同时还提醒我们：融绚烂的生命豪情于平宁高远，和表面的闲适幽雅之下其实无所事事，原本是两回事。

4

读山水画，真正到位的读者，笔墨图式之外，读的是胸襟，是抱负。

传统中国山水精神中的"胸襟"和"抱负"，多以归了野逸隐修，独善其身，也就不免带出些弱化生命意识的伧寒之气。直至近世及当代，也不乏传人，及正负双重之影响，

王迦南的大山大水，是另一种"隐"，另一种"修"。

这种"隐"与"修"的旨归，不是归于出世，而是归于出而入之；不是归于伧陋，而是归于绚烂；不是归于弱化生命意识，而是归于诗化、圣化生命意识；不是归于"独善其身"的寂寥，而是归于"兼济天下"的豪逸。

这是不但目有丘壑，心有丘壑，而且已然化丘壑为情怀、为

人格，道成肉身而无适无莫、任情由止、化实为虚、复化虚为实而虚实相生相济的山水化境——入则"圣"，出则"生"，换一种呼吸，得"大光明相"。

如此"大隐"于重彩山水，"至修"于抽象语境，复融汉语之"味其道"与西语之"理其道"为一体，"西行""东归"的迦南"虎"，自是不落凡近而独领风骚了。

5

回头读蔡小丽。

我常说：行家读花鸟画，读的是心曲，是志趣，是不可或缺的一脉诗意。故而若单就人文内涵而言，一向被人看轻而易于"驾轻就熟"的花鸟画，其实是门"大学问"，是个"重活"。

师出名门，家学深厚，小丽的花鸟画，走的正是"举轻若重"的路子。

特别是"重彩"花鸟这种画，在一般画家手里，很容易板滞、庸常、华而不贵，失却内涵。小丽出之，却平中见俏，增华加富，一派大家风范——那竹，那兰，那塘荷，那瓶花，从"金色年华"到"落花时节"，从"夏之印象"到"秋之交响"，无论金碧还是素色，皆体物工细而用心和厚——迎面读去，平稳中见华滋，清疏中见富丽，养眼，洗心，悦神，既好看，又耐品，醇美袭人。

待到读进去了，透过沉着老到的色、墨、线、形之不乏现代构成和纯形式追求的外在风致，深入内里，更可感受到一片温润敦厚之和美心境，使之看似工稳的图式与情景之中，平生一派静穆高华之气韵，语境与心境浑然，"物性"与"诗性"交融，可谓化寻常为新奇，令人留恋而沉醉！

究其因，盖气质使然。

6

说气质，有先天之气，有后天之气。

后天之气可凭学养"养"的，先天之气则有赖天性使然——有些气质，尤其是艺术气质，非天性滋华是不可学来的。

读小丽重彩花鸟画，表面读，目醉神迷于亦真亦幻的花草形质，心领神会于如歌如吟的背景渲染，意迷神往于非古非今的语感风韵……最后，复由形质、背景及语感中读出一种心境，读出一种由小丽式的重彩花鸟画语境，所生成、所营造的独在心境：安详，静穆，情生当下，思接传统，机心尽弃，岁月静好，于绘事之平平静静安安稳稳中，弥散着心的快乐和美的憧憬。

到位的读者更能体会到，如此"心境"在小丽这里，并非刻意寻觅的什么境界，而是于静穆与安详中，将风情万种，化为一派无奇的绚烂。

我甚至从这份近于"仪式"般的"心境"与"语境"中，读出了丝丝缕缕的淡淡之"乡愁"——不仅是"徘徊"于东西方地缘文化和艺术境遇的"乡愁"，还有源自女性艺术家那种天生细密而原始的忧伤而提前看出繁华过后之落寞的、生命与年华的"乡愁"。

由此，读小丽的画，养眼悦意之外，更改变了一份"心境"，或者说是更增添或收藏了一份"诗意的心境"——静空生辉，君子自香；深刻留给腊梅，你只想拥有，一怀如云的绿寂和宁静的窈窕。

7

负重而不失灵性，承美而不失心魂，气质之外，读小丽的画，更读出一种"独门"不凡的"功夫"。

这多年，见多了"浅尝而止"的所谓"挥洒"，"半生不熟"的所谓"实验"，以及无源无根、"流"上取来随意"勾兑"的所谓"创新"，再读小丽之力作而品"功夫"之质地，方备觉可贵！

在创作者，"功夫"稳得住"画心"；在欣赏者，"功夫"留得住"脚步"。

说小丽的画好看，是说其画面美；说小丽的画耐看，是说其功夫深——那刚柔相济、近于"金声""玉振"般华丽的线条，那中西合璧、不失古典辉光的绚烂的色彩，那质文并重、融"写"于"饰"而古雅凝重的肌理效果……从全景到局部，处处留得住堪可细细品味的、高端的"脚步"与考究的"神会"。

既是"心画"之作，又是"技艺"之作；以"工摹"为底背，以"意造"为韵致，以"诗化"为魂魄，而得骨重神盈之高贵品质——"西行""东归"的"蔡门小丽"，就此光大"门第"之外，更确立了自己独备一格的大家风范。

8

佛祖说：发出你自己的光；

上帝说：写出你自己的诗。

"西行""东归"，迦南心仪"汉魏"，小丽追慕"唐宋"，皆由"根上"另辟源头，使其借自西方的艺术感觉和艺术理念，在与传统中国画精神与中国画技艺的融会贯通中，得到了质的转化，从而秘响旁通，得以真正意义上的内化现代而再造传统。

了然：他们的这些作品，如此真切细微地属于画家自己"这一个"之天地，又如此仁厚广达地属于每一个品读到她的人。

这是东方人能够欣赏得了的"现代"中国画；

这是西方人也能欣赏得了的"传统"中国画。

两人"气格"相通之外，艺术品格上则共拥"庄重"与"绚烂"两个"关键词"——尤其"庄重"之所在：画心庄重，画风庄重，画面庄重，画意庄重……"山水"庄重，"花鸟"也庄重。

而此一"庄重"，对于充满"浮躁气"和"生意经"的今日中国美术界，不仅是一个需要以此为"调整"的关键点，更是一种必要的"洗礼"。——这或许是王迦南和蔡小丽的绘画艺术，在带给我们"奢侈"而"超值"的审美享受之外，更需同时汲取的另一意义价值之所在。

2013·秋

花语心影自在诗
——品评蔡小枫其人其画

1

时势造英雄,书画成了"显学",为"官家"重,为"市场"热。

由此,原本"散仙"式的书画家们,一时便"人物"起来、"著名"起来、乃至"大师"起来,那手中的"活",也便由此分了"创作"(为展览机制所役使)与"行画"(为市场机制所驱迫),左右逢源,上下风光,争作"百川王",不甘"天下溪"(《老子》),难得"坐怀不乱"的真散仙真雅士让人亲近一二。

好在长安城大,且老;大者能藏人,老者有遗风。

——山不转水转,便转而认识了也画画也艺术也曾"著名"过的"人物"蔡小枫,顿觉"别开生面"。

2

先说这"认识",就寻常中有别趣。

近年诗外闲时,旧时爱好复发,常越界去书界画坛行走,时而说几句半抬轿子半聊天有时也不妨提个醒的话,竟也常得知己者认可激赏,乃至还和程征、王炎林、张渝三位正主一起,策划了一次石丹、张小琴、傅小宁、韩莉四位女画家的小型展览。期间,因来不及写评,遂偷懒耍滑,给每位女画家题写了一首小诗,随画展出,反响还不错,便得意起来,趁势再送上不得意于诗坛的个人诗集一册,或可另觅知音。

未几日,小宁来电话,称家中先生和她抢着读我的诗,赏之,赞之,还想另"求"一册并想会会可否?窃喜还真是添了新知音,便欣然赴约,而确然一见如故,像是分手多年的旧知己似的!

而今"走进新时代",这"故"与"旧"可是稀罕东西,难得把握到手的。

见小枫,真如见"故事"中人物,方面大耳,隆鼻美目,一脸不失世家弟子"童子功"的善笑,如佛如"福娃"式的,安妥在一室氤氲袭人的清气、雅气、散淡之气中,化得客人也即刻成了家人,融洽在了一起。

3

待得读熟了其人,自然便要读其画。

先观墙上大幅旧作,知也曾"新潮"过,也曾"风云际会"过,却终不是骨子里的东西,一时新过,也便真的旧在那里了。

再赏案头小幅新作,顿时痴了,半天回过神来,复叹其"骨子里的东西"原是如此的"旧","旧"到传统的老根里去了,再回返于家学底背和自家精神底色的沁润,那案头心地的画,便开枝散叶而生出真正的新,新到无论俗视、雅视、目视、灵视,都觉养眼洗心,方有"如故"与"旧知"的惊喜。

这是说感觉。再具体说画，就不好说了，原因是你无法拿现而今流行于市的时尚理论与批评话语，来说小枫的这些既不想"流行"也不想"时尚"更与"体制"和"市场"不相干的"自家笔墨"，是以，也只能随感受而就直觉，谈点直观的印象了。

4

读小枫的这些近作小品，有如读古人咏物诗，且是小令，是绝句，是暗香疏影，形迹简约而意趣雅致。

赏读之：所画之物，只是寻常花草、日常物事，皆随手拈来，不拘成规，率性安排——似写生，似写意；既理性，又率意；一些些嫩逸，一些些荫幽，一些些深情与任性；有点国人"新文人画"的味道，又带点西人"印象派"的韵致，还时时泅出一点点浪漫与一些些唯美的小"颓废"。

待细读进去后，更喜爱那笔情墨意中隐隐流动游走的一脉宁适悠淡之气息，使得画中景物皆诗性起来，花语心影，自歌自吟，缱绻醉眼，烂漫悦意，让人忘了画外还有另一个世界在那里俗着、乱着、"狗撵兔子"似地不知所措着。

5

画是人画的，读完画，回头再读人，不仅熟了，而且懂了。

便想起一个典故：齐宣王问孟子："独乐乐，与人乐乐，孰乐"？亚圣答曰："不若与人"。

所谓"散仙"，所谓"雅士"，所谓真"名士"、真"风流"、真"艺术"，古往今来，原本就讲一个自在、讲一个自由，先圆了自己的梦，再说乐人济世的话。即使是冠以"现代"之盛名的艺术，那也不仅是解放了的形式的自由，更是自由人的自由之形式。

可叹此一常识之理，到了现而今当下时代的书界画坛之"人物"们这里，竟成了作人为艺术的稀有元素，是以总在那俗着、乱着、"狗撵兔子"似地不知所措着。

说"懂了"小枫，是说从他的人品画品中，可见到一种久违了的自我放牧不受制的老派习性，而稳住了一脉心香，得以在浮躁功利的大时代中"飘然思不群"，独乐于元一自丰的小宇宙，是以宁适，是以雅致，是以暗香疏影般地诗性着。

以此心性画画，自然而然，图的是快乐，养的是心宅，修的是雅范，求的是诗意人生的自由、自在、自放牧……

6

由此，懂了人，解了画，再回头去欣赏那一幅幅"近作"，竟觉着生出一种香来——不是画香，是心香；不是贵贱香臭的香，是人文香火的香。

这香火，谁得传，谁稳得住艺术人生，也才留得下一点不悔的记忆，和真正有价值有意义的东西。

末了，忽又想起，小枫曾言，读我的诗，最喜《睡莲》一首，了然那点相知如故的清通，原来未见面都已有的。不妨取此诗开头四句充作结语，好像更合适，也更能体现小枫其人其画的内在风骨。

当然，这点"合适"，也得真散仙真雅士才能品得耶！

——一笑了之，且读诗：

　　睡着开花
　　也是一种开法
　　与飞翔的姿态
　　形成某种呼应

2005·春

独爱：那只奇异的鸟
——品读蔡小枫朱鹮画集

1

中国花鸟画，按林风眠先生的说法，"在于画鸟像人，画花像少女"。

笔者在评论当代花鸟画家江文湛的文章中，也曾指出：比起山水人物，花鸟本是寻常物事，须得有人格化入、精神灌注，才能变寻常为神奇。其实举凡艺术，说到底，在语言形式以及题材不同之外，都存在着一个精神性和人格化的问题，只是在花鸟画这一画种中，似乎显得更为重要罢了。

由此我们还会发现，许多花鸟画名家，绘事即久，爱屋及乌，总会钟情于笔下所生的一两个"核心形象"，作为其心志的标示性喻体，继而成为其标志性的审美属性，为赏者所铭记，为历史所认领。如八大的冷眼怪鸟、郑板桥的竹、齐白石的虾等等。这些标志性的花鸟形象，已随着其"创化"者的不断被经典化的过程而深入人心，传为佳话。

这里的根本原因，正在于其已由表面的艺术形象，转化为艺术家独立人格的化身和自由精神的影像，乃至上升为一种有代表性的文化符号，并具有某种命名性的文化效应，方能深入时间广原，为后来的人们所记取所感念。

不过，这种大概为所有花鸟画家都可能梦寐以求的"标志性"，却又并非谁都可以轻易获得。其中，既有画家个人综合人文修养的问题，也有一个能否敏锐感受并捕捉到足以成为其人格和精神的对应点，且将其落实于具体的艺术形象的问题。同时，这一艺术形象是否正好契合时代的文化语境之诉求，使之真正具有"标志性"的效应，更是一件可遇而不可求的事了。

如此"理论"一番，正是要为本文所要谈论的花鸟画家蔡小枫和他最新结集的专题画集《东方红宝石》的意义所在，先做一点不失学理性判断的铺垫。

2

以行外道友身份，认识小枫，进而悉心研读其花鸟画创作多年，有一个先知其心性后解其画理的过程。

初识小枫，颇惊叹其当今画家们少有的素宁心性和诗性情怀，直像是从另一个时空里幻化出来的"某公子"，透着些不合时宜的旧式风致。及至细读深研其画作，尤其那些连工带写的花鸟小品，作为诗人的我，更将他认同为以画为诗的"隐逸派"诗人，一下子便引为知己同道了。交往渐深，方知原来"公子"并不"老旧"，看似闲情雅致优游于艺的表象下，还深藏着不失现实关切的文化意识，让人暗自敬重。

小枫的花鸟画，以家学为底背，渐次融会中西，贯通现代与传统，语言别致，风格独到，加之总能接心气、接地气，情深意浓，富有生活气息和人文韵致，读来亲和温润，别有一番淡远悠长的美意和情味。这其中，除当儿女般养之、亲之、写之、画之，作寻常岁月的浅吟低唱外，倾心倾力追索 20 余年的"朱鹮"系列画作，则无疑已成为其带有标志性的"核心形象"——画朱鹮的蔡小枫，或蔡小枫的朱鹮画，也由此渐渐成为一个超出艺术范畴的话题，为知己所瞩目称道。

显然，人们从这一"核心形象"中，渐渐重新认识到蔡小枫花鸟艺术的别样价值，同时也由此重新领略到有"东方红宝石"之称的朱鹮，经由小枫式的艺术转化，所呈现出来的特殊价值。

3

在此有必要追述一下小枫"朱鹮艺术之旅"的心路历程。

其实，最初连笔者也一时不解，一向随遇而安、自适低调的"隐逸派""诗人画家"，何以在中年午后之旅中，忽发重力于"朱鹮"这一单一题材，甚至不惜精力，于今年春上策划并组织《东方红宝石——陕西汉中朱鹮家园艺术之旅》活动，且以捐赠画册及拍卖作品所得的方式，为推进保护朱鹮事业高调鼓呼？

到后来，待得连笔者也于感念之中参与进来，一同深入汉中洋县朱鹮保护基地考察拜谒之后，才理解到小枫的个中情结和心意所在了。

这次实地考察，在小枫，是再次圆梦，在笔者，则是初次见识。我本来就是汉中勉县人，与朱鹮所在地洋县相距不远，算是回老家了。只是因长期困守书斋，忙于教学与写作，对朱鹮的了解，此前仅限于小枫画中及偶尔的资料所见，神秘在心，未作见证。及至真的与这活生生辉耀在家乡山水中的"神鸟"直面相对了，方一下子被震撼在那里，乃至完全处于失语状态，之后很长时间里，都不知如何表达那种震撼。

自然万物，入诗入画，总是先有自然形态，后被诗人画家移情上心，化为笔下纸上的物事，或写实，或抽象，到底有个原型在先。唯见朱鹮，却怎么也无法将其与天公造物联系起来，直觉得它竟是先在画中出生有的，而后才借自然山水还了魂、显了身，活脱在你的眼前，且依然一派超现实的灵气、逸气、雅气、清气，以及说不清道不明的尊贵气、艺术气、仙风道骨气，弥散渗化，令人肃然起敬而亮眼惊心。

特别令人念念耿耿的是，那体羽中黑白灰与淡红相融相济之色调的和谐搭配，那呈柳叶形长发披肩复背的冠羽之飘飘欲仙的风姿，以及恰如一方朱印耀然于额的绝妙点染，无不使人悠然神会于中国水墨艺术的畅想，以及于这艺术中，得以诗性神性生命意识升华永存的水墨精神之陶冶。

由此，再想到眼前这美丽"活物"，竟是早已濒临灭绝而世界上仅存的一个朱鹮野生种群中的成员，仅它的发现和拯救过程，就无异于一部撼动人心的史诗，且不可思议，地球之大，何以这"神鸟"又独独选择中国汉中一隅悄悄复活，就更加觉着神奇，如面对"遗世独立"的"世外高人"，生出些不可言表的尊崇和纠结无数意绪的感念来。

4

如此惶惑中，忆及著名作家陈忠实先生在《拜见朱鹮》一文中所写到的："凭着积久的印象和愿望，在即将见到朱鹮的真身时，就有了某种拜谒至仙的感觉。这个鸟儿生就的仙风神韵，入得人眼就是一股清丽，拂人心垢"。

而诗人耿翔，更以其精美的诗句，印证了朱鹮的存在，何以让真正以诗与艺术为精神归所的人们，发出由衷的浩叹与敬仰："像一群活下来的飞天"，"一点红泥印痕，替谁压住/一颗藏在画里的心跳"；"像是破败部落中，依然高贵的酋长"，"一根朱鹮的羽毛，像一封/从天空中遗失的情书"。

这"情书"，这"心跳"，自古以来，就成为文学、诗歌和艺术想象中不可缺少的一部分，何况，对置身于当下文化语境下的艺术家们，更是有如邂逅久违的知己与道友，能不在在倾心以许？

由此豁然了悟到小枫独爱朱鹮的缘由，进而理解到：对于一个融诗性情怀和文化意识为其艺术心斋之底背的画家来说，钟情朱鹮，便是钟情一种精神洗礼，钟情一种"天地有大美而不言"的艺术境界，从而将其引为心侣，以亲情待之，以笔墨传之，实在是一个必然而又自然的美好选择。

看来，对于"道存心斋"的艺术家而言，融绚烂的生命豪情于平宁淡远，和表面的闲适幽雅之下其实无所事事真是两回事。拜见过"众神之鸟"后，复与小枫深入交流，才更进一步了解到，这位一向低调自适的画家，如此高调于朱鹮之绘事的心结所在。

5

其实，在专注于画朱鹮以前，小枫就一直喜欢画鹤，画鹭鸶，且不乏佳作。

这其中也是有情结的，因他的父辈名讳中都带有"鹤"字：父亲蔡鹤洲，伯父蔡鹤汀，皆为著名画家，史称"长安二蔡"。恪守传统文化的小枫，常以此来寄托对父辈艺术风范及其遗泽的追忆与眷顾。后来发现朱鹮这一早已失传了的"玄妙之物"，遂"心有灵犀一点通",从"梦游状态"般的神交,到实地考察写生及案头创作,直至作为一种不乏文化情怀的全身心投入,持之 20 余年而厚积薄发。

追根寻源,可以看出,作为花鸟画家的蔡小枫,正是在朱鹮这一"生就的仙风神韵"中,为自己心仪父辈、崇尚自然的人文情结,找到了一个最为恰切的心象投影,并在欣赏与表现这"众神之鸟"稀有的孤绝之美和野逸之气的同时,也为自己的艺术理想与文化寄托,找到了一处堪可慰藉的心灵居所。

由"情"而"道",由"心侣"而"心香",仅就小枫来说,实则所谓艺术之"标致性"的存在,原非对客观世界之稀有物事的刻意获取,而是对主体精神之特别情结的悄然释解而已。当然,若这样的释解,恰好对应了一个时代的精神缺失之吁求,那也是托朱鹮之美的照拂,并也该回馈于那萧散孤僻而沉静野逸于汉中盆地秦岭山下的"众神之鸟"了。

2010·春

"视觉"、"心觉"及"深度呼吸"
——蔡小华油画艺术散论

1

欣赏蔡小华的画,得有点"思想"准备,以防"精神虚脱";

研读蔡小华的画,得做点"美学"功课,以防"审美错位"。

或许,还要有点"禅坐"的功夫,达至"静了"与"空纳",了然"唯有肉体静止,精神的活动才最圆满。"(傅雷:《傅雷家书》)

如此,先"不期而遇"之"惊艳"一瞥,再"心乱神迷"之"恍惚"端详,进而"坐忘",继而"凝视",渐次无视、无思、无品,唯心烟弥散,入画不见,一片空明中得渊渟岳峙之气韵,而至净空生辉、元一自丰之境界,方可面对蔡氏小华可谓惊世骇俗的油画作品,多少有些气味相投而"心有灵犀一点通"的"感"与"受"。

——这是笔者，作为一个诗人，面对小华作品，第一次纵览细读中，所获得的感性体验。

2

从接受美学来说，我曾将一切审美，概括为三个层次：

其一：悦耳悦目——入道——动情；

其二：悦心悦意——入神——动心；

其三：悦志悦神——入圣——动思。

无奈的是，在对小华作品的审美接受中，这三个常规性的所谓"层次"，皆恍兮惚兮，无从明确着落。

或许要换个说法：小华作品所达至的"接受美学"，已是将"道""神""圣"三者冶为一炉，经由只能称之为"蔡氏小华"式的视觉与心觉之合而为一的"画语"（非一般意义上的"绘画语言"），引领（是"引领"而非"给予"或"给出"）我们进入既"悦目""悦意"又"悦神"，且"动情""动心"又"动思"之复合熔融的阔朗境地，而一时无以界定其到底"美"在何处。

这里，我将上述"悦"与"动"之俗词全部有意打上了引号，在于这些词实在于小华不宜——作为诗人批评家，尤其面对蔡小华，我总想是否能跳出普泛性规定性的什么言说方式，找到个我最真切的感受和最微妙的语词，或许才能真正说出点什么。

回到直觉，回到印记，回到诗性"检索"，到了聚焦于——

一个意象：悬崖边的"禅坐"；

一个理念："惚兮恍兮，其中有道"。

3

蔡小华画的是油画，是西方美术的基质所在。现代以降，西方美术尤其是当代艺术一直紧追现实，置身冲突，审丑，审智，以视觉冲击和观念更新为是，分延影响及各个艺术品类，一时显赫行世。

当代操持"西方画（话）语"的中国艺术家，大体走向有两路：一路紧贴西方走，你玩什么我就玩什么，经由恶补而求接轨；一路倡扬民族化理念，向往如何将外语说成汉语味，所谓"越是民族的就越是世界的"。

如此，前者走下来，好像比西方艺术家还熟练西方艺术，但大多止于"知"而不知"识"与"思"，成了西方现代艺术及当代艺术，从观念到技术的投影与复制；后者看似合理，实则"反常"而不"合道"，有如西餐中做，两边不靠谱，以致两厢纠结而致两向（路向）迷失，到了，既不民族也不世界。

画油画的蔡小华，天生野逸心性，喜欢油画这"调调"，就依着这"调调"走，管它是"基督"还是"孔孟"，都内化为一种修行，一种自甘认领的孤独的命运——这种修行的高妙，在于概不向外讨说法，只依着个我内在生命意识与艺术精神的轨迹而潜行修远，实则已"先天性"地得了艺术创造的真谛。

换言之，蔡小华的油画创作，走的是一条内化西方、中得心源、自得而适、适性而美的中和之路。

4

重要的是，小华的野逸并未导致空疏，这本是此一路艺术家最容易犯的病。

细读蔡氏小华之油画语境中的各类作品，自会发现皆有一种迥异不凡的气质，隐隐透显于其中，并深度弥散于文本之外。

这气质由三个基本元素合成：其一，出于现实人生拷问的人文情怀（可见之"原质"等系列）；其二，出于生命虚无之内省自觉的本真气息（可见之"失语"、"通道"、"影子"、"微颗粒"等系列）；其三，出于终极价值寻求的诗性意绪（可见之近作"呼吸"等系列）。

三个基本元素，说起来都是观念性的"硬物"，何以化为视觉感性而又不为视觉所遮埋，是个原本很要命的现代性问题。小华却以他的野逸之气，诗性之思，和化创作为修行的心性，有机地予以气质性内化，于单纯与极端中，融"通灵"与"审智"为一体，意识超凡，内涵别具，气息沉郁，境界阔大，从而使其借自西方的油画语言，在当代中国艺术场域中，发生了质的转化。

转化的另一关键要素有关"禅"——在小华这里，不是说要在具体文本中去说禅、画禅、表现禅，而是指作用于主体艺术气息的"禅定"心性，以此来有效降解视觉冲击与观念演绎中潜在的生硬与空泛。

换言之，即由"心觉"转换"视觉"，由内省而深入语言的奇境，随之渐趋"太虚之体"，而达至"悬崖边的禅坐"。

5

研读蔡小华油画艺术，尤其面对其越来越抽象的一些探索之作时，我们必须重新对一些不得不借用的词，进行新的理解与"灌注"（黑格尔语）：比如"微妙"，比如"踪迹"，比如"语境"，比如"混沌"与"澄明"，比如"禅"。

而在这些特别挑选出来的词语的后面，又都隐含着另一个无所不在的词——"诗性"。

我曾注意到一个有趣的现象：在我的诗歌同行中，但凡他们要拿起画笔或端起照相机，进行或涂鸦或认了真的"艺术创作"

时，总会不约而同地趋于抽象或潜抽象（我生造的一个词）的理念选择，由此我只能推理出，那是他们共有的诗性精神使然。

所谓"诗性精神"，其关键所在无非两点：思想历险与语言历险。二者合力，生发于诗人与艺术家之精神历程中，常常会导向超越现实之形而上思考与抽象性表征，衍生为童心与哲人合体，由混沌而澄明而复归混沌的话语谱系。或者说，达至禅宗"在世而离世，于相而离象"的精神境界。

这样的境界，在一般艺术家那里，多为修为所得。在蔡小华这里，有修为的因素，更是天性使然，一种宿命般的别无他择——仅就人本而言，透过画面看画心，谁都会肃然会意：这是一个从来就没长大的孩子，却又早早就揣着一颗"曾经沧海难为水"的苍老之心！

于是，当这颗心选择亲近画笔和油彩而欲安妥灵魂时，"视觉"的抚慰已然轻薄，而"心觉"的修远端赖"抽象"，所谓无语而妙，冷寂中透显巅峰之意。

6

人画一体，渐行渐远渐寂然。

寂然而峭拔，峭拔而纯然，纯然而澄明，澄明而浑然，浑然而大道无形、大音希声、至境无语，唯余"微妙"！

——回到"一"，乃至回到"零"，回到分子结构，回到"道"之未"道"（"道出"之"道"）之际；

——消解符号性，消解绘画性；自我解构，自我建构，自我提升，自我净化；曾经以有来有去证无来无去，复以无来无去证有来有去；

——当然必须留有"踪迹"：屈从于材质的"拘押"，在"零"

度创造状态或"纯制作"状态下,"微妙"于纯粹的点线面,"微妙"于纯粹的色彩肌理,"微妙"于纯粹的主体精神面壁而"寂"后的"空纳"与"静了"之语境。

深入这些"微妙",我终于读出了一位当代中国画家"诗"与"思"之艺术生命历程的、史诗般的绝唱——经由"油画",经由"抽象",经由一个从未长大而又早早觉醒了的"孩子"的灵魂!

7

于是我总想问这位"孩子":你还要如此画下去吗?

"不想画了,但还在画,还得画。"小华会这样回答。

——修远而行,耽美而活!

——由"视觉"之修,而"心觉"之修;

——不失"视觉"的"心觉",不失"心觉"的"视觉"。

如此,由人本到文本,由"绘画"到只是"画画"到与"画"(作为动词的现在进行时的"画")对话到借"画"(作为"诗"与"思"之载体的"画")而深呼吸,"心""视"双修,修至"悬崖边的禅坐"!

——当代画家蔡小华渐次逼近艺术与人生的巅毫之妙。

2012·夏

"原质"的意义
——品读蔡小华《原质》画集

1

蔡小华将他的这集漫写式的、近于热抽象的、不乏后现代意味的油画"脸谱"之作,整体命名为"原质",显然别有深意。

原质:又通元素,一般指事物的基本要素。

原:最初的,本来的,如原型、原样、原本、原始等;

质:本体,本性,实质,质状。也通质疑、对质,如"援疑质理"等。

以《原质》命名下的这批表面样式统一又各具诡异细节的系列作品,仅从题材意义而言,确然为现代人之"社会面具"与"心理面相"的原型写照,建立了一份手眼独到而寓意深刻的"档案"文本。

即,经由"脸谱化"与"原质化"(原子化)漫写,揭示现代人性中越来越恶化的残缺与病变。

2

真正到位的"阅览"者，会在这一"立此存照"的"档案"中，检测到堪可对应的"血型"、"血压"、"心理"、"心象"、"本能"、"本空"……以及由此而生的"病灶"、"病象"、"病理分析"以及等等，而惊悸，而猛醒，而穿越记忆的迷墙，重新认领存在的虚无与生命的真义。

借用苏珊·桑塔格的说法：典型的现代启示——一种负面的顿悟。

在这些看似漫不经心、随手拈来、惚兮恍兮、冷嘲热讽、嬉笑怒骂皆成文（纹）的审丑与审智之作的内在深处，真正到位的"研读"者，更能体味到一腔代整个时代质疑存在之荒诞、呕吐异化之不堪的悲悯情怀——

以"原质"的反讽，提示"原质"的残缺；

以"原质"的解构，提示"原质"的再造。

3

有意味的是，这样的"档案"文本，却出自一位以纯艺术为生命归属、为潜行修远之生活方式，且多年沉浸于冷抽象语境的艺术家手中，让我们重新认识到蔡小华艺术精神的沉潜与超迈——"悬崖边的禅坐"之外，不失现实关切与人文情怀。

这不仅出于艺术的良知，还需要有超人的意志与独到的视野。

《原质》所抵达的，不是一般浅近的、聚焦式的记录，而是一种深切的、挖掘式的表现；有如"庖丁解牛"，一方面是精神的剔肉见骨，一方面是艺术的游刃有余。

比起许多盛名之下其实难副的当代艺术作品，这一文本的切实处在于——

其一，它是"观念"的，但不是观念的他者投影，而是观念的个在体验；且非观念的异地贩运，而系观念的本土再生；

其二，它是"符号"意味的，但不是陷入符号化的阐释与复制，而是语感化的写意与抒发；

其三，它是"形式感"的，但不是唯"形而上"的空心喧哗，而是一种始于语感而又止于语感，有润活而生动的肌理与韵律可品味的形式。

4

或许，惯于以汉语视角观察艺术的欣赏者，还会在《原质》的笔触与色彩的运动与挥洒中，隐隐读出一些中国水墨的感觉来，那就更对位了——一者家学沾溉，二者天性使然，蔡小华的艺术精神之底背里，本来就既具西方的"原质"，也具东方的"原质"，两源潜沉，化合为一，落于文本，自然融会中西，而风格别具了。

当代艺术"显学"有年，多以观念管理视觉，热闹而空泛着。

观念与视觉共谋，视觉与观念偕行；既超越视觉，又超越观念——于锐利、深刻、震撼之外，再保留一点"审美"的"旧习"，及弥散性的文本外张力——蔡小华的这集《原质》，似乎多多少少给出了一些可资参考的新"元素"。

2012·秋

【辑四】

水晶、阳光、燃烧的火焰
——怀念画家王炎林

1

这个秋天,王炎林走了——不是短暂的分手,而是永远的告别——有如绝响,在生命最富尊严和成就的华彩段戛然而止,留下一个巨大的、无以填补的思念空洞,让所有热爱他的人不知所措!

而或许,这正是像王炎林这样的艺术家,所能选择如何离开这世界的最好方式;如果不这样想,我们就太难以接受这残酷的告别了……

有的人活着,却早已在人们的心中悄然死去;

有的人死了,却更为亮烈地活在人们的心里。

王炎林——多么响亮的名字!这名字在陕西、在当代中国画坛、在几代艺术家和艺术爱好者的心里,像一团蓬勃的火焰般响亮着，令所有接近过这个名字的人们都难以忘怀！

2

作为当代著名画家的王炎林，首先是个可爱可亲的人：水晶般透明，阳光般热诚，走近他，就会被他的人格魅力所吸引。

更多的时候，他是一位集孩子、恋人和香客于一身的诗人，一位敏感、脆弱、忧郁而不合时宜，却又坚持睁着眼睛做梦的抒情诗人。

——是的，作为他的诗人朋友，我知道他并不写诗，但更知道他是生命中有诗的人。我一向将诗歌写作者分为诗人和写诗的人两类，在这个日趋平面化和娱乐化的时代里，实在是太多写诗的人而太少真正意义上的诗人。二者的根本区别在于：真正的诗人是生命中有诗的人，他们即或不写诗也是诗人，有诗性与神性的生命气息感染我们。

艺术也是如此。

所谓天才的艺术家，正是由生命之本源性"基因"所造就的奇迹，而非外在修为所得。这样的艺术家之于艺术，遵从的是血液的冲涌和心灵的呼唤，进而在真诚与自由的呼吸中，达成文本与人本的浑然一体，而卓然独立。

我们称这样的艺术家为"元艺术家"，不可模仿也不可复制的艺术家——诗人艺术家！

3

可爱的王炎林，正是这样一位以画笔写诗的"元艺术家"。

迷恋纯真，执着理想，为纯真和理想燃烧一生的寻梦者——或也恃才傲物，却总是先委屈了自己；或也愤世嫉俗，却总不失以善为本的悲悯情怀——原始的不安与忧伤，自我升华的纠结与困顿，难以与人完全分享的激情与思绪，以及宗教般虔诚的悲天悯人等等……

而，这种种的不合时宜，却从未能改变他宿命般的生命轨迹。

实际上，这位以"王"为姓，以两个"火"两个"木"为名的艺术"火神"，在这些"不安"、这些"困顿"、这些悲悯与忧郁之煎熬的同时，也以他"火神"般的激情和气象，实实在在、痛痛快快地活了一生，同时也从未离开过他与生俱来的艺术梦想和人生理想。

4

可敬的王炎林，同时也是一位以艺术为担当的文化人。

历史已一再证明：艺术远比宗教比哲学更为忠实于肯定文化的理想，而一切优秀的艺术家，必然同时也是优秀的文化人——文化乃艺术之母，艺术的皮骨肉必须有文化的精气神为生命灌注，才能生生不息永存于世。

潜心研读过王炎林其人品与其画品的人们，都会由衷地感佩到，这是一位任无论时代如何变化，而始终不失文化情怀与文化理想的艺术家。他的每一时期的画作，都是应这样的理想与情怀所激发，以"浇胸中块垒"，成为其融文化思考与艺术探求为一体的"心电图"。是以所成作品，总是那样神真意满，气血充盈，情感真切，蕴藉深厚，形神兼备，意境葱茏，而在在感人至深！

是生命的质量决定了艺术的质量；

是灵魂的深度决定了视觉的深度。

艺术天赋，理想情怀，文化意识，三位一体，越众独出——这或许是作为诗人艺术家王炎林，以其燃烧到底的艺术生命，所留给我们的最宝贵的精神遗产和艺术坐标!

5

有的人活着,却早已在人们的心中悄然死去;

有的人死了,却更为亮烈地活在人们的心里。

王炎林——一个元一自丰的艺术天才,一个傲然自转的艺术星体,在这个冷秋天,永远离开了我们,留下一个巨大的、无以填补的思念空洞,让所有热爱他的人不知所措!

而我们这些依然活着的人,真正应该做的,只是不要过早地忘记这个叫王炎林的艺术家——这个首先是个可爱的人,而后是这个虚浮时代里最为真实、最为真切、最为真诚的艺术家,并以不断的缅怀和永存的敬仰,将他的艺术之美和灵魂之光传之后世。

也只有这样,这个失去王炎林的2010年的秋天,才会以一首生命之诗与艺术之诗的记忆,留存于时间的深处,让我们复生美好的回想,而感念这位诗人艺术家如水晶、如阳光、如燃烧的火焰般的曾经的存在。

2010·秋

人在画外独行远
——品读江文湛花鸟画

1

断续读江文湛的画,不觉间十多年了——在画展上读,在画册中读,在画刊上读,有时路过画廊逛逛,也不由在文湛画作面前多站一会儿,依依不舍而读。

我本一痴迷诗歌的读者、写者、研究者,偶尔读画,只是"玩票",养眼悦意而已,不上心的。偏是读文湛的画,有些莫名的牵肠挂肚,渐渐生了根出了苗似的,不时摇曳些可堪回味的意绪,放不下。

如此时间一长,便生了诧异:这些年"玩票"上瘾,画界、书法界、陶艺界走得甚勤,海内、海外不少观览,时有震撼,也不少感念,何以偏是文湛的画风,如一帘幽梦、一缕暗香、一抹疏影、一种润物细无声式的低回萦绕于记忆里,而总是"剪不断,理还乱"呢？

文湛画好，名重海内外，是有公论的。凡有公论的大家名家，无论是诗界、画界，依我这"野路子"的批评习惯，非亲非故非知己老友，一般不愿再去插一嘴。可读文湛的画，加上一年半载偶尔"读"到一下画主的风采，再回头读那些写他的文章，总觉着意犹未尽，便想犯戒也说点什么。

恰逢汇编了文湛先生多年代表作品的大型画册《江文湛花鸟画集》新近出版，得以全面欣赏，潜心细读下来，便有了些深入明确的体悟。

2

读文湛的画，直接的感受，可谓如饮老酒：原发酵，巧勾兑，有足够的窖藏时间，饮来醇厚宜人，惬意而醉。且另有一种妙处：无论会饮不会饮，见之则喜、则好、则不舍。内行饮者，好的是那一门精纯独到的手艺，历久弥新，不假盛名而减成色；外行饮者，醉得是那一份发人精神的内在气质，不落俗套，不赶时尚，更与"市井酒肆"或"官家酒房"无涉。

这后一点，最是难得！

文湛画的是花鸟画。在当代中国画语境中，比起山水与人物，花鸟画的地位似乎总是讨不了多高的抬举。究其原因，大概是花鸟画难以像山水画和人物画那样不断变法求新，以应和惯于虚张声势的时代之文化形态的需求。是以画花鸟画的画家，大概只有像这时代的真诗人们那样，越过时代的峰面，活入时间的深处，寄远意于未来。

于此想到，若将山水画比作散文，人物画比作小说，花鸟画自然是属于诗的了。真正到位的读者，笔墨图式之外，读山水画，读的是胸襟，是抱负；读人物画，读的是情感，是寄寓；读花鸟画，读的是心曲，是志趣，是不可或缺的一脉诗意所在。

可惜近世花鸟之作，千般变化，面貌繁多，独独少了这点诗心之所在，而文湛超拔立身之处，也正在心斋之中，有诗性生命意识存焉。

3

由此可说：是山水中人，方画得了好山水画；知花鸟之诗性的人，方画得了好花鸟画。

何谓花鸟之诗性？

还得一比：鸟是"自由之精神"（所谓"飘飘何所似，天地一沙鸥"），花为"独立之人格"（所谓"出污泥而不染"）；这精神，这人格，入世，则出而入之，入而出之；入画，则静而狂之，狂而静之。入、出、静、狂之间，方得风情亦得骨气，得诗画之真义。

要知道，比起山水人物，花鸟本是寻常物事，须得有人格化入、精神灌注，才能变寻常为神奇。具体而言，还有一层意思：画花鸟画，尤忌落俗，也忌倨傲，似该在心傲笔不傲之间做文章。

须知传统文人画中的一些花鸟画，便常有不近人情不着风情之嫌，一味枯寂冷涩，让人敬而远之。直到白石老人等大家横空出世，才做出来雅俗共赏的好文章、大文章，让花鸟画讨得空前青睐。

这些感想，都是近年读文湛的画琢磨出来的。参照这些感想，再回头读文湛其人其画，遂豁然开朗而别有心得。

4

文湛的画，初看画面，意浓姿逸，风情绰约，甚是养眼怡神。

加之品类之富、质地之精、花样之美，颇让人叹为观止，迷惑其中。

如此看久看深入了，方看出底里究竟中，那一脉孤傲之心曲、萧散之气息，让人想到西方现代诗人的一句诗："树木的躯干中有了岩石的味道"。再细读下去，或可发现，连花鸟的体温，以及生出这些纸上花鸟的时代的气温（人心世情的气温）都会体现出来。

妙在在文湛这里，总是能将诗人的气质与画家的风情融为一体，并予以和谐恰切的表现。

落于笔下，以繁花密枝挥洒风情，取以绮，风格之绮；以怪鸟异禽抒写灵襟，取以肃，风骨之肃；春温秋肃，得人间活色生香兼得世外孤居理气，既美艳又谨重，所谓"异彩奇文相隐映，转侧看花花不定"（白居易《缭绫》诗句），堪称当世花鸟画中一绝！

5

凡大家，无论文学家还是艺术家，其文本的存在，总是有显文本与潜文本之双重在性。

显文本体现的是风格、是技艺、是面貌，亦即其艺术造诣；潜文本体现的是风骨、是灵魂、是内涵，亦即其人文精神。二者相生相济，或有轻重之分，但总不可偏废，偏失一面，皆不成其为大家。

文湛先生的艺术文本，其显文本一面，自是多有共识，唯其潜文本一面，少有刨到根上的。

说到底，仅就个人体验而言，读文湛的画，持之十多年牵肠挂肚，到了的原因似乎只有一点：我在他的画中，看到了一种"现代版"的传统文人风骨与修为！这风骨，这修为，于文本，于人本，不仅现今"长安城中"，即或放眼神州大地，也已成当世之稀有元素，难得遇到的，是以一见如故，久久放不下。

原来，在那一帘幽梦、一缕暗香、一抹疏影的后面，真正起润物细无声作用的，是文湛先生独有之风骨、独特之心象、独觉自得的人文精神使然。无怪乎，连他常画的鸽子，怎么看，都透着些不同寻常的冷逸之气呢。

有了这一判语，其他的话，似乎已不必再说了。

却又意犹未尽，临时凑出四句不新不旧的诗来，充做结语为是：

人在画外独行远，
梦于诗中偏飞高。
湛然自澈回望处，
博眼醉川百花娇。

2012·春

超逸与沉雄
——品评张振学山水画

一

近十年间，山水画家张振学举办了三次个展，成为其中年午后艺术旅程中，三度升华的浓重标记。

1989年4月北京中国画研究院邀请展，是对初步成就的一次检视与反思，并由此开始了新的有方向性探求的创作。

1997年5月，为参加陕西当代中国画15人风格探索进京展，在陕西国画院的个人预展，可谓一次"渐进中升华"的过渡性展示，强烈的求变意识导引出不同寻常的精神气象和审美特质，虽临界而未臻纯熟，但其潜在的前瞻态势，已预示了一个大跨度的跃升。

新世纪第一个初春，2001年3月陕西美术馆的"张振学'生生不息'山水画展"，终于以其超逸与沉雄兼容并举的风格和品位，引起强烈反响。其中，近年沉下心来创作的一批大幅作品，极富视觉感染力和精神冲击力，笔墨语言端肃而酣畅，文化内涵细切而深厚，汲古润今，再造传统，在当今中国山水画画坛，确立了自己的艺术位格。

二

我们知道，近20年中，正是中国美术界大变革的热闹时期，可谓你方唱罢我登场，造势争锋，推波助澜。一方面，也确实从观念上推动了当代中国美术的变革思潮，变封闭为开放，放开视野看世界，消解了一己的褊狭；另一方面，也逐渐产生了极言现代、唯观念演绎与形式翻新是问的负面效应，变实验为耕作，手段和目的打了颠倒，因此大都渐次沦为花样表演和语言杂耍。

尤其是，在中、西两端之间，过于偏重西方一端，淡远了中国画的笔墨精神和文化根性，拿别人的图纸造自己的房子，有形无神，咋看咋别扭。

对此，张振学采取了有保留的拒绝态度。

拒绝趋流赶潮，跟着时尚瞎跑，但对有价值的探求与实验，仍持开放的心怀，为我所用，不走抱残守缺的极端，显示了独立的人格和自由的心性。身处潮流，心守案头，读自己喜欢读的书，画自己认为可画的画，以虔敬与理性，自我定位，收摄出一个主心骨，在这个主心骨上吸纳融会有利于其更饱满丰厚的东西。

这里首先在于，要找到自己的本源艺术质素，站稳脚跟，成为不失自我根性和原创份额的保证，然后于现代和传统的双向反思中，不断扩大艺术探索的视野和表现域度，渐次收摄于一个可信任的努力方向。

三

"必须保持中国画自我一级的纯净与高度"——这是振学先生对传统的重新认领。并就此指认:"传统不是保守,而是本世纪以及下一世纪中国画坛的一种真正现代"。同时特别指出:"对传统的反思是使传统转化为现代的一种现实力量"。(张振学《渐进的升华》)

看来,经由传统与现代的通和以支撑以及拓深现代性,正是振学先生"咬定青山不放松"的关键理念。

由此,他一方面反复深入理解中国画传统语言的成熟过程,一方面在创作中探究这种语言在现代语境中可能的再造与变构,包括对现代意识的吸收,对形式美感的涵纳。同时,在振学先生这里,传统更是一种文化的认同和精神的托付,所谓古典理想的现代重构。他认为,笔墨只是传统的一小部分,不能将其变成纯技术性的东西,"艺术是一种文化现象,它的价值即它的文化价值"。

振学先生是一位有文化情怀和诗人气质的艺术家,对文化的观照和对生命的体悟,始终浸漫于他的艺术思考之中,并企求以自己的艺术精神和艺术创造,参与当代中国文化的痛苦变革与艰难进步。这种担当和抱负,使他的绘画从来就不是一己的私语或遁世的托词,而始终饱含人生观照的底蕴和精神灌注的张力。

以心造境,振学先生的这颗心,是家事国事天下事事事关心的心,是山情水情人情情情在意的心,而这腔未失人间烟火胸中块垒之气的心血,泼洒于笔下纸上,最终都归于一点:为现代国人,再造那片"仁者乐山"、"智者乐水"的诗意家园,那片由"光脊梁穿西服"的困惑中,重返中国文化根性所在的栖息地,以求精神的净化与提升。

正如我在另一篇评振学先生画作,题为《诗性摆渡:在传统与现代之间》一文中所指认的:"纵观张振学的创作历程,我们不难发现,这是一位一直清醒地持守着自己的本原艺术质素和独立人格的艺术家。他从传统的源头中找到契合自己心性的立足之处,扎根甚深,又不断从现实土壤中汲取鲜活的人生感悟和文化素养,以现代人的生命意识灌注于传统艺术的修为之中,遂逐渐形成其既具独在的原创性又具整合意识的艺术品性"。

假如说,这一艺术品性在 1997 风格探索展中,尚未"摆渡"到位的话,到了 2001 初春的"生生不息"个展中,则已至德全神盈、心手双畅的境界。

此前,我曾就振学先生 1997 个展的一批大画所存在的问题指出过:其意欲表现与表现出来的之间,尚有一定的落差,精神到了,语言没全到,心有挂碍而未至浑化。三年后的这次"生生不息"个展,其思(生命情怀)、其道(人格浑化、精神托付)已达到了高度和谐统一,没有明显的落差,可谓意到笔到,尽显胸臆,令人叹为观止!

四

仔细研读这批成熟之作,直觉感受可用"正襟危坐"与"散发乱服"概言之。

所谓"正襟危坐",指其精神气象;所谓"散发乱服",指其语言形态。二者之间看似有些矛盾,既然是正襟危坐,何以又散发乱服?其实这正是妙谛所在。

振学先生的山水画,一向画的是胸中山水——家园之梦,文化之思,寄情思于山水,再以山水与人生对话、与时代对话。如此托付而非游冶,画中气象便有了令人肃然起敬的风骨,开心宇,壮胸怀，激情励志。

而，既是胸中山水，自不必为自然物象所羁绊纠缠，守住因心造境的大结构，大气势，着思新于笔意的挥洒，写的味道很足，且有机地吸收了现代水墨的一些手法，以散发乱服表现正襟危坐，相克相生，别开生面，体貌端肃而笔意洒脱，于端敬中见焕美。

由此生发，墨的意味也很足。过去在小画中所体现的那种思新格老的神采，现在于大画中也得以充分发挥，浓、淡、酣、沉，淋漓而又厚重。其色彩尤其让人赏心悦目，有苍郁之高古，有鲜活之现代，绚烂富丽而沉着老到。

振学先生有言："画要画到使人肃然起敬，同时又感到亲切，就是好画"。

复以其言度其画，诚然！

尤其难得的是，这批作品，几乎每一幅都有其独立的笔意气势，具体风格与整体风貌都相当丰富，显示了画家严谨的创作态度和丰沛的原创质素。尽管，一些作品中依然存在着图式与笔势、局部与整体未至天然浑化的局限与问题，但整体气象确实博大恢宏，骨重神逸，在私语化、形式化、柔弱化、小家子气成风的当今画坛，可谓卓然独步，高标独树了。

五

张振学先生年少时，生长于秦巴山间的汉中盆地，得灵动自由之心性。后南人北居，走遍晋陕北部的黄土高原，复受西北粗犷、强悍之自然环境与人文精神的熏染磨砺，铸坚质浩气之心志。善学习，勤思考，讲修养，持耕耘，坐实务虚，专纯自臻，默然而沛，厚积薄发，其收获自是如期而至了。

其实说到底，最关键点，是画家那一份纯正高远的心态使然。

身处杂语时代,欲望消解了理想,功利代替了风骨,没有良好的心态是难得不浮躁的。而秋意本天成,出于天性使然,也出于学养所致,振学先生无疑是一位从一开始就甘于寂寞、守道持恒的艺术家。如此一以贯之,既有艺术自律,又有长途跋涉的脚力,且正值年富力强,可以想见,在此堪可告慰的收获之后,必能以更坚实的步程,承载历史,守望当代,深入未来,迎得另一番"渐进的升华"。

1999·春

居原抱朴山外山

——品读《杨立强艺术论评》集并序

1

与画家杨立强先生"不期而遇",且一见如故,说起来起因于友人热忱绍介,实则原本就该有这一缘分,迟早都是要如期而握的。

这友人,乃多年至交诗友古马,当代中国西部诗歌的代表人物。

诗画同源,凡诗人多少都喜好书画,古马也乐在其中。我素知古马生性耿介,且眼头甚高,论诗谈艺,明里谦谦,暗自佼佼,没几个什么"家"是在他心里搁着的,唯一说起立强先生,却动容动声,切切以重,一来二回,让我也跟着追慕了起来。

这"缘分",即立强先生与"长安画派"的渊源。

我在陕西跨界走笔书画评论十多年,知道当年作为广义范畴的"长安画派"之中坚翘楚的"长安二蔡",有着怎样"秘响旁通"的历史影响。而杨立强正是蔡鹤汀、蔡鹤洲"二老"的私淑弟子。早在古马之前,我便听蔡鹤洲的二公子蔡小枫说起过立强先生,尤其那一句"人好",耿耿在心。想到在"文革"那样的年月里,两位背着"黑锅"度日的艺术家,在提心吊胆中,还敢私收外地来投的弟子,且当自家孩子一样地课徒多年,绝然是看重其人品而不避风险的。

"人好"!如此简单一个评价,在当代中国书画界,却已然是稀世之音了。

2

宋人王安石名言:丹青难写是"精神"。

这"精神"按现代理念引申开来讲,既指丹青之作,能否表现出物象的内在之精气神,所谓"传神达意";又指为丹青者之主体精神,是否真,是否健,是否纯,是否有真正的艺术家所应有的真率情怀、健朗心理、淳朴灵魂,以及有理想有抱负的诗性、神性生命意识,而以此灌注浸润于作品之中。

故,古今中国书画艺术,人书一体,画心和合,是任何时候不可偏离的"发生学"之基本原则。

而如今,在变了味的市场和功利主义的裹挟之下,整个当代中国美术界,说老实话,几乎已成为一个大生意场。会画画的,不会画画的,成名成家了的,正要"成名成家"的,无一不"枉道以从势"(孟子语),追风逐浪,与时俱进,浮躁而空心喧哗着。

及至今年初夏,在古马的陪同下,终于长途遥遥由西安赶到位于甘肃陇南的成县,落座于"山外山"小院中,与立强先生促膝对话时,方知此山非彼山:一脸笃诚明快的善笑后面,是天朗气清的展阔心境，是自得而适的诗意情怀——亲和无隔的一握如故下，瞬间理解了那一句"人好"的全部内涵。

3

当然，作为画家，做得好人，还得作得好画。

立强先生为艺术，起于改变人生际遇，于艰难时世中寻求苦涩人生的精神托付。一时于乱世逢奇遇，得"长安二蔡"私淑，打下坚实基础。这基础虽非学院科班的所谓"科学系统"，却暗合了家常课徒、私授自悟、德才兼修的传统理路。之后返回甘肃发展，持勤奋而守敬业，孜孜以求，厚积薄发，渐成自家面貌和独在格局，而渐次身高位重，影响日盛。复又为孝道也为静心，断然作别繁华，自我"放逐"陇南故乡，孤居理气，修远而沉，将雄强进取之势，转而为恬淡自适的生活方式，只在生命情志与笔墨寄寓的和谐专纯。

如此心境和语境所成立强画风，自是"泼墨为山皆有意，看云出岫本无心"，无论山水花鸟，皆意态儒雅，韵致悠邈，雄秀兼备，宽绰而逸宕，清刚而醇雅。细读之下，在在见得其画心之诚朴、画语之滋华及画意之丰茂，且不乏文化内涵之接引、人文情怀之应答，和那一脉隐隐约约流荡于笔情墨意间的诗意韵致。

由此读画，阅人，不期而遇，如期而握，隔山隔水不隔缘，与立强先生作了跨界访谈之后，又欣然应承了为其艺术评论集作序的事。

待得从古马发来的电子邮件拜读文集中主要篇什后，才发现有如此多熟悉的诗友和我一样为立强先生的人品与画风所感动，缘情走笔，情真语切，虽无专业画评之高蹈，却不乏艺术直觉之灼见，且清通，且活泛，且说深、说浅、说近、说远，都说的是自个心里的话。

如此以诗人跨界作评为主的画家评论集,想来在当代中国美术评论界,也算是一个"异数"而堪可传得一段佳话。

4

回头补充解题。

在陇南成县与立强先生畅谈长叙后,一时"犯酸",留下两句题词,曰:居原抱朴山外山,缘情走笔画中画。

下句实写,言立强兄画中有真情有诗意;下句虚写,赞立强兄能于繁华中立定脚跟接地气——"朴"者,诚朴,素朴,朴厚,朴质,朴茂;"原"者,原在,原发,原本,原道。"朴"之于立强先生,乃情性所在;"原"之于立强先生,乃初心不改。居此"原",抱此"朴",于人本,于文本,持之后望,必有"山外山"之更新的格局,待友人把酒再叙得了。

2013·夏

艺术原创与精神担当
——晁海现代水墨艺术散论

一

自 1998 年 5 月，在北京中国美术馆成功举办"晁海现代水墨艺术展"，获得当代美术理论与批评界一致称许和赞誉，引起强烈反响，到 2005 年 8 月，由人民美术出版社出版《中国当代名家画集·晁海》大型画册，并在中国美术馆举办出版新闻发布会暨研讨会——仅仅八年，晁海已迅速跃升为跨世纪之中国美术界一个耀眼人物，为海内外所瞩目！

这期间，晁海还先后应邀在国内外举办纯学术性的大型个人展及出席各类重要大展 20 余次，作品为中国美术馆、香港艺术馆、浙江省博物馆、上海美术馆等十余家荣誉收藏，并应邀赴香港中文大学做访问学者，办展讲学，名噪香江。

晁海创造了一个奇迹。

这一奇迹的获取，一与市场无关，二与体制无涉，纯粹靠作品的学术含量并以纯学术的路子，进入批评界的视野，改写历史的进程——究其因，还是晁海的作品感动了所有面对他作品的人，也触动了这个时代还未完全丧失的、潜在而纯正的审美神经与价值立场。

这其中，最为主要的有两个方面：其一，体现在晁海画作中凝重而富有文化意蕴的精神负载；其二，具有原创性的、高度个人化且又能为东西方所共鸣的水墨语言。

二

在今天，谈艺术的精神负载，似乎已成为一个陈旧的话题。急于与西方接轨，急于融于世界美术潮流，急进现实功利加上集体无意识，近20年的中国美术，仅就创作而言，已无可避免地生发出许多心理机制的病变。

其中有两点特别突出：其一执迷于观念演绎以求"创新"，以显"先锋"，实则"空心喧哗"，开了些无根的谎花；其二沉溺于唯情趣是问的泥沼，自赏自娱，看似超脱，实为抱残守缺而已。二者的共同点，在于弱化生命体验、生存体验及个在的语言体验，淡化人文内涵与精神质地，所"产出"的作品，也便大都好看不耐看，且难免大量自我复制，或成为他者的投影。

这是一个时代的迷失——媚俗与观念"结石"，正无可避免地造成新的遮蔽也便同时呼求着新的探索。这探索不再是一味求新求怪，而是立足于整合的原创，更有赖于艺术家自身主体精神的重建。当物欲的泛滥将艺术亦纳入即时消费的洪流中时，对精神的恪守便成为重临的考验。而生存的问题并未因虚假且极端分化的物质狂欢、话语狂欢所消解，反而变得更为尖锐和突出。对此，无论是重返象牙塔或重蹈社会学的覆辙，都是不可取的，有待于新的精神取向来拓展出新的艺术路向。

或许，只有那些身在艰生带的艺术族群，才可能发自本真地去思考精神贫困的问题，去关切脚下的这块土地之真实脉动，以此质疑现实存在并叩寻精神家园的再造；这是他们的宿命，也是时代在过渡性的时空下，特意留给他们的使命。

走进晁海，走进这位来自陕西关中农村而不失质朴与坚卓本色的学院派画家，面对一幅幅"晁海式"的现代水墨画，尤其是那些以北方乡村农民为主要表现对象的人物画，和以牛为代表的动物画（实为人物画的分延），感受其巨大而完全陌生的视觉冲击力和精神震撼，上述一些对当代美术界的思考，似乎有了不少可验证的着落。

三

中国水墨，于山水画和花鸟画，自是有天然的亲和性，寄情写意，具象抽象，都有极大的可发挥可拓殖的域度。于人物画，则似乎一直处于徘徊不定的变法过渡之中，没有能形成一个可资发扬光大的典律性的传统。近世以来，虽有徐、蒋开变法之先河，写意文人画几起几落之沉浮，但随着文化境遇不断变异尤其是影视媒体成为主宰的今日，人物画还画什么？抑或我们在人物画中还欣赏什么？依然是一个挥之不去的问题。

于此，一味死守写实，迷恋于时代或历史影像之"书记官"的角色，以所谓"主题性绘画"取悦于主流意识形态，显然属于"穷途末路"之举；完全舍形取意，则又可能从根本上否弃当代人物画种的存在特质，或成为观念演绎性的东西。正如刘骁纯先生所指出的："这里的根本症结，在于写实和写意在最高本性上的不相容性"。同时他由此提示可否借用齐白石写实动物画的启示,去创建一个非徐、蒋系统的新的写实水墨人物画系统,并概要提出这一路向的四点基本要素:其一,运用笔的苍润、浓淡、刚柔、徐疾来表现人物的丰肌、瘦骨、玉肤、苍颜、须发、着装等的不同质感和量感;其二,运用水墨的分离机制表现结构的转折和肌群的叠压;其三,运用没骨凹凸法塑造形体的空间立体结构,表现形体隆起和深陷的巨大起伏;其四,发挥线的威力。[1]

拿以上思考与提示来看晁海的画,无疑是一个颇具代表性的典型个案,而且应该说,晁海的探索,实际上比刘骁纯先生所设想的路向,走得还要更远更深入。

四

观赏晁海的现代水墨画,所受到的第一冲击力是巨大的语言陌生感——传统中国绘画语言系统中不断重复的各种程式、常规与范化,在这里几已荡然无存而返虚入浑,进入一种单纯一统的无序状态:有笔不言笔,有墨不言墨,纯以原生态的积墨语言作混沌游移,构成耐人寻味的新奇语境。

晁海甚至完全放弃了"线"的运用,也很少着色,诸如干、湿、浓、淡、皴、擦、点、染、勾、勒、涂、抹、点线面、黑白灰等常规笔墨关系,皆予以弱化。用笔惚出恍入,含蓄平和;用墨见气见韵,气沛韵长。其整体语感,于潜隐中见沉雄,由幻化中示恢宏,润而有骨,以虚见实,得厚重,也得空灵,给人以冰中生火、火里含冰的视觉感受。同时,由于其语言具有极其微妙又极其纯粹的技术含量,更有了不可模仿与复制的独在属性。

---

[1] 刘骁纯:《解体与重建——论中国当代美术》,江苏美术出版社1996年版第105页。

这一富有原创性从而有效改写中国水墨语言谱系的历史性突破，显示了艺术家磨砺已久的探索性、包容性和整合能力。它既避免了西方绘画语言的本土仿写，又超越了对传统语汇的简单重构，是源自创作者独立探索精神的最终体现，从而得以拓殖出在中西方绘画传统中，被忽视或被遮蔽了的某些语言功能，并用中国水墨画特有的言说方式，表现新的人物画意识，表现当代中国人自己的现代感。

据笔者所知，这一拓殖，在晁海，并非一朝突发奇想，而是经由了十余载"闭关"苦修式的苦苦摸索与探求所得，是一次由生存体验的积淀到语言体验的突破的艰难跋涉，其恪守的艺术立场和探索路向，具有超越性的强大生命力。

五

有感于晁海超乎寻常的水墨语言之越众独造后，笔者更为看重的，是这一语言背后的精神位格之所在。

是人物画，自然要以"人"为主要表现对象，但表现人的什么？什么状态下的人？笔墨意趣之外还承载着些什么？各个时代不同的艺术家，自有其不同的取舍。在写实者那里，题材成了第一位的东西，也便常常随题材的速朽而变为历史的胎记，沦为录像式的功能；在写意者那里，笔意墨趣成了第一位的东西，"人"反而成了笔墨意趣的"喻体"，最终失去了对人的精神空间的表现与拓殖功能，所谓"人物画"，也便近乎于一个"托词"。

显然，如何切入"人"的命题，是其关键所在。而这一关键的首要点，至少从现代意识而言，在于是以"雅趣"看人，还是以"苦心"看人？身处北方艰生带的画家晁海，义无返顾地选择了后者。

晁海生于农村，长于农村，且置身于一个人与自然、人与社会及人与人的原初亲和性渐次消解殆尽的时代语境下，人被艰辛的生存环境和同样艰辛的劳作，以及所谓"现代化"的急剧进程所导致多向度异化的状况，随成为晁海艺术精神中无法绕开的尖锐命题，并经由长久的思考与实验，最终集约性地创作出了这批风格特异的现代水墨人物画。

六

潜心研读晁海的这些作品，我们会发现，画家之所以选择了上述新奇而又深切的表现语汇，是与他对"人"的特殊思考分不开的。

可以看出，晁海通过他的水墨绘画语言所承载的"人"的命题，是一种经由负面的解构性承载，而提出对可谓"泥土性"、"草根性"抑或"农民性"生命本质的重新认识，并在一种质疑的、悲悯的、苦涩而沉郁的言说中，暗含对那种万难不死而原始、原在、原生态的生命力的正面重构。

在这种以"黄天厚土"中"轮回"、"喘息"以及被"搁置"的"农人"为"记忆"主脉的语汇中（以上均为其代表作品题目名），一方面，处处可见到一种形而下的还原，人的物化状态被充分凸显，几乎与其作为背景存在的山、石、土地及器物用具无以区分，成为无机物的一部分。而且，许多画作干脆就取消了背景，直接将人当山、石、土地及物具来画；另一方面，画中的人物又完全脱离本来的物理属性亦即自然形态，恍兮惚兮，如尘埃的堆积，如棉絮的簇拥，如碎片的拼接，欲望模糊，精神茫然，似乎都成了一些说不明抹不去的影子，让人直面相对之下，久久难以释怀。

面对这样的人物画，观者的惊异与震动是可想而知的。它首先使我们想到"虚脱"这个词：一是因单一的物化存在而致的精神虚脱；一是因生存挤迫而致的生命活力的虚脱。两者的共同点是身心分离，物性掩埋了人性。

同时，细心的观赏者及研究者还可以深入发现，在这种"虚脱"的背后，在那些恍兮惚兮的影子的内里，深入看下去，又分明还有另一种东西存在：如大自然一样无处不在而暗自波动的原始生命力，人的本初生命力，以一种"原在"与"抗争"的态势（在画面中具体为层层叠加的水墨肌理），如山、如石、如莽原般的浑厚、浩渺与永恒着——看似皮肉萎顿，实则筋骨犹存；看似如泥、如土、如无机物，实则向死而生而生生不息！

由此可以深切体会到，晁海通过他的水墨人物画所触及所揭示出来的这一当代中国人的生命本质，已超越性地融入了整个当代世界对人的存在状态的思考，是极具现代意识的一次切入和表现。

特别值得指出的是，这一对人的生存本质和生命本质的切入和表现，是经由对传统水墨语言的发掘和拓殖而创化所得，这在当代中国，实可谓卓然独步。也表明中国画的水墨语言，在处理现代意识和表现当下情状中，依然有可再造的生命活力。——诚然，绘画只是绘画，对精神的负载只是画外之旨，似乎无须强求，然而当整个时代都被时尚化的审美情趣"泡"得近于"虚脱"之际，这种化外延为内涵，直面人生、质疑存在的艺术追求，似乎更理应得到人们的重视。

七

面对晁海的人物画，其实到位的欣赏者和研究者自会发现，这位深怀远意的艺术家，只是借"农民形象"（以及以牛为代表的动物形象），为那些因各种原因被"搁置"于命运之荒寒地带，苦涩而朴厚的灵魂写意立命，其精神底背是大悲悯、大关怀的大生命意识，进而上升为一种含有独特象征意义的文化符号谱系。

这里的关键在于，晁海的作品，并未因对内涵的开掘、对精神的承载而削弱审美的效应，应该说，反而更加强烈。

作为学院派的画家，晁海有着深厚扎实的写实功底和笔墨修养，完全可以轻车熟路地走另一条"康庄大道"而不失现实功利的取获。是艺术家的良知，更是艺术家探求个在艺术生命价值的天职，促使这位有独立人格的画家，在空前浮躁功利的潮流中，默守案头画室十余载，一手伸向存在，一手伸向语言，远取先秦汉唐之精髓，近取西方现代之精义，再融以独得意会的中国武学文化精神，既承接，又分延，有重构，有整合，特立独新，自成一派。落实于文本，仅就笔墨而言，也已是原生原创，道他人和前人之未所道。

特别有意味的是，在做着如此凝重的精神负载时，晁海的笔触没有选择生辣暴张之势，反而选择了温润内敛、如履薄冰式的语感，一者不失传统中国水墨的气、韵、势、致，一者也透显出以关爱表现苦难的悲天悯人的情怀。从画面上来看，更给人以平和中见峻切、温润中见艰涩、内敛中见张力的审美感受。——此一取向及已有成就，即或置于整个当代中国美术界去看，都可谓是手眼独出，别开一界。

八

在当代中国美术界，晁海的出现是一个异数，一个历史性的凝重记忆。

作为个人，晁海以其突破常规、苦心孤诣的探求，不但有效地拓展了当代水墨画的审美域度，且极为独特地深入到与其表现方式和谐同构的精神境地。尤其是能从普通劳作者之"泥土性"、"草根性"的视角，切入对现代人生命本质的艺术思考，使其人物画创作，完全跳脱出普泛的乡风民俗、历史风云等谱系，具有超越狭隘的"时代精神"与"主流范式"，能为不同时空、不同文化形态、乃至东西方所共赏的形式美感，实在难能可贵。

实际上，对晁海的这批作品，我们已很难用哪一种"主义"去命名。他的画风，再造汉唐气象，兼融现代意识；得现实主义直面存在的真义，具表现主义挥洒性情的韵致；造形而不为形役，写意而不为意驱；笔墨意趣新奇，文化内涵深厚；气势雄浑，气韵深长——是一次跨度大、原创性强的整合与再造。

作为中国北方艰生带艺术群落中的一员，晁海所代表着的艺术品格和艺术追求，既是陕西"长安画派"一脉有意味的分延，也是新世纪中国画新的步程中，一脉不可估量的希望之光，正日益凸显出他独特的价值。

出发时的艰辛是可想而知的，我们期待着画家在拓殖后的精耕细做，并以长途跋涉的脚力，在传统与现代之间，在东方与西方之间，在现实与未来之间，在艺术与人之间，经由更为坚实纯正的不断跨越，生发出更为深厚的现实影响和更为深远的历史意义。

2014·秋改定

生命之真与艺术之重
——张立柱艺术精神散论

1

研读张立柱其人其画，不觉间已有十多年了。十多年读之不舍而感佩有加、敬重有加，在这个多变的时代里，确属难得。便一直想将这种感受述诸文字，却又怕轻易落笔有损这份非同一般的感佩和敬重。

及至终于有了这个思路并写下这个题目时，方欣然持之十多年的跟踪研读，总算有了一个不乏命名性的指认和总结：生命之真与艺术之重——以此归纳张立柱其人本与文本的本质属性，当大体不差。

2

艺术是美的事业，却又和真与善息息相关。

艺术之美的实现，源自艺术家"求真向善"的精神动力和思想动力；艺术之美的功用，也在于艺术欣赏者是否得到了"求真向善"的精神提升和思想提升。借悦目而养心，以真善而益美，从创作到欣赏，从"发生"到"接受"，艺术之美的全部实现，显然都依赖于艺术家之主体人格与主体精神的真与善。

然而，在"角色意识"和"资本逻辑"的双重诱导下，当代中国各类艺术活动，大都自觉或不自觉地服从于某种"订货性质"的运行机制，将本属于最为天真可爱的艺术族群，渐次塑造成适者生存的角色化存在，亦即将最该本真出场的艺术家们，弄成了"另一个人"（罗兰·巴特语），不属于他自己的人。

——正如罗兰·巴特谈角色人格时所指出的那样：要么沿以为习地继续角色表演，要么迅速坏死！

3

如此时代语境下，解读张立柱其人本和文本的存在，自是别有所得：真诚素直做人，真情实意作画，本色行走，率性而为，在立柱，直是天性使然！

因了这份"真"，许多别人很快能适应甚而暗自追求的角色，他却总是难以习惯：先是不习惯"挤进城的农民"之角色，再是不习惯人本与文本分离的各种艺术时尚风潮，以至于连陕西国画院副院长这样名利双收的"宝座"也不习惯坐，勉强支应了一阵即慨然别去，闻者莫不惊诧，立柱却心安理得地恢复了那一脸的善笑，好像反得其乐似的。随后又紧锁了眉头，以这个讲求功利与娱乐主义的时代里少见的满眼忧郁，去探求"艺术原来有更大的意义与价值"。（张立柱语）

显然，在张立柱这样的艺术家身上，其艺术追求，是和其精神追求、思想追求、人的价值追求及文化价值的追求，共存一体而不可分离。由此构成其创作主体的生命力度和情感深度，也便奠定了其艺术文本的生命力度和情感深度，使其落实于案头纸上的创作，能有效地将精神语言与技术语言，亦即情感与笔墨，不分彼此地自在融合为一，于形式美感之外，更有心灵的寄托存乎其中。

对此，立柱曾有这样的"夫子自道"：在绘画中，"谁对中国文化的体悟有多深，谁的人格有多高，学养有多厚，情感有多浓，心性有多好，艺术感悟力有多强，感情的面有多宽，笔墨载体都能给予对应显示，掺不得假"。说这番话时的张立柱刚40出头，如今十多年过去，这位以求真向善为艺术之根本的画家，以其人本与文本的双重影响，在画坛树立起了一个卓然不群的艺术家形象——既是身怀绝技的"手艺人"，又是心怀天下的忧思者。

4

返身解读文本中的张立柱。

艺术作品由艺术家所生，则必如艺术家一样，有其肉身，也有其灵魂；有其骨、皮、肉，也有其精、气、神。虽为文本，亦是人本，是一个活的生命体，并带着作者"遗传"的性格与气质特征，展开其生命的方向与归宿。

"我的画不想让人做雅玩之物，而是想同知己交心，真诚画出我个人的气与血，画出我对泥土的情，画出我对人生的感悟来。"立柱由此将他的题材取向和精神载体，收摄于与其本真人格和生命记忆血肉相连的"乡村叙事"，并最终形成其具有方向感的、风格鲜明、文化内涵深厚的艺术格局，在"后长安画派"领域中，独备一格而影响广大。

"乡村叙事"在当代中国画进程中，是个"热门"取向，但纵观此一路所成作品，大都有"王顾左右而言他"之嫌：或沿"采风"套路翻新一些文化风情之"明信片"，或借题发挥演绎一点看去新实则旧的笔墨情趣，总是隔了一层。

张立柱所创化的"秦川乡村世界"，则如同文学大师沈从文的"湘西世界"一样，是身在其中心在其中的艺术与生命的有机合成体。当急剧现代化的进程，将古老而绵长的乡村文化连同精华与糟粕一同粉碎殆尽时，这"生命之体"不仅是那些关乎古风乡情及纯朴人性之记忆"碎片"的"收集者"，并且还将这些"收集"置于自己的关怀之下，进而通过艺术的表现，将其由纷乱的时代语境中分离出来，恢复它们本来的尊严和价值。

这样的"乡村叙事"，看似"怀旧"，实是"对话"或"对质"——那些所有足以引发我们美好记忆和真善美情愫的乡村情景，在张立柱式的"叙事"中，皆于一种精神力量和思想光晕的重新组织与照耀下，幻化为一个"文化乡愁"式的诗性家园，让我们复生"回家"的感觉。同时，也借此以一种既逃避又回击的姿态，在一个四散的物的世界中，聚合起一个安妥灵魂的精神"栖息地"。

可以看出，张立柱的"乡村叙事"，相比较于那些客态书写者们的根本不同之处，正在于他是双脚未离土地并保留着一身纯朴"泥性"的直接代言人。换句话说，他是以本源性体验和本真出场的方式，将乡村生活记忆转化为生命记忆与文化记忆，复以此生成的情怀与眼光回看时代，遂看出了世道人情的"常"与"变"，并由此为个人精神的独立与自由，辟出一块安妥"文化乡愁"的归属之地，以免于成为机械复制时代的类的平均数——这与客态书写者们的"风情"与"笔墨"之好，实在不可同日而语。

5

　　人格有高低，艺术有轻重。作为精神性和思想性的艺术家，其生命之真必诉诸艺术之重，以此来"强烈体悟人生的意义、人的价值、人性、尊严、权利、社会与环境诸关系等与艺术密切相关的心灵深处的东西"。（张立柱语）也许在这种过于强调精神内涵和生命意义的创作中，作为中国画形式之要义的笔墨语言，会在有意无意之间被降低为"仆人"般的地位，但从整体审美价值及审美效应来看，能做好这个"仆人"，其实也是件不错的事。

　　只是这样解读下来，似有忽略或贬低张立柱绘画中笔墨形式的追求之嫌，实则只在强调：于立柱而言，笔墨语言本身就是活的生命体，是气血充沛的生命书写与精神表现，而非纯形式化的或情趣性的外在把玩，这是解读"立柱画风"的关键所在。

　　而单就笔墨来看，张立柱也别有过人之处：无论小幅或巨制，惯以浓笔重墨布大局，素笔疏墨写细节；用笔犷秀相济而简劲沉雄，用墨泥水冲融而苍润兼得。加之受主观意识之表现性的冲涌推动，笔生骨力，墨发神采，处处可见其笔情深厚、墨意清旷、磊落朴拙而又蕴含洗韧的风格特征，及强烈的语言变革意识，是以笔墨中多带有深刻的文化思考的印痕，是一种有思想有心性的笔墨。

　　这里的关键在于，即或在讲究笔墨到可单独欣赏之地步的中国画中，也最终还要考量，其一笔一墨，是否和其要表达的笔情墨意及其主题内涵相和谐，否则单讲笔墨毫无意义。张立柱的画好看、感人、有余韵，其实最主要处即在其语言形式与其题材内容的浑然天成上，读来亲和不隔，亮眼提神，所谓辣、厚、浓、正、醇的语感中，更有一脉精神性的力量和诗性之思的光晕引人入胜。

当然同时也应该看到，在如此鲜明的风格特征后面，也渐渐显露出其过早风格化的潜在问题，从而放慢或推迟了对语感和题材的细化与深化，将其局限在已有的格局中。看来，如何在虚与实、表现性与叙事性、心灵愿景与精神符号之构成和融合上，寻求到更理想的结构和更富变化的图式，尚有待在今后的创作中，予以新的突破。

6

无论是艺术家还是常人，凡真诚者，必是可负重而行远路者——作为隔行同道之友，研读张立柱十多年，唯这一点，是最堪可信任而不失厚望的——以生命之真求艺术之重，以脚力之实求大道之远，在张立柱，是抱负也是宿命，是无可脱身他去的上下求索。

这求索已为当代中国画独辟一方"秦川乡村世界"之精神地缘与艺术高地，吸引着越来越多的"知己"与"同道"为之着迷而感念，并深深期盼，能不断从这方"求真向善"的诗意"栖息地"上，传来更新更美好的"回音"。

2010·冬

清梦如歌寄远意
——品评邢庆仁"乡村叙事"系列画作

1

进入新世纪以来的邢庆仁画风,几经变化,终于渐渐凝定于别开生面的"诗化乡村叙事"这一题旨上来,并很快规模化、风格化,独此一家,获得画界人士的普遍激赏,进而成为近年陕西乃至中国画坛,一道亮眼而不凡的风景线,影响日盛。

"乡村叙事"这一取材,在陕西画家中,似已形成传统,近年更成为热点。不过细察之下可以发现,大多数作品只是徒有其表,看重的是此一题材的传统影响,顺势拿来作为一种策略性的运用:或泛化为地域性文化明信片式的互文仿写,或重复所谓主题性绘画的老套,虽然在笔墨和图式上不乏新的尝试与变革,骨子里的东西却并没有太大的改变。

这样的一种"乡村叙事",邢庆仁也曾涉足多年,并以其庆仁式的奇彩异墨所建构的"一个个神秘、纯朴、迷人、稚趣、荒诞而又幽默的乡梦"（刘骁纯语）之表现性"叙事"，在画界称誉一时。

现在看来，邢庆仁在这一时期的艺术探求，虽已与其他"乡村叙事"类画家大异其趣，但毕竟尚带有实验性的痕迹，有过于用力与刻意之嫌，尤其借鉴夏加尔画风而未至化境，也常为人诟病——看起来很美很"洋气"，但总觉着与其"乡村叙事"的主旨不尽和谐。不过此时庆仁对"乡村叙事"的突入，至少在观念上已是独辟蹊径、远过常流，路子是对的，方向也很明确，只是暂时未达至"迹意兼善"的境地而已。

2

熟悉邢庆仁的画友文朋都知道，作为一位葆有艺术自律性的画家，在经过此一段可称之为"玫瑰期"的"乡村叙事"之有效探索后，为避免在同一层面上的自我重复，庆仁颇有意味地返身他去，"游戏"于看似与"乡村叙事"完全无关的另类实验之中。

此时的画家，颇像一个无计事功而"玩疯了"的孩童，想起什么画什么，想怎么画就怎么画。先是各种手札小品，后又尝试在小木板及瓦片上作画，忽而又迷醉于随想录式的文字涂鸦，以及对书法的游心肆意等等，并先后出版了《玫瑰园故事》（与贾平凹合著）、《好木之色》等综合类画集。

如此"游戏"法，一时让很多人大惑不解，误以为其创作失去了方向感，实不知这正是邢庆仁得以超越一般画家的过人之处。

中国古人讲"工夫在诗外"。西洋名家席勒说："只有当人在充分意义上是人的时候，他才游戏；只有当人游戏的时候，他才是完整的人"。

古今中外，凡艺术，一是要以其美而养眼，二是要以其意而感心。美可技得，意须神会，而神会何来，大概多源自"在充分意义上是人的时候"之"游戏"状态。由此我们方理解到，何以邢庆仁在尽兴游戏之后，复转过身来进行"乡村叙事"的再创造时，方才是那样的心手双释，入常境而得新意，且平生一种滋润化渣的亲和性。

品味邢庆仁二度再造的"诗化乡村叙事"系列作品，扑面而来的，首先是画面中洋溢着的那一派自由挥洒、自在吟玩的纯美气息，让人感到，这样的绘画，不仅是解放了的形式的自由，更是自由的人的自由形式。尤其是在画中反复出现的一树树桃花，是那样的妖艳而又清纯，张扬而又含蓄，赏来如饮醇酒，如闻天籁，成为其标志性的意象符码，过目难忘。以此将这一阶段的邢氏"乡村叙事"称之为"桃花期"，似乎颇为适宜。

3

比起"玫瑰期"的"乡村叙事"，"桃花期"的"乡村叙事"在语言、图式及内涵上的追求更为精到与醇厚。具体而言，大略可概括为以下三点：

其一，化繁复为简约。

庆仁的这批新作，用色嫩逸，行笔畅逸，意思飘逸，处处逸气流荡而气象幽妙，显得既简约，又浑涵，疏略中生张力，烂漫中得惬意。尤其画中那水一般散漫流畅的线条，如植物生长般的不着痕迹，看似愚拙，实是巧智，自然妙曼中暗生诡异之采，有弥散性的审美快感荡人心魂。

简约、自由、合心性，是汉语美感乃至东方美学的本质属性，这一属性在邢庆仁式的笔墨图式中，得到了很好的体现，且与其取材和谐共生，使诉诸感知的线、色、形等语言形式元素，既恰切地表现了题材，又能从题材所限定的物态对象世界中解放出来，以自身的自由组合产生独立的审美效应，可谓境与心会而相得益彰。

到位的欣赏者，还可以从如此心性与语感的调畅挥洒所带出的一些嬉戏性的笔墨中，品出几分难得的谐趣，令人莞尔。特别是相比较于"玫瑰期"而言，在有机保留原有的构图特点和色彩感觉的同时，更加注重笔墨意味的强化，也便显得更为纯熟老到，也更为本土化、中国化与个性化，从而有效地发挥了水墨语言的特质，显得既现代又传统，形成复合性的审美意趣。

其二，融合写意与写实。

"桃花期"的"乡村叙事"，画中人物场景，皆由惯常熟悉中来，带着原生态的生活样貌和本真气息，先就让人亲近不隔。一旦看进去了，又觉陌生，生出些说不清道不明的诗意的怅惘与眷顾。一时间实化为虚，俗化为雅，现实化为超现实，清梦如歌里，满溢了淳朴、自由、健康的乡土美、人性美和自然美。

在这里，具有传统人文理念的"田园牧歌"式的怀旧情怀，被改写为对乡村记忆的特殊敏感的审美情味，无涉社会学式的反思之干涩，只在强调诗性生命意识之存在的美好与可能。如此，看似写实性的俗言拙语寻常事，皆翻转为潜抽象意味的写意抒情，将现实追怀与梦态抒情融合为一，达到人的自然化与自然的人性化之理想境界。

正是这种看似熟悉又陌生的审美变异，方能有效唤起欣赏者视觉与知觉的刺激而愉悦身心。加之画中隐隐绰绰、在场不显形的主体精神与具体物象的互文指涉——画面里的男性人物常是画家本人的投影与心事之所在，即叙事主体的意象化强行进入，平生幻化诡异的超现实意味，常使读画人玩味再三而难尽其趣。

其三，北派南相，苍秀相济。

同属西北艰生带板块的画家，邢庆仁的画风却与这一板块多年形成的主流画风大不一样。实际上，在有关乡土、农民等一类传统题材的处理上，这里的大多数画家所恪守的雄浑、苍劲、端肃、厚重、峻切的风格，包括其深厚的文化底蕴和坚实的造型能力，在庆仁的早期画作中，都不乏表现。但一位优秀的画家最终是要以合乎自己心性的语言形态来确立自己的艺术地位的，以免于成为某种类型化的平均数而失去个在的风格。在这一点上，邢庆仁显然早有打算，并渐渐走出了一条属于自己的道路。落实于后来的创作追求，遂变峻切为优游，不失劲健之势而求畅逸之韵，沧桑里含澄淡，厚重中有丰饶，且惯以雅士情性、文人风骨和平民视角来处理题材、投入创作，自是面目迥异，别具风情。

4

由此，再回头品评邢庆仁"乡村叙事"系列，方解何以如此滋润化渣，亲近不隔——这样的"乡村叙事"，已完全剔除了意识形态或文化观念性的东西，只是以纯审美人的主体精神之自由挥洒，和聊天似的素言淡语，为我们熟悉的乡村记忆，补充一点陌生而又家常化的诗情画意，看似避重就轻，实者别有远意。

转换话语，落于日常，以温馨化苦涩，以美意润干涸，以佛心看世界，以亲情待万物——如此"心斋"养出的笔情墨意，自是秀出班行。而这样的主体精神与语言形态，在北派画风中也确实难得一见，令人刮目相看。

其实就艺术审美而言，各种画风的追求之间本无高低之判，只在品质的优劣，说白了，就是看你画得好看不好看和耐看不耐看。再高远的追求，再深厚的内涵，画面看去不亮眼悦意为之心动，说什么都没用。

在这一点上，邢庆仁的"诗化乡村叙事"又大得其巧——面对一幅幅气清韵长、温情脉脉、意趣纯美的人性风情画，无论是专业性的欣赏还是非专业性的欣赏，都会被深深吸引、深深打动，亮眼悦意动思中，悠然神会如歌的清梦、复归生命最初的诗意而安妥了烦乱的身心——并确信：我们终于回到了那个堪可认领的记忆中的"家园"，那个被称为美意延年的灵魂的"故乡"。

2008·春

智者的深呼吸
——品评杨锋版画艺术

1

当代艺术中，大概唯有版画一门，时而渗透出一些些哲学意味，且像哲学一样地落寞而深沉着。当然，我指的是那些真正具有探索精神和现代品味的版画作品。

这样的感觉，是细读杨锋的版画时一下子冒出来的。

制作与抒写，控制与灵动，理性与感性，物性与神性，肌理与脉络，碎片与谱系，以及手与心、器与道、实与虚、常与变、传统与现代等等，要在如此繁复的对立统一中斩获艺术追求的游刃有余并不乏创造，没有一个哲学家的头脑和一份可能比哲学家还要耐得住寂寞的沉着心性，何以胜任？

这是智者的深呼吸，而非寻常艺术家随性任情的游走与挥洒。

2

是以，读杨锋版画，你得先腾空了自己，唯留下一点虔敬，凑近作品细看，不放过任何一点"痕迹"（有如福柯讲的"踪迹"）地细细品味，直至被吞没而眩晕。再退后远看，死盯着看，直至被托举而略有开悟。然后背过身去，来一个"哲学式"的深呼吸，去回味，去回味中动思，思接千里而豁然开朗，再返身凑近而细读—远观—转身琢磨，如此三番，方可略得一二，提步登堂入室。——有点像参禅礼佛！

感性而言，杨锋版画中，确有些近于现代禅思的象征意味弥散渗化，让人多一分特别的意会。

比如，他那个极具代表性的"拉锁"符号，"踪迹"般地出没于多幅作品中，成为一个"公案"，一个强烈的"视阈"开启，不由人不往深处去想：敞开与锁闭；链接与隔离；自由与对自由的管理；欲望与对欲望的控制——从肉身到灵魂，从社会到个人，从日常生活到意识形态，"拉锁"的隐喻几乎无所不在，乃至已成为一个多世纪以来，现代社会之文化谱系中的一个"关键词"。

如此现代性命题，却被杨锋如此家常而又恰切地予以了"肌理性"的阐释，且又阐释得如此感性、委婉直至末梢神经的流连，岂非禅家之现代版的造化？

3

按照福柯的说法，只有"踪迹"是可信的历史真实；借以偷换一个说法，只有"肌理"隐藏着存在的真，并真正能为我们看到和体验到。

只是，因了长期大历史叙事的后设"脉络"式（所谓"规律"等等）知识驯化，我们对日常"肌理"的存在，从审美到审智，都已渐渐退化寂灭，只剩下假大空的视角与言说。

读杨锋版画，满眼尽是肌理，尤其那些以物象为题材的作品，看实实虚，看虚实实，似乎随手拈来，却又不同寻常，一时有些不知所措。读久了，读进去了，方觉机锋四伏，意味深长，寻常生活中偶尔思过、想过、考量过的一些电光石火，借此闪烁飞溅，妙趣横生。

能于平常琐碎的"物态肌理"中抽绎出美，抽绎出借相显灵之存在的真义，实在是比哲学家还了得的功夫。

而一些以人物样态为题材的作品，则以超现实的剪辑、解剖、拆析及潜抽象的手法，于诡异造型和洗练构图的视觉冲击中，凸显人与物、形与魂、裂变与重构的悖论式在性，以及对人性与生存之灰色地带的深刻考证，充满现代意识和现代审美意味，且处处透露出主体精神中那一脉深藏的悲悯情怀，引人开悟。

4

这样的功夫，这样的情怀，就杨锋而言，概经由语言的深入而得以有机的表现。

当代艺术，观念易变，表现难工，关键在语言。

杨锋的版画语言，功力深厚，意识前卫，工稳为底，隐修个性，走的是潜移默化的"意造"的路子，而非急功近利的仿写与复制。

在所有画种中，当代版画的语言谱系大概是变革最为剧烈也最广泛的了，无中心、无边界、无所不至的探索，使得版画创作越来越趋向于对新技术、新技法、新材料以及新观念的依赖，忽略了语言本身的深化与变构。

杨锋的版画，显然也不乏变法与求新，有很强的形而上探求，技术含量也很高，但始终未偏离版画语言的本质特性。所谓"意造"的指认，就在于想指出在其既严谨又新奇的高难度制作的背后，不乏独得个在的意象、意味、意义可会意；没有这些"意"，"造"便只是拿来唬人蒙世的"造"了。

如此借题发挥一整，无非想多一种解读杨锋版画艺术追求的别样说法而已。

5

其实，作为行外读者，我更为看重的，是体现在文本后面的那一份杨锋式的艺术心境之所在——达观，沉着，理性，优雅中透着执着，一派舍我者谁的专业风度！

显然，杨锋不是那种趋流赶潮的主，专业风度的后面，是专业根性和艺术理想的支撑。虽少了一些当下的热闹，却也少了些张望与焦虑——那寂寞中的深呼吸，或许更能养人养画，养一份无愧的回忆于时间的深处，岂非大造化？

2008·夏

较真与底气
——品读杨小阳油画艺术

1

读油画家杨小阳，先读其画作。无论展览所见，或画册网页所载，总能亮眼动心，直观中觉其沉酣有韵，体神自远，细品中觉其深心静力，风味深永，而每每耿耿有念。

许久之后，读到其"人本"，莞尔自释：是画那画的主。

这主不藏不掖，洒然自适，一眼可以了然的。设若再假以一支烟、一杯酒、一壶茶的局面，那发自关中地缘文化老根上的书生意气，外加乡绅风采，便越发酣畅起来。其神情状态，让人一时无由地想到"泉石"二字：一块倔石，却怀藏一汪汪清水，情与志，言与行，皆憨灵憨灵地洒然于艺术内外。

待得熟悉起来，方解得，这位没有多余的身高也没有多余肉头的关中汉子，为艺术，为人生，洒然神情后面，其实峻拔着两个硬硬朗朗的词："较真"与"底气"。

2

凡较真者必存底气，有底气者方能较真。

这底气于"泉石之人"小阳而言，其一在"有根"：心里有数，脚下有路，笔头有情；不失初心，不枉道艺，不离生活。如此生就的艺术文本，如山上的花木、地里的庄稼，咋长，长成啥样，都有自己的真身在，不失自然韵致；都有自己的本味在，且不失"太阳味"。

这底气于"泉石之人"小阳而言，其二在"靠谱"：学院出身，乡土安身，自然修身；育人于校园，育身于田园，育艺于家园。如此生就的艺术心斋，如北方老四合院，外纳风物，内涵传统，接地气，养静气，可殿堂，可家居，疏朗和畅，进退有度，堪可打造一方自圆其说的自家天地。

如此"有根"而"靠谱"，得底气者小阳，方能把画画这件事，既当作神圣的事业来敬重着，又当作日常的生活来过活着；换句学理性的话说，可谓：精神托付，生命安顿，而不假外求。

是以较真——不仅和自己较真，以养真气，出真作品，还要和时代较真，以葆真我，做真艺术家。

两种较真在小阳而言，前者可谓一以贯之，笃诚执着，后者则近于明哲保身，图个清静。石之憨，泉之灵，情性使然，无关价值纠结。

3

主要和自己较真的小阳，其实是和自己认定的艺术理想较真。

在当代中国画油画，玩观念与国际接轨，不合小阳"泉石"

心性；刻意创新而闭门造车，不合小阳"四合院"理念；潮流闹心，时尚乱性，"有根""靠谱"而初心不改的小阳，遂立定脚跟唯"写生"安身立命为是。

对此，小阳有自己的说法——

人们习惯将画室内的作品称之为创作，而户外的写生却被指为习作。其实，户外写生不是在描摹自然或习彩练笔，它是一种创造的方式，这种方式更加贴近人的心灵，促进绘画语言的提纯与扩展。在山水之间，在天下地上，以浪漫而严谨的状态，在画布上启动着创造意识的萌发，在灵魂深处体验着"中得心源"的抚慰与快感。（杨小阳语）

如此自我阐释，似乎有辩解之嫌疑，其实骨子里沉着另一番底气——20多年出手之作，多是天光云影共徘徊或风吹雨打皆甘苦中所得，仅此历练与积累，也足以让小阳较真于自我并较真于画坛，较真出一方自家天地来。

所谓此写生非彼写生。

关键是，这样生长出来的油画创作，咋看，都是汉语的，中国的，写实与写意兼得而美、且未失灵魂与个性的。

正如木心所言：真正的艺术家，应有一个"自我背景"。

4

写生筑基，写意畅神，写心立命；写于大地，写于情性，写于心斋。

景物、人物、静物；乡情、人情、风情；即物深致而得神于物，神情密致而得韵于情；憨倔中有灵动，厚重里透逸气；可亮于眼，可悦于意，可存于心。

从人本之杨小阳的激赏，回返文本之杨小阳的叹赏，或许所有的知己者都会欣然自赏道：这爱较真、有底气、只管画自己的画的主，咱没看走眼！

末了，忽而回味起小阳得意于长安杜曲老美院旧址旁的自家小院，有上房，有厨房，有菜地，有花园，生机勃勃、百般惬意中，唯独少了一处"大堂屋"所在。或许当年受条件所限，此时却成为一个"隐喻"，让人生出些顾盼来。

我是想说：有底气且较真的杨小阳，何时能将写生的"散点"集成，转换为有方向性、有"图谋"性的"焦点"创作，在"散文""随笔""无标题音乐"等等的集合之外，提交诗史般的交响之作？

5

话说回来，如此思绪，还是于"泉石"之外发散的，回到小阳立场，或许知己者自会应答：浮华时代，有此较真功夫、沛然底气，画啥，都透着信任，咋画，都不失亲近，至于"修远"或"登堂"，只是"季节"有待的事了。

就此打住，唯听"泉"、赏"石"、话酒、叙茶、品画为是。

2015·夏

清境有为
——品评李云集山水画

1

认识云集有年，来往却甚少，只是彼此稀罕着。偶然见了聚了，想现场套点话头以识其"心斋"，好回过头来再细读其画，却又总不得其接茬，至今仍半生半熟，只得自个揣摩着。

初读云集画时，只觉烟云横生，一眼看不透，便生了稀罕，便想读画这画的人。偶尔遇之，望气搭脉，觉气息雅淡、骨相清奇而心怀异趣，若换副唐装行头，俨然一山水中人从画中走来。

这些年里，画坛中人让不成熟的市场闹得分外"成熟"起来，没几个不"心猿意马"、急功近利的，云集却好像不显山不露水，兀自把个画当作小女儿静静养着，显见是有自家"心斋"的人。

画是人画的，啥样的人画啥样的画，只是大多数人只知画画不知养画，那画就慢慢徒有其形而不知精气神在何处。画是养眼的物事，好画更是养心的物事，养心的画首先得有不同寻常的品位与格调，这就得看画画的人是否有自家"心斋"来养笔、养墨、养画外的东西了。

2

云集画山水，和见惯的山水画不一样：破形立意，不拘成规，在"潜抽象"中写意立命，求神气，求韵味，不求架势。初看不甚打眼，细品则有深意，颇得中国水墨的本源旨趣。

我一直觉得，中国水墨语言的表现能力，从根上起就是非具象的，亦即是抒写性的而非写实性的。无论是画山水、画人物、画花鸟，都不能太着相，着相就死，就僵硬，就百人一面，千篇一律，你抄我的我抄你的，或自我复制，或成为他者的投影，没了意思。反过来说，其实也不能太不着相，抽象成完全脱离了自然物态对象的单一笔墨线条，变为另一种非驴非马的东西。

我将这种界于抽象与具象之间的画法称为"潜抽象"：大象还在，只是已非表现的主体，翻转为随笔情墨韵的抒写而重构的"心象"化的物象，方得气交冲莫，与神为徒。

从接受美学角度而言，所谓不仅养眼且能养心的画，尤其是山水画，是要让人从中能读出点诗意才是的——这样读下来，就不仅是读得一点自然山水之美的淘洗，更是读得山水中那份与心相约的自然的呼吸、诗意的呼吸。

云集的山水画每令我为之稀罕，大概正合了这点不成熟的水墨理想吧？

3

带着这点理想这点体会，再读云集的画，游目于其既陌生又亲切的"山水"之中，便渐渐深入了进去，透出些明确来。

原来，云集画中的山水，既是笔墨的山水，又是山水的笔墨，二者相融相济而形质动荡、气韵飘逸。看似虚幻了些，不着真实，凭意虚构，虚出云烟感、淡雅气，实是以虚求实，客体虚化而本体实在，有画家自己对山水的独一份灵悟弥散于自然物象之中，那山水便化为诗的意象，让人浮想联翩吟玩不尽了。

复细品其语感，杂糅传统与现代，融会素直与委婉，在其刻意打散的笔墨关系里，暗自归属于清简流韵的风格化追求——笔简，墨简，色更简，一批近作则纯为水墨，不再着色，读来气清质实，格高而思逸。

当然，比起以势取胜的主流北派山水画风来看，置身西北画坛的李云集，笔下的山水样貌与气质，似乎显得韵长气小，格局不是很大。

而，回头又一想，就东方审美特性而言，我们似乎更亲近于对美的渗化作用的接受，而非对美的震撼力的强求。更多的时候，我们在审美感受里求的是入清境而洗身心，澄澈寸衷，忘怀万滤，而复归自然性情、山水中人。近年画界受展览机制和市场机制的负面影响，各类作品一味追求大幅巨制、视觉冲击力，我看并非就是正道，时间长了，自会生出另一种审美疲劳，让人重怀"乡愁"。

这缕"乡愁"，在云集的山水画中，似乎多少还能得以纾解；说是保守亦可，其实是一种超越——在大都不太看重的传统"清境"里，拓殖新的作为，等待复生东方审美"乡愁"的人们悄然认领。

4

其实，李云集真正的问题在于：有了符合其生命形态和语言形态的创作方向后，因各种原因，尚未形成重心，缺乏标志性的力作和规模化的呈现。特别在图式的构成上，还未形成风格化的统摄，有些散漫和破碎。

一言而蔽之：其当下状态，可谓临界而未深入。

不过，真正的艺术之旅，是要做长途跋涉的打算的，看李云集的样子，不是那种急先锋的主，以这般少有人至的境界滋养下去，假以时日，必有一览众山小的光景，告慰于知己者殷切的期待。

2008·夏

静而狂之
——读张进现代水墨画《向日葵》

1

十多年前,在诗的岁月里,读到欧文·斯通写的梵高传《渴望生活》,遂热爱梵高到痴迷的程度。尤其是那幅《向日葵》,如火焰般地鼓舞着一个中国诗人可能的激情。

岁月流逝,终难逃东方文化人命定的归宿,由热狂而渐趋于沉寂,守一份宁静致远的心态,面对不老的山河和转瞬即逝的艺术灵感。

就在这时,我有幸得谢冕先生善心关爱,赴北京大学中文系做访问学者。由此因缘际会——在步入中年之旅的1995年春天,在北京一个小四合院的一间小平房里,我读到了张进的《向日葵》——一位当代中国青年画家,用我们中国水墨画法画的《向日葵》,使我重新找到了当年初读梵高的那种感受,且又获得了完全不同于来自梵高的新的震撼：同样的狂放、张扬、充满生命意识，却又多了一份东方式的内凝和清逸，一种静而狂之的神秘韵味。

更为有幸的是，我成了这幅珍品的得主：当张进确认他的作品得到了一位画坛外的知音时，遂慷慨地赠给了他的老友。此后，这幅《向日葵》一直挂置在我西安的书房里，静静地开放着，燃烧着，鼓舞着一个中国诗人所有可能保存和再生的激情！

2

张进生于北京，长于西安，其早年的艺术质素，多得益于陕西"长安画派"的熏染。以后去了北京，在一所中学任美术教师。80年代中期出道，至今已在中国美术馆举办三次个展，近年更连续赴美国、瑞士、西班牙、比利时、新加坡参加各种高规格的画展和艺术博览会，成为目前中国现代水墨画中，颇具实力和影响的青年画家之一。

十年磨一剑，这剑可磨得非同寻常。

在当代中国，无论是艺术界还是文学界，我们无时不在谈论着"创新"，谈论着"传统"，然而真正能将二者融会贯通而得其真义者，又有几位？这其中，一是多以忽略如何及时从对观念的探求返回对本真性情的开掘，以本真的自由心态，去求契合于这种心态的艺术语言的转变；一是对什么是真正意义上的传统认识不清，人云亦云，不得要领。

一切艺术或文学的言说，皆是对生命真在的言说；诗如是，绘画亦如是；个在的生命体验与个在的生命言说，有如一枚银币的两面，是相辅相成的。我们在短时间里，将现代西方所有言说方式都匆促地演练了一番，好似一个西方观念的跑马场，随便谁都能随口说出一大堆舶来的观念语码。然而，最终决定其是否化解他者为已有而创新出奇的，仍然要看你能不能及时脱出"观念人"的壳，重返"性情中人"的天地，成为本真生命的自由言说。

而所谓"传统"的真义，在于古典辉煌之中，其思、其言、其道三者之间的圆融贯通。——当代人对传统的研究与继承，正是要揣摩和学得前人是如何将其通达无碍的。可惜大多数或弃传统于不顾，或学了皮毛而失了精魂，所谓不知其言而不解其贯通。

3

上述两种误区，在张进，似乎都得以轻松自然地超越了，这正是他得以成功之处。

张进人真，且始终真在性情之中，忠实于个在的生命意识与言说方式，从不为观念所缚，也就不会在语言转换中，成为某一艺术主张或观念的复制与投影。

记得张进曾多次向我谈到他画画从不"吭哧"，这是北京土话，就是"不累"——发乎于心意，率性于笔墨，不为任何此外的什么所羁所绊所累。笔者也曾多次观赏张进作画，常有看儿童游戏之感，那一份自由、洒脱和迷醉似的投入，简直让人着迷。可以说，他是我所见过的作家、诗人和艺术家中，最不"吭哧"而轻松自如的一位。

以画察心，张进的"画心"舒放而又沉着，旷达而又凝定，静而狂之，出而入之，如赤子又如老者，更如自然之风的律动与树的呼吸，全无营构造作之痕，最终抵达一种可称之为"有深度的游戏"之境界。

正是有了这份完全摒弃了当代文人和艺术工匠们所惯有的功利与浮躁之气的本真心境，也才有了张进式的、卓异不凡的现代水墨新语境。在这种新语境中，我们不仅看到了东方传统艺术法则与西方现代艺术手法的和谐交融，且惊奇于画家能于如此古老的水墨画天地中，灌注于如此丰沛而鲜活的现代生命意识。

4

实则，中国水墨画从一开始，就重精神的表现而轻物象的反映，一种吟诵而非描摹。

张进以当代人的生存体验进入水墨画言说，力图在传统和西方之外寻求新的可能性，使其具备既能撞击现代人心灵的视觉冲击力，又不失源远流长的传统神韵。由此他进行了语言空间与精神空间的双重拓展，使之从旧文人式的把玩中跳脱出来，弃陋从新，充满现代人的灵视，一时运笔成风，自成格韵。

《向日葵》便是其中的代表作之一。

这幅四尺斗方作品，画中之物，也就是我们日常所见的云天、骄阳、向日葵地，可经由张进式的笔墨和气韵化生，便成了一片完全陌生的艺术与精神新天地——这是一方自然，又是一派生命；是有生命蒸腾律动于其中的自然，又是与自然和谐共生不息不灭的生命——画面上方一个旋转着运动的太阳，一个燃烧的生命之核，那数不清道不明的向日葵群落，则是这生命之核随意播撒的精神与语言之花，在黑土地上寻求神秘的纵深。而天空则有一些迷茫，那是生命大背景的迷茫，在它的映衬或曰介入之中，我们可能会随画面中的向日葵们一起晕眩起来，进入似有所依托又似不知所措的悬置状态，而又确实隐约地感知到，我们的生命在这一刻，向我们说了一些我们平日所聆听不到的什么。

而最终为之迷醉的，更是那些线条，那些笔触，那些以墨为主的色块——那些由线条、色块、笔触合成的律动与吟诵——气沛而不滥泻，形丰而无糜费；酣畅中透着沉着，清逸中显出苍雄，沉浸其中，一时之间，有真气奔流于肺腑，酣畅于心宇，所谓"独与天地精神相往来"！

5

说起来，水墨画可谓"国粹"式的传统画种了，何以能在张进的手中，拓殖出如此开阔而富有现代性的审美境界与精神空间呢？

记得几年前，张进曾用这种手法创作过近 30 米的秦岭长卷《自然的启示》，北京西安两地展出，一时令观者刮目。如今结合《向日葵》之作再论，说到底，还是艺术家身上那种法外之气的强弱、真伪、纯杂在起作用。

近年来，我曾在多篇文章中谈到：包括艺术、文学在内的所有中国文化进程中所显露出来的困窘与尴尬，无不与中国文化人主体人格的孱弱、卑琐和破碎有关。由此回头再来欣赏《向日葵》，即或是画外之人，是否也可获得一些新的认识与修养呢？

1995·秋

"灵魂山水"与"水墨交响诗"
——方平现代水墨山水散论

1

当代中国美术变革,经由近 20 年的左冲右突,已逼临一个新的反思与整合阶段。这其中,有对"运动情结"和"机会主义驱动"的检讨,也有对所谓"处变不惊"、恪守正统的重新审视。

应该承认,因了某些缺乏从根性出发的浮面演练及纯观念性移植,许多所谓先锋艺术,常陷入既失语于传统的创化又失语于本土的整合的双重尴尬,有的则沉溺于"沙龙"式的"空心喧哗"。然而,作为历史性的开启,先锋艺术的价值,绝不因其进程中的失当而减弱,更不能因负面的存在而作为"恪守正统"的合理性反证。实际上,一些所谓"处变不惊"的心理机制中,其投机性、功利性的成分或许更大,其主体人格的分裂与卑琐是显而易见的。

真正值得反思的倒是：不管先锋也好，传统也好，中国绘画走到今天，是否已转换为新的生命形态与艺术形态，而不再游离或相悖于现代人的生存语境？

2

显然，这是一个必然艰难而漫长的过渡时期。这一过渡在陕西美术界，也不免滞重而举步维艰。

作为"长安画派"这一历史性的指称，陕西国画板块曾因之得以瞩目的崛起，称誉国内外。不无遗憾的是，在新的时期里，本属革新求变的"光荣传统"，却经一再"误读"而渐次锁定为新的保守模式：作为主流话语的投影，变内在生命体验的抒情写意，为外在生活现象和自然物貌的主题性复制，虽因契合主流价值体系而社会效应不小，骨子里却已失去了"长安画派"的实意真魂。

诚然，以其代表人物当年所处的时代之局限，确实也有过一些主题性的投入，但其真意，却在"以神为魂，以形为貌"，欲以"解体再生"（石鲁语），亦即有所"依附"而又不失个在追求，否则何来石鲁先生的"野怪乱黑"与方济众先生的"诗意田园"？而当时代翻开新的一页，提供全方位变革机遇时，陕西画坛和陕西其他文艺领域一样，为其所谓的"光荣传统"所缚，沉迷于对主流话语的依附快感，僵滞为一片与时代貌合神离的"老宅后院"。

3

出于良知，也出于性情，更出于主体人格的独立不羁，多年来，青年画家方平对他所身处的这片"艺术生存场"，一直持有清醒的认识。浅近的功利对他早已失去诱惑，复制自己或复制他者更是有违天性的痛苦。为此，方平被迫承受着游离的在场者的客态角色，乃至有好几年干脆停止作画，宁作艺术的"浪子"而不甘为"守财奴"。

失于作而得于思。此时的方平，其实始终在个我的生命体验中，寻找着破茧重生的契机。

这实在是一次自我选择的放逐，放逐后又自我设置的挑战：主体直接面对一种更为严酷的自律，将自己收回到最单纯的深处，令旧的经验被突然降临的陌生所悬置，消解而后去蔽；未脱混沌，却生机盎然；不涉理路，唯缘自本真；有传统笔墨精神之原创语境的再发现——诸如对黄宾虹、潘天寿等作品的专门研究和对"长安画派"内在理路的清理等，更有对现代审美意识的再认识——包括广泛涉猎东西方现代艺术及现代文学、现代音乐，及其对当代生存语境的多层面体验。

至此，一个新的方平的脱颖而出，便成为必然——并非一时冲动，更非盲目演练，而是一次由精神而艺术、由理论而实践的厚积薄发。

4

在潜心探求艺术精神再生的过程中，重新遭遇水墨语言，方平终于有了这批总题为"现代水墨系列"的探索作品，为"自我放逐"后的重生正名。

这一"现代水墨系列"作品，全部为大幅纯黑白水墨山水写意画。说是山水画，其实大都已脱离自然山水的投影，转化为纯粹的笔墨运动，以对物态空间的高度抽象，而直抵精神空间的原生原在，可称之为"灵魂的山水"或"水墨交响诗"。

细读其作，下笔走墨，顺心绪，随性情，粗笔大写，野形文内而有生辣气。可见得其临池状态，追求的是现场生成过程中的任情由之和随机创化，是心与笔、笔与墨、墨与纸以及黑与白、实与虚的触摸、互动与对话，以至无所谓露笔痕、露意气、露语感、露精神的冲撞与撕扯感，将水墨画热情的、动感的表现性能发挥到极致，从而造成强烈的精神冲击和视觉冲击。

概言之，其艺术精神、创作状态、表达方式，均已脱逸于传统笔墨的程式，以心境造语境，复以画中语境再造画外心境。如此以法写意，仗气爱奇，得以审美趣味独到，个人风格显豁，可谓独树一帜了。

5

从理论的认知看，方平的这批"现代水墨系列"可概括为以下三个特点：

其一是原创性。原创即命名，用新的说法说出新的东西，这是一切语言活动最本质的属性。以精神的原生态去求语言的原创性，走出平面移植的驯养模式，步入精神与语言互动相成的"呼吸系统"（方平语），方平终于找到了属于他自己的新的水墨精神和水墨语言。

原创的另一属性是不可模仿性，这在方平的这批画作中显得尤为突出。强烈的陌生感，很难找到与之相应的什么参照系。若说传统水墨画是以笔墨作语言工具在抒写画心的话，方平则反其道而行之，在此用画心在抒写笔墨，以此重新领悟中国画的笔墨精神，及其与当代文化语境相契合的可能性。

其二是现代性。方平将其新作划归为"现代水墨"，可以说是名至实归。是精神与语言互动共生的一次现代性突入。

面对方平这一系列"灵魂山水"，有一种被吞没又被高举的激荡感。无论是运笔的走向，笔与纸充满硬质与力度的运动，黑与白之间的姿意与沉默、躁勇与彷徨，充溢着升腾或坠落、躁动或迷茫的生命律动。个别画幅（"现代水墨系列展"之七）则以涌动向上、贯通天地的"哥特式"笔意，弥散浸漫出一种准宗教情怀，读来如聆圣乐。

现代精神的导入，使方平的笔墨运动成为一个开放场，拓宽了水墨语言的表现域，使纯粹的"语言抒情"成为可能，激活了许多生疏的力量，焕发出异质的光晕。即或是导入对神性生命意识的表现，也不虚不飘，有真切的感受和会意。

其三是整合性。有无整合意识，已成为世纪之交每一位有所作为的中国艺术家必须面对的命题。方平的"现代水墨系列"体现了这种整合意识，试图从语言和精神两个向度，经由反思而后建构具有中西通约共识的水墨新语境。落于创作，有西画的气势，又不失中国画的韵味，在倾心抽象的笔墨运动中，有机保留了"象"的要素，显示了良好的整合能力。

整合的最大效应是画面外张力的增强。传统水墨画的艺术张力，多以尺幅为限，虽总在讲知黑守白、意在笔先，其实所指大多很明确，语言的程式化导致了能指效应的减弱。方平的这批探索作品，是一种在矛盾与冲突中生成性的杂糅并举，间或似有未完成感，却增加了能指效应，有画幅难以定锁的延展性与弥散性，耐看耐品，余韵深切。

整合的最终旨归，是如何创立中国式的现代水墨风格——在方平，这已是落于现实的一份期许。沉寂已久的方平，终于跨出了其艺术历程中决定性的一步，可以想见，那份期许，终将辉耀成生命中一片亮色。

1998·春

云石有梦自高朗
——石头娃艺术精神散论

1

解读石头娃——解读作为艺术文本的"石头娃"和作为精神文本的"王小信",我莫名地先想到三句诗,并由此有了一个可以激发并收摄解读要点的题目:云石有梦自高朗。

> 云是石头的梦
> 水梦石而歌
> 茶的味道带点苦涩

三句诗,来自乙未春上在石头娃画室做客品画后的直觉印象:这位同我一年出生,同我一样背负出身"原罪",一样下乡做"知青"、进厂当工人然后补上大学,一样"野路子"自(治)学有成而年过花甲依然"做梦"的同道,那高谈阔论中洋溢的激情与自信，让我一时竟有点"穿越"之感，随即渐渐从苦涩的茶汤中，喝出几分高朗的味道。

2

"玉"的原罪与"石头"的现实，纠结于两厢之间的，是艺术的救赎与梦想的磨洗，而由此构成被历史称之为"老三届"的一部分不甘沉沦者，其内在之生命艺术的持久张力——实际上，不管由这样的张力所生成的"文本"样式如何，以及当下的价值认同如何，那一种作为"底背"存在的、发自骨子里的救赎理路与梦想气质，是任何其他价值位格所无从替代的，乃至在当下的价值体系中，已渐次成为一种"文化乡愁"式的存在。

是以我这些年总在讲：艺术之于真正的艺术家们而言，有如生命前行的脚前灯，照亮的是艰难或寂寞岁月中，独抱艺术良知和理想人格的人生路程，先温暖了一己的心斋，复感动所有尚葆有一份真善美之精神追求的灵魂。

故而，那个本来大名为"王小信"的学人，自我分身为叫着"石头娃"的画家：信梦想，也信现实，不变的是那份天性中的自信，以及自我救赎的信念。到了，"玉"还是玉：种"石"（现实）为"月"（梦想），种"月"（梦想）为"玉"（艺术），再把玉种回到月光里去——石头娃收获的不仅是艺术文本的高朗，更是艺术人生的高朗。

3

以"高朗"一词指认石头娃的山水画艺术，实则可拆分为"高迈"与"硬朗"两个维度解读：以现实为底背的"高迈"，以浪漫为气息的"硬朗"。

作为本质上属于气质型的画家，一般而言，大都不会屈就时潮而落于俗套。但同时，不乏综合文化素养和熟悉时尚艺术观念的石头娃，也并未将其创作理路，导入临虚蹈空的炫奇斗诡以求前卫"标出"。

在这里，"知青岁月"筑基的坐实务虚之精神底背，遂成为其艺术方向的内在坐标——至少就已形成共识、画家自己也认定为代表性作品的"大乡土"山水画系列来看，"理想主义"的石头娃，却执意画着"写实主义"抑或"现实主义"的山水画，甚至让人想到"浪漫主义和现实主义相结合"这样的前现代理论术语，故而也难免被一些新潮人物所误读。

实际上，石头娃将主要创作理路，收摄于以写生为主导的"知青乡土"之潜主题性绘画，突出理想精神与文化内涵，确实有些不合时宜的"高迈"。然而，无论当代还是古典，一切"丹青"，难写在"精神"（王安石）。尤其中国山水画，一向画的是胸中山水，画的是家园之梦，画的是文化之思；寄情思于山水，再以山水与人生对话、与时代对话、与天地精神对话，从来是中国山水画的正宗，只是其"对话"的"所指"方面有所不同而已。

4

品读石头娃以其渭北高原"知青岁月"为素材的"大乡土"系列作品，显然可见，其艺术追求是和其精神追求、思想追求、人的价值及文化的价值的追求共存一体而不可分离的。创作主体的生命力度和情感深度，奠定了艺术文本的生命力度和情感深度，使其能有效地将精神语言与技术语言，亦即情感与笔墨不分彼此地融合为一，于文质兼备的形式美感之外，更有心灵的寄托存乎其中。

作为有共同记忆与灵魂羁绊的笔者，在石头娃的这些巨幅写生怀旧之山水画中，更看重而感动的，是作品整体呈现出的那种绘画语境：将一段苦难岁月中的青春记忆，转化（画）为成长节点的精神遗迹，复将这不免青涩而不失理想情怀的精神遗迹，执意放大而突兀于当下物质化、欲望化、时尚化之文化语境下，使之上升为在时代背面发光回闪的精神故土与文化乡愁——有违"与时俱进"而得反向高迈,不合时宜的执意,石头娃继往开来,"标出"的是别开一界的现代性乡土山水精神。

在急剧现代化的时代背景下,石头娃"大乡土"现代山水画系列所负载的释解文化乡愁的价值属性,无疑是值得充分肯定的。至少,仅就笔者的价值观念而言,在艺术价值谱系中,我一向更看重的是多了些什么、少了些什么,而不是一拥而上顺势而为的类的平均数——就此而言,石头娃的存在,自有其特别的意义。

5

接文化地气,展文化情怀,以现实为底背的"高迈",成就的是艺术精神的品位,而精神的品位最终还需依丹青的品位方能"出位"。

石头娃的艺术创作,无论是写生为骨的"大乡土"系列,还是不乏现代意识的写意小品,尤其是为刘骁纯先生所肯定的"重笔村景"和"宽幅村景"系列作品,大体而言,还是以骨力和气息胜出一筹,所谓以浪漫为气息的"硬朗"。

作为气质型的艺术家,浪漫气息是与生俱来的,何况石头娃的艺术筑基,在记忆与灵魂的诗性抒写,一种歌吟式的叙事。

原本,中国水墨材质所构成的丹青语素,宜于写意抒情,不太适合叙事着相。而石头娃的"大乡土"山水系列,多依本事而叙事,且由写生打底,坐实而后务虚,此时气息所在便成关键。好在"村景"原本"心景",叙事原本歌吟,石头娃大作小作,皆心气所作,发于浪漫,注于写实,以纯正的传统笔墨语汇,融写实和写意为一体,并大胆引入现代构成理念,既书写客观物象又抒发主观性情,托意远,神情密,平缓而有沉酣之气。

偏是石头娃学人出身,气息浪漫,却又不失法度规约,有如河流与堤岸。其代表作品,仅就笔墨看去,虽然因写生主导而失于语言的独化,多屈从于"叙事"役使,少了些笔墨自身"一笔细含大千"的节奏与韵致,但若换一个角度来看,正因为"石派"山水多为"叙事诗"而非"抒情诗",其作为支撑性的骨架与骨力,便成为不可不落于"实处"的取向。刘骁纯先生将石头娃的一部分代表作指认为"重笔村景",大概也是从这一角度出发,为其"重"在骨力、得素直而见硬朗的"叙事"风格予以认同与激赏。

甚至,若再按此理路深入细究下去,还可以发现这些以"重笔村景"及"宽幅村景"为代表的"宏大叙事",在融现实性、意象性以及戏剧性为一体的潜移默化中,最终将一段"乡土情怀"提升到一种寓言性的境界,其综合艺术价值实在不可低估。

6

在当代,一位艺术家的成熟,到底该以何标准指认之,我认为主要有两点:其一,是否有独立明确的创作方向,以免成为"类的平均数";其二,是否有独悟自觉的理论认知,以免成为各种潮流的附庸。前者为"面",后者为"底";"底"气不足,"面"上的成就大小,皆难以做长久计。

以此再回头审度石头娃艺术精神,又有堪可激赏之处。

须知,艺术创作的"石头娃",还是多年坚持分身文化学人的"王小信",其学养、学理、问题意识,多有独到之处。尤其为当代中国画品评所提出的"三气"标准:天灵之气、自然之气、文人之气,以及相关阐释,自成一家之言,充分说明,这是一位我惯常称之为"脚下有路,心里有数"的艺术家。但凡这样"出身"的艺术家,无论到了之成就大小,总是能让人放心些的。

2015·秋

纸上云烟　心中山水
——品评李建安山水画新作

1

读建安的画，始于近年。

在当代陕西中国画画坛，建安的"名头"平时不是很叫响，但每当我们越过那些所谓名家身影之后再看去，无论从文本还是从人本的双向考量，建安的存在便总是会那样沉稳地凸显出来，不容忽视。尤其是其近年一批山水画作，成规模，有重心，风格豁然，令人亮眼提神，惊喜中不由不刮目相看。

无疑，因了各种因素限制，这是又一位错过了春华之耀眼而收获秋日之成熟的画家。

2

建安是西安人，却因工作关系，长期生活创作在汉水上游的安康地区。就地缘文化而言，那是一处不南不北而又南北兼具的"过渡地带"，其山水物候、风土人情，别有一番特别的情味与意涵。当急剧现代化的进程，将无数地域性风情改变为类的平均数时，僻静于汉水上游的这方水土，似乎成了涵养中国山水画之本源性感受的一块"灵地"，吸引着无数画家的心驰神往。

至少我们知道，仅就陕西中国画画家们而言，几乎都多次去那里写生或游历，并常常传为佳谈。这对居于斯地、画于斯地、生活和创作于斯地的建安来说，既是一种激励，又不免成为一种考验。也就是说，当大家都在从这方水土中汲取营养，寻求别开生面的可能时，作为"安康籍"的"本土"画家，又该如何打造自家面貌，并能更准确地把握其精魂之所在，而予以更精彩的表现，实在是需要一点定力和才情的。

面对这样的考验，我们无从明晰，生活与创作于那片远离"中心"与"殿堂"，也远离省城老家之山地僻壤的李建安，历经半生的艰辛追求，是如何一路走过来的。只是从他渐趋成熟、渐成独在格局的作品来体味，那一脉看似平实亲切的气息下面，却往往透露出不愿随俗的坚持和长途跋涉的毅力，以及孤迥独存的精神质地与语言品相。

3

具体到文本细读，李建安近年的这批山水画作，之所以令人刮目相看，取得越来越多的认可与反响，在我看来，关键有两点：

其一，以"客态"抒写"主观"，得"外师造化中得心源"之神韵。

中国书画，向来是要讲意境在先的。意境是主观感受与客观物象的复合体，是情和景的交融、渗透与结晶。强调的是心手相应、妙造自然的审美境界，彰显的是画家的主观情怀，以此体现画家的精神意蕴。

建安虽长期生活与工作于安康，算得上半个"安康人"了，对那片长年累月洗目沁心的"灵地"山水，自是情有独钟，体验深切。但与此同时，建安又有机地保留了一个"外乡人"的审视目光，以"客态"心境化地域原型，"始当求所以入，终当求所以出"（南宋学者陈善语），脱形迹而求神交，反得了那片山水的精神真髓，并最终经营出了独属于他自己的山水风格，不但外在面貌与气象不同于他人，其精神内涵也别有旨趣。

其实我们都知道，古今中外，凡带有地域性精神品质和审美意境的文学艺术名篇，大多是"游目"者所得或"外观"者所出，这几乎已成为一个规律。

建安的"安康山水"，之所以别具一格，也正在于画家能恰切地将日常化的主观感受，转化为"客态"的审美体验，以心象化物象，以写意化写生，不滞于对一山一水的自然描绘，更不屑于将所谓"地域风格"狭隘化为徒具其形的"风景明信片"，而是把安康山水作为传达一己之生存体验和艺术情感的载体，来抒写意境幽深的心中山水。

如此既不失"外师造化"的地域特征，又有"中得心源"的独在意趣，融会贯通，其境界自然就不同一般了。

4

其二，以"苍"写"润"，"苍""润"相济，南北一体，韵势兼备。

按照美术评论家张渝的说法，中国画向来有"北派"求势、"南派"求韵的传统。从发生学和地缘文化的角度而言，这种传统的存在，自有其合理之处，但由此也为北地南国的艺术家们，提出了一个能否韵势兼备的命题。当代不少画家对此多有探求，也颇有收获。

生在北地，又深受"长安画派"的影响，李建安的画风之根本，当属"北派"一路。但实际上又画的是在地缘上属于南方的陕南安康山水，且已是与之亲近了半生的"第二故乡"，似乎不免矛盾与尴尬——而这，正好成为奠定李建安独辟蹊径有所建树的张力所在。

建安的创作，明显有一个由含混到通透、由繁冗到简劲、由刻意的"画"到得心的"写"的渐变过程。这一过程建安是如何走过来的，我不得而知，仅从其由渐进而至跃升的近年作品来看，确实已将尴尬化为自由、矛盾化为张力，从生活体验到绘画语言，都渐渐显露韵势兼备、南北一体的潜在风范。

具体而言，一是力求书法用笔，"写"的味道比较足。特别是在"写"中找到了合乎自己性格与气质的笔法，惯以粗笔大线经营小境别趣，墨憨线拙而又不失云烟感，既得"安康山水"南北兼具的底蕴，又使其笔墨有可独立品味的质地，画中景观看似不大，却因笔力所致而见得气势、见得旷达。

二是善于以"苍"写"润"，"苍""润"相济，而得"结实处何尝不空灵，空灵处何尝不结实"（刘熙载语）的审美要旨。为此，建安在画中有机地将焦墨、水墨和色墨打通共用，且以焦墨为主，以随笔法，水墨、色墨做合理辅助，不尚华美，但求切实，而实中有虚，以实求虚，"苍"中有"润"，以"苍"证"润"，相济相生，遂暗合了南北一体的学理。

5

诚然,上述品评因了个人对建安这批山水画新作的偏爱,不免有激赏溢美之词和偏颇之处,同时其作品也确实存在诸如格局不大、图式重复等问题。但放之长远来看,建安现已取得的突破性的进步,尤其是他那种不愿随俗的坚持,以及独到的精神质地与语言品相,确已为其奠定了坚实的基础而后望可期。

而,直面这样的画家的存在,会让我们从浮华的"惊艳"中重返实在的"放心",并重新认领具有严肃的生存真实性和严肃的艺术自律性之双重承担的艺术精神,进而对由此产生的艺术作品,葆有真切的信任感和阅读期待。

2007·秋

融会与升华
——品读王炳黎其人其画

1

终于能为断续30多年交往的老友、当代画坛之"隐逸派"画家王炳黎写点早该我写的文字了。这对于以"票友"身份行走于书画评论界的笔者而言，既是一种发自情谊的念想，又是一份出于责任的夙愿。

我与炳黎相识于1971年。那时，我们都刚刚由"下乡知青"转而被招工进厂，在地处秦岭南坡古天荡山下的汉中地区钢铁厂当工人。因都在一个车间，且都爱好文艺，工余之时，常被抽调在一起办墙报搞宣传，渐渐熟悉了解，遂很快成为知己工友。

最难忘的是，后来得车间特殊"待遇"，我和炳黎与另一位爱好音乐的朋友李树堂贤兄得以自选同住一个宿舍，还专门选了那栋工人宿舍的半层式顶楼，出门就是楼顶大平台，巴山秦岭、汉水盆地的无限风光，随时尽览无余，成了我们艰难岁月中的"扩胸运动"，加上又是意气相投的"艺术同居"，可互为追捧与激励，并因此常常在厂区"出出风头"，一时传为佳话。

2

记得当年，炳黎先以书法得名。颜体为底，中正敦厚，以"童子功"化入一己的体悟，风骨迥然，令我等感佩不已。后兼习国画，出手也是不凡，显示出对国画传统和自然之美良好的吸收与消化功能，加之有书法功底支撑，便日见长进。每每车间办大型墙报，必是我编文稿，炳黎负责美工和抄写，一出来就赢得全厂瞩目，二人得意。

此时，恰逢"长安画派"代表人物方济众先生"下放"汉中故里几年，刚得以恢复工作，安排在汉中市群众艺术馆上班。先生原籍是陕西勉县方家坝人，和家父与伯父有发小之谊，遂得我从中"摆渡"，绍介炳黎拜于方老师门下，渐获真传而更上层楼。

那时炳黎的山水画作，虽因条件所限，多为尺幅小制，但构图展阔，气韵流荡，已具以小见大的气象。尤其经方先生点化，对"长安画派"的画风领悟颇深，起步便高，遂得心应手而渐入佳境，早早奠定了此后艺术道路的坚实基础。

如此青春年少之际，工友文友之交，寒暑八年，没齿难忘，至今成为我们各自人生中最为美好的记忆。后来恢复高考我上大学离厂到西安，炳黎仍在厂工会任职，期间又到陕西省国画院研修几年，声名渐起，复得朋友激赏盛邀，举家移居浙江东阳为职业画家。之后形迹往来渐少，但对各自事业的关注却从未释念。

如此30年后，终得重逢于画坛而拜读炳黎兄的艺术成就，并为其新的画集写序，实在是欣慰至极的快事了。

3

回头重新认识炳黎兄和他的画,首先感念于心的,是其历30余年而真诚不移、执着如旧的艺术精神。且人到中年、步入午后,而依然那样热烈和单纯。这也便是我冒昧称其为"隐逸派"画家的原因之所在了。——这里的"隐",是指"隐修",一种日常化的精神状态而非故作的什么姿态;这里的"逸",则取其本意,逸出、自在,远离主流话语影响而不失本真呼吸,一种"逸气"。

作为人本的王炳黎,生性笃诚,外憨内秀,少小亲近艺术之后,便香客般地一路走来,既将其看作生命的庙堂,又将其化为生活方式,从不拿它去当做什么不得了的事情来刻意经营。这么多年里,自甘边缘的炳黎一直不急不躁,以心养画,以画养心,默然而沛,厚积薄发,以一种"隐修"式的存在,求得事业追求与生活方式的同一与圆融,从而从根本上保证了其艺术精神的虔敬与纯粹。

近年评画论诗,我总在强调一个观点:审美有疲劳,感动没有疲劳;审美的感动有疲劳,精神的感动没有疲劳。由此品读作品,也是首先看气息,其次再看技巧。画为心象,诗为心声;心境、画境合而为一,方生意境。

以此再看王炳黎,显然是那种生活底子丰厚、有自家精神而不失"心斋"的画家。其作品,处处渗透着生活体验与艺术体悟的个在感受,不是随时代风潮跑、跟时尚观念走的仿写与复制。从而,每读炳黎的画,总有一种读璞玉、观山岚的感动,温润亲和,并保留着一脉青春原型的抒写意味,明己润人而念念在心。

4

一切艺术文本,都有其"面"与"底"的双重在性。"底"为精神,"面"为语言(在中国画中,语言即笔墨);精神底蕴最终是要通过语言形式来表现而传达的。二者互为表里,相生相济,不可偏废其一。这也是成熟的艺术家与一般艺术爱好者的分野之所在。

以心养画的王炳黎,积30余年的艺术生活体验,练就一身从生活中观察、提炼艺术感悟的能力,同时,也练就了一身守成求变、于渐进中求升华的笔墨功力。落于具体创作,其笔情墨意皆有来路有去路,大胆落笔,小心收拾,厚重里见洒脱,亲和中见异趣,加之笔墨之外的生活体验与生命体验的渗透与灌注,所成画图,都不乏诗般意境和幽雅趣味。

此中关键,一是炳黎朴外秀中天性使然;二是由知青而工人而职业画家,由少小西安、青春陕南而中年东阳,南北求学游历,不经意间得命运之亲睐,机缘使然。由此以"长安画派"之熏染为根以青春陕南之初恋为本,再加以中年午后之江南枝繁叶茂的润展,融会贯通,渐次升华为自在的风格特征,并成为炳黎写意山水的标志性所在。

5

具体作品而言,如《云敛秋山落照红》《闲云随意得自然》《苍山无语立斜阳》等代表作,将北方山水的气势与南方山水的气韵有机地融为一体,以"长安画派"色墨混用的大写意手法挥洒而就,势、韵、苍、润,相济兼得,混茫中见清趣。而《秋意》《清秋》《秋爽图》等小品,无论是构图还是笔墨意趣,都颇得方济众小品画的精髓,且不乏自家精神的蕴藉。

特别让我这老友旧识亮眼提神的,还有那幅手眼独出的《兵马俑阵》:整幅画面只是在画草坡,稍稍点缀了一群觅食的小鸡,却让人在既熟悉又陌生的审美感受中，领略画家将寻常物事化为超现实诗意的艺术功力。特别是那一大片层次丰富、色阶微妙的黑白灰中，几粒星星般闪烁的鸡头小红点，是那样恰当而又精妙，可谓既有言外之意可回味，又有语言本身的意趣可把玩，是一幅难得的精品。

作为30多年的知己老友．在为炳黎渐进中的升华叫好的同时，也盼望他能奉献更多杰出的作品，而不负如此虔敬笃诚之事业追求与生活方式同一圆融的纯美人生。

2007·秋

诚恳之必要
——读罗宁和他的画

1

技术至上之"机械复制时代"（本雅明语），文心浮荡，艺术空泛，置此"流水线"加"大超市"之语境下，中国美学之"道"之所在又何以能在？

诚恳之必要。

2

一切艺术，离不开外在的"手艺"，更决定于内在的"心性"。

古人讲"情生文"，新文化讲"人的文学"，当代人讲"走心"、"接地气"，其实都是在强调文学艺术之"情本体"（李泽厚语）的重要性。

凡文学艺术创造，离不开才气、修为、心性三个基本素质，外加性格与命运的左右。

而天才毕竟是少数，一般为艺术者，主要靠修为的持之以恒和心性的笃诚恳切。再从接受美学看，一般文学艺术欣赏者，最终感念耿耿处，还是文本后面所传达的"真人情味"（顾随先生语）。所谓审美有疲劳，感动没有疲劳；审美的感动有疲劳，精神的感动没有疲劳。

精神何在？唯创作主体是否"走心"而出真情实感。

3

如上述说法还算成立，复以此学理支持来读罗宁和他的画，或许大体不差。

作为画家罗宁的身份确认，实在而言，不过晚近之事。此前驰名于文化艺术界的罗宁，是总为他人做嫁衣的美术老师、《文化艺术报》总编、陕西国画院主持、陕西美术博物馆馆长等等名头，与时俱进中风风火火，不失功名所得，却也一再将艺术之"初心"，留待他时发萌。

实则，身处中国特色的文化语境和时代大潮，不知多少"初心"耿耿者"被命运"而与时俱进至"却道天凉好个秋"！

好在罗宁无论与时俱进至何时何处，那一份"诚恳之必要"总未缺失过，是以"功成名就"于四季后，自然而然转求"第五季"的期遇——所谓画画，所谓艺术，在此时的罗宁，恰如中年午后复燃的"初恋"，落于写生、采风、案头纸上，皆真情走心，青涩中得烂漫，任你别的方面或可说短论长，唯笔情墨意中那一份"初心"的诚恳，在在无可挑剔。

——诚恳之必要。

这必要遂成为品评罗宁画作的要点之必须。

4

诚者实，恳者切。

"初恋"之境，说来心事是虚，而用情即事却切实得紧。

罗宁本入世之才，"初心"于艺术，也便倾心人物画，以此托付事功理想与济世情怀；

罗宁又天生"情种"，倾心人物画，尤好青春女性的写照，借尤物之美，抒写对人世风情与生命华彩的眷恋；

罗宁由农家子弟而书生意气，视勤奋为人生要义，眼里风物，笔下人物，便更多聚焦于劳作中的形象，以彰显善良人性与草根精神；

罗宁更天生浪漫气质，取材选题，自是偏爱边地风情、异域风貌，于"远方"语境中安顿烂漫情愫。

由此生成的罗宁画作，论题材，写生为底，采风为面，兴以远而亲近，比以旧而得新；论图式，构思切实，束结完好，守成求变中纪纲不乱，内涵不失；论语言，自直叙中抒情，于写实中生色，轻直透脱，骨脉相适；论气息，诚朴其外，诚挚其内，朴气中见得矜气，矜气中不失朴气。

整体观之，真率里有工稳，清浅中得熨帖，加之阳光心性，"初恋"情怀，热忱满满，不由人在诸如笔墨、形式、观念等等可能的抱憾欲正之际，先行叹赏一声：诚恳之必要！

5

据学理而言，"诚恳"一词，似与艺术本体无关。

然而说到底，画是人画的，也是人看的。艺术以技艺（形式、语言、观念等）为体，还需有心性为魂、气息为脉，所谓"道艺"一体。由此或可说：诚恳确然不是艺术的"物性"前提，却必然是艺术之"心性"前提。尤其身处当下中国文化语境，至少对一般艺术家来说，"诚恳"之所在，更是其能否潜行修远而得渐进之升华的前提。

有意味的是，其实无人不知诚恳之必要，但大多将其作了某种间或提醒与参照的名词来用，而在罗宁的文本及人本中，让人每每欣慰且感慨于一种动词性的存在——且行且歌且诚恳，与时俱进的四季之后，那转而第五季的渐进的升华，想来也是恋恋可期的了。

2015 · 春

风之外,"老料"沉香
——廖勤俭艺术精神散论

与书法家、山水画家廖勤俭君子之交十多年,一直想写点像样的文字,以作念想,却又一时灵感无着,不愿将就,也便一直搁在心里,老酒般窖藏着。

丙申年春节,一日闲聚中,闻勤俭曾私慕"老料"之称,一者与本姓老廖谐音,二者也有自诩人老"料"也老的意思,却又向来谦和低调惯了,没好公开张扬。

在座的我一耳朵听见,当即陶然,多年不得"开题"的"腹稿",一时有了着落:要写勤俭,尤其,要总结其艺术精神和艺术位格,还有什么比"'老料'沉香"这样的命名更恰切、也更牛气的呢?!

释题

题目中的"沉香",在本文中,既作隐喻性名词用:瑞香科植物,一种稀有药材和香料;又主要作形容词和动名词用:沉着,沉稳,沉而弥香,香得深沉。

再解释"老料"。

这里的"老料",俗语雅用,既指人本/精神之老到,又指文本/手艺之老到,如古人称许之"人书俱老";一种修为,一种境界。

而沉香无须谦和,因为沉香早已谦和过了;沉香更无须张扬,因为沉香的存在本身就是一种张扬。如此无须张扬也无须谦和的"老料"之老廖,在时风之外,潜沉修远了半辈子,60初度,也该正名于天下的了。

是以:风之外,"老料"沉香!

名正则言顺。有了这个"命名性"的命题,其实连"言顺"都显得多余。于是宕开思路,顺着题目,也顺着多年的深刻印象,想到几个与之相关的关键词,不妨绕开说说看。

君子雅正

中国传统文化,说到底是"君子文化"。

所谓"仁义礼智信",所谓"温良恭俭让",所谓"内圣外王",所谓"自强不息"、"厚德载物"、"立德立言立行"等等,落实于国人个体,无非达至一点:君子位格。

老廖有君子之风,熟悉者以及初识者,皆有此印象。有意思的是,待到印象转而为认知,却又诧然:何以这君子之风在老廖这里,既像修为所得,更像天性使然,骨子里带着的,自自然然,平平常常,令人越发信任。处久了,自己也得些些潜移默化的雅正。

君子谦谦，雅正渐渐，以"德"求"艺"，以"艺"养"德"，如此养出来的"老料"笔墨精神，或笔墨精神之"老料"，落于案头纸上，无论生熟，或者迟早，总不失儒雅气息。但成佳作，则格高许许，文质彬彬，耐得了内在品味，更平添一份亲和与信任。

画是人画的。人好，画不一定就好。但真有高品位内涵的好画，那画主的人品终归差不到哪去。

而，要真能达至君子雅正之常境者，无论先天才气大小，后天功夫深浅，出手笔墨，总是不失高雅之气格的。

"老料"成香而沉香，首先沉得，正是这"君子雅正"的"老廖"之香。

骨气沉稳与静心生慧

勤俭原本书法家，转事山水画前，以书法名世多年。说是名世，其实市场坊间并不热络，唯书界同道称许有加，知道是块沉得住气的书坛"老料"。

老廖画画，画山水画，除得机缘遇良师而别开界面外，在他自个这里，似乎是水到渠成的事，并非别有所图而另辟蹊径。书法创作照样，只是与画画分了主次而已。

如此以书养画，以画证书，"老廖"勤俭的书法是否由此精进抑或徘徊，先按下不论，仅以近年出手的画作来看，勤俭"老料"的山水笔墨，至少在"稳"与"静"二字上，得其审美所然。

"稳"者沉稳，"静"者雅静。这两个审美元素，看似基本，实则在当代美术界，早已成稀有物事。勤俭以半生书法造诣筑基，知天命之年起山水画稿，功夫沉稳，心境沉稳，笔笔写来，尽是静心生慧之胸中山水，更是骨气沉稳之山水笔墨——这点基本认知，凡读得其作品者，想来都有同感。

再深读细品：法脉雅正，不染时风；基质工稳，秀练有致；兴以远而亲近，比以旧而得新。其整体风貌，坐实务虚，怀文抱质，直叙中生色有余而静雅高华，熨帖中成其迂回而恬淡顺茂。

虽眼下看来，个在风格标出尚有待鲜明，但想来也只是时间迟早的事了。

新古典

中国人向来是比照着自然想事的，是以诸如田园诗、山水画这类艺术，自古而来，都是我们与这个世界相亲相近，感知与表意的"脉息"所在。

喜欢老廖的画，喜欢"老料"笔墨里的"沉香"山水，除理性认知外，单就直觉感受而言，更在意的，便是这一脉一见如故而后又念念在心的"古意"。

这里不妨多两句闲话。近年学界有言：反思百年革故鼎新急剧现代化，换来的是不古不今不东不西的"四不靠"过渡境地，是以有"文化乡愁"之郁结。有"愁"就得销愁，"与尔同销万古愁"，是中国文学艺术一大优良传统。这些年从"现代"到"后现代"闹腾一整过来，遂有"新古典"之复兴，不乏笃诚以求者，也多有虚浮鼓噪之徒。

关键是"新古典"这个路子，既熬工夫又熬时间，非潜行修远者难得成正果。具体到探求者个人，不但要专心致志，更要的是三分才气和七分静气所筑基的底气。别的什么流派、什么主义，或可剑走偏锋出奇制胜一鸣惊人，唯有这"新古典"的路数，纯是文火熬老汤、慢工出细活的理，想快也快不了。

老廖走"新古典"山水画这条道，则顺理成章：半辈子书法垫底，"茶道"般平日养就的文人气息，加之天生笃诚宁静慢性子,是以借山水写胸臆,形意或需佳境渐得,画中的骨力与脉息,则本色当行,冲谦自牧,宁拙而不滥,生就的高古朗逸之位格。

故而,老廖笔下画中之山水,实实在在有山水的形意在,也实实在在有山水的诗意在;是抒写,也是塑写;是借景,也是造景。虽然尚未企及取今复古、别立新宗之境,却也在在"古意"袭人,"新气"有致,且总是有那个唯中国笔墨的"写"在背后撑着,郑而雅,秀而隐,可洗心亦可漱志。

所谓:出身正,路子正,底气加逸气,相生相济,从何出手皆得其所然。

行者修远

一时代之艺术家,有与时俱进者,也必有潜沉修远者;与时俱进者多为当下出位而算计,图个"人前显圣"(陕西方言),潜沉修远者只在修心养性而悠游,乐在"独善其身"(孟子语)。这其中的分道,既在于学养和才气,也在于性格与心性,同时关键还在于,如何处理好个人心境与时代语境的关系问题。

遗憾的是,适逢日新月异造势争锋急于"投入产出"之浮躁时代,是块料不是块料,都奋斗成了新料,真正的"老料",以及真正的"老料范",却越来越难得一见。

故,近年我到处讲:今日为学问为艺术者,真要想脱出"形势"、潜沉于"道"、以求卓然独成,无非三点:立诚,笃静,自若。亦即守志不移,静心不变,定于内而淡于外,于朝市之烦嚣中立定脚跟,而得大自在——身处今天的时代,让精神气息和语言意识亦即人本与文本,都能回归单纯、回归自得、回归"'老料'沉香",不但已成为一种理想,甚至,更是一种考验。

回头说画。

中国山水画，画春之山水，画夏之山水，画冬之山水，骨子里其实都是在画秋之山水，或者说，是在画山水的秋意——汉语的秋意，古典的秋意，洗心、漱志、修远。秋意本天成，成秋意方知修远。所谓"老料"沉香，说到底，沉得正是这一脉修远而行的香。

解得此理，再回视书法家、山水画家廖勤俭之文本之人本，更加豁然开朗："新古典"也好，"君子雅正"也好，"骨气沉稳与静心生慧"也好，皆源自这"行者修远"的艺术精神之根底。

老廖为艺术，先是缺名门科班之出身，后是缺与时俱进之得势，却从来不缺情幽兴远之秋意天成。到头来，以一不缺抵百缺，那越沉越香的"老料范"，早已渐入佳境。

尾　语

一个艺术家，若年过60，还有一汪汪清水在心怀涌动，还有一阵阵清风在鬓角拂动，必会生出些奇迹的。

看老廖的作品，读"老料"的人品，这样的印象，以及由这样的印象所生的这样的期许，也如沉香一般地"老到"了。

2016·春

行者之乐：老底子与新感觉
——品评李璟其人其画

1

我与李璟，一者乡友，一者道友；我为诗学，他为艺术，诗画同源，何况乡情知己，不觉间已30余年。

按说，如此熟络，早该为他写点什么，却莫名地一拖再拖，搁在心里而未著文字。真是应了远亲近疏而至亲无语的老话。

其实平常见面时，一直交流着的。

谈艺，论道，赏画，品人，该说的话，也说了不少。关键是心通，不言也通。这便是老友知己的微妙处。

2

李璟画画，科班出身，有一份"八十年代"西安美术学院正经老底子做底背。

那个年代，凡发心读书学艺者，投入的热忱和真纯，可谓"金不换"，个个骨子里，多少都带着些为学问而学问、为艺术而艺术的理想主义情怀，不会过于急功近利，或为时潮所裹挟了去。

加之，李璟实乃一典型的汉中人，所谓"过渡地带"心性，生来朗逸散淡，视"急行军"式的功利主义为危途，而属意散步状的人生之旅。

所谓：繁华的归繁华，自在的归自在。

从汉江上游的汉中走出又回到汉江上游的画家李璟，兀自留恋一路上的风景，享受于行者之乐，只管画自己想画的画，过自己想过的艺术人生。

3

如此30余年，不显山不显水，只是安步当车般地摸索进步着。或也因一路上风致所然，不免生些"影响的焦虑"，以及不必要的顾盼，一时未成大格局，但那种行者自洽的艺术心境，总是鲜活如初。

关键是，无论画什么，在李璟，那份笔墨语感，总是透着"老底子"的骨力，有来处也有去处，守常求变，每每于传统中抉出新意，平实中见得清峭；而画里画外的气息，又总是弥散着"新感觉"的情致：行者之乐，随缘就遇，无适无莫，既不故步自封，也非与时俱进，只在博观约取，心领神会，故而，不重复别人也不重复自己，案头纸上，便总带着些"初恋"般的清新。

由此想起，当年王国维先生论元曲时的说道：元曲之作者，其人均非有名位学问也；其作剧也，非有藏之名山、传之其人之意也。彼以意兴之所至为之，以自娱娱人……但摹写其胸中之感想，与时代之情状，而真挚之理，与秀杰之气，时流露于其间。

这样的境界，现在实在少有人可领悟得了。

4

是以,这些年我总在讲:值此人本虚浮、文本过剩之时代语境,无论学问之道还是艺术之道,皆在"业余",在"情怀",在"在"与"不在"之间。

妙在李璟不领而自悟——所谓切断功利、搁置目的、消解理性,如此等等,在别人,可能是需要一生来叩门而不得入的纠结,在李璟,却是若即若离的揣着明白"装作"糊涂。

其实在李璟而言,心底里知道这份明白是说不清楚的,也知道这份糊涂是有必要的。

行者之乐,说到底,便是乐在这份明白与糊涂之间的自娱娱人。

5

如此水流花开,风日洒然,画了30年画的李璟,实则早已将艺术过成了日子,复又将日子过成了艺术。

文本人本,皆虚静为本、真诚为本、虔敬为本,图的是安妥心斋、净化心灵、提升心境,由此从时代的背面进入另一种时间,"叩寂寞而求音",缘清音而修远。

而,清音不求闻达,只是行者之乐必要的功课而已。

或许这功课到了人书俱老的季节,忽而就有了方向和重心,要决出个什么刮目相看的局面来,在李璟,那也是植物生长、季节更替般的自然而然。

作为老友,当然期盼着这样的局面赫然而现,不过,心底里还是习惯了欣赏将日子当艺术过、复将艺术当日子过的李璟式的"行者之乐"——那份水流花开、风日洒然的光景,原本已是艺术之所以为艺术的真谛之所在了啊!

2016·秋

天启与原创
——读高宝军画作简评

1

西哲歌德说过"艺术要通过一个完整体向世界说话,但这种整体不是在自然中能找到的,而是他自己心智的果实,或者说是一种丰产的神圣的精神灌注生气的结果"。

由此可以说,真正感动人的艺术作品,都是灵魂的产物,而非技术化的复制。

2

当一场世所罕见的疾病,将青年画家高宝军逼入生命的荒寒地带时,他既体验了生命的脆弱,又体验了生命的坚强。

于是,当他终于以超乎一般人想象的求生意志和自我拯救精神,从接近废弃的边缘而重生,而将这脆弱与坚强一起返求于艺术时，所谓画画，所谓创作，就不仅是艺术的救赎，更是生命本身的救赎。

是的，他的艺术创作来自生命本身。

3

这无疑是一种天启般的本源性品质。

既源自生命的自性，又源自生命的升华，而经由深寒之境与孤绝之境，融社会人、审美人和宗教人为一体，以其独自深入的象征意味，与异质混成的语言符号，将现代人生的无常与荒诞及其救赎的可能，推向极致。

4

由此生成的高宝军绘画作品，聚焦现代心象，蕴含哲思气质，思深觉锐，风格鲜明，越众独出而不同凡响。

仅从发生学而言，宝军的艺术路向，以灵魂深度求视觉震撼，以语感率性求诗意隐奥，以原生、原在、原创之情怀、之意韵、之境界，于普泛的娱乐性与泡沫化之当下艺术时潮中，返求心源，别开一界，成为不可复制更难以模仿的个性文本，虽粗粝而超凡，未至臻而脱俗，格局独备，厚望有待。

5

实则，未来的高宝军绘画艺术到底能有多大成就，或许已不重要，重要的是，迄今为止的高宝军，无论他画什么以及如何去画，都已拥有唯有他所能拥有的个在审美原素而感人至深。

对于这一点，似乎已无可置疑。

2015·冬

春情濛如　无着是着
——读许可画集《濛·无着》并序

1

许可这部书画集的名,是我和许可一起起的。

结集前,许可邀我先行过目原作,整整看了一个下午,了然于心,印象深刻。待得回到家里"烧脑"回放两遍后,却又觉着濛如无着,不好归纳。一时便生了意绪,知道此种情状必有说头在里面了。

自己忽悠自己之间,遂得一个"濛"字,发手机短信于许可,提议将此字与之前他自己意欲以"无着"为名结合一起,或许既是一个引人注目的好玩书名,又可成就一个可"逗引"多维阐释空间的好命题。

如此妙和,自然既成。于是作序的文字,也就有了一个顺顺当当的开头。

2

我和许可忘年乡友数载,往来不多,却知己如故。其中缘由,认真想起来,主要在于"气味相投"。

古人讲"诗画同源",一方面是审美层面的说头,另一方面也是文化层面的兼及。故,"中国画,一言以蔽之,全是文化,全是文人画。"(木心:《文学回忆录》)这些年"玩票""游走"于书画界,实则多以在"以文会友",于"同源"中觅二三知己,作"诗"之旁证、"文"之会心而已。

初见许可,其神情之青涩笃诚,让我这老顽童莫名惊诧:他甚至常常会脸红起来,这稀罕情状在当下国人中万分之一许得可见。待得见识了许可的书画之作,更生惊诧:其袭古弥新的文本面影之下,处处弥散着一脉古早味的书卷气及书生情怀。

这就对了!既对了汉中乡友的味,也对了"诗画同源"的味,了然这位习书作画在美院教书的青年才俊,骨子里先是个年轻文人,虽隔了辈分,却也一握如故,不再虚套。

3

如此断续交往,由印象而识见,方叹赞这位小乡友确然一真书生、纯文人、地道书画家。这其中,除家学遗泽熏陶外,更有赖于自身的慧养双修。

许可科班出身,求学于中国美院,任职于西安美院,南韵北势,兼容并蓄,筑基深稳。加之老家秦巴山间汉水上游之少小滋养,心思灵动,爱好广泛,用志不分前提下,一切与"文"相关之人事,皆用情有致,乐在其中,于杂学中富饶心源。

妙在这种看似散步状的"行旅",虽确切"功名"目的无着,却随时随地可得美意于生活、引华滋于笔墨,而厚积薄发于案头。

4

此一"情状",汉语有词曰"冷贤"。

按照木心的说法，这"冷贤"的好处，第一是能"旁观自己"，第二是能"知道自己，做自己的良师益友"。

两好并一好，在许可，则体现为既少年，又老成；既纯白不失，又驳杂有致。落于案头纸上，如崔振宽先生所指认：以临摹学"古法"，以写生求"新意"。出手之作，既传统，又现代；有肉眼所见之体验，也有心眼所见之慧照。

尤其是，若一时深入读进去了，更有光阴的徘徊，松润舒爽于影影绰绰之中，是以"濛"。

而其总体艺术风貌，若硬是要归纳出一点"学理"性概括，可谓：汲古以润今，有古雅气质；脱势以就道，有静雅气息；修文以养心，有文雅气格。

一个年轻学人画家，能有此"三雅"垫底，其他都好说的了。

当然这里说的是垫底性的"有"，至于将来能"有"到哪样地步、何种境界，还"有"待时日。

5

饶舌一圈，回头释题。

古语有"鸿蒙鼓荡，春情无着"一说，大意是三月年少，青春萌萌，只管开花，不问结果，只问风情，不问事工，之烂漫情状。此时为诗、为画、为艺术，皆有如初恋，尽可萌萌而濛濛，放任一些，自由一些，聚焦晚一些，少些功利，多些陶冶，且把"无着"当有着，或许反得些正道之积淀，而蓄势待发?!

诚然，真要拿"典律"来说事，作为忘年知己，也时而想象并期望着：许可的创作，几时能把自由和节制打成一片，那又将是怎样的一片气象？

不过话说回来，那毕竟是另一个季节的事了。

2017·秋

赫然老来山苍苍
——读崔振宽随感①

读崔振宽先生，绵绵延延多年，始终欲言又止。尽管知道，至少在陕西国画界，这是迟早绕不开去的"重大课题"，但真要直面而言，总还是有些犹豫。这有些像业余登山，周围的坡岭峰峦都渐次攀登一遍，唯余主峰在望，一时心力脚力怯怯不及。

却又不甘。便想到忘年至交小乡友许可，拉来壮胆。青年才俊许可任教于西安美术学院，于学术、创作、教学皆独备格局，峭拔而沉稳，特别对崔先生别有研读与心得，遂讨教对话，渐次有了些思路并达成共识，试着说说看。

未脱粗浅的研究中，习惯于把崔振宽这一年龄段的陕西国画

---

① 本文与许可合作。

家们,划归于"后长安画派"。当然,这个"后",不是套用西方的Postmodern之所谓"后现代"的那个后的概念,而仅仅指代"长安画派"之后30多年来,活跃在陕西国画界并为当代美术界公认的第二代及第三代重要而优秀的画家们。其中,在第二代方阵中,崔振宽无疑是最为突出并逐渐被经典化的一位。记得在由陕西美术博物馆主办的第三届"高原·高原·中国西部美术展中国画年展"策展研讨会上,讨论学术提名展候选画家时,程征、张渝和笔者三位常任学术主持人,不约而同一致推举崔振宽为唯一学术提名展画家,也一致认为崔先生在"后长安画派"领域中,是最具有代表性的一位艺术家。

崔振宽艺术成就何以成为经典?在笔者看来,或可用两个关键词构成其价值坐标以作概括:其一"后长安画派",其二"现代水墨"。

先从横坐标"后长安画派"说起。

自唐末,随着政治、经济、文化中心的东移南迁,陕西文化发展整体上一路下行,所谓"汉唐雄风"之气象与气脉,至少在元以后的绘画艺术中,已渐趋委顿而少有体现。直到20世纪50年代末"长安画派"的出现,方"穿越性"地延展发挥传统中国艺术精神的部分底蕴,并为中国画的现代化转型做出了重要贡献,至今依然是一道不可忽略的分水岭。

以赵望云、石鲁、方济众等代表人物所开创的"长安画派"画家们,虽然强调写生,所谓"一手伸向生活",但却历史性地和徐悲鸿所标举的写实主义拉开了距离,同时在强调"一手伸向传统"中,也和传统文人画拉开了距离,进而兼容部分大众化和民间化的审美元素,形成其基本的笔墨精神与文化底蕴,并在此"底背"支撑下,不乏各自风格迥异的取向和表现,乃至很难将其具体划归为一个严格意义上的所谓美学流派。如此,第二代"长安画派"之继往开来者,如何在第一代的基础上守常求变而增华加富,就成为一个首要的考验。这里面,既包含了对第一代画家们一些不足之处的美学审视,也包含了对自身所处时代语境和人文态势的文化学审视,从而在新的探索中,了然哪些方面须做加法,哪些方面须做减法,以此确立自己的创新理路和创作实践。

在第二代"长安画派"代表画家中,崔振宽生于1935年,为最年长者,比之稍后一些的同侪们都长几岁。正是这一年龄差距,隐含了许多微妙的"文化基因"差异,使崔先生对于传统士大夫情怀和文人风骨,有着自觉不自觉的若即若离,进而化合为艺术精神的有机组成部分。其中重要一点,就是崔振宽的书法功力尤其对书法的理解明显优于他人,也由此成就了其焦墨艺术以"用笔"取胜的基本特质,表现于绘画对象,遗貌取神的同时,更多注重笔墨造型,包括点画的长短提按、用笔的屹倒刮擦等等,与表现对象相济相生,苍而润之,松而秀之,逐渐形成一派"崔家笔墨"的独有风致。而这种笔墨丘壑与画面结构的唱和式推进,正是"长安画派"第一代画家们,或多或少所欠缺或者说尚未完善的。

同时可以比较看到,较崔振宽为代表的第二代"长安画派"晚一辈的第三代及其后的画家族群,其知识结构和文化承传又发生了另一种大变化:一方面,随着高清印刷品的普及,可以最为清晰地见识到传统经典之所以然;另一方面,对西方艺术的全面深入接触与见习,也使当代中国画与世界接轨成为某种可能。由此出现了"复古"与"现代"两大格局:"复古"者,借助于高清印刷品和复制品的深研,造就从技法层面来讲并不输于古人、甚至超越古人的新派古典时尚;"现代"者,借助于西方美术各种流派形式的直接影响及西方画论的间接影响，造就可谓模仿性创新或创新性模仿的新潮先锋。时值虚热的展览机制和市场机制推波助澜，二者都在与时俱进中风生水起，影响日盛。

以如此时代语境生发的新的"接受美学"视角，再回视第一代"长安画派"画家作品，便或多或少有些隔，尤其是其乡土化和地域化部分，很难让"新族类"特别是其他地缘文化生态中的画家和观赏者，能够由衷喜爱和深度理解，乃至隐退为一种"历史档案"式的存在。同时可以看到，在上述两路当代美术界主流画家中，重视传统文人画的一路，无论在生活情调之喜好上还是在作画风致之追求上，大多倾向于所谓"逸笔草草"，片面追慕古人意趣及文人士大夫情调，笔墨也更恪守于传统中国画理法中的一招一式，试图以此走出一条"复古创新"的理路，实则又总是难以真正出新，且格局偏小、影响不大；受西方美术影响的"转基因"一路，恰恰又少了中国画最为关键的"笔墨传承"元素，或者说少了笔墨这种最为明确的防伪标识，作品表面形式花样繁多，内里却难以避免偶发性或夹生，虽时有新奇的冲击，到底也难成"正统"局面。

由此提出一个如何两全的问题：既通和古今，又通和"土洋"；既不失传统笔墨气脉，又出示时代笔墨个性；既有作品形式上的越众独造之个在，又有主体精神上的深度超越之个性——套用一句俗话，整合而致"土洋土洋"的新范式。由此再来看崔振宽的写意山水和焦墨艺术，无论比之第一代"长安画派"而言，还是比之当代美术界普泛之作而言，或许就豁然开朗许多。尤其在吸收西方构成形式的同时，又保留并有机发挥传统笔墨气脉和个在笔墨精神方面，实可谓倬然独出。

比如，崔振宽作品中，有很多山石造型，都形成一种"元气内敛"的团块状，有的作品四周全部用虚，极实的部分又用极虚的手法来对比。这种方法在黄宾虹、李可染的画中也有类似表现；黄宾虹多用圆笔中锋，以曲线为主，李可染则以北碑的用笔入画，画面中多以直线方形为表征。到了崔振宽这里，愈发强化了这种内在的结构和方圆长短的并用，且在用笔上吸收魏碑比如石门铭的神韵，点画厚重而结体飘逸，形成典型的崔振宽式的笔墨形式创造。另就书法来看，崔先生书法功力和对书法的理解，更多是碑书的理路，主要以二爨和石门铭为主，结字偶受黄宾虹和于右任的影响。以此书法素养作用于画中，更加深了对传统笔墨的有机化合，尤其在近年创作的华山系列中，更是不拘成法，将其特有的结构美和精神气质表现得淋漓尽致，从而更加凝练和升华了"崔家笔墨"，成为其创作的又一高峰。

出之地域，又超越地域；出之传统，又化合于现代——"土洋土洋"的崔振宽艺术，既保留了第一代"长安画派"的乡土特色和地域风格，又创造性地融入诸多现代元素，通和再造，让我们在"长安画派"之后，再度幸会传统文化精神和审美精髓，怎样在现代艺术尤其在现代中国画转型之后的笔墨方面，得以新的发扬和升华，且达到新的高度和经典化。

再从竖坐标"现代水墨"谈开。

几年前，在"方济众艺术研究所成立暨方济众艺术研讨会"上，美术史论家陈绶祥先生提出了一个看法：认为所谓中国画，可分为广义的中国画和狭义的中国画，而狭义的中国画就是水墨这一块。以此来辨识崔振宽先生的国画艺术，大体框定在现代水墨范畴来谈，似乎更妥帖些。而且，崔氏"现代水墨"，如前所述，既不同于以"抽象水墨"为代表的先锋新潮，又不同于以"逸笔草草"为标举的"复古创新"，其"土洋土洋"而孤岭横绝的美学要素，关键在两点：其一，"苍茫感"之古往今来；其二，"生成性"之现代重构。

这里又得从"长安画派"的"地域性"说来。

一方水土养一方人，也养一方不同于他者的文化元素，包括审美元素。笔者出生成长于陕南汉中盆地，大体属于南方地缘文化谱系。后来到省城西安求学工作至今，对这一纯然北方地缘文化语境最深刻的感受，就来自初次登临乾陵、游览茂陵中。那时乾陵还是"原生态"，茂陵石刻也还散落在乡野田间，恰时值深秋，置身苍山红叶中、古原石雕间，平生第一次从实际景物中，直接体验到李白诗句"西风残照，汉家陵阙"之实实在在的苍茫感，以及陈子昂"念天地之悠悠，独怆然而涕下"的那种回肠荡气之内在苍茫感，一时洗心扩胸，十分震撼！

多年后，在崔振宽的画里，在崔先生越众独造的笔墨艺术里，感受最为深刻的，正是这种"苍茫感"的古往今来，以及随之衍生的疏野中的朴茂和清旷中的浑厚——尤其直面那幅"鸿篇巨制"如古歌般的史诗之作《秦岭残雪》，从视觉到心觉、从气韵到气势，都为之深心震撼！进而认识到，要说中国画确有南派与北派的划分，南方绘画多以韵胜，北方绘画多求气势，形成"南韵北势"的格局，那么仅从接受美学角度来看，北派求势所生成的关键性审美元素，或许便是这种"苍茫感"。

这里顺便举例为证：汉语中有一个词叫做"馥郁"，这个词的真实感受之微妙，在北方很难体味到，只有在湿热的南方，才能细切入微：那种空气中复合型花草的香气萦绕，浓郁而黏滞，徘徊于鼻息之间，如拥如吻，不即不离，这种"香法"就叫"馥郁"。这个词的实际感受，在天地清旷的北方就无从体味，而"苍茫"一词的实际感受，在南派山水里也是很难获得。原本，在第一代"长安画派"代表人物的作品中,这种"苍茫感"多多少少已经有所表现,只是受时代语境局限,没有形成标志性审美效应,到了崔振宽写意山水及焦墨艺术这里,方赫然标出,成大气象。

同时还应该看到,这种"崔家笔墨"的苍茫气象,不仅有"穿越性"的古典语感机制令人眷顾,更有"生成性"的现代语感机制动人心魄;换言之,不仅有传统地域性的外在语感特质令人眷顾,更有现代通和性的内在语感机制动人心魄。如此重构再造,才是崔振宽对"现代水墨"做出的特别贡献。

此中关键,在其"生成性"——读崔振宽"现代水墨",最为动人之处,正在于此。

有不少学人在谈到中国画里景物的秩序时,都认同其不是"组织"的,乃是生成的。这一点,原本是中国画和西洋画在发生学上的根本不同之处,只是一旦要"现代水墨"起来,便难免受西学影响,或偏重观念性,或偏重形式感,无论抽象不抽象,都夹缠先入为主的设计意味在后面作怪,偏离了中国水墨语感的生成机制与审美本质。是以又想到诗人书法家白蕉先生"四易四难"说:"花易叶难,笔易墨难,形易韵难,势易时难。"其中"时难"一说,笔者请教过许多专家学者,皆不尽如意,直到深研崔振宽先生的笔墨艺术,方豁然有悟:若将此"时难"一说,转换成"生成性"理解,或可破解"现代水墨"中许多纠缠不清的问题,也方可更深层体悟到"崔家笔墨"不同凡响之处。

具体而言,所谓"时难",或可转借理解为临池状态中,语感与心感相生相济的隐形发生机制:语感或手感来时,有心感亦即人文素养之精神底背作支撑;心感或灵感来时,有语感亦即出神入化之笔墨经验作支撑,由此在唱和式的抒写与挥洒中,达至"肇自然之性,成造化之功"(唐·王维语)而心手双畅、跃然纸上。此一"生成性"在"崔家笔墨"这里，则转化为一种可谓再现性表现和表现性再现的语感状态：胸有丘壑可"再现"，笔带风云任"表现"，复以汲古润今且不无现代性意味的"表现"手法"再现"胸有丘壑，而得心应手中酣畅自然生成。比如那幅近于教科书范式的《南海渔港之一》，粗笔大线，横扫竖写，中式笔墨，西式风采，如歌如吟，且行且唱，不一而足，确如刘骁纯先生为"苍山无言——崔振宽画展"（2015年中国美术馆）作学术主持中所言："以画当书，笔墨和结构的自主化程度越来越高"。

实则，中国水墨画既是广义的书法，又是广义的诗学，严格地讲，还是广义的心学，三学合一，临池发挥，一方面遗貌取神，一方面随机生成，如植物之生长，开枝散叶，方是自在机制。这一机制在崔振宽艺术世界里，无疑得到了不乏个性化的充分发挥。

由此想到黄宾虹。这些年大家都认同崔振宽艺术探究中有黄宾虹的成分，乃至将其并称为"黄崔系统"。其实黄宾虹既是一个巨大的诱惑，也是一个巨大的陷阱，因为学黄宾虹有一个"临界"的问题，学不好就可能"过犹不及"。如上所言，笔墨不仅仅是笔墨形式感的美，不管这种美是出自黄宾虹还是超越黄宾虹，同时更是"三学合一"之生成性的美。如此，方能在守常求变中，既有对黄宾虹的借鉴，也有崔振宽自己多次谈到当年"八五新潮"对他的冲击，由此嫁接现代性的一些观念与意识，潜移默化地渗透到自己的笔墨当中来，走出了一条自己的理路，升华为一种经典，很高级，也很有个性，而这样的笔墨气象及其内在情志，是不可能仅仅来自黄宾虹那里的。

"庾信文章老更成，凌云健笔意纵横"。杜甫的这两句名诗，其实可以延伸看作古往今来一切汉语文学艺术，其发生学上的一个关键性学理所在。

转而西学理路言之：一切文学艺术创作，概分沿袭性创作和研究性创作。到一定年龄一定阶段，就要从沿以为习的惯性中打住，乃至暂时"关机"，然后以理论为指导，反思自己到底能创作什么、最终该创作什么，然后再"重启"新界面，进而缩指为掌缩掌为拳，"砸"出一个硬硬实实的正果来。

就此而言，崔振宽可谓一个经典个案：承前启后，长途跋涉，修远而行，也纠结，也徘徊，也探索，最终以"香客"般的笃诚与虔敬，脱势就道，守常求变，变法于衰年而奇峰横绝，晚来更入佳境——多少年来，在虚构的荣誉和不真实的艺术市场主导下，太多的当代画家在趋流赶潮中不复延续真正的艺术生命力，所谓与时俱进而时过境迁则随之废，如今水落石出，方显出崔振宽先生之艺术精神的可贵，而尤其令人感佩！

行文至此，再次确然印证：中国水墨艺术，既是广义的书法，又是广义的诗学和广义的心学。有"三学合一"的崔振宽之艺术修为，方得"土洋土洋"的崔振宽之艺术个性，进而将人的个性、物的个性、山水的个性通过笔墨的个性而融会再造，成就其赫赫老来山苍苍的经典所在。

2019·秋

【辑五】

十年雅集　伍眉沉香
——"伍眉画社"十年有感

1

汉语语境里，五和九都是大数。当然是说个位数中的大数。

独立自由的"个位数"中，"五"最有意思。人有五官，一手五个指头，两手加起来便"全"而"美"之——人类一切的创造，包括艺术，都落实于这一双手，落实于这可爱的"二五一十"。

十是两个五之合，个性的独立自由画了一个圆，再合为携手并进之潜沉修远的一，以待生生不息的未来。

2

"伍眉画社"取名就有个五：五人成伍，携手扬眉——眉中之梅，梅花之眉，巾帼不让须眉之眉——而同仁联袂，雅集偕行，且歌且舞。

五位女画家，大体相近的艺术历程，共同认领的艺术理想，心有灵犀，一拍即伍。

长袖善舞，自天性，也自机缘。

中年午后，名家了，教授了，头脸齐齐以至于开始为此种种所累了，忽而就恋恋乡愁却道天凉好个秋，想着跳脱各种机制的束缚，姐妹们自己说说话也说说画，或可洗心养气，定于内而淡于外，于朝市之烦嚣中立定脚跟，"在自己身上克服这个时代"（尼采语），以此瞻望，"满目青山夕照明"！

3

于是便有了两个五年的"简历"。

先是正名的五年：雅集之状态，偕行之语境；进入、切磋、整合、呈现——2010年春天，"状态·语境·伍眉画社作品展"在陕西美术博物馆展出，标志前一个五年的厚积薄发。

两个标志：既是当代陕西五位优秀女画家艺术成就的高端"标出"，也是当代中国屈指可数的女性民间艺术社团的又一低调"亮相"。一时传为佳谈，誉满长安。

此时的"伍眉"，身边站着一位大德高人、当代著名画家王炎林——他是她们的艺术导师，也是她们的精神支柱，引领她们别开生面后溘然去世，化为"伍眉"永远的灵魂筑基和激情源流。

后是盛名的五年：省内，省外，北方，南方，以及海外。雅集化为常态，佳话渐生传奇——2015年秋天，第五届"高原·高原·中国西部美术展"，将"伍眉画社"高调纳入其独立单元的提名展，标志后一个五年的登堂入室。

二五得十，十年"伍眉"，得自在复得天下。

这是另一路径的登堂入室：跳脱体制，回归生活；转换心路，重塑自我；偕行雅集，莞尔成趣；唯真唯纯，卓然高致。

是的，这是艺术本质的回归，更是文化理路的先行一步！

4

语境提升心境，心境润展心斋，心斋养出新笔墨；十年造诣，刮目相看，"伍眉"新作惊艳——

张小琴一部史诗大作《盛唐横度》堪称经典：开题宏深，刻画精湛，雄浑高朗之境，偏于秀练清适中出脱，心神笔力，独凌当代；

石丹得心应手"胡杨系列"而再创巨制：即物深致，骨脉相适，托意远，神情密，意蕴沉酣，风味深永；

石英静水流深于"淡墨山水"渐入佳境：深心静力，落卸皆神，以纯净成其迂回，入幽出朗，浑成不觉；

韩莉轻直透脱于自家水墨花鸟愈发自信：顺手拈来，皆有意在，以简篇而约蕴藉，熨帖中自有风骨潇潇洒洒；

付小宁以现代心性梦回大唐制长卷《能不忆宽唐》：脉行肉里，行寄影中，托体高，着笔平，涵咏深，直叙中生色有余。

5

清儒大家龚自珍有两句诗："万人丛中一握手，使我衣袖三年香。"（《投宋于庭》）

伍眉握手，三年衣袖香，五年化心香，十年浸濡，无论衣袖还是心斋，渐渐都有些沉香的意味了。

犹记去年春上，应社长石丹之命，我为《伍眉欧游画语》画册题序，一时兴发诗感，以四言32句题诗为贺，小小得意。不想五位社员姐妹皆沉浸在自得与群乐中，没见对此有多反应。此次为序，忽而想起，复读之下，方发现小小诗序，至少结尾八句，借来再用，竟不失对伍眉十年高度概括和深切阐释呢。

何须赘言，且读诗——

　　画眉浓淡，
　　自得为美；
　　心曲深浅，
　　烂漫则优。
　　正音有承，
　　无所俯就。
　　长袖低回，
　　却上层楼。

2015・秋

生命意识的诗性燃烧
——评石丹现代水墨画"残荷系列"

　　当代水墨画创作,常被批评家概分为"传统"和"现代"两种走向来指认与评判。其依据的标准,一曰"语言",二曰"精神"。其实二者一体两面,互为依存,互为驱动,缺哪一面都难以独成气象。

　　窃以为,二者之中,"精神"似为气,"语言"似为血,气率血行,生命意识深入至何境界,语言意识方深入至何境界。而艺术的创造和接受,说到底,还是夏加尔那句话:"……首先是一种灵魂状态"。

　　至于"现代"与"传统",仅就审美而言,都有其存在的合理性。但作为当代读者,我只是常怀疑,那种沉潜在中国传统书画中的象征谱系,若不加以现代生命意识的灌注与变构,是否会变成一种脱离当下生存意涵的影印复制?

正如美术批评家张渝所指出的：对于传统的进入，不是一个简单的态度问题，而是能力问题；同理，对于现代的进入，也还是一个能力问题，不是想现代就可以随便现代起来的。加之近年市场机制的诱惑与展览机制的迫抑，导致妄念陡生，无论"传统"还是"现代"，都再也扎不住正根，技术复制，空心喧哗，乃至令人怀疑，是否还有真正到位的"传统"和"现代"能让我们亮眼惊心，而确信，中国水墨依然具有表现当代中国人自己的现代意识的潜力。

由此，当我以诗人的身份和行外行走的眼光，遭遇石丹近作现代水墨"残荷系列"时，方初生惊诧，继而感念，视觉的新鲜冲击之后，更有久久的渗化力沉在心里而难以释怀。

石丹的这批画作，题材独到，风格鲜明，语言肌理丰富，精神内涵深刻，有来路，有去处，极具方向感，显示出一位成熟艺术家应有的品质与风度。

从视觉感受来看，"残荷系列"从图式到笔墨，都给人以不同寻常的陌生感。移情与抽象的交融，抒写与构成的互动，产生可奇可畏、峻刻而细韧的生动意态。由连工带写与潜装饰意味浑然一体所构成的独特语境，将东方古典式的简约虚静之美和带有西方现代时尚韵味的幻美、华美及丰赡之美，凑合融通，整合为一，起烟云，升灵魅，既深沉内敛，又热烈华贵，颇有感染力。

——画图中那些纯净而又浓烈的墨色，那些曲婉而又劲直的线条，以及如残阳、如夕晖、如闪电、如烛光而富有指涉意味的金色或银色的点染，在同一主题的分延与变奏中，演绎空灵而浏亮的交响！

再从精神感受来说，读"残荷系列"，如读一部生命乐章。这无疑是一位对存在与人生有着长期深刻体验与思考的艺术家，其郁积已久的诗性生命意识，在"残荷"这一普通物象中得以电光石火式的总爆发，从而将一个极为普泛和传统的意象与题材，赋与了不同寻常的现代意识和现代审美意趣。

古今诗书画者，多以在"青莲"中读高洁、读清雅，在"残荷"中读野逸、读萧散，到石丹这里，她却从中读出了时间之伤、生命之痛与存在之荒寒，并以悲悯与不甘的复合心境，将一曲"残荷"的挽歌演绎为生命的礼赞。

——画图中那些细密的褶皱，既是大自然原始的哀伤，又何尝不是人生现实的挣扎？而那些火焰般律动的墨色，既可视为岁月的冲荡，又何尝不可读为诗性生命意识与神性生命意识的歌吟与殇礼？

至今还记得，当我在石丹的画室中，第一次欣赏到她的这批作品时，直觉的感受是有如走进一座教堂，看见一群修女在自焚中高唱生命的赞歌——我为我这种过于奇特诡异乃至有些离谱的联想而震撼，一时怀疑是否陷入了纯粹诗意化的误读。及至深入细读到现在，我方蓦然惊喜，那最初的直觉还是最恰切的。

当然，在此之外，我又读出了强烈的女性意识，那附着或潜隐于"残荷"之肌理中的女性坚强的假面与脆弱的内心，以及其复杂的心理与艰难的人生。尤其是，当画家将这样的体验，有意无意间，聚焦于中年生命历程之微妙的感受时，便将"残荷"的意象，注入了新的元素，提升到另一种境界，且有了极为深入独特的精神气象。

由此再一次证实了俄国形式主义文艺评论家希克洛夫斯基的

那句话:"艺术是对客体的艺术性的体验方式,客体本身并不重要。"

而,作为"现代"与"传统"的分界,在于将形式翻转为内容并和内容一起,成为审美机制的有机组成部分。但这种翻转既是一种进步,又是一个陷阱,到位的现代艺术家,自会认领形式与内容的同构,融新的语言意识与新的精神品质于一体,来开创新的审美疆域。

石丹在多年的徘徊与摸索之后,终于找到了独属于自己的方向感和重力场,成为其成熟的标志,接下来的收获,只是时间的问题了。

最终,我从对石丹的解读中,得到一个启示:真正的好画,是既可作壁上观,又可作心里读的。

在这样的"观"与"读"中,我们既享受了一次美的散步,又收藏了一颗诗意的灵魂。

由此,我愿将我以最初的感受所写给石丹的题为《浴火重生——读石丹"残荷·现代水墨系列"》的一首诗,作为此文的结语,并相信,基于诗画同源的艺术规律,它可能远比过于泛滥且兀自空转的现代批评话语,更能完整表达或浑然呈现其艺术的本质——

  一朵莲花有自己的身世
  也有未知的奇遇

  当莲花蜕身为残荷

生命便燃起一片大火
且以火的肌理
融澡雪精神
洗凡尘如洗肉身

而后留一脉风骨
待种玉为月的人
——晚来认领

2008·春

坚卓与澄明
——张小琴艺术精神散论

她本来是要成为一个诗人的,到底却做了画家。

不过这并不矛盾。在她一步步走来的艺术旅程中,无论人本还是文本,都一直葆有诗的气质:浪漫,高迈,拥古典情怀和现代意识于一身,且时时纠结于理想主义、完美主义乃至英雄主义情结的困扰,自得于其中,也时而困顿于其中。

在一个日趋物化、功利化而崇尚炫技、淡薄精神、"与时俱进"的时代里,这实在有些不合时宜,她却坚持了下来,在潮流的背面,走出了另一种风度。

张小琴,一位执着于人格塑造与精神力度的女艺术家。

初识小琴,直疑她是从另一个时代空降于现实社会中的人:那样的一种古典绰约的外在风姿,又那样地内在着一种强烈的现代气息。或许,长期的学院生活、教师生涯、科班素养以及长达

30余年的画室岁月，造就了她不同一般的气质，但这种气质的底蕴，却好像另有来处。

这时代，不仅艺术和"艺术家"是分离的，连一般的人，其做事和做人也是分离的，关键是没了信仰。

欣赏小琴其人其艺术，首要一点，在于她的真诚：真诚地做人，真诚地画画，真诚地把艺术当生命来珍爱、把生命当艺术来呵护，直至人与画、生活与艺术浑然一体，而仰起头来，相信自己也相信这世界是有理想和意义可托付一生、爱之一生的。

正是这种"相信"，这种由相信而生的真诚，让这位外表上的弱女子，在飒然四溢的艺术气息之外，更有一派"巾帼不让须眉"的慨然和坚卓，令人肃然起敬。

——熟悉小琴的友人们自会解得，何以任岁月消磨，那一双眼眸却总是如启明星般地执着、专一而亮烈。

因了浪漫和高迈，更因了潜意识中的"英雄主义"情结（加引号以区别于男性化的英雄主义），作为画家的张小琴，一直钟情于主旨鲜明而又宏大的题材，且不乏精品力作，如《融》《蚀》《成熟的红色》《商旅图系列》等。

在这些作品中，重彩丹青之宏大厚重的叙事功能，被小琴发挥得淋漓尽致：斑斓驳杂的色块，恰与生命和历史的斑驳与凝重不谋而合；刚柔相济且极富造型力的线条，犹如音乐的交响，勾勒出图像内里的意义与情愫。理性与感性，追怀与叹咏，材质与心象，写实与写意，在这样的"宏大叙事"中被整合一体，绚烂而深沉。

显然，在张小琴的美学意识和价值取向中，浅薄的主题和单一的抒情都不足以承载其精神寄托，这不仅与她所钟情的岩彩、重彩画种之负载能量和表现取向有关，更与其所代表的那一代知识女性的文化背景与人文情怀息息相关。

作为"负重的一代"之艺术家中的坚守者，在张小琴几乎所有阶段的画作中，我们都强烈感受到一种"有道"且执意"弘道"的理想主义气息，一个远未实现而又勃勃跃动的早春二月般的心境之所在。

尽管，她至今还未能将这样的"心境"，收摄与聚焦到一个足以完整体现她理想愿景的题材和图式之谱系上，获得更显豁的卓然独立，乃至不乏不断"转场"的焦虑与遗憾之困扰，但由此带来的另一重效应则是：她一直拥有纯属于自己的生命体验和语感特质，以及深切而有力的抒写能力——她对她所画的一切，都总是那样充满深情，有如一次又一次重返的"初恋"，且从不担心情感的干涸，这实在是一个奇迹！

由此，细心而敏感的欣赏者在她的画前品读久了，会感受到表层的色彩和线条下面，似乎有密布的毛细血管在汩汩流动，富有强烈的生命感。同时还可以更深一步地品味到，在她所塑造的各种艺术形象中，都隐隐渗透出某种隐喻性的诗意，和不可限定的象征意味，有如一层光晕，润化并升华开来——这无疑源自主体精神之宗教般的虔敬，和那种化生命体验于语言体验之中的人格魅力。

然而，正如生命有时不堪承受之轻，艺术有时也不堪承受之重。"道""艺"之间，孰轻孰重，在多元语境下的今天，实在需要另一番掂量和化合。

西人王尔德有言：在艺术中一切都重要，除了题材。

或许可以就此戏仿一句：在艺术中一切都不重要，除了心境。

有意味的是，在张小琴的艺术历程中，这两者都不乏启示。

如上所述，向来将艺术当生命和生活本身来"过活"的小琴，从来不缺乏良好的艺术"心境"，了然该怎样画是真艺术。只是在画什么以及所谓"题材"的选择上，时而有些犹豫。

实则作为资深画家，小琴自然知道一切好画首先是画给自己的，是自己心境的外在投射而自然生成的，只是一向负重惯了，由不得为之挂碍而已。

其实，在张小琴一些无涉宏旨、消解了预设的他者视角，而仅仅随个在语感和心境生发的作品中，如《翠微》《有风》及《女子系列》等，便悠然展现出另一派"天生丽质"的别样韵致，如画家自己所言："用笔彩而歌而舞"，"旋转出我无法停息的舞步和化蝶的幻象。"

在这些为洒脱心境所润化了的优美笔触和烂漫色彩中，在这些解脱了题旨重负的自在歌吟里，不难发现，原来还有另一面的张小琴，有待我们重新认领和敬重。

好在新世纪的新一个十年伊始，作为新结社之"伍眉画社"的大姐大，小琴似乎也随之有了新一种心境：解脱庙堂的拘束，悠游民间的自在，收视返听，潜沉内心，持高远而事寻常，且从寻常中抉出新的高远来。

由坚卓而澄明，再度聚敛的生命承诺，必将应答另一派风度于新的艺术旅程。

有诗为证——

怀柔万物的人
因蚀而殇
因殇而湜

焰火的手指深入
融金的诗章

重彩而歌——
色的绚烂
力的畅响

应答：再度聚敛的
生命承诺
让易碎的水晶
重新燃放
内心的坚定和澄明

2004·冬

大脑袋、小宇宙或内倾的飞翔
——评傅小宁的人物画

由写实而写意而叙事,当代人物画在不断拓展其题材疆土的同时,也大大丰富了它的表现方式,新意叠出,令人惊叹。

这其中,"叙事性"策略的引进,显然起了重大的作用。

比起山水画和花鸟画,这一份颇可独领风骚的"叙事",也确实极大地改变了人物画的审美景观——被急剧拖入现代性语境的当代中国,人的改变,包括人心、人事、人的生存体验与生命体验的改变,成为最为凸显和激烈的现象,对这一现象的思考和对此思考的艺术性诉求,也便成为无边的挑战,从而开启了人物画新的裂变与新的发展。

风潮所至,大家都往"叙事性"题材和图式这上面动脑子、使力气,其实不得要领者甚多,且很快出现了似乎不可避免的"同志化"、平庸化状况——或借"叙事"之新图式玩自己的旧笔墨，或以"叙事性"题材为观念演绎之能事，或重新堕入文化明信片式的改头换面而似新实旧，如此等等。

这里的关键，在于如何理解"叙事"：就事叙事，难免坐得太实，回到"书记官"式的写实老路子上去了；借事玩虚，难免浮光掠影，到了也玩不过本不受"事"所束缚的那些新潮玩家——最终，所谓"叙事"，还得回到情感、精神、心灵的层面，经由从"事象"到"心象"的转换显形，来表现现代人的生存体验和文化思考，在现代性的诉求与传统艺术本质的发扬之间，寻找一些可链接的相切点，提供新的视觉感受和语言表达的可能性。

无边的挑战开启无边的地平线，可走的路子很多。

作为女性画家，傅小宁走出了一条可称之为带有女性意识之"灵魂叙事"的新路子。

细读小宁的画，有一个"情景"不可忽略：那个穿行并凸显于她作品中的大脑袋、小身子、起雾的眼眸、潦草的衣裙、梦态般的神情的"女主人公"，在超现实的语境中演绎着不可确认的精神情结——身份不明，年龄不明，来历与去向不明；看似飘忽无着，却又分明自得于独属于她自己的那一个世界，那一种向内扩展的自由飞翔。

在这个半梦半醒、与现实世界互不相容又互为印证的精神小宇宙里，作为不乏现代女性意识之化身的"她"，既像在逃离什么，又像在追寻什么，迷离的神态与虚幻的场景，构成充满了"潜意识"和"感性力量"的诡异氛围，让人着迷而难以忘怀。

显然，这是经由画家精心探求而独自创造出来的一个具有典型意义的"艺术形象"——严格地讲，是具有"人物形象"之审美特征的"心象"。这一形象几乎贯穿小宁绘画的所有图式，成为其标志性的语言符号，又因其营造的情景、情节、情绪及气氛的不同，而形成各自独立的单幅作品，并最终"合谋"为独属于小宁所有而别有意味的象征谱系。

——一个现代女性，在入世与出世之间，在现实与梦想之间，在怀旧与造梦之间，在现代与传统之间，以及在世事之"常"与"变"之间，焦虑与徘徊之"灵魂叙事"！

这一"象征谱系"所切中的命题是如此深沉而富有意义，以至画家历经多年沉浸于其中而厚积薄发，在分延与变奏中渐渐自成体系，独备一格。

同时，如此"灵魂叙事"虽不免题旨沉重，但因其发自画家独自深入的个在生命体验与生活体验，而非他者的仿写，故而并不显得生涩或滞重，反得举重若轻之功。

在这里，画家的心态尤其关键。

既然是"灵魂叙事"，就无须心外挂碍，落于具体创作，方悠游不迫，有机地将题旨限定在审美的范畴而不乏视觉与笔墨的感染力。加之小宁平素注重综合素养的"潜修"，笔墨中既有深刻的文化思考之印痕，又能融中西表现手法为一体，化为有思想有心性的现代笔墨，驾御这样的题材，自是游刃有余而神形兼备。

当然，从长远的眼光去看，如何深化题旨而不致单一，如何拓展更多样化的形式样貌而不致重复，尚是小宁今后创作中一个需要注意和有待突破的问题。

"叙事"与"写实"和"写意"的根本界分，在于"叙事"是借助"情节"支撑的艺术表现，而不再仅仅执着于造型与意象的经营。

　　这种"情节"自然会沾染到文学性的元素，却又在表现形式上与文学以及戏剧有根本的不同。以笔墨为载体的绘画性"情节"，更注重于由各种"细节"（诉诸意绪与情感的心理细节）所构成的"戏剧性"语境的渲染，使欣赏者由"情节"的吸引而入，由氛围的弥散衍生而出，于一种镜像效应中，引发多向度的艺术感受。

　　我一向以为，好的艺术作品，不仅在面对的当下发生审美感动，更要能将当下的审美感受延伸到记忆的回味中去，不断深化其后续的品读；好比一位优秀的女性，当其出现时，她吸引的不仅是眼球，更能以气氛的营造而产生某种弥散性的精神场效应。

　　读小宁的画，有视觉的惊艳，更有心性的渗化；得审美的感染，更得精神的提升。无论是当下的赏读还是过后的追忆，都能将人带入绵延的联想与思考中去，散发常在常新的艺术魅力。

　　由此又想到，有如人群是分层次的，其实艺术家族群也是分层次的。有人喜欢做高梦，有人喜欢做低梦，有人根本就不愿意做梦。

　　透过文本看人本，可以看到，尽管已渐近中年午后之旅，小宁却依然是一个爱做梦的人，那个她倾心于画中的大脑袋、小身子、在梦中飞翔的"主人公"，又何尝不是画家本人之主体心象的投影呢？

　　作品的不落俗套、有个性、有内涵的背后，是一种还不失梦想、有内在的生命波动与形而上思考的艺术精神的支撑——而这样的精神，在当下的时代，真的是弥足珍贵的了。

而梦至何境，人至何境，人至何境，画至何境。

一路怀抱梦想优雅自在走过来的傅小宁，想来还会如此优雅自在地走下去，以更为丰美的艺术成就，奉献给那些热爱着她并和她一样追梦摘星的人——

把春天做过的梦
在秋天再做一遍
互为镜像的投影里
有静电触人——

内倾的飞翔
逃离与追寻
起雾的眼眸中，弥散
黑白灰的意绪

再独自勾兑一杯
彩虹般的鸡尾酒
给自己喝——
醉了，别扶我

2009·秋

素宁之质与清逸之美
——读石英的画

但凡女性画家,一旦成熟起来,必定是十分挑剔的艺术家——我说的是"风格"上的挑剔。

有如那些天生丽质的女士们对穿着风格的挑剔——按照符号学的说法,她们必须要让自己从普泛的灰色人群之集合中赫然"标出",所谓"穿出自己来"以不同于他者。

这种与生俱来的"独备一格"心理,使女性画家在创作中更趋于"风格化"的追求,尤其是语感与形态的"风格化"。同时,由于女性心理的潜意识作用,这种追求还常常会导向"单向度"式的"剑走偏锋",使其更为亮烈而又不易判定其稳实的走向。

对此,我们无从也没有必要去深入勘测这种"单向度"之风格化的价值属性,关键是这样的风格是否改变并打动了我们的审美视觉与心灵?

身为女艺术家的石英，却没有"剑走偏锋"，而选择了坐实务虚、由中正而别出的路子。

石英的画，风格很明确，也很显豁，但并不显得突兀或乖戾，有内在的亲和性乃至普适性的品质，是那种可以作用于我们纯正视觉审美的"风格"。

依然是那些我们熟悉的北方自然山水，包括我们熟悉的土塬、村落，甚至更普通，更实在；依然是那些我们熟悉中的传统笔墨，传统画法，甚而更纯粹，更简要，但却又是那样"润物细无声"般地暗自改变了一些什么——那一向的"熟悉"中，没有被完全表现出来的部分；或者说，她为某种我们所熟悉的"标准"的"山水"与"山水画法"，赋予了一些新的气息和别样的风致。

对此，石英的恩师崔振宽先生将其概括为"平淡天真、朴拙典雅"；贾方舟先生称其为"润含春雨"般的"淡墨山水"；张渝则以"清洁"一词命之，赞其"情与景合，意与法会"，"于飘渺中有了从容的气象"。这些都是十分到位的行家之赏评。

我读石英的画作：读气息，得素宁之质；读笔墨，得清逸之美。二者和谐共生，相融相济，方至"情与景合，意与法会"之境界。

中国山水画，无论传统理路还是现代探求，是求"势"还是求"韵"，都最忌"繁""躁"二字，其关键在于乱了气息，有违汉语语境以"静穆"之美为根本精神诉求的正脉。因此，于文本于人本，素宁之质，最为难得。

读石英，透过她笔下的"淡墨山水"，沁人心脾的，首先是这种朴素宁馨而又淡定旷远的纯正气息，而读之沉久后，更有一脉清华而葱茏的诗意，如云烟般萦绕低回，延伸品读。

"至味则淡"，但必须是诗意的淡。

近年画淡墨的画家不少，如石英这样以气质之素宁、心境之淡远而应和淡墨之"清洁"、之"典雅"且出诗意者，却并不多见。

一方面，石英所画题材，多取近景小景，不失写生的鲜活，又有与其景物促膝而谈的亲近，一种相拥的情态而非凌驾的隔膜，如此生发的内涵之蕴藉，方有自然而然的诗性存焉。

另一方面，作为女性画家，她们看人看物的视觉，总是带着情感之电与灵魂之光的，这样的视觉可能会失真，却从不失诗意。

石英的"淡墨山水"，可谓充分发挥了这一诗性视觉的特征，连其在画中隐隐透现的一缕忧伤——源自自然和源自女性生命之本质的、原始的忧伤，也是那样素朴与恬淡，却加深了视觉的"乡愁"，让我们在她的画中，重返初恋时期的乡村记忆，打捞起那一抹如青涩年少心境般的朦胧之美、清纯之美。

有如最高的美学即是最高的道德，而最淡的笔墨即是最纯的心性。

石英取淡墨抒发其山水情怀，纯是心性使然；或者说，是淡墨山水选择了人淡如菊、秋逸本天成的石英——我在这里故意将"秋意"改写为"秋逸"，是想强调：于石英而言，在中年午后的艺术旅程中，将其创作的主要方向，收摄着力于"淡墨山水"，确然合乎其心境而化生独在之风格。

不入清秋，不知天高云淡；中国笔墨中多有野逸、朗逸之美，而能得秋之清逸者，或方能进入另一层境界。

这境界在石英而言，可能才刚刚深入领悟，尚未至化境，但其已经呈现的品质，确然已十分难得：细细勘察她的创作轨迹，我们不难发现，她总是想比自然中的山水说得更多，却又总是试图用比自然更少的"语言"，来说出这样的"多"，——而这，已是一个优秀画家必备的艺术自觉了。

显然，这种出于本色、发自心性而"素面朝天"的画作，似乎不太适合于殿堂式的展览——经由布展集合在一起的石英式的"淡墨山水"，至少在笔触和语言肌理方面，难免有重复相似、互为消解的遗憾，而更适宜以单幅的语境，置于厅堂雅室来细读。

或许像石英这样的画家，永远也做不了更不愿去做"时尚T型台"上的"模特"，而只是喜欢守着一个下午之悠然心境的艺术女性，在净化自己的呼吸的同时，也净化了自己的艺术视觉。

而身处今天的时代，让艺术气息和艺术语言亦即人本与文本都能回归单纯、回归自得，不但已成为一种理想，甚至更是一种考验：平庸或超凡，端看是否过得了这一关。

总之，在我看来，截至目前的石英式的"水墨清韵"，更像是一场素色的彩排，有待更深入的打磨完善，但无疑具有可信任的未来。

正如我在赠给石英的一首小诗中所写到的：总是山水中人/方解得山水真精神。读石英的画，知己者一眼便可看出，"秋逸"本天成的石英，实在是打早就得了山水真精神的山水中人，还愁她画不了好画?!

人淡如菊——
秋意本天成

或有晚春意绪
也付于薄云一片
低低浅浅盈盈

总是山水中人
方解得山水真精神

机心尽弃
画语如禅
逸笔淡墨里烟视闲凝
却道：古今乡愁一梦

2011·春

清骨淡妆总相宜
——品读韩莉花鸟画

读韩莉花鸟画多年,颇多可回放的记忆。

浮躁功利时代,为艺术者及其所谓作品,大多如过江之鲫,看过忘过,空添疲劳,能进入记忆并可回放而感念者,实在不多。何况韩莉又操持的是中国画中最难推陈出新的花鸟画,且为人为艺术又惯于老成持重,不事张扬,只在孜孜以求,能于平实中生出惊艳,已属难得。

多年磨砺探求,使其葆有自得而适的艺术精神和稳定不俗的艺术成色,落实于作品,方不违不隔不虚不假而专纯自足,读来有源自文本与人本双重保证的艺术信任感。

韩莉的花鸟画,意蕴含蓄,情态诚朴,神清骨秀,风致别具。其画风以工为底,志在写意,是潜下心来研究笔墨而独有所悟所至者。近年厚积薄发,加盟"伍眉画社",出版《韩莉花鸟画集》,

渐次为画界所瞩目而称誉有加。

论画作品质，殷双喜称其善用水，"近承长安画派之文脉，远淑徐渭、八大之流绪"；张渝赞其"清新淡雅"，"注重墨法的提炼"；"淡墨、宿墨的运用使其作品雅而有致"；赵欣歌指认其"吸收了西方现代的整洁、划一、清澈的构成语言"，"摒弃了文人思想的消极因素，代之以平和、纯净、深邃的当代社会品格"。

论主体精神，张渝指出其"在女性特质中重新审视传统的文人笔墨并有了自己的理解，用自己特有的方式传达着自己的精神诉求"；程征则感言："观其笔墨，就知道她是一个纯情女子，一个心地善良的、比较透明的人"。

如此人画一体，舒朗无碍，渐至清骨淡装总相宜之"悠然自得"（韩莉画作名）的佳境。

记得在2005年"状态·语境·女性绘画四人展"中，韩莉有一幅画鹅的佳作，印象颇深。后来收入《韩莉花鸟画集》并题为《孤独的行走》作为开卷之辑录，显然作者自己也甚为看重。此画着墨不多而画语简妙，将寻常题材化出意外情趣，其形神、其风骨、其自信自适的心性写照，颇得写意花鸟之奥义，我更将其读成了一阕"与鹅对话"的禅诗，久久萦绕在心里。

同类以鹅以及鸭为题材的作品如《相依》《悠然自得》《觅》《落红》及近作《两凫相依醉春江》《秋梦如歌》《无遮天地任悠然》《相依听流泉》《月晓风清》等，都有此种意趣，在其画集中占了几近少半的篇幅，形成画家偏爱自诩而风格化了的一脉清流，虽多数题名稍嫌落套，但画中意境及笔墨却有一致的超凡韵致，令人留恋。

若再深入细读，更见得形质素宁而意态悠邈，敦雅醇厚中不乏清逸之气，熨贴周详中不失委婉之意。初读或会觉得略显简括稳实了一些，却又因气息不俗而耐人品味。

再品读韩莉其他画作，如《一莲幽梦》《静观自得》《东风随春归》《清骨淡妆》《幽人惜秋》等，则淡化题旨，着力笔墨：或疏简，或秀逸；或精致，或散荡。笔意醇雅，如浸晚秋之情，既内敛，又发散，好看耐读；蕴含洗韧，每有清旷淡远之意境，显示北方女性画家对写意花鸟的别样理解。

另值得一提的是：无论韩莉画什么，所成作品，皆有一种色润光清之美感跃然纸上，养眼悦意。如程征先生所言："产生一种沐春风、饮清泉的轻快感"。究其因，一方面是善于用水用墨之技艺层面的独到所得，另一方面，则与其心境的单纯诚朴不无关系——在当下文化语境下，"单纯"与"诚朴"已不仅仅是一种稀贵的气质，更是一种难得的美的力量。

我读韩莉，惯以"清骨淡妆"喻其主体精神，旨在指认其根脉纯正不落俗，所谓画心谨重而画风中正。

诚然，此"谨重"与"中正"久了，难免生出些"影响的焦虑"，包括研习与传承传统经典而影响于潜意识中的焦虑，于临池创作中，便难得全然"畅神"于个在。

实则就艺术人生而言，这不失为一种有益的过程；有顾忌方有虔敬，有焦虑才要探索。而古今艺术之道，由生至熟易，由熟至生难，由生熟两难至生熟两忘而心手双释，以致无适无莫率意而为者，尤难。

回头再细察韩莉这一路走来的步程，尤其近年状态，可谓"柳暗花明又一村"而渐得娴熟，复生新意，其以现代情愫再造传统花鸟意涵的清纯蕴藉和绰约风姿，已显见端倪。加之韩莉生性笃诚，志远人真，想来必有更新的风貌和更大的格局，展现于未来的艺术旅程。

附赠诗《读韩莉》——

　　　　以融雪的快意
　　　　润开一帘幽梦

　　　　清骨淡妆下
　　　　有怯怯的狂热
　　　　和略显迟疑的烟云
　　　　低唱　浅吟

　　　　不必细含大千
　　　　畅神就行

2011·春

【附记】

　　2010年春上，张小琴、石丹、傅小宁、石英、韩莉五位女画家，秉承民间雅集、同道偕行的传统美意，欲结社联展，邀我想个社名，一时灵动，取"伍眉画社"以赠，皆大欢喜。继之再细读五位画作，各题赠小诗一首，一并收录于《伍眉画社·2010·作品集》，传为佳话。后渐次完成对五位"社员"的品评文章，归为一辑，以志纪念。

【辑六】

书家原本是诗人
——品评钟明善《自书韵语楹联》书法集

1

今日中国书法界，不绝于耳的谈论无非两点：一曰"传统"，二曰"创新"。

落于实际创作，"创新"者多钻了"技术化"的牛角尖，"传统"者多囿于泥古之投影与复制。"笔墨当随时代新"，这句"行话"在当代书者中多被"误读"，只知去"新"笔墨之技能，不知去"新"笔墨之精神，而忘了自古书家之贤者、之圣者，无不先是诗人及文学家，下笔落墨，书得是自家诗文，畅得是自家精神，其思其言其道，自是和谐贯通，浑然一体，先于笔墨之前，便已由生命内部获得了另一种生命，方能越千年百载而生生不息。要说传统，这才是最根本的传统；要说创新，这才是最要紧的创新。

说白了，还是那句老话：功夫在字外。只是这"功夫"一般书者下不了，方转而只钻研纯手腕的物理运动，只见"书风"变，不见"书心"新，又何以随时代且超越时代呢？

2

是以行外品书，多年心里揣个疑惑：为何无论老少新旧，凡书法家下笔，总是直奔古人诗文或圣贤言论，再不就是成语套话，没几个"我手写我口"的，似乎非得将书法弄成文物才算高古。除了技法上的一点点独辟蹊径可聊作欣赏外，所书内容，大都无个我的传达和时代的印记，将形式翻转为内容并替代内容成了唯一的审美本体。

问题是：一方面，那些沉潜在传统书法中的象征谱系，如不加以现代重构，加以现代人生命体验与文化体悟的洗礼与灌注，势必会变成一种脱离当下生存意涵的影印仿生，与时代隔膜；另一方面，若当代书家真有文化修养者，能以我手书我言，既求形式之新，又求内容之新，在传统艺术本质的发扬与现代性诉求之间，有更多相切相融的联接点，又何乐而不为之呢？

正是在这样的思考中，有幸读到钟明善先生新近问世的《自书韵语楹联》书法集，上述理论盘诘，总算有了一些验证，令人欣然感念！

3

这部书法集不同一般之处，首先是所书文字皆系书家自己的文学作品，自是得心应手，自然生发，书艺之外，更有自我的真心性流荡浸润。

由此结集，也便依内容而定，分别以"题画"、"纪游"、"书缘"、"纪事述怀"、"对联"五辑编就，非寻常只视书体书风之外在形式为要的结集理念，既重在视觉欣赏，又凸显文化品性，赏字品文，相得益彰。从内容看，形式多样，不拘一格，旧体新体，诗词谣赋，自制长短句，皆随意拿来，为我所用，得鲜活，见天趣，有时代气息。

当然，若以文体严格要求，集中多数作品都有违规之嫌，但若换以现代人心境语境去领略，又觉别有生趣、谐趣、大巧若拙之趣，反少了今人充古人的迂腐之气。如题为《终南山中观黄昏意象得句》一诗："远尘寰，去妄想，无惆怅。心静水清时，无语望夕阳。赤霞隐迹处，悠悠云影，灿灿星光。"非诗非词、非古非今，又是诗是词、亦古亦今，合了"旧瓶装新酒"的妙处。

通观全集，虽然大多仅只是此类古不古今不今的小诗短章及自撰楹联之作，但字里行间所负载的，却"都是自己心灵的历程、情怀的映照"，是"自我心态的外化"和"心灵轨迹的一部分。"（《序·我与韵语》）试想，以书家自己的那一管通古融今的长毫，来即兴记录这份自我生成的"心灵轨迹"时，该有怎样的自信，和由此自信所生发的自在与自得呢？比起唯技巧是问的所谓"创新"而言，这样的"记录"不正合书法传统的真义？

4

其实，作为一个现代诗人和新诗研究者，我更看重的是钟明善先生在这部书法集中，还破例尝试了用传统书法书写现代新诗的做法，且同样写的是自己创作的现代诗，而不惜以德高望重之著名书家身份作这样的尝试，实在让人感佩！

此类作品虽只寥寥数首（幅），却已令我辈亮眼提神。

如《罗马斗兽场》一诗："巨石砌就最庄严的运动场，/是奴隶创造的辉煌。/人与兽、剑与血，/在红色、黄色之间疯狂。/谁能分清诅骂与颂扬、/圣殿与坟场、/雄健与残酷、/辉煌与苍凉。"已纯属新诗的作法。

另一首《远去的已经远去——丽江茶马古道记》："远去的已经远去，/岁月留下寂寞、斑痕和未曾散尽的人气。/凭吊者从山海一隅走来，/在阵阵的雨丝中，/默默地注视着，/山泉、石桥、重檐、树丛、古宇，/还有那崎岖的五彩路上的石纹——历史永恒的血迹。"则已属十分到位之作。

关键是，作者拿这样的新诗作品作为自己的书法素材时，不但对其书风书味没有半点妨碍，还因其句式语境所需，反增变化，包括题款、用印、标点以及整体布局都随之重构，而平生几分陌生新鲜的韵致，成为书家自身学养人格及才情的又一种表现。

由此可见，传统书法与现代诗文，并非抵牾难济，结合好了，还反生增华加富之效，钟先生无心插柳、率意而为的这点小小尝试，已作了最好的见证。

5

犹记20世纪末，著名九叶派老诗人、诗学家郑敏先生在其题为《语言观念必须革新——重新认识汉语的审美与诗意价值》宏文中就指出："自古中华书法与诗词就是一种综合艺术的密不可分的两个组成部分……汉语文字主要是以视觉审美为主，特别是走出古典平仄声韵模式之后的新诗，不易如西方那样以朗诵来吸引群众，但如和书法、绘画结合好，就有可能与书画携手走入展览厅及百姓的客厅。"

这实在是一个历史性的命题：既提醒现代诗人们如何删繁就简，重涉中国诗歌简练、精深的艺术本质，以亲近国人，也提示现代书法艺术如何重新弘扬历代文人书法与诗文相亲共进的优良传统，借新诗之现代意识和现代审美情趣，来拓殖一脉现代气象，同时又为新诗的发展，提供一条行之有效的传播通道。倘能以此形成风气，实在功莫大焉！

　　书家原本是诗人，但得诗人为书家——感念至此，忽发设想：若以钟明善先生的声望，率先垂范，发起一场现代书家书新诗的书法运动，那又将会是怎样一件于当代书法史、文学史乃至文化史都有意义的大功德呢？

2011·春

超脱与逸气
——薛养贤书法艺术初识

1

身置空心喧哗之多元文化语境中,"超"、"逸"二字虽沾着些传统味道,其实当代艺术家们潜意识中,莫不心向往之的。只是时代浮躁,迫人经营,一般人难得企及此二字境界,所谓非不为,乃不能为也。

"超"者,超脱,超越。"君子深造之以道,欲其自得之也。自得之则居之安;居之安则资之深;资之深则取之左右逢其源。"(王阳明语)由此于时潮中立定自我,潜行修远、独辟蹊径而求独树一帜。

"逸者",逸气,神怡务闲,湛然自澈,以澡雪精神,除垢出尘而得本真。或也时有不得已之"角色"的出演,而内在之风骨总是不失。

"超"、"逸"二字，都在讲为艺术之气息，似乎无涉技艺，实则文以气为主，技艺好务而气息难养。当今艺术家，多趋流赶潮，驱心力于技法变革，疏于理气，终难成正果——尤其对书法艺术而言。

2

这些年书法成了"显学"，趋之若鹜，但多见"写字的人"，少见真正到位的书法艺术家，其中因素很多，但关键之处正在于上述所言。

且常想：今天的人们，如此多的艺术与亚艺术享受，还欣赏书法干什么？

换句话说，现代人在对书法这种纯中国化的、独特的艺术欣赏中，到底还想获取点什么不同于其他艺术门类的滋养？

想来无非两点：其一是换情怀。即，从书法艺术所涵养的传统文化底蕴中，多多少少获取一息古典情怀，以消解欲望高度物质化了的现代社会对人的精神放逐，一时像回到了精神家园，安妥了漂泊的灵魂。

其二是换气息。即，从书法艺术特有或更多些具有的清气、静气中得以沐浴，以清气去浊气，以静气去躁气，从而冲淡现代人生的烦劳郁积，清心明志，更新生命意识。

3

以上所思所想，在心里隐约已久，只是到"认识"了书法家薛养贤，并几乎是跟踪性地研读了他这些年的书法创作后，才渐渐明晰了起来。——我是说，正是在薛养贤的书法艺术中，我找到了上述这些对书法的理解，并为之惊异和欣喜。

上面我将"认识"打了引号，是因为其实我和养贤是同在一校教书共事十多年的老朋友了，但作为书法家的养贤，让老友刮目而识，则是近几年的事。

凡人不免有一种心理习性，自己身边的人物总难看重，惯于崇敬"远方的高僧"。这多年养贤孤居理气，潜心书法，我虽近在身旁，也一时不知就里。一是隔了行，我忙于诗学，且中年爬坡，疏于交流；二是冷了心，身处陕西多年，深感其场气不对，文坛艺道，皆携带生存，蝇营狗苟，谋的是功名利禄的道，念的是翻身道情的经，多能人高手，没几个真艺术家，想来养贤也难逃此"场效应"的局限，"过把瘾"而已。

未料平日不见山、不见水，唯知其深居简出，沉潜甚深，颇有十年坐得板凳冷的架势，遂窃喜有了同道；及至一朝求证于天下，便连获全国专业性书展大奖，秀出班行，先枝独占，一时在书法界传为佳话。

这才惊喜慨叹：兄弟是个"异数！"

4

养贤的"异"，既"异"在创作态度，又"异"在创作风格；前者源于其心性、其人品，后者源于其志趣、其修养。

陕西历来有书法大省之称，但盛名既久，便渐生负面效应：一是容易故步自封，不思超越，近亲繁殖，渐失原创，后来者若不亦步亦趋，便有追抑之感，非奇才难得秀出班行；二是林子一大，难免鹏雀混杂，声噪场乱，清音难鸣，无定力者迟早陷入浅近功利的诱惑，失了本真与纯正。

身处此种"生存环境"，对谁都是一种考验，最终能否经受住考验而立定脚跟走出自己的路子，关键在于"心气"和"底气"

如何，而这两点，养贤恰好都不缺——心气高，底气足，有来路，有去路，临池悟道，冷眼旁观中，深解艺术本是寂寞中事，随波逐流终会失去自我，沦为摹本，是以自甘"客态"身份、边缘立场，不即不离，默然自丰。是以虽入道多年，除三两知己外，陕西书界并没有多少人知道有养贤这么个"新秀"，及至厚积薄发，近年连连获奖后，方惊动周围，不解其何以如此生猛浏亮。

其实功夫在"奖"外，也在"场"外。

十几年里，养贤埋头书斋，心无旁骛，将古今名家典范临了几个来回，又北赴北大，南下浙美，求学问道中南北比照，兼融并蓄，自是比只求微利薄名于一亩三分地的书奴们，多了几分异样的精气神了。如此客态创作、边缘发展，正应了孙过庭《书谱》中那句话："思虑通审，志气和平，不激不厉而风规自远。"由此，从根本上保证了其艺术创造的独立性和方向性，一朝问世，自是卓然不凡，所谓"秀出班行"也是情理当中的事了。

5

心纯艺则纯，人逸书则逸。薛养贤的书法，无论以专业性的眼光去审读，还是以非专业性的心态去欣赏，都会有异样清新的审美快感怡然而生，觉着里面有他人作品中少有的"微量元素"，吸引人作深入的品味。

具体而言，似可用"格老思新""神澄笔逸"概括之。

"格老"即品格高古，不赶时尚不媚俗，孤迥独存，清雅之气袭人沁心。"思新"即创意新颖，非古人或他人的高仿，有源自个在心性与修为的艺术探求。

一般书法家追求高古清雅，尽在技法上转圈圈，弄不好就成了拟古，既没了文化底蕴，又没了自家气息。养贤的书法，也十分讲究技法，用心良苦，连落款、用印、选纸等细节，都在在见得细切之匠心。但作品既成，通览之下，则很少匠气，不露经营，于高古中仍见得现代人之文化气息，之审美情趣，可谓气接古意、思通当下，以"思新"融"格老"，得传统也得现代。

这就要说到"神澄"，它是"思新"与"格老"的保证：主体风神不懈不促，静中求动，淡然而出，逸韵自适而清美从之。所谓"笔逸"，是就养贤书法直观而言，笔墨简而淡，布局疏而雅，富有书卷气，初读稍涩，久品则神清气爽、延意绵绵。特别是一些精品力作，其"小"处，有秋风穿透肌肤直达忧怀壮心的萧肃，其"大"处，则见天高地阔、水远山长的淡定，整体而言，确然已达入深出远的境界。

纵观薛养贤的书法风格和书法成就，至少在陕西书界，多年少见，与其主流脉息判然有别而高标独秀，既是一种难得的互补，也无疑开启了新的发展路向，乃至有"开宗立派"之激赏论之。只是对尚且年轻的养贤来说，一旦由隐而显，必面临成名后的困扰。好在养贤是个极有艺术自觉和自律的人，些许偏差，自会察纠，重要的是那一份淡然自澈的心性，无疑会保证这位风华正茂的书法家，拥有一个不可估量的未来。

2015·秋

【附记】

此文系十多年前"初识"之见，之后，与养贤由同事而至交，一路走来，更生感佩，一直想重作定位之新论，却每每远亲近疏，念念于心而搁置于文。好在此篇大意，至今看来虽青涩而尚中肯，结集之际，权作留念，所谓"定论"，也就暂搁心里是了。

虎行猫步　独领高风
——品评魏杰其人其印

1

每次想到魏杰，总会莫名地想到虎。魏杰属虎，还赠我一方翘尾巴的肖形虎印，一直珍为至爱，因为我也属虎，不过却大了他一轮，算是忘年交。

虎是雄健威猛之物，因实力而称王。虎虎有生气，常用来激赏意气风发之人。但这都是观念中的虎。

一位仔细观察过真虎的画家朋友告诉我，其实日常中的老虎一点所谓的"虎气"都没有。皮毛松软，像秋日的草地；步履柔和，如太极拳中的云手。那眼神更常带着些寥阔，一派"元一自丰"而优游不迫之势，让人想到一个古词，叫着"至人近常"。

这就对了，渐渐作了日常交往中的魏杰，给我印象最深的，正是这么回事。

人多时，魏杰常在不显眼处；话多时，魏杰且作了默默的听众。不争不抢，神闲气定，却又总让人觉着他的存在。偶尔激动起来说几句，也是点在穴位上，击在关节处，语惊四座后，立即"让贤"，又作了一片闲云，松软在那里，柔和在那里，冲谦自牧而气场沉凝。

便想到现而今时风所致，笨狗都要扎个狼狗势的，魏杰却是虎行猫步，反其道而行之。其实，知己者都知道，出身书香世家的"魏老"，做人行世，尚古意，有文根，看似从善如流不扎势，其实骨子里的虎虎生气和文人底蕴，却是从未稍有缺失的。所谓清疏其外、诚挚其内。

2

记得十余年前刚结识魏杰，正是其风华正茂年龄，却早已被同辈同道们称为"魏老"，当时以为是戏称，后来方知也是尊称。

说戏称，是因其总不显老，40多岁的人还是小伙样，寸头直鼻国字脸，宽展的额头如一片明朗的天空，总是响晴响晴的。

尤其"小伙"那份笑，怪怪的，不太像大男人们的笑，总带着些孩童的神气，有层次地荡漾开去，柔和、委婉、内秀。也许，心态年轻而情思纤细的男人，总会这么笑的。魏杰一向颇有人缘，除低调谦和不扎势外，这份一汪清水般的笑中所传递的诚恳与热忱，更让人放心而亲近。

"魏老"也是尊称。40多岁的魏杰却已有20多年的篆刻艺术历程，刻过的章料大概得用大卡车拉。期间甘苦外人难知，知道的只是他早早便成了大名家，成就卓著，声播海内外，在同辈同道们中间，确属老资格的篆刻家了。

齐白石在《自嘲》诗附注文中，曾引用吴昌硕的话言印学之难:"小技拾人者易,创造者难。欲自立成家,至少辛苦半世。"老辈人说的"半世",大概指半百吧,魏杰却提前成了大家,是以不免"心虚",低调做人。

其实印虽小技,却存大义。方寸之地,容得山水风云,容得龙腾虎跃;刀石之间,见得生命情志,见得文化底蕴。印在为字传神,为石赋情,更在为己畅神,为世播情。无神无情,竟一世何用?神盈情深,又何须半世?何况这古来的"小技"遇到了通古融今而心志高远的"小老虎"。

3

话说回来,凡艺术,总是存于技,成于道;道者,人生修为者也,所谓生命形态决定艺术形态。故治印之道,可分"手印"与"心印"两路,唯入"心印"之境方为艺术,有如照相与摄影的区别。

这多年,先后研读过魏杰的几部印谱,每每感慨这才是有生命内涵的金石之作,按当下时尚的说法,是"走心"而"入心"的艺术——一印在目,即或外行如我等,只要净心凝神多瞅一会,也会隐隐觉得,那方寸之间,一点一画一红一白,都有它自身的肌肤、呼吸和血脉的流动。方知好的印作都是"活物",自有其生命脉息所在。

而,魏杰之印的"脉息",不同于一般印家之处,在清通而内蕴绵缈,在生动而气格谨重,广采博取,袭古弥新,得奇崛而合于理,发明锐而守于意,深心静力,风味深永,其修为所至,早已非芸芸所及。

曾将此种初读感受说与一知己画友,友君赞同并补充道:当代印坛,魏杰已至最高"段位",堪与比肩者寥寥。并坦言说他一般都不敢多用"魏老"的印,因为"吃画"!

这话可吓了我一大跳,第一次听到有这样不着学理却又实实在在的内行高论。试想,古往今来,诗书画印,印的地位,似乎总是稍稍逊于书画,常屈就于"西席"之位,乃至被懵懂者视为"陪客"。尽管后来也逐渐别开一界,独立行世,却也有如"诗余"之宋词,总难与"正主"唐诗争锋的。到了"魏老"这里,却能以印"吃"画,令"丹青"礼让三分,怎生了得?

复知身边见惯不怪的"魏老",原是个不同凡响的"异数"。

4

三秦之地,长安城中,文风一向很盛,影响所致,舞文弄墨整艺术称"家"者多如牛毛,可手中活真好的不多。深究其因,大多不在"手艺",而在"心理机制"。创作主体要么虚浮造作,要么萎缩干瘪,将性灵的挥洒与精神的托付尽变成趋流赶潮的小把戏,或早早成了换取名利的工具,了无生趣,何来好活?非技不到,乃人不到。

魏杰之所以能"异"出班行,高标独树,关键在于心志高远而又专注深入,步子随着境界走,且笃诚,且谨重,且"虎行猫步"而步步有心、有志、有真人情味。

如此渐渐知己了"魏老"的气格,再回头细品其作品的位格,便也生出些感受之外的理解了——

其结字,借现代构成而婉绍古风,气象高致,韵味弥深;其线质,既练达劲健,又活泛生韵,转顾自若,优游不迫;其布局,排让妥当,疏密有致,或简明沉雄,或迂曲绵密,皆恰臻其妙;其刀味,既工且意,雄秀兼备,沉若岳峙,动若星芒,使铁如毫,所向皆宜,于惯常中化出异趣,而纪纲不紊,表意畅达。尤其边款构治,接引束结,生色有余,总能在丰富多样里别出心裁而相得益彰。如此品读下来，真个是动心魂、引遐思，恍若画中、诗里、禅境，不一而足。

记得曾得遇魏杰书斋观其案头治印，平日的"猫步"即刻转为"虎行"，刻字成了手谈，与文字对话，与金石谈心，刀行石转，片刻之间，那些平日木呆在字典和观念中的字符，在人与物、心与技的艺术对话中，栩栩化身新的图腾而焕发出新的精气神。

这才惊叹汉字之妙，印学之绝；方寸数字，有形有神，有性有灵，于快意的审美中，好像人与字都重活了一遍！

5

由此更解得"魏老"之"老"：由修为而得自信，既自信而又怀谨重，谨重则生静气，静而澄，澄而澈，澈而明，明而稳，稳而生力、生巧、生奇，刀石之趣下，极尽变化统一之能事，所谓从有法之法中得无法之法，复由无法之法中见出有法之法，经意之极则若不经意，而达至"至人近常"、即心即印之化境。

话说回来，上述看似有理有论的说法，到底只是行外爱好者的个见，只能做个旁证，真要说文章之外的心里话，却只有一个词：喜欢！

喜欢久了，难免生出些偏爱，难得再作旁顾。

到了欣然：十几年君子之交，书香世家出身的"魏老"，从文本到人本，真是可以作知己般长久亲近的。即或近年破格晋升教授，进京入驻国家画院，并新任"终南印社"社长，却依然"虎行猫步"，一汪清水般善笑中的诚恳与热忱未减分毫，让人放心如故。

2015·秋

"风里垂杨态万方"
——张红春书法作品散论

1

初识张红春书法，是赏读首届智性书写双年展之《智性书写》作品集中，觉其平常，又觉不凡，知凡于平常中透出不凡者，必非俗辈，遂生了好奇。

好奇而生关注，先后研读其《张红春书法作品集》《语言的阁楼》等集，及至后来熟悉起来，见之喜之惜之珍之理解之，方欣然于当初的直觉没错，进而解得其艺术风骨何以看似平常而其实不凡。

大凡女性为艺术，难得优秀，因其生事繁，变数多，才气易流失。而一旦优秀，必是超优秀，一点余地都没有。盖因其真、其纯、其诚，将艺术化为生活乃至生命所依，而非男性式的功业。

渐次熟读红春的书法，首先感佩其立足之根底所在：既生于爱好，又生于理想、生于情怀。是以落于具体，不仅是书法艺术的抒写，也是生活本身的抒写；或者说，不仅以书法艺术安身立命，且已化为人之常情，无须刻意，也不着重力，而得其所然。

故红春书作可贵之处，首先在气息纯正：书法在红春这里，主要是一种内在学养与修为的表达需求，同时又将这种需求、这种书法艺术的爱好及创作，逐渐内化为日常生活的仪式化存在，修身自得，乐在其中。以此案头临池，纯以感发为主，心是文心，气是真气，任神行而空依傍（顾随语），或时有技艺上的差池，整体气息总无处挑剔。

2

由气息而气格，纯正之外，红春书法的另一可贵处，更在于以"守常求变"而通古今，得品高，得韵长，也得现代气象。

近世汉语世界文化形态发生翻天覆地的变化，也迫使艺术家们思考，如何在这种新语境中，找到传统艺术的立足之处。显然，就书法而言，完全随着时代走，移步换形，亦步亦趋，肯定是有问题的；而全然不管时代语境的转换，一味死守传统，不加以现代重构，空留一点思古怀旧的皮毛，也是不行的。

只是在实际的创作中，这些年的书法界总是有两种倾向难以避免：要么一味追摹古风，完全跟当下不搭界；要么一味炫奇斗诡，远离了书法艺术的本质。从心理机制上去考察，都不免有投机之嫌。实则书法同诗一样，都是人生命中最自由、最见心性的一部分，沉默于日常言行而挥洒于笔下纸上，最忌的，就是另有心机而成为角色化的出演。

从作品细读中可以体会到，红春在创作书写的时候，心中没有什么挂碍，没有书写之外的牵绊、干扰，兴发修为，心性所得，字里字外，总能感受到一种不同寻常的诗化、文人化的气息。而难能可贵的是，红春的心性之中，既有传统文化的滋养积淀，又多一份现代诗性的浸润泽被，给古老的书法艺术增添一脉现代人的思与诗之气息，读来不隔不涩而富有亲和性，是比较到位的现代文人书法。

熟悉红春的文朋书友都知道，书法之外，她还是一位学养不浅的文学中人，读书，写作，一直如日常功课般持守着。一般书家，总是提笔就奔唐诗宋词古人言论，红春却能随心性所至，时常拿现代诗及散文小品入书，特别是她独得要义的手札作品，有的内容就是自己所写的诗文作品，所谓我手写我心，其语言形态与生命形态的和谐统一，就更显自然而鲜活。

当然，拿现代汉语之诗文入传统书法，是否就一定见得新意，另当别论，关键是在红春这里，这种追求绝非作秀，而是其融传统与现代为一体的文化情怀的自然取向，窃以为这种追求对当代中国书法的演进无疑是有益的，它会开启或激活一些新的审美元素，以拓展传统书法的表现域度。红春以文养书，由学养中自然生发、独得要义而别具风致，于此颇有所获。

3

气息纯，学养好，再加上天生的才气，落于创作，红春的书艺可谓熨帖中自有风骨：高亦不亢，清亦不冼；清疏其外，诚挚其内，文雅之气袭人。

这些年书界讲技术讲得有点过头，大多成了脱离心性的纯物理运动，有违书法的本意。红春为书，看似多以避生就熟，不刻意索求，却又总能由熟中生出"生"来，不落凡近。其中关键，在其笔墨中有思与道的渗化——思即生命情思，道即文化人格，且不是生硬的观念演绎，而系和谐共生的抒写，不作强调，自然生力、生情、生韵致，所谓"风里垂杨态万方"（静安先生诗句）。

于此同时，于外在形式美感上，却又不乏缜密心思所在，行笔落墨，开阖收放，以及用印择纸、整体构成，都有潜心独到的讲究。

更为难得的是，作为一位女性书法家，红春作品中既无闺阁气，又不刻意逞强求健，只以心性与情怀作本色呈现，气运兼力，飒飒容容，于曲婉中见劲直，象清而意沉，所谓中性书写，反显其别样韵致。

如此笔缘本心，情系本真，韵守本味，经年浑化，可以想见，已成仲春气象而心气高远的红春，该有怎样丰硕的收获于未来的秋天了。

2015·春

笃诚修远　守成求变
——品评崔宝堂书法艺术

诗外养心，赏评书法，原本是爱好使然，票友行为，与登堂入室无涉。或先认识了书家本人，气味相投，遂理解了人本，再欣赏其文本，自然生发感想，成文以赠，作为雅念。或先熟悉书家作品，惊艳其不同凡响，别有风骨，遂生了见识人本的念想，以证揣摩，而后发为议论，得意没看走了眼。如此随缘就遇地游走，反常得天趣欣然。

认识宝堂，进而为文作评，便属于后一种机缘所得。

1

我与宝堂向无交往，三两年见一面，算不得真正结识。只是多年欣赏他以篆书为主的书法艺术，渐渐生了痴迷，每有所遇都倾心玩味，乐在其中。

此种痴迷，一方面，源于对篆书的神往，觉着比起其他书体多些神秘感及艺术上的难度，诱人揣摩。而至少在陕西书法界，于篆书一道，自刘自椟先生高迈仙逝之后，能承前启后成正果者，也只有其入室弟子宝堂一人先行一步了。

另一方面，平日里总能听到书法界的和爱好书法的友人们议论着宝堂，也添了些好奇。及至几次到近邻尊友书法家钟明善先生工作室拜望时，看到墙上常挂着宝堂的篆书作品作散心品赏，方惊诧于我这票友式的倾心，原来与专业眼光竟也暗合，那一份多年的痴迷也便有了学理性的释解了。后来又在钟先生那里不期而遇地见到保堂，得以小叙，且获赠他的大型书法集，虽匆促中未能尽兴，但其笃诚朴厚的品性，却是一见如故般地深刻在记忆里。

其实阅人有如读书，不在烂熟，而在体悟。先识宝堂书艺，再闻书界佳话，复阅人本风采，不由叹服：以刘自椟老先生的法眼，当年认同宝堂为登堂入室弟子，可真没错。而先生仙逝之后，唯宝堂不但得其真传，且颇有发扬光大之势，现在看来，也是顺理成章的事了。

2

中国书法，各种书体中，篆书可谓其"初稿"，其法理蕴含，更为沉潜深远，以常人常力，难得真正有所作为。篆书首先是学问之书，讲究字字有源，笔笔有本，先得做扎实了学问，才谈得上入门习书，没有捷径可走。

如此先戴惯了"镣铐"，才可以跳自己的"舞"，且在能跳自己的"舞"之后，还依然不能脱离"镣铐"乱起舞，有如现代人写古体诗。也就是说，即或在有关学问做扎实之后，出于篆书本身的艺术规范所限，也决定了可供书家任情挥洒的余地以及自由度，难以如其他书体那样宽泛顺畅，只能于学养中求审美，于羁绊中求游弋。

是以篆书又是人格之书。就审美而言，篆书先天就带有"质有余而不受饰"的特性，并以此要求以篆书艺术为业者，其人品，其心性，其主体精神，也须"质有余而不受饰"，非堂正之人格，笃诚之情性，素直之心斋，不足以于此艰难逼仄之道上有什么大作为，更遑论风规独远。

3

宝堂于篆书，正暗合了"质有余而不受饰"这一可谓篆书艺术之法则的要求，从而得以步先贤之后尘，修正果，成格局，领风骚于当代。

这一点，无须见面识人，只须看一下钟明善先生在为《崔宝堂书法选集》所作序文中，对宝堂尊师重道的美德之赞许，及所下"全面继承老师治学思想和治艺精神的好学生"的判语，[1] 便可了然。同时，再细读宝堂题为《甲骨文漫述及其临习浅悟》的理论文章，[2] 也便识得其学养之冰山一角，而知其扎根立脚之所在。

有了这些认识，回头再研读宝堂的篆书艺术，方理解更切，品味更深。

宝堂入书法之道30余年，做人治艺，皆品有所持，学有所专，中规中距，笃诚修远。尤其在上一世纪80年代中期拜刘自犊先生为业师之后，"无论做人、做书，都深得刘门的嫡传。""其篆书作品大有师风，令人感佩。"[3]

---

[1] 钟明善：《崔宝堂书法选集》序，陕西人民出版社2003年版。
[2] 详见《崔宝堂书法选集》，陕西人民出版社2003年版。
[3] 钟明善：《崔宝堂书法选集》序，陕西人民出版社2003年版。

具体而言，以我这行外之见，可概括两点：

其一，得寓形寄意之法，不失文化底蕴。笔墨之间，字里字外，有经由学养的积累，而生发的对传统文化之深入理解和个在体验之流荡弥散，循规蹈矩中存言外之意，耐人品味。

其二，守成求变，得体发挥，于正襟危坐之庄穆，求散发乱服之疏宕。其结字的安排，线条的构筑，皆先恪守中宫堂正，复求外延发挥，见质朴亦见野逸，得圆熟也得峭拔。

显然，这样的品质，既有先师遗风所在，也不乏宝堂人品书品的独到之处。但总体来看，似乎还未完全走出刘自犊先生的书风笼罩，承传有余，开拓不足，有待新的突破。

不过，正如上文所言，选择篆书书法艺术，本就是选择了"愚人的事业"，得有像宝堂这样的循规蹈矩与笃诚修远，才能在承传的坚实基础之上，最终开拓出别具一格、独属于自己的气象来。

2007·春

沉潜中的自若
——品评张鉴宇书法艺术

1

中国书法，乃古往今来之世界艺术长廊中，唯中国所独有的一种艺术形式。这一单纯以"线"的运动为全部表现手段的艺术，却最终"成了中国各类造型艺术和表现艺术的魂灵"（语出李泽厚《美的历程》），且发展到现今，更成为当代中国最为昌行的盛事显学，实在令人叹为观止。

2

其实从发生学角度而言，越是单纯的艺术也越是最难的艺术。小孩的笑最是单纯感人，但成人学不得，一学就假，原因是孩子那点笑中，实则已包含了小小童心全部真诚之生命内容，这"内容"成人早已丢失找不回来的。

书法看是仅仅"线"的形体之曲直运动和空间构造的不同比例之配置组合，其实更是"线"的内涵之情感波动和想象建构的不同比例之有机融会，没有后者，则前者就不成其为"有意味的形式"之艺术表现。

再从文化学角度而言，当代中国书法之审美标准早已因了"盛事显学"的负面效应所致，变得空前浮泛而混乱，且越来越陷入唯名是问、唯形式技巧是问的外在价值纠结，将其作为本质属性存在的内涵之价值要求置之一边。

严格地讲，我们实际上正在经历一个人书分离、急功近利而于浅层面热闹繁荣的"书法时代"。

3

时风所致，行走于当代书坛的人物们，也都难免上述问题的困扰。

然而，有趋流赶潮者，也就必定有立定脚跟者；有高调行世以争当下者，也就必定有低调自守以争千古者——张鉴宇便是这样一位稳得住脚步，于沉潜中渐次升华而默然而沛的青年书法家。

认识并欣赏鉴宇书法多年了，但在热闹的场面上很少见到他的身影，偶见一两次，也是"静如处子"，不事张扬，显见是一位得"道"而安的艺术家。

这个"道"，在鉴宇这里，不仅仅是为书法艺术之技艺修为的"道"，更是为书法艺术之人文修为的"道"，所谓"人书合一"，"道"在其中。

但身处当代文化语境下，得"道"者不一定就得"势"；"势"在一时，"道"在千秋，一般为人为艺术者，多随了"势"走而难守"道"行。

鉴宇有"道"且守"道",为人,为艺术,皆笃诚有加,不失虔敬而志存高远。这在人书分离、急功近利的当下书坛,实在是十分难得的一种品质,也由此形成了张鉴宇书法自得而适的艺术品位和艺术风貌。

4

具体而言,鉴宇的书法创作,既得于书内之功底,又得于书外之涵养,是那种用心来养笔墨的书家。

赏其作品,首先是气息纯正,笔墨线条中,有书者的诚朴意兴和真情实感灌注于内。深入品读下,还可见得一脉谦谦学子的书卷气,潜沉自若,邀人分享。

再就是形神兼备,品貌高华,无论外形之结字建章,内涵之抒情写意,皆不疾不徐,于委婉中见劲直,于精谨中发朴茂,堪可久赏。

或也时而能从作品中看到一些因犹豫或不确切所致的弱笔怯意,却也不失其心性的诚恳,让人在理解中更生亲近信任之感。

5

水静自流深,晚成必大气。看来,正值盛年的张鉴宇,于书法艺术的追求,走的是一条学术为底、人书合一的正路子。

深愿眼下尚在这条路上低调潜行的鉴宇,用志不分,持之以恒,于渐进的升华中获大成于未来。

2010·秋

爱好与修为
——品评王亦民其人其书

1

初读王亦民书法作品,是在由赵祥利先生主编的《新中国勉县书画》集上。

我是勉县人,1970年代末离乡来省城西安读书任教做学问30多年,一直念念不忘老家,不忘那块生我养我且给了我最初的艺术直觉和精神气质的美丽河谷,尤其是那些朗逸于故园乡土中的艺术前辈和新秀们。

此次受邀,为故乡书画集作序,自是十分乐意的事,而经由作品与老家艺术"老乡"们作"文本"聚叙,更是颇为惬意。一时便翻读到亦民的书法,读到亦民照片上那一脸朗逸的善笑,惊喜中不由地翻翻滚滚怀旧起来。

2

30多年前，亦民家与我家同住勉县县城水井巷，很要好的两隔壁邻居。亦民小我十岁，虽常常见面，却并非玩伴，只是心里惦记着。尤其敬重他父母，印象很深。

亦民父亲是勉县世家老户子弟，有根骨遗泽的民间士人。当年在勉县搬运社做会计，下班回家，常常小酒一杯后端坐街门前，将近视镜后的眼神往市井上方送去，一片烟云状的虚实无着，那情景一直是我小城记忆中，一道莫测高深而心向往之的人文风景；亦民的母亲更是街上人人敬重的贤妻良母，尤其那一幅乐天知命的"观音"相貌和永远"祥云"般温和润展的善笑，让少年的我在生母之外，感动于另一位母性的慈爱笑容而怀念至深。

亦民同我小弟沈斌同为"六零后"，他弟弟庶民更是沈斌的发小玩伴，是以后来我定居省城后，许多有关亦民的续闻多是转知而念。其中最为大家称颂的，是其大学体育专业毕业后，分配回勉县第一中学作体育教师，几年突飞猛进之敬业成就，竟超过我们当年在一中上学时，当偶像般崇敬的体育老师许文斌先生，一时传为佳话，我也很是感怀了很久。

待得多年后，再在《新中国勉县书画》集上品读到亦民的书法，方知当年的"武状元"竟一直"暗度陈仓"修得"秀才功"，且修到老家书法家协会主席地位，虽心知家学遗脉所传而自然生发，也难免喜出望外而欣然为敬。

3

其实任何艺术创作，就个人而言，都有一个艺术发生学上的"基点"，古代诗学称之为"起兴"。

这"基点"既指"基本点"，也指"激活点"，是融合了心境和语境，亦即融合了情感和修为的精神底背与艺术造诣的"根本"之所在。

这一"所在"的深厚或浅薄，决定其艺术成就的高或低，而这"所在"的有与无，则决定其艺术品质的真或假。

显然，亦民的书法创作，虽始于爱好，却也落脚于修为，无涉功利，是有这个"根本"之所在的。

4

多年越本业诗学界"玩票"书画界，为赏为评，总喜欢守住一个前提，即先看"气息"，后看"功力"。窃以为，气息不纯不正，再好的功力也只是一匠人所为而已。

亦民做人纯正，让人放心。

以此人品作书，自然也让人放心。

加之"根本"所在，在爱好与修为，以心养笔墨，以笔墨养人生，临池之前，如礼如浴，不假外求，气息先就走了正道。

尤其以"武"习"文"，缘"刚"理"柔"，那气息自是与纯粹书斋中养出来的多少有些不同，或许深读细品之下，遗憾少了一些书卷气、文人气，却也不失刚柔相济、朗逸相生的爽利与生动、朴茂与实沉。

复，透过气息看功力，虚怀虔敬，如履薄冰，一步一个踏实脚印。虽至今未完全脱出法书师承，使致独在风格难得鲜明，但"根骨"的底子已然坚实，假以时日，想来自有天朗气清而独成格局之可待。

5

记得在题为《总有清风传幽香——读〈新中国勉县书画〉集》

的序文中，我曾说到："'藏在深闺人未识'，待到识得皆惊艳，似乎是这块古风如梦的故土家园生来的'宿命'。这'宿命'由这一方水土'遗传'到一方勉县人身上，尤其是一代又一代的青年学子们身上，便生发为一种'气质'，一种惯于经由亲近文学与艺术，而崇尚文化、再造传统，且不求闻达、只求自在的气质，任由斗转星移，世事沧桑，在在确然不变。"

这种"汉中盆地"之"过渡地带"式的"地缘文化气质"，后来被我归为我所构想的"上游美学"理路之一脉。这样的一脉气质传承到亦民们这一辈，想来必有一个新的升华与超越的。而，亦民持之30年潜行修远，也必然会渐次临界而跃升，达至新的、更为成熟的艺术境界。

这，既是"乡友"为序的切切祝愿，想来，也该是那片美丽故园的殷殷期待。

2013·春

从艺术情怀到学术精神
——品评"陕西书法院首届双年展"①

一

一般而言,当一种大体上本属于个人化"表意"与"接受"之美学范畴的艺术活动,转换为一种群体性"社团"与"运动"态势的时候,对其无论感性或学理性的言说,都会变得较为困难而不免冒险。

然而,自进入"当代中国"语境以来,由"五四"新文化运动所引发的"社团"、"思潮"、"运动"三大"推手",在更为现代化的传播机制、展览机制和市场机制的相继合力促迫下,变得愈发"势不可当"。极端个人化之"横逸旁出"式的"立身入史",或偶有"个例",但总体上已成不可复制的古典神话。社团运作,

---

① 本文与弟子潘鸿宾合作。

同道携进，学术策划，媒体共谋，板块呈现，立体传播，已作为"通约性"的"游戏规则"为"业界"所普遍认同，加之资本的"投入产出"以及如此等等——那种古典的、传统的、纯粹意义上的"个人性"早已不复存在，而艺术何堪？

这看来是个极大的悖论，尤其是对于书法艺术而言：作为中国传统文化之根脉、之特性、之深度基因的"指纹"所在，无论古今，它都应该是纯粹个人"心斋"的"笔情墨意"，是人书合一、道艺一体之独立人格与自由精神的"笔墨印记"，着重于对诗性、神性之生命内空间的冥思与聆听，而后缘笔墨线条藉以认识自我、接近天地奥义之美。然而"当代中国"语境下的"当代书法"，却并没有因为纯粹"个人性"的相对消解而成弱势，反而"与时俱进"为趋之若鹜的"盛世显学"，尽管其中不乏"利益驱动"之"泡沫"与人书分离之"时垢"，但也不能不正视其宏大的进程与丰茂的成就。

看来，悖论后面，或另生张力，理论与批评，只能直面而言。

由此思考出发，在"盘点"2013年当代中国书法"活动景观"时，至少就"陕西板块"而言，"陕西书法院首届双年展"便耀然标出于"年度"前列，成为一个颇有"说头"的典型个案。

二

"让学术成为书法的风骨"——美术批评家张渝为"陕西书法院首届双年展"所"定制"的这一策展理念，无疑带有"宣言"性质，标示出这一"板块呈现"的充分自信。

同时，以"书法大扫除"为名义的"行为艺术"作为简短的开幕式，以"去伪存真"，而凸显本次参展书家及其作品的"货真价实"，从而"树立书法的标高"（张渝"策展前言"语），也彰显出这一"板块呈现"背后不凡的精神立场和艺术风骨，以及对当下艺术环境的反思与抉择。虽然，此种策展之"开场白"的刻意"后现代"，不免遭受诸如"作秀"指认等非议，但当人们进入实际观展过程并潜心细读作品后，却不能不为其阵容、实力和风采所折服。

仅从阵容来看，本次参展的薛养贤、朱志杰、郑墨泉、贾永民、韩均、梁新云、廖勤俭、李翔宇、崔宝堂、高继承、梁林波、蔡佰虎、王永坡、何冀闽、胡宝岐、白浪涛、周伯衍、封海洪、宋本省、魏江、吴川淮、董长绪、李小明、王冰、王江、李德君、吴平均、刘建设、王亚林共29位中青年书法家，基本上都入选过中国书协主办的全国展，并有各种奖项斩获，在一定程度上，代表着当下陕西书法界的中坚力量。再看本次展出的500幅作品，也都是参展书法家的最新力作，篆、隶、楷、行、草书体全面，巨幅大幛、手札小品等样式丰富，其整体艺术品貌，概要言之，可谓风骨相近而取向不一，水准齐整而风格各异，实可谓近年陕西书法界较为重要而优秀的一次"集体亮相"。

当然，熟悉陕西当代书法艺术发展历程者都知道，如此"亮相"的背后，是有一个长达十余年同道偕行而不懈追求的艺术情怀，作"底背"支撑的。

三

谈论"陕西书法院首届双年展"，不能不回望2001年的陕西"智性书写"首届双年展。大体相近的阵容，一脉相承的学术理念，同样由薛养贤和张渝"黄金搭档"所打造，且同样造成"历史性"的不同凡响——此前的播种，此次的收获，当年意气风发的一群年轻书法家，以持之十余年的潜沉修远，终于将"星星之火"化为了"燎原之势"。

生长的过程虽然有待深入寻绎，但必然在结果中有所显现，这其中，"智性书写"之学术理念的提出，并以此作为"板块呈现"的解决方案，是一个关键性因素。

当年"智性书写"的出场，其背景是一片书法"乱象"：一方面，书法传统受到强化视觉形式的西方美术观念冲击，"异端"纷呈；一方面，个性解放带来的抒写"泛化"，使更多书法成了"涂鸦"。由此，书法传统精神的"原道"不复主导，遂只见"书风"变，不见"书心"新。

"智性书写"的提出，旨在接通传统精神和转化当下生活，并且，作为价值尺度，也意在考量书法中人的精神深度和生活广度，尤其是综合人文素养的修为。"智"的前提是"知"，知常而明；明者"识"，有识别方有取舍，进入有个在之方向性的艺术创造，而非"与时俱进"式的"类的平均数"。这里面包括书法技艺的"智性"修炼，即如何"智慧性"地走入传统，再如何"智慧性"地由传统中走出来；走进去加入传统才可称中国书法，才有资格谈走出来延续传统，并自成一家。

显然，"智性书写"不是急功近利式的"书风"花样翻新，而是以全面激活生命创新形式，或者以形式的探索打开生命的幽闭，以求于"书风"与"书心"双向互动的深入探求中，改变书法艺术创造的"慢热"或"乱热"现象，为当代中国书法艺术的创新之路，提供可谓清脉正骨的重要参数——笔墨技艺之"智"，笔墨精神之"慧"，两源潜沉，和谐贯通，进而内化时潮，外师经典，守常求变，缘法创新——如此"智慧"，一经响应，便风生水起，而十余年"涛声依旧"，遂渐成格局。

由此可以说，这一由不乏精神共性的艺术个体和不乏艺术个性的精神共体所集结出位的"板块呈现",已然从根本上改写了当代陕西书法艺术发展的历史谱系,并成为当代中国书法艺术领域不容忽视的一脉格局。

四

从以创新为灵魂,到以学术为风骨,十年磨砺,沿"智性书写"脉息一路走出来的"陕西书法院首届双年展",更是道成肉身,骨重神盈,而厚积薄发,风采斐然。

让我们试做一二具体解读。

面对强大的书法传统,当代书者的独立性是"书法"和"被书法"的风水岭。张渝说,继承传统不仅是态度,更是能力的表现。对此,本次"双年展"主力书家梁新云,提供了一个典型例证。

梁新云进入传统的理路可以三段式描述:精择食——全消化——再提纯。其前阶段在"二王"、米芾、王铎之间上下求索,贯通源流,内力催发为草书的精神狂飙。物极必反的转身,梁新云由外向内潜修,在谢无量的艺术世界中安妥了激扬之情。由此,梁新云在阴阳的辩证关系中确立了自己的书法形态:乱而齐,曲而劲,淳而锐,纷繁而清朗。梁新云对传统深入的"再提纯",可从其墨法的"微形式"中求证。当下的墨法要么太保守,要么太开放。梁新云笔丰而墨润,绝不滥用"水"法,真正懂得"带燥方润"之理,墨色随着笔锋的变化而自然变化,与人的"多样性"的精神世界痛痒关联,致使笔墨形态有一种立体塑造感。纯粹的书法反而包含着画法的精义。

面对传统,另一位能"进"能"出"的郑墨泉,似乎"出"得更"智性"。一方面,他向书写的文字内容求"书意",甚至冒着拂逆"古意"的风险书写现代新诗，试图把新的现实生活所感和修身体道所获带进书法创作；一方面，他直接从文人化的日常生活中为自己补充给养，甚至实验在红桦树皮上作书，将生活本身带进了艺术。在"书意"生成的可能性上，郑墨泉正在打开一扇属于自己的门，这一不可或缺的过渡，缘自其高度敏感的书法意识，但要进一步独成格局，尚需书法功力的深入跟进。

抽样概括必然意味着忽略或遮蔽，主线只取方便描述的骨骼或脉络，略去的往往是必不可少的血肉，在此稍作补充——

朱志杰进入书法传统另辟蹊径，到达了对帛书材料体悟的深度，还原出生命的远古精神氛围；廖勤俭内修"心斋"发之为书，一点一画"变起伏于锋杪"、"殊衄挫于毫芒"，可谓"弹无虚发"；韩钧字法章法均四下撑满，精气神亦满满，有燕赵侠气和秦汉古风；贾永民将吃"石"咬"铁"的"金石气"吐为心曲；李小明既得"石"之重，又笔性灵动，能举重若轻；蔡佰虎擅汲古见、意趣悠远；王亚林善化典律、书韵华滋；吴川淮大雅成于腹内书卷；李翔宇气艺并重出峻逸；何冀闽诚毅；吴平均强悍……篇幅所限，此处不能一一。

以上略览，或可为后来者的研究做一个提示性的开头。或许，研究所及还应涉及到"中国书法在当代如何可能"的大课题，本次"双年展"亦对此具有启示意义。

五

最后，本文须收归到这一板块的"引领者"薛养贤身上，对当代陕西书法的阶段性梳理，唯有他能体现"总结"的意义。而作为其"灵魂人物"，无论于文本还是人本，薛养贤都具有无可争议的典范性。

由书法语言的"解读"和书法精神的"道悟"两个方面打入传统，是古老的书法在个人身上的一次再生，并且是一次延续性再生；打出传统才意味着一个书法家的诞生，是书法的一次创造性发展。前者是已知的继承传统的能力；后者是对此在之生命经验与生活体验的转化能力。中国书法除艺术功能外，作为人的内修手段，参与塑造了不同时代的人，人向内的完成就相当于制造出了一台感物的"设备"，"设备"造成之日，就是从传统中打出之时。书法家转化"此在"的契机是"感发"（顾随语），即感物而发心，"物"就是日常生活，薛养贤将其归之于"书法伦理"，它既与个人相连又向当下的社会大生活敞开。书法形态中"实"的部分，与所感之物相关，"虚"的部分则发之于书者的心境与情怀，而"虚"的心力大小，不但决定着每位书写者个在艺术的感染力，并且在最高层面上决定其艺术造诣的高下。

细研薛养贤书法，其"虚"的部分的纳入，不仅有美有丑，还有智，通过这一环节，"审智"真正实现了由方法论向价值论的飞跃。

个人的心理形态是一个"情理结构"（李泽厚），思维中感性和理性并用方为上乘。薛养贤书法思维的理性部分是他的"书法伦理"，主张回到日常生活，似乎是政治场、经济场的"角色化"造成了人的异化，需要回到人本身，以葆有心灵的自由。但日常生活往往是琐屑的，甚至是灰色的，"政治我"、"经济我"、"梵我"、"梦我"都是"本我"的衍生。故"感物"可以日常，"发心"则必须超迈。表面看去，书法好像只是"线"的曲直运动和空间分割，其实更是书法家"线"性情感轨迹的波动和"面"性心灵空间的建构之有机融会，没有后者，前者就不成其为"有意味的形式"的艺术表现。

正是在这一点上，薛养贤的修为确已达入深出远的境界。由此生成的作品，尤其是那些精品力作，常常"小"处有秋风穿透肌肤直达忧怀壮心的萧肃，"大"处见天高地阔、水远山长的淡定。至于书法的点画与体势、幅式与形制皆无须细道，薛书惯以精气神夺人。中国美学的关键词"风骨"源于六朝人物品鉴，对本文言及的这一陕西书法群体，如果说书法之精神"风骨"显示为整体弥漫状态的话，那么在薛养贤的书作中，已凝聚成了文本和人本统一的书法"景观"。

仅就个人艺术成就而言，薛养贤在当代中国书法界早已颇具盛名，影响广大，乃至有"开宗立派"之激赏论之。按说，拥有如此身份，且身处大学作书法专业教学之博导，格局独备，元一自丰，本可以无须旁顾，潜心自我精进而更上层楼的，却多年"呼啸江湖"，泽被同道，携手致力于当代陕西书法之新的生长点的开疆拓土，实在难能可贵。

由此可见，作为书法艺术家和书法教育家的薛养贤，其精神底背的深处，所葆有的人文知识分子的理想情怀和历史责任感。由此又联想到其尊师钟明善先生筚路蓝缕的"拓荒"之功，更是垂范在先而传承有序，两代风范，广披博及，传为佳话——仅就当代陕西地缘文化而言，或可说于书法艺术发展之重大影响之外，尚具有文化学的意义，也不为过。

2014·春

【辑七】

他改变了紫砂的命运
——吴鸣现代紫砂艺术散论

由击赏而心仪，进而跟踪研读吴鸣现代紫砂艺术作品，欣然有年，但真正有幸相识，并与之一握如故地交心论道，则是新近的事。

在"2009·黄山·中国陶瓷艺术高峰论坛"会议中，经陶艺家老友张尧介绍，认识吴鸣，顿为其超乎岁月的年轻气息和不同寻常的气质风度所折服。待仔细听了他的发言，更豁然领悟，何以是这样一位看似平实谦和的艺术家，在宿命般的紫砂陶艺之路改变了他的命运的同时，他也经由他的创造性历程，改变了传承有序的紫砂陶艺的命运，或者说改变了这一艺术门类的发展方向，从而为之开启和拓展了新的历史。

一

在传统陶瓷艺术向现代陶瓷艺术的当代转型中，大概数"紫砂"这一门类最为不易。

我们知道，由于"紫砂"特定的材料品性，及其长期形成的成形方式、制作方法和师承传统，以及以实用与观赏融合为一，并以紫砂茶具为主的定向功用等，决定了紫砂陶艺从发生与发展到接受与传播，皆沿以为习而难以轻易改变的命运。

——制作与抒写，控制与灵动，理性与感性，传承与创新，行业与个我，功用与审美，以及手与心、器与道、实与虚、小与大、常与变等等，要在如此繁复的矛盾对立中寻求突破而另辟新路，对于所有有志于在这一领域改写历史的艺术家来说，都无疑是一种比在其他艺术门类都格外艰难的事。

尤其重要的是，对于"紫砂"这样传承有序的行业和艺术种类而言，所谓现代性转型，不是指具体工艺的现代化，这一块你没办法化，甚至可能越化越坏事。而是指灌注于"紫砂"特有的"泥性"中的文化品性和生命体验与语言体验的现代性，亦即再造古典理想，重构象征谱系，使之从精神内涵和审美功用上，真正能融入当代文化语境，包括现代人文格调、现代审美取向等，成为一个全面开放的艺术创造系统。

显然，这里不仅需要观念的更新和技艺的重组，更需要的是综合人文素养的储备，和融传统与现代为一体的人格力量与创造精神的升华。

二

由工艺而心艺，由把玩而敬赏，由小道而大气，由家常而殿堂；由移情而对话，由养眼而洗心，由悦意而冶志，由另辟蹊径而重构谱系——经由吴鸣式的创造性探索，传统紫砂陶艺终于开始实现其融入当代的历史性转型，并重新确认了她的艺术定位和发展方向，为海内外所瞩目惊叹！

吴鸣有言：是"紫砂"改变了他的人生命运。——这句话下面的"潜台词"实可谓意味深长。

一方面，吴鸣借此不无自诩地想表白，以他的天赋修为，无论于哪一艺术领域，都会有一番大作为的。吴鸣早年曾立志于书画，且深造于文学，学养驳杂深厚，爱好广泛有致，只是因缘所致，打早就走上了紫砂艺术这条路，也便认命走了下来；另一方面，吴鸣似乎也在借此暗示，比起其它艺术"显学"，紫砂艺术实在是僻径小道，于此施展，得沉得下心来，坐得了冷板凳，方能以小见大，别开生面。

笔者则从这样的"夫子自道"中读出了另一层意思：正是有了吴鸣这样的综合学养、人文质素和"殉道"精神，多年拘泥于"小道"的紫砂艺术，方能格局大开，开出一片通和古今的新天地。

我在提交"2009·黄山·中国陶瓷艺术高峰论坛"会议的论文《当代陶瓷艺术发展之我见》中曾指出：观陶赏瓷，外行看器形、看纹饰，内行品气息、品内涵。作为中国文化和中国艺术精神的器物化"指纹"的陶瓷艺术，若没有深厚隽永的文化气息和精神内涵灌注于其中，那就只是一好看而不耐品味的"形而下"之物件而已，比之"古董"低价，比之"工艺"掉价——经由泥与火的熔融，赋予陶瓷以诗的灵魂，方是陶瓷艺术尤其是现代陶瓷艺术存在的真谛。

一方面，今人不能作古人，必须进入现代语境，表现现代人的生命体验和文化思考；另一方面，面对西方强势话语之影响的焦虑，如何表达我们自己的现代感，以及再造我们本源性的艺术精神与审美感受，已成为现代陶瓷艺术深入发展的关键。以此回头来看吴鸣的现代紫砂艺术,自可发现,这样的"真谛"和"关键",在吴鸣式的艺术探索与艺术创新中,得到了真正的体现。

三

悉心研读吴鸣紫砂艺术作品,首先感念于心的,是其润己明人而深永弥散的诗意境界和文化气息。

而且,他的诗意,是融会了现代意识和现代审美情趣的新鲜血液的诗意,会意中不隔不陋,有强烈的时代感;他的文人气,也是有一种我称之为"现代版"的传统文人风骨作为其精神底背,领略中高雅大度、卓然有致,不着"酸馅气"。正是这样的现代诗意境界和现代文人气息,将吴鸣的创作,提升到一个与普泛的紫砂陶艺判然有别的超越性境地。

包括笔者在内,大概不少人一想到"紫砂",便首先想到"紫砂壶",一种老少咸宜、既可登大雅之堂又可入寻常人家且赏玩且实用的小摆件、小玩意;在传统文化语境中,她是文人骚客的标志性器物,在现代语境中,她是闲人雅士的怀旧性心侣,总之脱不了移情把玩、小情趣、小跟随的旧格局。

带着这种习以为常的观念,第一次读到吴鸣的几件代表作图片时,竟至怔在了那里,犹如印象中的小丫头忽然就变成了贵妇人,令人难以置信。记得当时的直接感受,是疑为看到了"紫砂版"的现代艺术大师亨利·摩尔的雕塑作品,惊叹其依然是小小的一个紫砂壶,却能有那么大的视觉冲击力和空间张力,以及其通体发露的现代气息。待到后来系统研读吴鸣的作品,才不无震撼地发现,这实在是对紫砂陶艺的审美功能一次革命性的改变。

仅从接受美学的角度来说,在传统紫砂陶艺格局里,设计再新颖,工艺再精到,制作再精良,到了欣赏者那里,也仅止于移情把玩的境地，作品所产生的审美功能，始终是附庸于观赏者的心境和情趣而生，难以独立自在。而观赏吴鸣紫砂作品，无论哪种造型，立于眼前，顿生渊渟岳峙之感，可远观而不可亵玩。

深一步说，即经由吴鸣式的创作理念和精神气息的灌注，使之作品成为了一个个富有诗性生命意识和现代文化内涵，独立自在活色生香的生命体，其欣赏的过程，也便由传统的小小把玩，上升到与之对话的不凡境界，既不失养眼悦意之功，又添几分洗心冶志之效，耐读有味而余味悠长。

四

对于当代陶瓷艺术的价值取向，我曾提出"简约化"、"精致化"、"文化化"三大尺度，可以说，在吴鸣的作品中，都一一得到了体现。

细读吴鸣陶艺，首先亮眼的，是其形质的特异不凡，造型能力很强，每有他人难至之处。但落实于创作，却总能守住"简约"这条根，缘法理气，循道张扬，简中求丰，寓巧于朴，疏略中生张力；既得浑涵之质，又得诡异之采；奇崛而合于理：物理、心理、陶理；朴拙而守于意：意趣、意境、意味。

同时，从成形作品看，又极见功力与心力的精诚投入，一丝不苟，心细活也细，不浮不躁而静气怡人，既克尽人工，又不失天趣，方得器与道、韵与势、形式与内容的和谐共生，非完美主义者难以至此境地。

至于"文化"含量，更是吴鸣作品赖以立身入史的根本。

欣赏吴鸣紫砂艺术，不但形制独到，气息超凡，含蕴高远，仅其作品的命名，就非同凡响，没一点综合文化修养的人，很难完全理解其深刻内涵。他的许多作品，都是对传统文化和现代人文的核心意旨之高度凝练的物态化表现，再辅以心象的投射，诗情的灌注，无不放逸生奇而又内敛含蓄，气韵旷远，让人每每叹服，原来小小紫砂，竟也是可以承载与传递如此丰富而隽永的文化意蕴的。

再从发生学角度看，吴鸣在紫砂陶艺上的创新，可以"知常而明"（老子）、守常求变，通和古今，融会中西概言之。

紫砂天生丽质，"泥性"独到，遗韵千古而常在常新，自有其赖以立身入时的根本所在。这个根本或曰常性，可用"润"（气息润活）、"雅"（情调雅致）、"宜"（品性宜人）三字概括，可谓泥中之玉，不可多得也不可滥用。

吴鸣命定与紫砂结缘，年少入道，浸研既久，对此根本自是了然于心。及至独立创作求变，也是心中有数、脚下有路、有去路也有来路的一种创新，而非一味标新立异，舍本求末，为变而变。

正如吴鸣在其《吴鸣问陶》画册自序《问陶片语》中（四川美术出版社2006年版）所言：他的紫砂，"血脉是传统的，东方的，创作审美、设计理念、思维方式是现代的、个性的。"同时还说："首先是紫砂的，其次是宜兴的、中国的，然后面向世界"。

具体来说，吴鸣的创新，是在充分理解并娴熟于紫砂"本体语言"的传统基础之上，来扩展其外延与内涵，将根性与生长性、共性与个性、工艺性与纯艺术性以及"常"（传统）与"变"（现代）、"静"（东方）与"动"（西方）、具象与抽象等，杂糅并举，冶为一炉，予以"古典理想的现代重构"，于形质、气息、涵蕴等方面提供新的语言体验、视觉感受和思想境界的可能性。

当然我们也知道，"可能性"不等于"经典性"。当代艺术界唯创新是问，其实多以浅尝则止，或成了西方观念的皮毛演绎，或沦为各领风骚三两年的角色出演，少有将"可能"真正再冶炼为"经典"的。

吴鸣则不然，这是一位深怀远大理想与抱负并具有历史使命感的艺术家，这样的艺术家必定是要以经典化为自己艺术生命的归宿的。

尽管，从现有成就看，尚不能说就已经尽善尽美，还有一些不尽如人意之处：如有的作品形质与刻饰常显抵牾，有违"质有余而不受饰"的美学原理；有的作品因刻饰所指过于明确，减弱或锁闭了其浑然他致的联想空间；有的作品（如《竹林寻贤系列》以及以竹形为题材的其他作品）则因寓意较为单一或略显陈旧，显得纤巧单薄了些。

但毕竟瑕不掩瑜，总体而言，吴鸣的现代紫砂艺术，无疑已具有"开一代风气之先"而改写紫砂艺术史的重要意义，仅以其代表作《古风系列》《大语系列》《子非鱼系列》《期待系列》《生命对话系列》等而言，也无疑已成为当代中国陶瓷艺术之里程碑式的经典之作，具有不可替代的历史地位。

五

行文至此，想到一个细节。研读吴鸣中，见其一作品题名"一蓑朝阳"，大生感慨：我的主业是现代诗创作与新诗诗学研究，近40年体验与阅历，像这样的题名所显示的通感和跨跳之语言造诣，即或是行内成名诗人，也难以轻易达到！

大师原本是诗人。——以此诗家精神、学者风骨及文人底背入陶瓷艺术，起点就高人一等。

吴鸣曾将自己的陶艺历程总结概括为"读"、"思"、"做"三字。

"读"者读书理气，胸有诗书气自华；"思"者上下求索，循理想抱负而独得心源；"做"者勤于探索，勇于实践，坐实务虚，不图虚名。如此三点集于一身，加之志向远、视野宽、情怀深、心意细，自是德全神盈而出手不凡、笑傲天下的了。

壶中日月长，陶里天地大；壶可洗心，陶可冶志，品位高低，贵在人为。

古今艺术，皆循一理：人至何境，道至何境；道至何境，艺至何境；"道""器"相生相济，则形神兼备和畅通达而艺无止境矣。

复想起近年文学艺术界，一边不断呼唤"大师"，一边又不断滥封"大师"，端不知真正的大师所为如何。吴鸣的存在，再次向我们提示：所谓大师级的艺术家，是经由其开宗立派式的创造，改变了他所从属的艺术门类之命运乃至发展方向的人物——历史由此重新书写，而真正的大师依旧只问耕耘，不问收获，无涉浮躁时代之虚构的荣誉。

2009·冬

开宗立派　重构传统
——吴鸣紫砂陶艺之现实影响与历史价值

一

在当代中国陶瓷艺术界，吴鸣的存在，无论就其主体精神和艺术造诣而言，还是就其现实影响与历史价值而言，都是一位值得不断重新认领和深入研究的典型个案。

一把小小的紫砂壶，在这位艺术家可谓"革命性"的变法创新之下，从创作理念到技艺含量，从艺术形态到文化内涵，皆别开生面，焕然境界，并逐渐形成其经典化谱系。

这一新谱系，汇通传统与现代，唱和东方与西方，经由吴鸣潜沉修远四十年匠心独运而厚积薄发之拓展与提升，原本"浅吟低唱"式的紫砂工艺及紫砂艺术，终得以微言而大义、位低而格高、器小而道宏，成为当代中国陶瓷艺术界创新领域中无出其右的高标独树，也让当代西方陶瓷艺术界，对中国紫砂陶艺之当代转型，有了不乏审美惊艳同时也不乏学术打量的刮目相看！

二

古往今来，纵观人类所创造的各种艺术中，唯陶瓷艺术，大概同音乐一样，既是最具有世界性的一种语言，又是最能体现民族性的一种语言。语言基质的趋同与言外之意的求异，构成陶瓷艺术悖论式的张力，从而在日益一体化的当代文化语境中，越来越成为人们更加倾心的一种艺术形式。无论是其创造者还是其欣赏者，都试图经由对这一人类最古老的手艺与心艺之再发现中，重新找回各自的文化指纹和艺术精神之深度基因，也同时重新发现各自生成于当下的新的感知与表意方式。

大家知道，作为中国文化和中国艺术之器物化"指纹"的陶瓷艺术，若没有深厚隽永的文化气质为底蕴，或缺乏汇通古今的精神内涵为灌注，只是浮面上追求什么标出效应与市场价值，玩一些"野狐禅"式的所谓"创新"，或抱残守缺于传统套路的所谓"翻新"，如此等等，终归也只是一些随行就市之时尚"行货"而已，不但与文化和艺术无关，而且造成大量资源浪费。

当此时代，尤其是在暧昧的"礼品市场"与同样暧昧的"艺术收藏"终于去除泡沫而"水落石出"之后，我们对那些以人文学养为底背，以艺术人格为操守，守常求变而匠心独运、发扬传统并创新格局的、真正优秀而纯粹的陶瓷艺术家，才报以由衷的重新瞩望和加倍的敬重。

当代紫砂艺术大师吴鸣先生，就是这样一位值得瞩望与敬重，更值得从学理上予以再认识的代表人物。

三

作为诗人学者，我与吴鸣先生交往近十年，一直视为跨界知己。其实诗（文学）画（艺术）同源，加之心性相通，一握如故后，便在在如故了。

正是这十年间，笔者从诗学理路入思，进而扩展到美学理路，再延伸至文化学理路，殚精竭虑，理出一条"内化现代，外师古典，通和中西，重构传统"的核心理念。窃以为，在百年西学东渐急剧现代化之后，回首反思，发现我们越来越难以走出模仿性创新或创新性模仿的尴尬困境，并一再失阙汉语文学艺术的自身定位，而面临二度转型之"当口"时，这个核心理念，似乎尚不失为一个堪可破局的思路。

于是，当笔者拿这一可上升至文化学意义上作考量的当代美学坐标，试图在当代陶瓷艺术领域找到一个足以体现其理念"当量"之经典个案时，便再次发现了吴鸣，再次认识到他开宗立派、重构传统的现实价值和历史意义。

在当代，一切艺术创作，在我看来，大体可概分为因袭性创作和探索性创作两个方面：作为占有主要比重及普泛性存在的因袭性创作，不可否认，若能一边"接地气"，一边"接心气"，持静守恒，不失"工匠精神"，其实也能发扬光大，获取于传统谱系中增华加富的艺术成就；作为探索性创作，则关键在于创作主体的理论认知之独到和精神格局之独备，明白自己的创作能够填补怎样的空白、提供怎样的新的艺术维度之可能性，并且有足够的文化修养为灌注和足够的精神底背做支撑，将这样的"可能性"予以经典化。

由此我们发现：所谓大师级的人物——那些被称为"诗人中的诗人"、"作家中的作家"以及"艺术家中的艺术家"，是既有传统之经典的沿袭性发扬光大，又有现代之探索性独辟蹊径，而经由其开宗立派式的独家创造，改变了他所从属的艺术门类之命运乃至发展方向的重要人物。

四

吴鸣的现代紫砂艺术创作，正是在充分理解并娴熟于紫砂陶艺"本体语言"的传统谱系基础之上，来扩展其外延与内涵，而逐渐分蘖衍生的。

由此，以40年之久的探求与积累，在吴鸣这里，紫砂陶艺之根性与生长性、共性与个性、老工艺与新艺术以及"常"（传统）与"变"（现代）、"静"（东方）与"动"（西方）、具象与抽象等，皆得以杂糅并举，冶为一炉，予以现代重构，于形质、气息、涵蕴等方面，赋予新的语言体验、新的视觉感受和新的文化内涵，而越众独造，别开界面。

这其中，其一，就新的语言体验而言，吴鸣在精妙传统紫砂语言范式和语言要素，并以此为具体创作的"基础语素"之外，或间接借鉴或直接引入诸如现代雕塑语素、现代绘画语素（抽象、互文、构成等）、现代装饰语素乃至现代工业设计语素，包括转化兼济传统刻饰语素等，予以有机化合而自成一新的体系。

其二，就新的视觉感受而言，吴鸣的紫砂艺术作品，看去还是"壶"，并未脱离传统紫砂壶的基本"身韵"（笔者特此生造之词），但恍然又觉着不是惯常相识的那个"壶"，一种陌生化了的似曾相识，有如书法中的"逸笔"，在体而生别趣，与"身韵"唱和又别出"神韵"，所谓似与不似之间，惚兮恍兮，其中有道，平生文本外张力。

其三，就新的文化内涵而言，传统紫砂陶艺谱系，主要以传统茶文化以及由此分延负载的休闲、洗心、论世等为归旨，大体不出文人雅士或坊间民俗之"逍遥"与"把玩"语境。吴鸣的紫砂艺术创作,则随其形制"身韵"的多元共生,而大幅度多视域扩展其内涵取向。尤其难得的是,在游刃有余于对古典文化精义的重新演绎同时,还分延深入于对现代文化语境的诗性诠释,且在在细切而生动,精到而鲜活,常有一语中的而慧照豁然的"读后感"令人追怀。

诚然,作为"原型"意义层面的原创性探求,吴鸣对上述古典文化精义和现代文化语境之"紫砂话语"式的演绎与诠释,毋庸讳言,在部分作品中,时有"过度"或"突兀"之嫌,亦即因观念凸露或形意游离所造成些许理趣大于意趣之嫌,好在基本面可谓瑕不掩瑜,无关大局之巍然。

如此,出之传统而重构传统;借之现代而内化现代。以现代人文修为的眼光,去寻找传统中有着永恒之美的基因,并在现代语感与现代形式的转换中,获得与传统意味既相似又陌生化的审美效应,可谓吴鸣紫砂陶艺创作之不二法门,由此造就独树一帜的艺术格局。

五

回头再从接受美学维度考量。

比之传承有序的传统紫砂陶艺,包括当代紫砂陶瓷艺术界之主流发展走向,吴鸣的"别开一界"而"开宗立派",如本文开篇概述中所言,大体可证之"三大变革":

其一,微言大义——变"坊间式"器物"把玩"为"殿堂式"审美接受;或者说,变非专业性、纯欣赏性、把玩性"接受",为专业性、研究性、阐释性"接受"。进而,上升为某种"教科书"式的承传意义。

其二,位卑格高——变千年继承发扬而已的"手工艺品"之寻常位格，为汇通古今中西及其他艺术门类之多元审美元素在内的"艺术品"之超常位格，提升了紫砂陶艺的内涵与外延，赏心悦目之外，更有仰止而敬之功效。

其三，器小道宏——变"小小紫砂"寻常之"手用"为非常之"心用"，所谓"小马拉大车"，重在所载之"道"的文化"含金量"和艺术"负荷量"，观之赏之得之伴之，如逢君子对弈、高人论道，在在不可小觑。

综上所述，总括而言：吴鸣之艺术人本，以工匠精神、学者风骨及文人底背入陶瓷艺术，起点高卓，落实沉稳，至今孤迥独存，而风范如故；吴鸣之艺术文本，文化含量高，审美品位高，艺术境界高，是对传统紫砂陶艺审美功能一次革命性的创化，至今占有不可替代的历史地位。

尤其重要的是：吴鸣重构传统、开宗立派之现实影响，无论在业界，还是在其授业弟子族群中，其"转基因"效应，已日渐深入而突出。可以想见，随着其经典谱系化及谱系经典化的完善至臻，一个可称之为"吴门紫砂"的新的历史谱系之崛起，已经是目所能及而殷殷可期的了！

2018·春

根系本味　迹近天成
——品评张尧陶艺

一

结识张尧的陶艺作品，完全是遭遇性的，没有任何预设的话语背景作铺垫。

今年夏天，著名电影编剧、老友芦苇突然来电话邀我去他家，欣赏"一位搞陶艺朋友的几件作品"。我知道芦苇艺术涉猎甚广，且识见颇高，难得如此激动，遂欣然赴约。

在对这位青年艺术家全无所知的情况下，直面作品及有关图片资料，一时颇感震撼——潜意识中，知道终于在当代艺术语境中，遇到了一双既把握住了现代又把握住了古典的神奇的手——多年来，我一直怀疑今天的陶艺家们，是否还有足以能捉摸到中国古陶之精魂而再造于当代的那双手，在张尧的作品中，我终于看到这双手的存在，亦即看到了陶的本味在现代陶艺中复生的光彩。

回到语言的根部，再重新出发，创生独在的个人语言风格；以古典的面影坐于现代，传达的却是极具现代意味的艺术心魂——质朴、明快、大气、隽永。那一种说不清、道不明的感染力，浸之愈久，获得之愈深，深至无言而又意味无穷。

如此的指认，来自遭遇张尧陶艺作品的直接感受。

在当代，我们太多舍本求末、以"流"为"源"，由"流"中取一瓢勾兑而成的"鸡尾酒"式的所谓"现代作品"，虽花哨刺激而无后味，究其因是没"根"——或为西方流行观念的硬性嫁接，或为家传标本的近亲分延；或痛快于观念演绎，或功利于经典仿写。总之，难得潜下心来索根求源，从各类艺术语言的根部追寻起，而后求变求新求创造性的超越。

由此识得张尧作品，顿觉清纯之气袭人，如一泓幽泉，一曲古歌，一壶陈年老酒，有生成的渊源，有发酵窖藏的过程，是以其出手的作品，可得其审美的深切与醇厚。

"我更愿意让大伙像品尝清茶一样去静静地品评我的作品，以期待她能留给人们一份纯洁、一份崇高、一份美好和一种淡淡的诗意"。[1]

张尧如此虔敬的期许，皆经由他的作品得以完美的实现。

二

作为最古老艺术之一的陶艺，在当代，必然要经受自身的裂变与其他艺术的剥离之严峻考验。

变革是必由之路。

---

[1] 摘引自张尧《南方·北方·陶艺》，原载《美术观察》1998年第9期。

但在此变革之路上，如何找到作为一门独特的艺术种类，什么是其最终不可被剥离和不可被替代的本质属性，反而是比一味求新求变更重要的命题。

作为扎根甚深、悟性甚高的成熟艺术家，张尧显然对此早有了悟："我不想去做无本之木、无源之水，中国几千年来陶瓷文化的沉淀，无疑是我们这些后来者最富足的遗产，我们置身于她宽阔胸怀之上，又何尝不能平静地去思索呢？"①

由此张尧提出了看重"陶的本味"之说，颇具慧眼。

就陶艺而言，回到语言的根部就是回到陶的本味，守住陶的本味也就守住了陶艺语言生成与发展的根系，守住了陶艺的本质属性。我们现代人何以会为古陶所迷醉，大概也正是这一通约性的"本味"所使然。

欣赏张尧以北方夹砂陶为"主打"的陶艺作品，首先动人心魂、令人为之一震的，也正是这种不造作不掺杂质的陶之"本味"——以质朴求隽永，以单纯求深沉；以本味求本色，以本色求本真；纯正高古，得体而又超拔。

在角色出演泛滥的今日艺术界，这种十分纯正的创作立场和有方向性的创作路向，已极为难得。由此产生的作品，便有了一种可信任感和亲和性，亦即俗话说的"不隔"：既不隔于现代审美情趣，又不隔于古典审美意味。通今融古，见创新亦见本味，从而也就经得起高品位的苛刻欣赏和时空的严格汰选。

三

欣赏陶有如欣赏音乐，更多的时候，是一种邀请，一种引领，

---

① 摘引自张尧《南方·北方·陶艺》，原载《美术观察》1998年第9期。

一种开启，一种共同完成的瞬间感悟与绵长联想，而非有确定所指的给予。

而且，陶是凝冻的音乐，以静态之质动思动悟，其语言的纯净度，以及由这种纯净所生发的能指效应，要求更精妙、更高远；作者的创造力既要体现在自我表现上，又要体现在自我的限制上，以有限的语言域度拓殖无限的精神暗涵和审美空间，是陶艺艺术家区别于其他艺术家的本质所在。

欣赏张尧的作品，感觉很到位。作者对陶艺材质的性、韵拿捏得颇为精到，在不失本味的前提下，有自己独到的理解与创化，且能与主体的情、思和谐共融，使其纯净内倾的物态空间与衍异开放的精神空间相得益彰。

特别是他的语言，极为清纯洗练，既未陷入冗沓，又不失于空疏，有限度的不了了之，以求"度物象而取其真"，常得计空当实、意在言外之妙，其意蕴的传达也便臻于恰到好处的活泛与准确。

如其代表作《流沙》系列，以质朴的卵形为主体形象，仅在口沿上作了富有音乐感的线体流动的设计，与夹沙白陶本色的静穆浑然，形成极为和谐的协奏，空灵超验，如闻天籁，极具东方情调。

四

说到东方情调，张尧颇得其精魂。

这位青年艺术家生长在中国南方，创作在黄河北岸，有家学的余泽滋养，更得南北人文环境的双向熏陶，复经学院式的专业训练，再经由自身长久地"在现实与头脑之间，用心去倾听大地的声响，用眼去观察日、月、山、川之变化"的阅历，遂有了他自己的东方情怀之认领:"线是东方尤其是中国视觉艺术中的魂和魄,我必须以她为出发点,去进行我陶艺创作的旅程"。①

以此形成的线体语汇(姑妄如此称之),成为张尧此一阶段陶艺风格的明显特征,且经由他的不断创化,得"淡泊明志"、"空灵醉人"之纯东方味的境界;说的很少,给人的却很多,且表现得十分自然恰切,使人有入乎其内的明快感动和出乎其外的绵长之思。我认为,这才是陶的真义,东方陶艺的真义,以本色呈现,重超验,近天籁,有一种沉郁、孤寂而高远的诗意浸漫。

张尧的作品,确得个中三昧。包括造型、色象,都有很好的控制,使色调的"简"和结体的"涩"(古拙、本味、重自然肌理等)与线的"畅"在相互制约中,形成一种奇异的平衡与互动,于凝重中见飘逸,于简明中见雄浑,所谓"奔放处不离法度,精微处兼及气魄"(吴昌硕语),有天成之妙,更见人事之功。

五

以古典的面影坐于现代,复以现代的心魂再造古典——笔者的这种指认,在张尧另一代表作品《河韵》中,可以说,得到了最完美的体现。我甚至认为,它不仅是张尧个人的代表作,更可视为当代中国陶瓷艺术的代表作,是一个逼近经典之作的精品巨制。

说是巨制,其实这件作品的通高才35公分,但其精神含量和审美张力确然宏大。主体形象是张尧惯用的卵的变形——乳房的造型,稍作夸张,以乳头和乳晕作为太阳的喻体,以乳身作为母亲河黄河的喻体,自然亲切,浑厚庄重。"在装饰上选择了绞泥的

---

① 摘引自张尧《南方·北方·陶艺》,原载《美术观察》1998年第9期。

手法来控制自然状态下黄河的日出、日落之景色；通过断裂以及图形的自然变化，则把黄河的昨天、今天、明天进行必要的图式，以达到表现母亲河丰满形象之美。"在圆雕的三维空间中容纳平面图式而极尽和谐自然，几无人工痕迹，让人惊叹。尤其将日出（上部）与日落（下部）大胆地融于一体，以超现实的手法浓缩时空，化叙事为抒情，过渡自然，如天造地设，其中诸多细微变化，繁复隐喻，不亚于一部交响诗的容量，让人作无尽的畅想而出神入化。

更妙的是，若纯以其自身的形体语言和肌理、色调观之，则又深得古陶之神韵，乃至让人觉着就是一件古陶的再世，那样的古朴、纯正和雄浑，给欣赏者在纯艺术范畴内，展开其见仁见智的更大审美自主权。

《河韵》可谓张尧陶艺创作的一个里程碑式的成熟标志，同期及其后的代表作《鱼戏》《生》系列、《流沙》系列和《萌》等，都充分展现了这一成熟的品质，形成风格。可以说，张尧的陶艺，已逼临一种天成的境界，待以时日，必对中华现代陶艺的复兴，有更为丰厚的奉献——这不仅是知音者的一份期许，也是张尧自己艺术生命的理想托付。

1998·秋

厚重与优雅
——远宏陶瓷艺术散论

一

亲近现代陶瓷艺术十余年，一边随缘就遇欣赏，一边随着感觉乱弹，"纸上谈兵"、"隔靴挠痒"而暗自惭愧中，方了悟作为一个诗人而言，其实我是一直以诗的视觉亦即其审美要素，来阅读和阐释陶瓷艺术的。

这样的欣赏方式和批评立场，与专业的陶瓷艺术理论与批评相比较，肯定有相当大的差异，是以常常不敢轻易置喙。然而有时也想，实则陶艺与诗艺之间，本来也是有内在一致性的。

中国古典美学讲"诗画同源"，在我看来，这个"源"之所在，其一是其共同具有的诗性化的生命意识。由此形成其创造轨迹，大体都趋向于由自然"物性"到语感"诗性"的"气质化"，而至"诗意自性"的过程；其二是其共同具有的单纯性的形式美感，既是最单纯的艺术，又是最丰富的艺术，也便又是最为高难和艰深的艺术。

为此，至少就陶瓷艺术的本质要素而言，无论是传统的还是现代的，是东方的还是西方的，我一直将其视为物态化的诗或诗的物态化。——最原始也与人类生命意识最为亲近的泥与水，经由手与心的直接渗融和火的炼造升华，达致器与道、势与韵的体合为一，深沉静默而虚实相生，浑然一体而余味无穷；物态的纯净素宁与蕴含的深邃悠远，以及其弥散性的文本外张力，都与那些优秀的经典诗歌一样，在发生学上趋于一致。

是以多年以来，在陶瓷艺术之欣赏与评论中，我总是特别心仪于那些比较具有"诗性气质"而非为形所困、为技所缚的陶艺作品及其陶艺家们，窃以为，正是这样的作品和艺术家，才是真正支撑并推进着当代陶瓷艺术良性发展的基质与力量。

于是想到远宏——一位当代中国陶艺界实力派中，颇具诗人气质而以陶为诗的诗人陶艺家。

二

中国有一句老话：南人北居，必成大器。这大概主要是就政治与文化范畴而言，出生南方的才子们，需移居并坚守在文化与政治中心所在地的北方，得其底蕴大气，方可成就一番大的功业。文学艺术则不尽其然，真正纯粹的艺术创造，是一种修行而非功业，有地缘文化的影响，更在个人的心性与修为。

远宏是纯山东"爷们"。中央工艺美术学院陶瓷系毕业，山东艺术学院执教，又数度京城深造直至拿下博士学位，加之创作连获佳绩，声名"远宏"，可谓当代陶艺界的北方骄子。

有意味的是，正是这样一位北方陶瓷艺术骄子，却偏偏生就一副南方人的清癯高古之面相和清瘦单薄之身板，让人每每初见之下，误以为撞见了民国版的绍兴师爷或徽州儒士，温良儒雅而清气袭人，心下暗赏：这爷们有点怪！

鲁迅先生在《北人与南人》一文中有一段话："相书上有一条说，北人南相、南人北相者贵。我看这并不是妄语。北人南相者，是厚重而又机灵，南人北相者，不消说是机灵而又厚重。昔人之所谓'贵'，不过是当时的成功。在现在，那就是做成有益的事业了。这是中国人的一种小小的自新之路。"

若说近世中国美术流派，大体北派求势者主，南派求韵者众，长得北人南相的远宏博士，似乎天生是要将北势南韵集于一身而独备一格的主——从发生学上正理歪说，其实北人南相者，反而常常更理解也更倾心于大气势、大境界，同时又不失天生的明锐与灵动。

实际上，学术修为之外（作为学者型的艺术家，远宏已先后有多部专业学术论集和教材出版），远宏近20年的陶瓷艺术创作，至少在南北三个领域中，都取得了骄人的成就："扎根"山东本土的氧化焰陶釉系列；"游学"湖南醴陵之釉下五彩系列；"探访"景德镇之青花系列。其中每个系列都不乏力作，每每令陶艺界惊艳，也由此奠定了其势韵兼备的不凡格局。

三

足以代表远宏厚积薄发而崛起之艺术成就的，是其新世纪初三五年间，集中创作的一批氧化焰陶釉作品，包括"定风系列"、"垒系列"、"飘忽系列"、"不是传说"等。这批作品，将中国北方民间艺术之朴茂粗犷、浑然大气、以质感为重的审美基质，与西方现代雕塑艺术及装置艺术之抽象理念与观念元素融会贯通，前者为体，后者为魂，整合为一，卓然不群。

细读此一系列代表作品，其器形，朴拙大气，有高天厚土之风骨，山阔水远之魂魄，颇具视觉冲击力和文本外张力；其色彩，苍茫而内敛，浑厚而奔放，饱含火焰之英、地母之神，如古歌般洗心扩胸而回肠荡气；其肌理，则又特地现代：自然残漏，随意留痕，理性点化，意象抒发，处处潜含心机、深蕴情感而又不落套路，有原创性的发挥与独到之处。

正是这批以深厚的文化内涵和内敛的现代气息为重的陶艺作品，成为远宏"北势"风貌之"开门见山"式的高端亮相，而瞩目于海内外。不写诗的诗人陶艺家，开篇便是不乏史诗气象的组诗力作，其修为之坚实与其眼界之高远，可见一斑。

难能可贵的是，远宏并未就此守成持重，而依然保持一种前倾的、"在路上"的不断探索精神，孜孜以求，随之便有了醴陵釉下五彩和景德镇青花的两处创作分延，显露其清雅隽永的另一把"刷子"，且刷出了韵味十足的瓷艺佳作，令同道再次刮目相看。

四

回视远宏艺术履历和创作道路，可以从他早期的水粉画中，找到其华丽转身于瓷艺创作的内在理路——到底"北人南相"，原来"史诗诗人"远宏，其实还有清流一溪之"抒情诗人"一面——那种笔情墨意色彩感，天赋之高，感觉之妙，实在颇得"南韵"之要义，一旦聚焦于釉下、着笔于青花，自是雅韵自适而出手不凡。

先赏其釉下五彩作品。

醴陵高白瓷釉下五彩，天生丽质，百年绝唱，近世却因材质及工艺特性所限及市场所惑，于本来就狭窄的创作理路上，再一味墨守复制，或贸然加饰添俗，失去本质之美。远宏南下"访瓷"，对醴陵釉下五彩可谓不期而遇，有一份个在的特别理解而一拍即合。

特别是其水粉抒写之看家本事，恰好与醴陵釉下工艺和材质特性款曲暗通，悠然神会，复以山花野草为体，闲情雅致为魂，笔意舒放流畅，色彩清纯淡雅，布饰天然成趣，寓意自得而美，连工带写中，挥洒就一首首谣曲小调般的"抒情诗"。其饰与质的和谐并美，深得醴陵高白瓷釉下五彩清韵独具的本质特性，属于璞玉巧琢的诗意运化。

再赏其青花系列。

近世以来，青花瓷已成中国陶瓷艺术之"诗眼"，高手大家，无一不想在此中显露一下身手的。研读远宏青花作品，却不由莞尔会意，原来是君子之交，知己之谊，近乎手谈而全无功利之心。何况还是北人南下之"初恋之旅"，更添了一分纯然虔敬之心。有此纯然心境，自得纯然语感，复生纯然语境。所成佳作，或于传统手法中决出新意，或于民间况味里生发别趣；或解脱理念泼洒抽象笔墨，以求肌理之微妙，并暗自传递几许禅意；或情真意切顾盼连工带写间，弥散现代意识与现代审美趣味，平添阔朗之美而又潜含野逸之情。

如此荟萃集来，整体纵观而言，确然已将传统的厚味、民间的纯味、现代的意味集于一身，至高段位之境界。

五

回头还得补说"诗人气质"。

喜欢远宏的作品，在行家，心重的是其造诣深厚及技艺不凡。在玩家如笔者这里，心仪的则是其作品中散发出的文人气息与诗性意味，故称其为以陶为诗的诗人陶艺家。

这里不妨举例为证。

远宏的许多作品，都有很诗性的题名，且绝非一时心血来潮，附庸一下风雅，确系素养所得，并与作品相得益彰。如早期陶艺力作中的"垒"、"定风"、"飘忽"等题意，既与其史诗般的气势与内涵相生相济，十分得当，同时题旨本身也颇有深沉诗意堪可玩味。尤其釉下五彩的代表作中，许多题名屡屡让人拍案叫绝，如"旁花"、"宽香"、"争唐"、"离空"等等，看似随手拈来，实则功夫不浅，连我这创作并研究了30多年现代诗的老诗人，也打心里叹服。

这些说起来好像只是一点小"亮点"，其实背后透显着主体精神的不凡修为。

在当代陶瓷艺术界，远宏已算是资历匪浅名重四海的"老江湖"了，可什么时候见到他读到他，其人，其艺术，人本文本一体内外，总还能感受到那一种清晨出发时的清纯气息，那一种未有名目而只存爱意与诗意的志气满满、兴致勃勃，让人感慨不已！

看来作为知己之交，我称远宏为诗人陶艺家是对的了——诗人骨子里都是理想主义者，而且都是持之一生都不失"初恋"情怀的艺术情人——有此风骨常在，未来的远宏或可真是不可限量。

2014·春

以技求道　师古开新
——品评徐定昌青瓷艺术

1

凡成就一番艺术事业者，必手耕心耘下够苦功夫，而得大自信。由此，于艺术，于人生，皆，既在时代之中，又在时代之外，而底气沛然，格局独备。

初识青瓷大师徐定昌，望气搭脉，品评其人本，瞬间了然此一感悟。

定昌爱笑，笑起来像个孩子，又如得道之老人，忽而绽开，又一层层荡漾开去，纯素里涵咏几分朗逸；纯素是自信的表现，朗逸乃苦尽甘来的开悟。由此，笑看人生，笑看艺术，皆脚下有路，心里有数，在在慧照豁然。

所谓："纯素之道，唯神是守。守而勿失，与神为一。"（《庄子·刻意》）

说来也是：从清晨年少功夫，到午后壮心不已，四十年心手砥砺，与泥为伴，与泥为友，与龙泉青瓷为生命之托付，而终得心手相宜之妙意，复入心物相生之化境，上品力作，耀然出炉，出班行而翘然独秀，享誉行业内外，得意人生甘苦，你让他不这样笑又如何笑？

若问"上品力作"何以秀出班行？

或可八字概言之：以技求道，师古开新。

2

把真正的传统、传统中最精粹的东西，继承和发扬到极致，使之经典化且个性化，就是最好的创新。

——细读青瓷大师徐定昌之艺术文本，由惊艳，到理会，油然得此一认知。

徐氏青瓷艺术创作，生根接脉于老传统，散枝发叶于新时代。知常而明，守常求变，笃诚素直，不假外求，所谓"真人之作"。

真人之作，其美学原理在于：认领一种艺术的局限即其界限，而界限即其位格，位格即风格所由来之根本。

真人之品，其精神底背在于：至此当代陶瓷艺术遍地开花，以至于遍地玩花活乃至开谎花的急功近利之浮躁语境下，抱元守雌，将传统工艺经典化、个性化而致元一自丰，反而成就最本质的创新。

故，望气搭脉，会意者更会时而发现：这徐定昌大师的笑中，好像还有一些些言外之意或者说笑外之意如暗香浮动？

——那是自信之底气的另一种解读：有什么变化吗？！

3

关于龙泉青瓷,我们这些当代人,从坊间到学院,从大师到准大师,以及从藏家到欣赏者,到底能再说些什么再做些什么?

近代学人柳兆元(1891—1951)在《为瑞士罗教师集古瓷影片本作序》一文中,对青瓷釉色做过这样的描述:"至如蔚蓝落日之天,远山晚翠;湛碧平湖之水,浅草初春。豆含荚于密叶,梅摘浸于晶瓶。或鸭卵新孵,或鱼鳞闪采。洁比黎滩,光不浮而饶净;美同垂棘,色常润而冰清。蕴之也久,而火气消;藏之也深,而光芒敛。此其釉色之最佳也。"①

这样的青瓷传统,丽质天生而至美至高华的传统,还需要创什么新?复兴,光大,至臻,至味,实则便是最好的创新了!

一代人有一代人的使命:"传统的、原汁原味的青瓷,只能是我们这一辈陶艺人来做到家。"

徐定昌简要笃诚的这句话,成就了他一个简要笃诚的信仰。

这信仰落实于劳作,落实于创作,落实于手工拉坯、手工修坯、秘制釉方、细切造型以及等等,以技求道,师古开新,把真纯之手艺做到极致,把纯真之心艺贯通到极致,便生出清丽也生出高华,生出沉凝更生出庄重;或如芙蓉出水而冰清玉洁,或如玉树临风而渊渟岳峙。——赏之,品之,陶醉之,惊艳之外,更经得起从感性到理性的苛求,而遇之如友,念念耿耿;伴之如玉,润己明人。

所谓:一个简单的信仰,成就一派不简单的独家青瓷艺术。

---

① 摘引自徐渊若《哥窑与弟窑》,香港百通出版社 2001 年版,第 85、86 页。

4

　　一件当代陶瓷艺术作品，能让人赏之如友，伴之如玉，而润己明人，或许已是此类艺术最高的审美境界了。

　　其实这样的美，连"生养"出这些天生丽质之"尤物"的徐定昌自个儿，也常常耿耿于怀念念于言表的。

　　熟悉定昌的人都熟悉：什么时候，老徐只要一说到他的作品，无论别人怎么绕着说自己怎么绕着说，迟早会绕回到他最得意的话题：儿孙登堂入室，淑女玉成在侧。

　　正是那个简单的信仰，让一位农家出身的手艺人真气满满爱心满满，复将这满满的真气满满的爱心，灌注于他安身立命的青瓷艺术。如此"生养"又"培养"出的作品，总让老徐将之当儿孙般疼爱，或亲友般对待。

　　抑或，一时脱出"现实"，发起痴来，更将其作淑女玉成、俏然在侧般得意，自夸自欣赏起来。

　　是以知己者明白，青瓷诸般釉色，何以定昌独爱粉青：如一芽芳萌蒙初，一掬溪清幽昧，施淑女而玉成，化火气而水灵，冰清玉洁于入世与出世之间，一时莞尔在侧，怎能不让未全脱凡夫俗子之身的主人或客人们，每每发痴而耿耿念念不已。

　　也确实，这般"镜像"审美作用下，逼得一位手艺人又"完美主义"起诗人的情志，连他给作品起的名，也诗意雅致得不同凡响："孕秋""含香""新葵拢月""青茗凝雪""书山别鹤""五夫问书""春漾雪香""月映古池""瓜语含羞""梵音入玉""玄塔清音""醉月邀梅"以及如此等等，你能不击节叹服吗？

　　原本，青瓷之美，因单纯而富联想，因素净而多余韵，生来就不乏诗性审美内蕴之拓殖衍生，只是一般工匠囿于技而荒于道，故无以感知也无以表意而已。定昌以技求道，复以道合技，日积月累,心手融融,方有这般诗情画意弥散于瓷作复表意于文字,其道技相济之求,说来也实实难能可贵。

5

以古为师,缘法理气;工艺筑基传统,气息流转现代。复从手艺到心艺的砥砺,进而工艺到艺术的升华,加之历四十年手耕心耘之主体精神的全息灌注——人见人爱行家见之更加偏爱的徐氏青瓷,终归有了独属于自己的形质、韵味、神与灵,而誉满天下。

到了,面对荣耀与追捧的徐定昌,只是风轻云淡地撂下那一句:"好作品自己会说话"!

于是这个深秋,在龙泉,在人杰地灵的浙西南小城,作为陶艺票友的笔者,欣然放弃了预设的访谈,只是和初见如故友的定昌老徐一起,喝茶,品酒,聊天,忽而就理出了他那句听去简单实际不凡的牛话后面,足以概括徐氏青瓷艺术成就的潜台词来,或可就此做了这篇小文的结语——

所谓:至工则艺,至艺则纯,至纯则大美生焉。

2018·秋

流润济美出静雅
——品评顾美群紫砂艺术

1

浮华时势，浮躁时代，各类艺术也随之与时俱进，热着，闹着，争奇斗艳，唯吸引眼球算计功利为是。倒是正经宜兴紫砂陶艺一脉，或因独在之"泥性"和独传之"遗韵"所致，或因独特之工艺所限，尚能"偏安一隅"，悠然自得。虽也求创新，也走市场，但至少在那些根性深厚、志存高远的陶艺家那里，尚能"以静制动"而正脉有承，继而发扬光大，令人感念耿耿。

此一感受，最早来自品读当代紫砂陶艺大师吴鸣先生所得。近年复读到与吴鸣先生有师生之谊的顾美群作品，更生强化。

2

正经紫砂陶艺，是手艺，更是心艺；是高度"手艺化"的心艺，也是高度"心艺化"的手艺。形感与气感，手会与意会，以及传承与创新，尽在毫厘之间、呼吸之际决出高低深浅。

其中堂奥，一在才气，二在静气；二者相济相生，不可或缺。

可叹当下时代，有才气者多多，而静气不失者寥寥，那点才气，也便多以随心浮气躁而杂呈而板滞而流失，难成正果。

读美群其文本其人本，眼观心会，欣然解得：其绵延 30 年的紫砂陶艺历程，不乏才气支撑，更有赖天生自在的一脉静气托底，方于渐进中升华，成就其流润济美、默然而沛的艺术境界。

3

先说美群"人本"。

作为诗人学者，行外游走于当代陶艺界，皆随缘就遇而已。数年前偶见吴鸣大师作品资料，如闻"天籁"，如见"神器"，便生了要一睹大师其人的心意。结果一见如故，果然道艺如一而心领神会。

数年后机缘所致，在两次陶瓷艺术盛会中结识美群，如聆"南音"，如晤"闲云"，让人不由得好奇她出手的作品又将如何？及至宜兴探访，果然"文如其人"而欣然默会：这位做了 30 年紫砂壶的"美陶缘"女主人，原本自个儿就是一件自然天成的艺术文本呢。

一时便想到音乐家瞿小松在其《音声之道》（生活·读书·新知三联书店 2014 年版）书中谈禅修时说到："禅修"让我们心纯净，心垂沉，不漂浮。得一个清明从容的心态，进而有一个健康的身态。心开放，身健朗，人生将富于感受，富于创造。

美群的"禅修"似乎不是后天修来的，而是前世带来的：纯净，垂沉，不漂浮；清明，从容，得宁静；心开放，身健朗，气息纯——如此种种别人要死修活修而孜孜以求的索求，在美群这里却与生俱来，不假外造，真是让人感慨！

而，如此人生，必富于感受，富于创造，复将此感受与创造落于艺术，自是流润济美、默然而沛。

4

复读美群"文本"。

我多年品读陶艺，渐次发现，其实"器物"和"人物"一样，也是有"气质"的。这"气质"不仅体现在物理结构，更体现在内在气息。具体于陶艺作品，气息的考究关键在两点：纯净与宁静。

故，这些年我总在强调：观陶赏瓷，外行看器形、看纹饰，内行品气息、品内涵——一件陶艺置室伴人，是要如玉般温润雅静而应和心香一缕的，一沾"火气"，沾"芜杂"，任你千姿百态浓妆艳抹，都难得长久亲近。

以此看美群的紫砂作品，可用一词"雅静"概言之。

"雅"者素雅：本色自然，质有余而不求饰；"雅"者优雅：云淡风清，格调高而不造作；"雅"者典雅：汲古润今，于常态中求创新。"静"者守静而敬，虔敬中纯正气息而灵光默会，心手自宜。

如此，即或一般出手，也不失"雅静"本色。及至佳品力作，更将"雅静"气韵体现于至臻：入幽出朗，纯净而不冷落；骨脉相适，熨帖中自有风韵。品读即久，那小小的壶儿，真个就"出脱"如淑女雅士般流润济美于前，于默默对晤中，传递无可言说的灵动光晕，而静思出尘，天心回家。

5

话说回来。

实则一切人间艺术,皆由人出。人境,艺境,皆自心境。

每读美群其人其作,最为叹赏的,正是其柔桑青青、纤云漠漠而宁静致远的那番心境与气韵。细究起来,美群才气和学养都不算顶尖,由家学、而徒工、而自立、而独备一格,30年艰难困苦玉汝于成,端赖那一股子天生的静气,得以潜沉而修远,笃诚而朴茂。

即或30年后称誉于当代陶艺界,也依然谦和守静如旧:一部带有总结性的大型画册《顾美群紫砂作品集》问世(2014年江苏美术出版社),封面书名,也只"陶迹"二字,其素宁心境,可见一斑。

行文至此,忽而就想起美群的笑,很平常,又很特别,一种融合了乖乖女、娇娇妻、慈母、善邻、至亲、挚友等等人间情状,而又无着、无住、无滞、无碍、只如天籁般荡漾开来的笑,让人不由地添了信任。

想来,这样笑着的陶艺家,是该有天长地久般的境界可期待的了。

2015·夏

静心生慧　古意今妍
——品评汪艳粉彩山水陶瓷艺术

1

将汪艳的瓷绘山水画艺术风格，归于"新古典"之说，或许在学理上不免存在是否严谨的置疑——

其一，作为景德镇陶瓷史上赫赫有名的"珠山八友"之代表人物汪野亭先生的曾孙女，是否就一定会成为其典律的继承者？

其二，作为几乎完全于"现代化"语境中成长起来的"七零后"年轻艺术家，是否有可能真正理解古典的文化精义及艺术境界，且能"新"之？

一般而言，凡批评家行文自疑自答，必是有一个自信的逻辑前提作底背的。

2

解疑一：出生于景德镇陶瓷世家的汪艳，遗泽有承，天赋早慧，先得益于家学熏陶之潜移默化，后师出于景德镇陶瓷学院之"科班"规整并获硕士学位。如此坊间与学院、理论与实践双向学养，厚积薄发，自是有备而来，出手不落凡近。

笔者曾有幸在杭州藏家叶建明先生处，细细研读过其精心所集的"珠山八友"专题藏品，感受颇深。待到得识汪艳，比对之下，惊叹其不但深得"汪派山水"瓷绘艺术风格之样貌与韵致，且不乏个在的理解与发挥，既继承传统谱系，又内涵现代脉息，别开生面而自成"新古典"格局。

解疑二：对古典传统的理解进而继承与发扬，无论在哪个时代，都有因缘际会而"秘响旁通"者。此种机缘，端看是否有此方面的"根性"，以及"曲径通幽"的心境与气质。

3

这些年，我常用"静""净""敬"三个字，概括中国古典文化的根脉所在："静"者虚静为本，"净"者简约为本，"敬"者虔敬为本。

拿此三点比对汪艳，大概熟悉者莫有不为之称道的：无论其文本还是其人本，整个儿就是现代版的"古风犹存"，仅那一份里外通透的素宁之静气，都非一词"修为"所能认证。即或如笔者多年倡导"古典理想的现代重构"而行走文坛、学界及艺术界，也算多少有些经见，及至得识汪艳之作，也由衷地感慨：在如此年轻一辈中，居然也有对古典精神理解到这般透彻的"范"?!

显然，通不通古典，能否新之，既不在出身，也不在年龄，关键在于有无天性使然的古典气质——当"现代"以及"后现代"

文化语境,将绝大多数"与时俱进"者通约化为"类的平均数"时,从另一个源头走来的汪艳,顺理成章地成了当代陶瓷艺术界之"新古典"的后起之秀。

学理上站住脚,再作细读。

4

比之古典陶瓷艺术来说,当代陶瓷艺术从创作理念到制作工艺到技术手段,无疑都要丰富精良得多,但为什么所成就的种种作品,总是没有古陶古瓷那么耐看,这大概是一个大家都心知肚明的问题——"与时俱进"如过江之鲫的所谓当代陶瓷艺术家们,无论是出自坊间,还是出自学院,大多数都难以站稳脚跟,争先恐后地在"流"上争当"弄潮儿",哪能如古人那样"道""器"并重,以"素"、"宁"、"远"之气格成就"素"(形质素净)、"宁"(气息宁馨)、"远"(含蕴深远)之"器"质呢?

作为"后起之秀"的汪艳,其实艺术履历已不算浅,其间也不乏显山显水的荣誉与成就,但始终不事张扬,如水静流深般默然而沛。在这一方面,可以说,既是家学使然,也是情性使然。换言之,汪艳选择了"新古典","新古典"也有幸选择了汪艳。除了师出名门,学养不薄,关键是那一份天性中的素宁气息与古典气质,使之得其所然:抱元守雌,不急不躁,精益求精,苛求完美;无论是现实的促迫、探索的艰辛以及持守的不易,都能在其"素宁"中"过滤沉淀"而跳脱平庸、超越时潮,站稳自己的脚跟。

同时还有一层:大学期间学的是汉语言文学,多少打下了些人文素养的底背,且持孜孜以求之恒,故而能以文养心,以心养艺,"道""艺"并重而渐得超逸不俗之气格的内在支撑,一条

"新古典"之路，方在汪艳的脚下，走得既踏踏实实又潇潇洒洒。

5

陶瓷艺术在本源上是属于"静态艺术"的：抟土为玉，以质为本，素宁涵远，宁神洗心，上乘者，堪可为神交心侣之"道器"。近世中国陶艺，病在饰大于质而华过于实，近年更受时尚文化和商业导向的影响，越来越多的所谓"创新"之作，大都舍本逐末，热闹而肤浅着。

汪艳的"创新"，是从根上另辟源头，予以"古典理想的现代重构"。尤其在气息、涵蕴等方面，潜心探究如何经由新的语言体验、新的视觉感受和新的表现功能，来实现由古典传统的"静"向现代意识的"静"的转型，以及由传统工艺形态向现代艺术形态的转型；从风格层面说，则着力于由"饰"的过度追求之"当代性"向"质"的返璞归真之"古典性"的转型。

尽管，如此具有重要意义的转型，在汪艳的创作中，尚未达至游刃有余而臻于完善的地步，但仅就其现已取得的成就来看，确然不可等闲视之。

6

品读汪艳瓷绘山水画作品，首先为之感动的是其画心的虔敬和画风的笃诚，有一种超逸不俗的气质浸透于其中，品之既久，有如沐天籁的清通与和畅。

一般而言，在现代语境下欲"复古"而求新，弄不好，很容易犯"酸"、犯"陋"、犯"伧"，与现代意识和现代审美情趣生隔膜，这是当代各种艺术品类之"新古典"路数中，最难突破的一个"节点"。汪艳的"古典"，是经由现代回眸与理解，而自然生发的"古典情怀"之顺理成章的艺术理路，一种借由传统形质与画风，与古典精神重新对话的"阐释"方式。

换言之，在汪艳这里，"新古典"之说，既不是生搬硬套式的"拿来"一用以图别具，更非"与时俱进"式的逢场"作秀"，而是因缘际会而融会贯通后的"安身立命"。这里的关键在于"主体精神"不隔，方得语境不隔、气息不隔、风味不隔，从而有效避免了"酸""陋""伧"的问题，实在难能可贵。

7

意识到位，语言也要到位，二者相生相济，方可生发到位的意境。具体于作品中，语言不仅是一种功底与功力的体现，也是一种心气与心象的体现。

陶瓷绘事比之纸本书画，有很多技术性的限制，必须注重其工艺方面的语言考究。其实反过来推想，越是工艺性要求强的艺术，反而越是需要工艺之外的修为，这样生成的语言，才是活的语言，有个在风格和个在生命力的语言，也才能达至上述所说的"由工艺形态向艺术形态的转型"。

细察汪艳的瓷绘山水画语言，其得益之处，正在其心手相宜，"复古"而不"泥古"，有个我心象与气息的投射与灌注，得以"润活"之妙。

概括而言：基质工稳，变化微妙，笔意内敛，色韵淡雅；沉着而不失飘逸，干练而不失秀润。尤其一点，特别善于画面中的留空布白，以简求繁，以空求深，对中国古典美学的"简约"之核心元素，理解得心，发挥应手，颇为到位。

与此同时，汪艳还别有心机地在其娴熟的传统瓷绘山水语言中，有机融入现代抽象元素，使之不但于简静中得浑穆，于疏朗中得淡逸，还影影约约弥散着一脉超现实意味的内涵，经得起古典视角和现代视角的双重解读。

由此以虚静而安妥心斋，以简约而净化心灵，以虔敬而提升心境，方深得"新古典"接受美学之精义：既是古典的，又是现代的；一帧鉴照，如师如友而明志洗心——汪艳瓷绘山水画艺术风格的核心价值，正在于此。

8

古语有"云揉山欲活"一说，其中暗含了十分微妙的美学辩证关系。

试想，无论是真山真水，还是绘山画水，若无"云气"作"空"、作"白"、生"濛"、生"灵"、生无限联想，而只是如漆如雕般一览无余，或可一时养眼悦目，而到底没多少诗情与深意可言。

笔者多年经见当代陶瓷艺术作品，尤其那些以"绘饰"和"炫技"为要之作，无论山水花鸟，大体不脱此路，乏善可陈。及至得见汪艳瓷绘山水画，方惊讶原来瓷上作画，也是可以如水墨韵致般有"云"而活，而深情款款、余味悠长的。

当然，这里的"云"，在汪艳而言，不仅是图式之"云"、语言之"云"，更是气质之"云"。

不着时风，静心生慧，"新古典"有了这片云，其古意今妍的新格局，是有厚望可期得了。

2013·夏

在坊间与学院之间
——张小兰陶瓷艺术散论

1

以"太阳风"命名自己的工作室,进而作为自己作品总体风格取向的标志性指认,至少在当代陶瓷艺术界,张小兰确然已获得了不可忽视的"标出效应"。

这是一个充满现代诗性的命名:意象的,隐喻的,弥散而又内敛的,富有生命意识和生活气息的;

这同时又是一个充满时尚元素的命名:新奇的,热切的,奔放的,自信、自由、自得而美的。

显然,在以传统工艺为根基、为发扬光大之"优良传统"的醴陵陶瓷艺术界,张小兰是要以此"标示"出她的"另有所图"。

这不仅在于"太阳风"这一命名,曾作为张小兰获得第八届全国陶瓷艺术展设计创新金奖作品的名称,为业界瞩目,更在于作为在醴陵这块"风水宝地"成长起来的陶瓷艺术家,她决意要另辟蹊径,为她所安身立命的醴陵釉下五彩的发展,做一份别具价值的贡献来。

以"走出醴陵"来回报醴陵,这是"太阳风"式张小兰的"儿女情怀";

以"走出传统"来发扬传统,这是张小兰式"太阳风"的"艺术风骨"。

2

在传统陶瓷装饰艺术种类中,醴陵釉下五彩,可说是"天生丽质",别具风雅。胎体白润,釉色清雅,其审美特征,颇为契合中国文化语境下之本源性的审美诉求,并在自清末以来不长的发展进程中,渐渐形成了自己的小传统。

中国古典美学中,有一个很重要的关注点,即"文"与"质"的关系问题。一方面讲"言之无文行而不远",同时又讲"质有余而不受饰"。凡文学艺术作品,若质地天成,则不能过于装饰润色,否则反伤其风骨。"文采"即"饰";而"质",既包括"气质",也包括"体质"。仅就"体质"而言,既泛指各类艺术种类的基本审美品质,又特指某些以本质属性为审美要义而不可过"饰"的艺术种类,比如雕塑艺术和陶瓷艺术。

换言之,由材质和语言的不同,所构成的"文体"局限,其实正是此一文体的审美特性所在,亦即"本味"之所在。守住并细化或强化其"本味",精益求精,而后再求"笔墨当随时代新",增华加富,方是正道。

醴陵釉下五彩,经由几代陶瓷工匠和艺术家们的研发与创造,逐渐形成了以"质"为本,工而后饰,质地高华,绘饰清雅的本质属性，为高品位的陶瓷艺术爱好者和藏家所青睐，也成为当代陶瓷艺术界越来越关注的热点。

"热"则生"燥"生"变"。但限于制作工艺的复杂与难度，以及语言和材质的局限，要想在"质"上有所新得，显然不易，于是便一股脑儿地在"饰"上做文章，而这些"文章"的做法，其实大多只是在"量"和"枝节"方面用力，多画，满画，争奇斗艳，其事倍功半不讨好的结果是可想而知的。

也正是在这样的背景下，"另有所图"的张小兰，显示出她的聪明才智。

3

新世纪以来，在学院和坊间一批富有探索意识和创新能力的陶艺家们的合力推动下，醴陵釉下五彩的创新成就及其现代性转向，确实已成为当代中国陶瓷艺术进程中，一个不可忽视的亮点。

这一亮点的关键，在于如何保留并强化其"质"的"本味"基础之上，转换"饰"的方向与内涵，使之生发新的、现代意味的视觉美感和诗性气质。就此而言，张小兰的"太阳风"可谓别具特色：她是"学院"的，又是"坊间"的；她是"现代"的，又是"传统"的；既有别于单一走向之传统型的"坊间"，又有别于单一走向之现代型的"学院"；有根的创新，有创新的传承；扎实的传统功底，丰富的"坊间"经验，加之学院熏陶所积淀的现代意识，兼容并蓄，冶为一炉，自有其独在的理路与风姿。

4

欣赏"太阳风"标示下的作品，首先感受强烈的，是其基于传统底背而生发的现代气息。说白了，即出自坊间而没有"坊间气"。

换句话说，出自坊间的张小兰，既有机地继承和发扬了坊间精良工艺和文化谱系的"家底"，又有机地摒弃了这家底中，因沿袭和仿生所产生的单调与匠气之弊端，放开视野，吐故纳新，探求如何运用醴陵釉下五彩这样的陶瓷语言，涵纳和表现现代意识及现代审美情趣的可能性。不管在具体作品中，如此探求到底落实到怎样的程度，这种融入当代、追求个性表达和新的文化内涵的艺术心性和艺术气质，无疑已然改变了创作主体的精神品质，而化为清新气息，灌注并弥散于作品之中。

艺术气质决定艺术风格，进而决定艺术品质。由此可以看到，即或在张小兰一些由传统典型样式转化而来的作品中，如《郁金香》《秋声》《闻香》《叶叶相思》等，也能或多或少地感受到与一般坊间之作，在骨子里的不一样——面影还是传统的，气息和风骨已然"暗转"现代。

由此生发的题材样式的拓展和创作手法的多样，更是"太阳风"越来越为业界称道的风采所在。

5

局限即界限，文体的界限决定文体的审美属性，这一美学原理，在醴陵釉下五彩的艺术创造中，显得特别突出。受材料和工艺所限，至少就高白瓷的材质美感而言，似乎已很难有太大的改变和突破，弄不好反生过犹不及之弊端。这是意欲在此领域有所创新者，必须面对的前提。

张小兰的"太阳风"创新思路，则是在坊间与学院之间，找到了一个既契合自己的经验背景与艺术心性，又不致偏离传统之精义的相切之处，以此为基点，逐渐拓殖出一片属于自己的创新空间。

具体于作品，首先是器形的独到选择，精心设计，并分延及对展出效果的预设。如分获金奖的代表作《太阳风》《圆源》两组作品，均以比例不同而内在关联的组合设计与展出，凸显构成意识与雕塑意味，颇具现代感；2008年获联合国教科文组织国际陶艺学会第43届国际陶艺大会学术交流优秀作品奖的《九重飞天》系列，则以悬挂式组合方式设计展出，有机强化中国元素的韵致，令赏者过目难忘。

再就是题材的多样化：推陈出新的花卉系列，可谓"旧貌换新颜"，清朗鲜活；借由敦煌意象转化而生的《印象敦煌》与《礼乐图》《舞乐图》系列，及分延的佛教题材，探索传统"瓷语"对东方文化经典的现代诠释，匠心独到；由传统仕女画变构而新的《对镜》系列，可谓"旧瓶装新酒"，别有韵味；直接表现当代现实题材的《非主流》《美甲》《都市生活》等实验之作，着力拓展文化内涵，也颇有新意。

而真正代表"太阳风"之创新精义的，是其在绘饰方面，融传统工艺与现代意识为一体的有效探求。

以金奖代表作《太阳风》及同类题材的《向日葵》为例：其构图，工稳内敛为本，辅以局部和潜在的构成意味及流动感，于传统语境中生发出时尚气息；其造型，以工带写，既具象，又抽象，既含蓄，又张扬，于规范里见出自性；其设色，以传统分水技法布饰花瓣，凸显釉下五彩清华淡雅之经典色调，以现代点彩技法勾勒花盘，传递与选题内涵相呼应的视觉新意，于协调中得张力，于张力中见和谐。

整体观之，其"质"与"饰"的有机让度和相生相济，实在恰到好处，尤见功力与心思。

6

就此，张小兰和她的"太阳风"，既走出醴陵，也反过来为醴陵陶瓷艺术的新发展，增添了新的面貌和新的"生长点"。

同时也要看到，如何将这一新的生长点拓展出更大的格局，其实还有许多命题要面对，还有很长的路要走。

比如具体创作中，如何解决好题材的扩展与陶瓷艺术本味之可能的抵牾问题？以陶瓷艺术语言表现书画类和文学性题材，以求面貌之新之异，近年似乎已成创新热点，其实只能归属于肤浅皮相层面的创新，无助于本质性的提升。像上述举例中《非主流》《美甲》《都市生活》等，尽管比较于其他同类作品，已高明许多，但依然避免不了坐得太实而得不偿失之嫌。

另外，如何面对日趋紧张的市场机制、展览机制、创作机制三者之间的冲突与纠结，在不可能纯粹的"生意"和"功利"与不能不纯粹的"艺术"之间，取得一种平衡机制，保持一种出而入之的中和状态，实在是坊间与学院之外，另一种大学问的考验。——正午的"太阳风"，想来有足够的理想之热力和自信之动力，支撑其修远而行。

2014·秋

平宁淡远　简中求丰

——评邹明林新作《旺》兼谈陶艺创新

1

在"2010·中国当代陶瓷艺术展"中，邹明林的醴陵高白瓷釉下五彩新作《旺》，引起了同道们的一片喝彩声。笔者因脚伤未能赴会观赏原件，但仅从后来刊发于《陶瓷科学与艺术》2010年第9期《旺》的图片上看，就眼为之一亮，过目难忘。

这些年于诗学主业之外，"玩票"书画陶艺，看作品多了，便总结出一个笨经验：万紫千红放眼去，瞭过看过回头思量过，哪件东西能留在记忆中，并能"回放"其大概意思和印象，那便"有戏"。

其实无须回放，明林的这件《旺》就一直在脑子里"静养"着，时不时引人回味，想说点什么。也推荐给来访的文朋艺友欣赏过，大都叫好，赞之有中国陶艺的本味，真正是推陈出新——

新得细巧，新得自然，新得不矫不饰、含蓄洗练，而得平宁淡远、简中求丰之功。

2

有话要说，先话说回来：近年在陶瓷艺术家张尧的开启与推动下，醴陵高白瓷釉下五彩的艺术转型，已然大面积奏效且佳作多多，何以独选邹明林的这件《旺》来说话？

其一，就作者而言，明林从事陶瓷艺术创作20余年，本是由传统工艺中一路走过来的，虽不乏学养、技艺和经验的积累，但由此中规中矩的创作历程所形成的局限之束缚，可想而知，一时要脱茧化蝶，谈何容易？而明林到底还是走了出来，别开生面，算得一个典型个案；

其二，从作品来说，仅就陶瓷艺术之"质"与"饰"的关系而言——尤其是在醴陵高白瓷釉下五彩创作中，《旺》的出现，无疑为其"天生丽质"的本质属性，以及这一属性的现代性转型，作了一个不乏启示性的"文本阐释"，从而为醴陵高白瓷釉下五彩创作如何提升质地之美以胜于敷彩之美，并使之重获纯净典雅的艺术气质，给出了一个新的提示。

于此我是想说：《旺》于明林，是其艺术历程之"拐点"中的亮点；《旺》于本文，则是一个不失学理思考的"切入点"。

一件陶瓷艺术作品，能在让我们过目不忘之后，还想说点有关的话题，已属难得。

3

我曾用《红楼梦》中的"林黛玉"，比喻醴陵高白瓷的"天生丽质"，其潜在的学理性思考，是想就此提醒：近世中国陶瓷艺术之根本弊病，在于饰大于质而华过于实，失去了陶瓷艺术的本质性审美属性。

西人庞德（美国意象派诗人）曾说过：线条比色彩更具审美价值。

我理解这句话的意思有两点：其一，相当于汉语中的"质有余而不受饰"，线条是质，色彩是敷彩之饰，质地之美胜于敷彩之美；其二是强调单纯美的价值；在这里，单纯不仅是一种美的风度，更是一种美的力量。

而东方美学的基质在于简约、自由、合心性。

具体而言，一是虚静为本：澄怀观照，空纳万境，静了群动；二是以少胜多，不以多为多；三是天人合一，法自然、师造化，自然为大美。

将以上两点综合考量，不是恰好可对应陶瓷艺术的审美本质吗？

4

回到醴陵高白瓷说事。

其实现在细想来，单讲质地的"天生丽质"也不免偏颇。在以传统工艺为根脉的当代醴陵高白瓷釉下五彩艺术中，也不乏令人叹赏而珍重的精品力作，即或满画通绘，若心性与技艺和谐畅达而境界到了，也不失"天生丽质"的内在品质。

关键在于"质"的"有余"，方可无所谓"饰"的浓淡。

便又想到宋代大诗人苏轼的那首名诗："水光潋滟晴方好，山色空蒙雨亦奇。欲把西湖比西子，淡妆浓抹总相宜。"需要再次提醒的是：只有有了"西子"这样的"天生丽质"，才能说到"淡妆浓抹总相宜"。

具体到醴陵高白瓷，也就是说，只有充分理解并完美展现出它的本质审美属性，达到"质"的"有余"，则如何"饰"及"饰"的程度如何，就可依从作者的眼光和创意而"相宜"以定，无妨基本的品质所在的了。

笔者曾有幸获得一件由张尧设计监制、黄小玲工艺大师绘饰烧制的高白瓷釉下五彩笔洗，纯粹传统路数，且几近满绘，但因色彩的淡雅清逸、画工的超凡脱俗和工艺的精良考究，依然不失"天生丽质"之美，更添"增华加富"之赏，可谓另一种创新理路的典型佐证。

5

再回头细读邹敏林的《旺》以进一步论证。

中国陶瓷艺术的基因元素有三：一是简朴，二是写意，三是以形写神。这三点在《旺》作中都得以较好地体现——

其一，线条简括，器型凝重。圆顶方足，如天地初生，浑然一白，寓万物本色；素宁旷远中又有一息勃勃生机的隐隐脉动，让人联想到"胎息"之妙境。整体气息既单纯又饱满，不乏视觉张力。

其二，立意巧致，以小见大。通体素白的形体之上，仅刻画出一丝微云，一缕柳烟，两叶半新芽，却已气象尽出，意蕴完满，发人联想。可贵的是，因了构思的奇巧，以最少的刻画点染，已得神满意足，则尽可留大白于"质"，而将高白瓷的"丽质"展现到极致，"饰""质"两宜，得写意之妙。

其三，形神兼备，形胜神逸。点题为"旺"，却仅以形体的张力体现生命的旺盛，复以轻描淡写的绘饰之点染，透显天人合一的生命哲学，如美学家宗白华先生所言："深沉静默地与这无限的自然、无限的太空浑然融化，体合为一。"有如禅的物态化，或物态化的禅。

6

如此解读一番，已觉太累。其实笔者最初看到明林的这件作品，首先念念于心的，是它带给我的感性之美：有如漫步春日，天抹微云，柳吐新芽，神清气爽而天心回家。

后来还为此草就四句歪诗：微云淡抹曙色新，小丫初绽待分明，借得湖光清白好，与物同春岁月宁。

总括上述学理"解读"和诗性"感念"，可谓既享受了养眼的悦意，又获得了养心的诗境——一件小小的陶瓷作品，能生此二美之意，当为可珍视并可借鉴之物了。

2011·秋

视觉深度与灵魂深度
——品读高大庆当代陶艺家黑白影像摄影

摄影与照相的本质区别,在于"对焦"的不同。

照相对焦,用的是"手眼";摄影对焦,用的是"心眼";前者可谓"物视",后者是为"灵视"——当代中国诗人默默,则将其意象化地命名为"用灵魂对焦"。

由此,摄影便上升为艺术。

1

高大庆以《陶元浴素》为题旨的当代陶艺家肖像摄影作品系列,便是这样一种"用灵魂对焦"的艺术之作。

《陶元浴素》第一批作品初次亮相,在"2010·中国当代陶瓷艺术展"中。

于陶瓷艺术展览中插入参展陶艺家的肖像摄影,使其文本与人本互为映照而分延另一种别有意味的"诠释",在国内似乎还是首例。结果可想而知:无论是参观者还是陶艺家本人,皆亮眼快意,为之倾心称道!

随后,《陶元浴素》系列作品,陆续于《陶瓷科学与艺术》刊出,不但以其生动而又隽永的艺术风格跃然为该刊一道独特的"艺术风景线",更将活跃于当代中国陶艺界的名家新锐"一网打尽",独成谱系,进而成为以肖像摄影为载体的、一卷特别的"艺术档案",为陶艺界所瞩目。

2

摄影家高大庆,出身西安教育世家。少小习字学画玩相机,得"童子功"打底。大学读图书馆专业,还得过新诗创作奖。毕业工作后,渐次将各种爱好和驳杂学养"聚焦"于摄影艺术,潜心探求,修为有年,早已默然而沛。后创办广州市高格广告有限公司,从事商业摄影、书籍设计、影视广告策划制作等,以打造中国时尚行业专业品牌文化推广之优异成就,称誉业内外。

事业有成而襟抱依旧:好读书,善欣赏,喜收藏;文人情怀,君子风骨,艺术气质;且谦和,且诚恳,且低调——飒然自适而天朗气清。

唯一样不离不弃耿耿在心并深藏不露:选独到题材,拍独家作品——近年热衷纪实摄影,已有多种题材悄然问世,《陶元浴素》便是其中的代表之作。

3

《陶元浴素》的成功,究其根本,一曰"知陶",二曰"解人"。

大庆以"陶元浴素"为其作品命名,已充分显示他确是"知陶"之人。

纵观古今中外之陶瓷艺术，至深、至高、至经典感人者，唯一"素"字可概言之。这里的"素"，就创作而言，即"朴素为大美"，"质有余而不受饰"。拙中生巧，朴中生力，浑若天成而超凡脱俗；就欣赏而言，即"浴素"而"净"。心"净"则神"静"，洗劳尘，得自然，遂复生"敬"意，与物为春，岁月静好。

作为静态艺术的陶瓷之美的终极价值，不正存乎于此？

"以元为始，以素为本；陶冶心元，沐浴情愫。"摄影家高大庆对陶瓷艺术的这点体会，实可谓深得奥义而堪称"知陶"者之箴言的了。

"知陶"方解"玩陶的人"。

"深入地体验，细心地体会，独立的视角，客观的捕捉，以黑白影像记录质朴纯粹的陶艺家群像，编制一部个人视角的视觉陶艺史，是我心中的美好愿景"。

细品大庆的这段"创作谈"，可知其"有备而来"。

独立视角，客观捕捉，方能以真切塑造真实而完美写照；

深入体验，细心体会，方得以灵魂发现灵魂而精准传神。

——在这里，灵魂不是一个拿来蒙人的大词虚词；就艺术而言，灵魂是学养、技艺、心性、直觉等综合素养及经验之融会化合后的潜力之所在。

以此潜力作厚积薄发，大庆所传达所表现的这些艺术影像，可谓形神兼备而各见风采，令人由不得要进一步揣摩葆有如此风采的人物，所创造的艺术作品会是怎样？同时细读之下，更有艺术摄影之独具的形式美感引人入胜，延伸其超越题材的审美价值。

4

无论哪一种艺术史,说到底,都是一部风格史。亦即不在于你说了些什么,而在于你是怎样说的,说出了怎样不同于前人和别人的说法。摄影艺术尤其是如此——空前完善的科学技术,已经由精良的机器预设了你想达成的一切影像记录之功能,区别的只是你摁下快门的那一瞬间,所经由人生历练而"内存"的、摄影者主体精神的"万水千山"。

而,选择黑白影像,为这些尚能持艺术操守和艺术人格而未失"质朴纯粹"的陶艺家们写意立传,无疑是《陶元浴素》的另一大亮点——时尚时代,角色出演,难得还有素面朝天的本色行走令人肃然。以素色写素心,以素心见本色,于陶,于陶艺家,都既不失为一种敬重,又潜藏一脉寄托。

这里的关键在于:大庆的这批作品,特别选取了以纪实速写为切入点,即兴捕捉,深入沟通,再经由艺术处理和人格理解,有机地将"纪实"转化为"塑造",既得自然传神之形象的真切,又有艺术表现之心象的微妙,即或与所摄人物"狭路相逢",也不失瞬间神会而成知己之传达。

因此,就风格而言,大庆的《陶元浴素》可用"素"、"达"、"诚"三字领略其要义:"素"者素朴,既是一种难得的美学风范,也是一种难得的视觉深度;"达"者真切,聚焦内在,凸显性格,有效表现被摄对象的个在气质;"诚"者以心见心,以情传情,诚恳而恰当地传达摄影者对人物的理解与热忱。

此中三者中,"诚"为前提,"诚"而"素","素"则"达","达"者融素描写真与精神刻画为一体,而风格迥然有别致。

5

艺术价值，文献价值，双重并重，双重影响——在展示视觉深度的同时，复展示灵魂的深度——总括上述，以此概括《陶元浴素》，或许大体不差。

实则说到底，好的摄影只是一种不同于他者的"发现"而已：以灵魂发现灵魂，以艺术发现艺术——然后，让风的手，轻轻，摁下快门。

然后，再静心等待，那重新发现和欣赏作品之妙的眼睛和心灵，以续知音之情——至于这样的知音有多少，还是留待时间去认领吧。

2011·春

【辑八】

隆中山，定军山

1

出襄阳城西去 20 余里，便进入隆中地界。

蓝天白云下，一抹平平的山岗耸起，虽不甚高，但坐落平川还是有些气势，这便是隆中山了。一条细沙小路弯弯地没了进去，两边几许村落人家；荷塘、秧田、柳林、红土、青瓦、蓝烟，加之夜来小雨，洗得满眼青碧，便觉得那各种景物，都润润地如水墨画一般。

进去二三里，路道渐狭，被山岗夹住，幽幽的，走不上几步，便觉山生清气、水泛灵光，郁郁葱葱之中隐隐透着一派不凡，令人想象其中真是有高人醉卧、大梦未觉呢。一路秀木繁荫，野芳幽香，几声鸟鸣中，下一小坡，豁然亮开一个山湾，不觉已至隆中，真有些"柳暗花明又一村"的意思。

同行友人皆喜，在欣欣的微笑里安置着一个赞叹，而我，却为油然涌起的一种乡情所惶惑，总感到眼中场景风物怎么如此熟悉？是因为我的故乡勉县（古称"沔水"）和这襄阳地界同属一个汉江，上游中游，一脉相承，人情风物都有那清清秀秀汉江水的滋润，而使自己感动？还是我的老毛病——被心理学家称之为"先视感"的老毛病又犯了？总之，越是向里走去，越是强烈地感到这地方我是来过的，而且，是从很小的时候就来过的呢。

2

　　我当然是第一次来隆中。"三顾堂"的高雅，"武侯祠"的浑朴，"草庐亭"的飘逸，"野云庵"的清幽，以及"抱膝亭"、"梁父岩"……一路看去，心知是真的没来过。末了，同行几人在"古隆中"牌坊合影后，我便独自转到"躬耕田"，对着半塘荷花、几畦菜地和四围山川发起痴来。

　　是的，这地方我确实没来过，可又确实觉着这么熟悉，这么亲切。当然不是这建筑，这文物，这千百年萃集的迁客骚人之词、章、字、画，和这已经现代化了的小卖部、冷饮店。我是说这山形，这地貌，这一湾清溪，几亩荷塘，竹篱围就的茅舍，松荫泼洒的短岗……真的，这诸葛亮寓居躬耕，度过他最美好的青春年华的隆中，怎么就同我的老家陕西勉县定军山下，先生葬身安息的地方如此相像呢？

　　记得儿时，每至清明，我总要扯着大人带自己去定军山下的诸葛墓赶"清明会"。趟过汉江，也是这么一条细沙小路弯弯地没向山前。一路之上，也是这样水墨画一般的村舍田园。三、五里后，同样经过一条林荫夹道，下一小坡，来到一湾平川，背依短岗，周绕清溪，幽幽的一个所在，便是闻名天下的诸葛亮墓地了。每年清明，除提前给自己已故亲人上坟扫墓外，十里百里的乡亲们，都要在这一天赶来定军山下，给诸葛亮爷烧香，成为老家一个不知什么年代自发形成的乡俗。

到得会上，成年香客们，多以许下各样的虔敬心愿，再发一番思古之幽情。我们这些小孩，则乐于听大人讲几段三国，说一番诸葛亮摆下七十二假坟，死治司马懿，真坟却隐在定军山脚下的掌故，一时便觉着作勉县人的得意，自豪竟有这样一位神人乐意安息在我们这方土地下而想入非非。

只是自豪之后，又常常独自思量，孔明先生当年干嘛非得选定安息在这里呢？

是的，这里山好水好人也好，可毕竟不是大地方。地僻人稀，除了一年一度的清明会，平时连个香火也没有呢。难道"诸葛爷"真是为着节俭，为着隐避，为着战事匆促回不了蜀都，为着出师未捷愧对先主，为着千百年来为世人所称道的高风亮节等种种的说法？儿时的我和成年后的我，总是不太愿意认这个理，心里便久久地揣着一个疑惑。

此时，身在隆中，遥想定军山，恍惚之间，似有所悟。渐渐地，这千古之谜竟在我心中融融地化解开来。

3

想象诸葛当年，拥弱兵老将至沔水。军务之暇，坐着木轮车，摇着鹅毛扇，沿定军山且行且看，忽觉眼中景物似曾相识，甚是亲切，心为之一动——这不是隆中吗？于是记忆的门大开：那躬耕苦读的场景，那踌躇满志的岁月，那三顾茅庐的情意，那三分天下的阔论……刹那间，作风云般涌集老人心头。万感千慨，一行老泪里闪出一个清亮亮的念头：隆中是回不去了，我就安息在这酷似隆中的定军山下吧……

人的情感就是这样古怪，又是这样的顺理成章。不是瞎自揣度，一千多年前的诸葛先生是真的爱上了我的故乡勉县，打心底里选上了定军山下这块"风水宝地"呢！没有别的，就因为这定军太像隆中，他念念耿耿永远忘不了的隆中——十年躬耕，从17岁到27岁，他在这美丽幽静的山湾里，度过了他最美好的青春年华。于是，他爱青的山，爱绿的水；爱莲花，爱柳烟；爱柏之苍苍，爱松之郁郁。纵是以后位居一人之下、万人之上，为天下大事戎马倥偬，千里万里，也总时时挂牵着那印满青春足迹的隆中山下。

"三顾频频天下计，两朝开济老臣心"。谁曾想到，六出祁山、雄风不减当年的老臣，竟还在万马军中，悄悄地揣着一腔"叶落归根"的乡愿乡愁?!这被国人尊崇为足智多谋之象征的诸葛老人，其"遗命葬军山"一举，却远非为智为谋，为一心想着高风亮节当个"完人"，而实实在在只是为着一片真挚的情感，一个回归故里的梦哟！

想到这里，我不由窃窃地自得起来，思量我实在是独辟幽径，解开了一个千古之谜呢。

4

忽而又觉不妥，诸葛一生谨慎，鞠躬尽瘁，为百世忠臣之楷模，岂能在这等大节上一时糊涂，动起儿女之情了？我如此瞎猜，岂不是亵渎圣贤？何况隆中与定军皆几经沧桑，今非昔比，当年的山川风貌何以见得相像？纵说山皆有气，水皆有神，山水地貌有形似和神似之分，概因其气韵所致而风雨难以剥蚀，人事难以更改，但这个中情由，又如何向人解说得清朗呢？

惶惑中踏上归途，已是爽风送晚、斜阳唤月之时，美景良辰惹话题，我忍不住又与同行友人说起这些感想来。

友听后笑言：人之情感，古今一理，伟人斯然，常人斯然，本无可怪之处。而世人多善心，史家多饰笔，硬给圣贤之士乱抹脂粉，塑为完人、神人，到底却将一个活泼泼的人生僵成一具偶像，岂不冤枉？想来人的一生，再多沧桑变化，总还是青春难忘，故乡难忘，有如初恋。诸葛先生纵是运筹帷幄的风云老臣，人之常情与心底波澜岂是泯灭得了的？由此理推出，你这颇具浪漫色彩的"遗命葬军山"新解，虽犯着个以现代人心理度古人肺腑的忌讳，却也实实解得新奇，解得感人，算得个大大的新发现呢。

一翻妙语，说得我心痒，由不得又窃窃地自得起来。一路手之舞之足之蹈之，悠然之间，恍若又回到汉江上游、定军山下，回到故乡的温存和童年的记忆中去了……

1984·秋

【附记】

此篇小文系 35 年前的一篇游记，中学生作文似的，结集中翻出重读，怜其青涩真诚，留以为纪。勉县，原为沔县，取汉江上游沔水为名。

想到老家"菜豆腐"

1

想起老家,就想到"菜豆腐"。

"菜豆腐"不是菜,只是老家人常吃的一种家常饭。正是这普普通通的家常饭,成了远离故乡的汉中人,时时魂牵梦绕的物事。记得那年夏天,四叔从台湾回老家探亲,40年的乡愁,只一碗菜豆腐,便化为舒心的热泪和孩提般的笑,末了将一个温慰的倦困安适在午后的枇杷树下……

说起来真绝,这些年了,开放搞活,什么地方特产、名贵小吃、祖传绝活,乃至宫廷秘方,全都走出家门国门,满世界流转了,可唯独这老家的菜豆腐,依旧是不到汉中11县,吃不到原样本味。一次闲聊中,曾将这饭说与老友贾平凹听,向来爱吃素饭的平凹君一时竟痴在那里,不停咽口水。也曾在饭桌上说给林斤澜先生听,写尽南北名吃的林老也连称有趣而未闻。看来,像文房四宝是中国的国粹，这菜豆腐可是我老家的"乡粹"了。

2

做菜豆腐，母亲最是拿手。

老人家当姑娘时，念过初级中学，算是那个时代的小知识分子。跟了父亲后，生儿育女做个小职员家属，再也出不了门，便渐渐将那点文化的底子全沉浸于一家人的衣食操劳之中了。偏遇上父亲一介穷书生，再穷不倒架子，从来不下厨，饮食上却还穷讲究，即便是那些年闹大饥荒，一顿糠菜糊糊，也要母亲做出别样的鲜味来。日子长了，母亲又生来贤良聪慧加好强，便真的在饭食上做出了学问，再家常的饭菜，从母亲手里做出，总是有不同寻常的味道。早年家贫，动荤的时候少，三五天吃顿菜豆腐，便成了珍贵的家宴。父亲最是贪这饭，两碗下肚，常有"人生足矣"的感动流溢于清瘦的笑容。久而久之，我和弟妹们也染上了这"馋病"，即或后来稍有发达了，依旧是吃什么也不如母亲做的菜豆腐香。

去年暑假，逢父亲70大寿在即，遂放下手中的书稿，特别回老家多住了一段。寿诞前后，家中亲朋来往，酒酒菜菜，两三天下来，母亲累病了，父亲也满脸烦倦，连棋也懒得下，只是守着阳台的躺椅捧一本书去翻看。说与母亲，母亲只是一笑，说："想吃菜豆腐啰，待我歇歇，过两天好好做一顿，让你也过过瘾。"隔两日，母亲爽健了，先做了顿酸香可口的浆水面，算是"入境"，当晚便泡起一锅上好的黄豆，预备第二天用。

3

早起随便吃点东西，便提了泡好的黄豆和一应用具，下楼和母亲一起磨豆浆。

前几年父母由平房搬进楼房，父亲便亲手为母亲安置了一套可在灶头上操作的小石磨，母亲却总不习惯，逢天朗气爽时，仍还是喜欢下楼到大院的公用手磨去磨豆浆，说是露天心敞亮，磨得细。实则做菜豆腐的这第一道工序，确是要讲究个气宁心细的：磨子要慢慢悠悠实实在在地转，豆子要三颗两颗均均匀匀地下，灌豆子时勺子里几颗豆子加几多水，更是马虎不得。性急的，常使磨子打空，心粗的，豆子下得不均匀，这样磨出的豆浆粗糙，点出的豆腐也便离谱了。母亲从来是不放心别人掌勺的，但喜欢儿女搭边手一起推，一来大磨重，一个人推太累，二来可就势边推磨边说话，解了推磨的枯燥。于是话也悠悠，磨也悠悠，那乳白的豆浆也便因浸透了这悠悠的话语悠悠的亲情，而特别细腻和清香了……

豆浆磨好，细细滤过渣，就该起火煮饭了。

做这种饭，火也得有个讲究，得大铁锅，烧木柴火，火苗飘飘忽忽文文静静地舔着锅底，将那豆浆的醇香一丝一缕地慢慢熬出来。豆浆容易粘锅，若是换了别样的火顶着锅底烧，稍不留神就会烧出焦糊味，这饭就吃不得了。母亲说得更绝：只有柴火熬豆浆点豆腐，才是本味，其它火一烧就串味了。还说：正经烧这饭，得纯用松木块子柴呢！

豆浆慢慢烧热，不等大开，就该点豆腐了。这顿饭的好坏，全在这"点"的功夫上，那真是差之毫厘失之千里的事。

首先，得有新鲜的浆水。老家人几乎家家常年自己窝浆水菜，这又得一番讲究：菜要用当地产的一种野生家种的"麻麻菜"，或小白菜、嫩芹菜、萝卜缨，先开水焯过，窝在盆里，倒入清面汤发酵，或最好用点完豆腐的清浆水来窝（故名"浆水菜"），两三天便汤清菜黄，酸香四溢。怪就怪在，老家的浆水菜与北地南边的酸菜同属酸菜类，其味却大不相同。北方的酸菜只是一味傻酸，吃多了倒牙；南方的酸菜又总带着一股腌菜的腥味，失去了那份爽净。思来想去，得说是地处秦岭巴山间汉水盆地里的老家水好，窝出来的浆水菜，纯是一股子清清爽爽的酸香味，生调，热炒，做汤，咋做都好吃。用它点出的豆腐，更是细、白、精、嫩，后味清香淡远，略带一点淡淡的甜，不像用石膏水点的那样发涩发苦。

当然，点得得法，更是主要原因。讲究一慢二看三回头，老嫩之间，无章可循，尽在心领神会。每至此时，连老于此道的母亲，也总是凝神屏气，守候锅边，看得浆开，忙喊帮忙烧火的我："退柴"！仅留下红炭火锅底烘着。先用小盆盛一盆热豆浆，点一勺酸浆于盆中，再用这带了浆水的豆浆一勺一勺地去点大锅里的。点完再盛一盆，再点一勺酸浆水于盆中，再用它去点锅里的，断不敢性急之下直接用浆水去点大锅豆浆……如此数回，好似国画里的积墨晕染，写文章中的起承转合，将一锅热腾腾的豆浆中蕴含的精气神儿，一丝一缕地循循善导了出来。待豆浆一点一点地清了，豆腐花一层一层地起了，母亲那展开着一圈一圈笑容的脸上，也便泛起了无数的小汗珠。

等到豆花凝成小絮块，轻轻捞起集于一竹筛子，用勺子稍稍挤压成型，豆腐便做好了。随之淘米下锅，重新起火，用那一锅清清亮亮的酸浆水熬稀饭，也就是北方人说的粥。待米半熟，再下些土豆（老家叫洋芋）进去，要整个刮皮下锅，不能切块煮。妙在这纯淀粉的东西最宜于在这酸浆水中白煮，熟后沙面甘甜，纯是鲜香本味。且得注意饭不能煮得太稠，要汤是汤米是米，却又不能太稀，要汤浓米烂。稀饭熬好后，再将筛子里的豆腐切成不大不小的块，回锅和稀饭一起煮一会，一锅菜豆腐就做成了。

4

这是饭，还得说配这饭的菜。

平常吃这道饭，也就一碟红油辣子腌葱花去就那豆腐，再随便配两样时令小菜就稀饭。要正经待客，或自家有时间细调理，这菜就做得稀罕起来了。

老家人喜好自己腌制各种小菜，母亲更是拿手，泡菜、盐腌菜，红豆腐（豆腐乳）等，是常年必备的。泡菜拿来和土豆丁、青辣椒爆炒，且最好早先炒好，放凉来就烫饭。红豆腐的做法母亲有一套秘方，走遍天下吃不到那味。妙的是那盐腌菜（老家叫"盐菜"），要用上好的莲花白（包菜）、香椿芽、青辣椒拌花椒腌制，吃时用素油爆炒放凉，香脆耐嚼，余味悠长，最是下饭。再因时节而定，或调上一碟凉拌黄瓜，或一碟凉拌水萝卜丝，便成四样配菜用来就稀饭。

关键还在那盘就白豆腐吃的主菜，可是这顿饭画龙点睛的物事。再鲜嫩的豆腐，不就什么拿来白吃总是寡淡，非得清香伴浓香，对比换口，那就淡中出奇了，这要是说深沉起来，可含着一些大文化、大学问呢！

母亲常年做这饭，便对这口就白豆腐的菜摸出了绝配方：上好的鲜姜（最好是鲜仔姜）、新蒜、青尖辣椒、小葱、老核桃、陈芝麻。将核桃仁文火焙酥去皮，芝麻炒熟，青椒用灶坑里的热炭火烤成虎皮状出些许焦香味（这就晓得为啥非得用柴火做这饭了），听得"噗"的一声爆了，取出用干净抹布擦净（不得见水），摘去椒蒂，然后和姜、蒜、核桃、芝麻一起加少许盐面，在石臼里捣成泥糊，再与另外腌好的小葱和香菜入盘，调红油、小磨香油、少许陈醋,扣上碗闷三五分钟上桌,这菜才算齐了。

5

这一顿饭做下来,连我这搭边手的,也觉得累了,可看着摆满一桌子的斑彩馨香,只觉得是和母亲从事了一项艺术活动呢,满屋子也便顿时洋溢着一股子爱意喜气。

忙去阳台喊来父亲,一家人坐定,让老爸先尝口味。老爷子端起碗,先喝一小口浆汤,吸气品味,曰:"可以!"再用筷子夹起一撮主菜,抹于豆腐一角,夹来送入口中,细嚼慢咽,曰:"不错!"再喝一口稀饭,随之长舒一口气,仰身叹道:"这才叫饭吃!"全家人便随母亲一起舒心地笑了。好久不食此味的我,早已被老爸这般情状惹得两腮下陷,鼓促一口香津,跟着吃将起来。

这饭,做起来急不得,吃起来也急不得,两口豆腐一口汤,哪一口就哪一味菜,乱招式便不得其真味。尤其那夹抹豆腐的功夫,直似绣花,又要轻巧,又要讲力道,弄不好到不了嘴里,反掉入碗中,弄串味了那碗清浆水稀饭,便走了韵调。如此两口浓香,一口清香,清香自然,浓香悠长,有如往返于红尘净土、闹市幽谷之间。待得三碗下肚,便觉两肋之下,有清气浸润,鼻息之间,有馨香弥散,进而胸腹之中腻烦全消,连那看人看物的眼神儿,也都不同往常,平生出一种别样的淡远和清亮呢。

6

饭毕,母亲自是倦倦地午睡了,我便陪老爸阳台上下棋。

许是那饭吃得心安神定,父亲竟连赢了我三盘。得意间,门房送来邮件,恰有台湾四叔一封贺寿的信,老爸便让我念给他听。信中几句问候祝词之后,便是回忆小时候两人一起在汉江河滩玩耍的情景，感叹一晃都老成这样了，鼓促好生保养，一起奔 21 世纪……最后写道："寿辰吉日，想老嫂子又给老哥做菜豆腐吃了？唉，那味道我是走哪都忘不了，想了一辈子啊！上次回去过了几天瘾，回来后越发牵心了——这不，写这封信，想那顿饭，又是三天没睡好……"父亲听完，却是一声不吭，取过信，在手里摩挲着，仰靠于躺椅看天，那眼神中飘忽着的，说不清是秋云，是冬雾，还是一抹春草……

哦，菜豆腐，汉中菜豆腐——那哪是一顿饭呵，分明是老家人的精儿魂儿梦儿根儿，是那块古风犹存的秦巴山间汉水盆地里，集天籁地气人情风土为一的无调的古歌啊！

想起老家，总是想到菜豆腐。

1995·秋

【附记】

此篇小文系 20 多年前旧作，和我早期诗歌代表作《上游的孩子》一样，都得自回老家汉中勉县探亲中的真切感怀，发表后颇得读者亲睐，后收入由陈赋编著、辽宁教育出版社 2011 年版的百年食文化散文集《吃酒！吃酒！》一书。惜此文之后，潜沉当代诗歌评论与创作，再无相关续作，此次结集，不忍孤隐，复寻出编入，以作留念，并以此寄托一点怀念仙逝母亲的心意。

西部之山

午后斜阳，车近陇西。

远山紫青削瘦，峥嵘如铁铸，戴一项雪帽，像远古之圣贤肃坐于天边，静观玄想，呈一派冷冽庄穆的意象。

近山皆金黄，圆浑如巨乳，横卧似蜡象，坦荡荡不着一树，唯枯草如胎毛粘附，赤裸而憨稚。

两山之间，时而有一条小河莹莹然流出，却流转不出多远，便慑于老北风的严厉而凝冻成冰，木木地僵在那里。遥遥望去，恰如一个酣睡的流浪汉，由梦中流出的垂涎，一时挂结在那里。

偶尔一条"象"鼻般的山脚，延伸至铁道边，可见一青衣男子和一红袄女子，一如仄侧的立石作眺望状，一如熟透的柿子作温柔的浑圆，依偎着，亲昵着，相靠于阳坡，面前散漫一群灰白的羊子,这山便有了三分活气,那太阳也便添了一点红润。

片刻,两"乳"间白花花的山道道上,剪影似地走过一人一马。

那人红面黑衣,低首驼背,倒剪了双手,牵一匹玉雕般的白马,一声不吭,郁郁前行,好似在祈祷,且是那种没有任何祈愿的祈祷,唯身后马蹄溅起的黄尘,作烟泡状寂寞地旋浮着、旋浮着……

而,天总是那样地蓝:蓝得透明,蓝得空阔,蓝得坦诚,如处子的眸,使人不敢正视。

难道贫瘠竟是纯真的保姆?还是蛮荒中方藏有生命的底蕴?
——想象将身横卧于这天之下、山之上,不消三刻,定会被这碧蓝天、黄土地幻化了去的!
无怪乎这天上没有一丝云儿,许是尽被那黄黄的山之褶皱吸去,凝冻成寂寂的雪?

> 风从这里吹过去
> 吹过去就吹过去了
> 什么也不会留下
> 一切都静静地
> 保持固有的面目
> 保持永恒的童年状态
> 温良而随和

于是心的深处，一阵绵长而富有弹性的远古之乐音，闪动着透明的翅升起；而一种强烈的、渴望顶礼膜拜的意愿，在斜晖里浸漫开去……

——这便是西部的山吗？

那些宽肩厚背的男子汉，那些丰腰肥乳的女子们哟！

于是顿悟：所谓"西部精神"，不就是一种生存的局限性和试图冲破这种局限的亘古的欲望吗？

而西部之美，有如母狮，美得雄浑，美得骇人。你可以做她的儿子，做她的奴隶，甚而成为她的情人，却很难成为她的主人——她的美总是那样出人意料，而她那洪荒的灵魂，又总是那样深沉而不可企及。

西部的山哟，你分明包含着一种慑人的强力，又分明显露出那么多盲目的形象；你时时散布着几乎是反对生命存在的气氛，又时时吐露出那么多雄健的生命之雕像！

——对这样的山，还祈求什么呢？

只有看火车的孩子依然是那样认真，迎风而立，不愿放过这每天两三次的"礼拜"。在一闪而过的车窗里，在远远地来了又远远地去了的车影中，放牧一缕童稚的梦幻和向往。

残阳映照，那一张张凝望的脸大都如花儿般地、无邪地笑着，但也有一两张早熟的小脸上，隐隐露出被山风削尖了的思考，扭曲了细柔的表情肌，使人不敢去看。

列车终又要开了,对于这些西部的孩子们,似乎只有这初冬的野山才是稳定可靠的。而车厢里,正播放着一首流行歌曲,吟唱着一个城市少女的迷惘……

窗外站牌闪过,认曰"打柴沟",下站"深沟"……哦,深沟,深深的沟……一种荒诞的情绪浮起,浸染就旅途暮色。

——这便是西部的山吗?

那些宽肩厚背的男子汉,那些丰腰肥乳的女人们哟……

1987·冬

大戈壁

你想象过它,你渴望过它,你听过太多关于它的传说,用最大胆的构想描绘过它……然而,真的见到了它,你还是被惊呆了——

大戈壁,黄黄亮亮的大戈壁,坦坦荡荡的大戈壁,横漫着、辐射着、辉耀着,以无比的单纯和开阔,给所有见到它的人以永恒的诱惑和震撼!

从黎明到黄昏,整整一天,列车如青虫一般,在茫茫瀚海滞缓地蠕动着、蠕动着……

什么时候望出去,总是那片赤裸的大地,如凝固的海面了无一物。时间变得呆长,距离失去了意义,只有几道突兀尖锐、呈几何形的大沙梁子，标示着空间的变化。天，蓝得失真，似一个巨大的玻璃罩扣在穹顶。太阳一出地面便跃然半空，银盘样地悬在那里，因干燥和空旷而透明而鲜亮，似乎用手叩之，便会发出当当的声响来。

而，想象中的驼队也没有出现。也没有鹰，没有黄羊，没有一个活的形象，只是一片干干净净、彻彻底底的荒漠，和那远远飘浮着的、似乎一定藏着一个什么神圣的隐喻的地平线。

于是你失去了思想，失去了言说，甚而失去了所有的精神活动。

——只有凝望，那种被迫的、呆呆的、无边无际无目的凝望；在这凝望中你似乎失去了一切，又似乎获得了一切。

脑海空寂，血液神秘地退潮，知觉的泡沫转瞬即逝，而一些隐秘的意念涌起，寻觅着诗的三角帆⋯⋯

然而，没有什么比这毫无阻碍的视野和完全洞开的心境，更让人沉醉的了！

——甜蜜的孤独，浓烈的宁静，没有推理，没有概念，你只是因为自身与这广袤的大戈壁相拥抱，而快感地战栗了。

美，不再来自昏热的想象和虚伪的矫饰，她只发自这空旷的漠野，这简洁到不能再简洁、原始到不能再原始的事物本身，而成为苍茫的美、粗粝的美、最纯粹的美。

面对这朴素而又一万倍强烈的美感，便觉胸宇之中，有野马般的游气呼啸激荡⋯⋯

被吞没，又被高举！

——这，不正是大戈壁那神圣的隐喻吗？

哦，大戈壁，太阳和风神的杰作！

——是的，人类不能没有绿洲，也不能没有荒漠，这是另一种意义上的存在。

它存在着，不证明什么，也不收获什么。它只指出一种真实的存在，使灵魂不再逃避；它只展示一种原始的美感，使艺术不再孱弱。它不以任何浩赞而增一草一木，也不以任何咀咒而减一石一沙。它存在着，千年万年，从远古到今天，就那样存在着，以它刚强的风暴，以它粗野的道路，以它哑默的黎明和它那毫无怜悯之心的黄昏，使你成为另一种人——

　　成为　一个孩子
　　或　一个上帝
　　敢于说出　一切
　　痛苦的秘密　和
　　湛蓝的蔑视，并渴望
　　在一阵辉煌的流星雨中
　　站成　一座　雕塑……

于是你记住了它：在一瞬间记住了永恒，在永恒中记住了瞬间——

它，大戈壁：坦荡、空阔、孤独、宁静；黄亮亮的，迷蒙蒙的；纯真的沙砾，纯真的卵石，纯真的大沙梁如断墙、如残堡、如横卧的剑身，在血红的夕阳中辉耀成部落的旗！

而在这无边的原始的洪荒之中，是那一蓬蓬不死的骆驼草，如一团团梦的绒球，摇曳着、颤动着，延长着记忆的时光……

——哦，西部，若是没有这八百里一无用处的大戈壁，你又该是怎样的平庸和让人失望呢?!

1987·冬

说"味淡"

有朋友来家聊天,激我能否用一个词形容现时人世感受,当下未加思考,便说出这个词来:味淡!

友默然会意,不再争辩。

人是靠吃东西养着身心的。吃饭菜养身,吃文化(所谓精神食粮)养心,吃啥养啥,吃的东西味淡了,这人味也就淡了不是?

先说饭菜,养身子的东西。

时下交通发达,物质丰富,住在北地,可以享受南方的物产,住在南方,可以享受北地的东西,要啥有啥,只要手里有钱。只一样无奈:所有的米面蔬果,看似各有其名、其形、其色,吃到嘴里却全没了本味,分不出啥是啥,全一个味,且淡!

记得小时候,母亲在厨房拍一根黄瓜,那一蓬清香罩得满屋都是,知道要吃凉拌黄瓜了。现在你拍十根黄瓜,自己的鼻子都没反应，家里人更没反应要吃什么，还当你在拍蒜。不是住房面积大了，也不是大家鼻子都不好使了，是味淡！

据说，都是化肥使然，我们现在送进嘴里的粮食、蔬菜和水果，有三分之一都靠化肥撑着，虽然没味，却能填肚子，要想有味，得撤了化肥，三分之一的肚子就没东西可填，那味就更不好受了。

或者，减去三分之一的人口？那不可能，便只能这样"淡"着。

再就是饲料，另一种化肥，催家畜家禽长肉的。过去老家有一句话：鲶鱼烧豆腐，锅都要香三天。那是在清幽幽的汉江河里自在生长了二年的鲶胡子呵，当然香！现在你去烧烧试试，嘴都香不起来，更别说锅，豆腐不是豆腐鱼不是鱼，一嘴说不清什么的肉泥。

一次吃鸡，分大腿给上高中苦读的儿子，儿子啃完（实际不需要啃，现在没那么结实的肉）发现那根鸡的腿骨竟是打弯的，我不解，儿子爱好生物，解得，说是这鸡骨头还没长硬，便让催得太快太重的身子给压弯了的。还说，那骨头也没法长硬，打小关监狱似地，不让出笼溜达着找食（也没食可找）就一直蹲着站着笼子里吃饲料，半夜还照着大灯泡再催着吃，能不弯吗？

我一时暗自怀疑儿子是借故影射我"望子成龙"，过后上市场一问，是这么回事，从此学了一招，买鸡先摸腿直不直，免得上当，吃鸡跟吃鸡饲料似的，多没味！

当然，有时也顺着儿子的思路想想：吃这样的鸡长大的孩子，那腿……对了，还有那脊梁骨，是不是也要打弯？

再说文化，精神食粮。

"人是要有点精神的",要长精神,便多少得吃点这东西。

过去这份"精神食粮"金贵得很,长期供不应求,能有的"吃"就不错了。至于长不长精神,长真精神还是假精神,长实精神还是虚精神,供给者和消受者都不好问,那味,就更不好说了。

现今这份"粮"也市场化了。文化满街走,拉着钱的手,什么东西跟钱一挂钩,就气吹似地膨胀起来。大众社会大量订货,文化工业批量生产,一时满天满地满世界的文化,随你挑着拣着消受,渐渐便撑得没了胃口。没胃口自然吃嘛嘛不香,便觉着味淡。

其实如此淡着的不仅是胃,那胃里的东西也早就先淡了起来——戏剧只剩下小品,电视多是杂烩;文学靠几盘或家传或进口的经典大菜撑着,其余或有人味没文味,或有文味没人味……总而言之,极而言之,玩文化者和吃喝着文化者都在念一本经:如何把干饭煮成稀饭,再将稀饭兑上水,管饱、管够,不管味——是以淡。

似乎只有音乐还有点味,让人能找到点什么感觉。只是这玩意就像老托尔斯泰曾经提醒过的,沾着点麻醉品的性质,沉溺久了,只剩下那点虚虚飘飘的感觉,这人味也就淡了。君不见满街带随身听的新新人类,那一副副走神的相、冷漠的样,未来不知道还淡成啥样呢。

似乎还有思想界还有点味,至少,时不时有几个真人,说点强筋壮骨透心亮的真话、实话、直面存在的话,让人精神为之一振。只是这些声音还是太稀少,压不住阵,更占领不了市场,常为大量的官话、套话、洋话、废话以及或词不达意或言不由衷或故作高蹈等等之类的话所淹没,油星似的漂在一大锅清汤里,总体上,也就还是味淡。

如此嘴、心两淡，淡得时间长了，便想到《水浒》里鲁提辖那句话："淡出鸟味来了！"

鸟想飞，却没了翅膀，退化了。天空也不再蔚蓝，即使飞上去，那味道恐怕也寡淡。

台湾著名作家王鼎钧曾命名说："这是个换心的时代"。——心该如何换？是该换硬一些还是该换软一些？不清楚，倒不如说"这是个换味道的时代"切实些。

至于到底换到一个什么样的味道才是，也不清楚，只知道换过之前，一切得先这么淡着。

1997·春

"采气"与"森林浴"

"老外"好洗浴,是出了名的,以至许多国家都发展出一种"浴文化",在世界传为美谈。

近些年来,又发明了"森林浴",或呼朋唤友,或携家带口,或独自一人,利用假日跑到森林里去转悠,借呼吸清新富氧的空气醒醒脑,淘洗改善一下"内循环",更加清明也更加生猛地返身俗世,建功立业。

当然,玩这些雅兴的,大都是发达国家,人们有那份意识,知道人的"内循环"也是需要经常淘洗的,同时,更得有那个条件,有原始森林可转悠。

我们却难有这份福气,不仅当下难有,恐怕很长一段时间里都难得有。多少年不管不顾地砍大树、毁古木,早就没什么林子好钻了,便只有围着村前的几棵孤树,或公园里的一小片呆木转转，好气功的人就把这叫做"采气"。

看来意识还是有一点的。

抛开练气功的说法不管，引申开去想，这"采气"的说头还是挺深沉的——"人活一口气"，而气有清、浊之分（暂不说还有正邪、实虚、大小之分）。自然之气与精神之气为清；世俗之气与物质之气为浊。平日里人都活在浊气里，隔一段去哪里采点清气冲冲，便可少得点病不是？

其实这道理国人是明白的，只是没了原始森林的存在，又从哪里去采那可想而不可得的清气呢？

自然界的气候调节靠大森林，是以科学家称热带雨林为地球的肺。

人的精神气候调节也靠大森林——由那些有自由思想、独立人格、理想情怀的人文知识分子们所组成的、苍苍莽莽于社会边缘的"大森林"。

这样的大森林，古老的中华历史上，也曾有过那么几大片的，到了满清入关，及至近世，则眼见得日渐稀薄了。

一方面，老祖宗遗传变调的官文化，加之"深翻土地"的瞎折腾，将那些守不住老根、耐不住寂寞的棵棵大树，都采到朝廷里去做了雕梁画栋，自己都断了清气，哪还有清气让世人采得？

另一方面，或有个别不愿舍弃那份自由那份情怀的遗世独立者，也终究是独木难成林，且没了那片栖身的莽原，自是难成气候。

临近世纪交替，中国知识界似乎有点回过味来，起了返回"边缘"、"退耕还林"的念头，以图再造人文精神的"大森林"，还民族一个清新敞亮的肺。

未料，刚挣脱官文化的羁绊，又落入商业文化的"龙卷风"，一时又颠簸起来，彷徨起来。社会转型，转出那么多的权力真空、发财机遇，稍一经营，便可唾手而得，难免心动神摇，管什么清气、浊气，先得度过"原始积累"，把自己的那点气理顺再说。

诚然，毕竟时代不同了，尚有一些真正"醒过来的人"（鲁迅语）自甘寂寞与孤独，弃世而返，决意做"再造边缘"的"扎根树"，只是总是显得形单影只，难以形成大气场。

本土无大气，便只好转而采"外气"，也就是"洋气"。

洋气也分清、浊，可几年下来，那洋之清气好像尽让惯于生吞活剥的学子们拿来换了"名气"（或再有拿这"名气"去换"财气"的），老百姓则尽采了些声色犬马满足感官刺激即时消费的浊气。旧时的污浊之气还未得冲洗，反激发些欲望膨胀的盛气、燥气、杂气以至乌烟瘴气，所谓"光脊梁穿西服"，那神气与身子板总不配套，越发显得不堪了。

看来，精神界的森林不比自然界的森林，可以说造就造的，得靠那些成材（才）的"树"们自个醒悟了，慢慢心甘情愿地，由庙堂和市场抽身往"原住地"返才是。

只是这一个"返"字谈何容易？比那个"造"字不知要沉重艰难多少倍！

于是，我们也只能单个单地"采采气"而已，所谓"路漫漫其修远兮，吾将上下而求索"——索得一二高人大树，便随缘就遇地"采"他一"气"，冲个淋浴，至于那种让人心驰神往回肠荡气的"森林浴"，暂时还是不作奢望的好。

1998·春

从"亚瑟"到"牛虻"
——我的读书故事之一:《牛虻》

作为被历史称之为"老三届"的"知青"中的一员,我和许多同代人一样,在早年的读书记忆中,数《牛虻》一书的影响最大。

我打小体弱多病,加上三年大饥荒的饿、"文化大革命"的怕,身心都难得健康。1963年夏天小学毕业体检,身高132公分,体重25公斤;1966年夏天初中毕业体检,身高146公分,体重32公斤。这些资料都是进了中小学档案的。父母因此对我一直护爱有加,并鼓促好好学习,将来能考上大学毕业吃个不下大力的轻省饭,却又因初中毕业那年夏天的"文革"初期,组织同学写了《炮轰县委工作组》的大字报,被"打发"失学回家,父母焦愁,自己也整整病了半年。

两年后,1968年冬天,作为家里的荣耀和希望所在,比我大四岁在省城西北大学毕业待分配的兄长，因在"清理阶级队伍"运动中，被工宣队划为"修正主义的苗子"挨批斗，不堪其辱，跳楼自杀，全家陷入绝境。我由此"升为"家中老大，抹干泪水安慰父母和两个弟弟一个妹妹后，背着兄长的一些遗物下乡做知青。之后农村三年，工厂八年，熬到"文革"结束以老初中的底子考上大学，毕业后留校工作，写书，教书，做了教授，成为诗人，还出版了十几本著作……这一路艰难困苦走过来，连自己都不敢相信——灵魂出窍时暗自反观自身，如此"半残废"个弱人，何以能坚持走到今天？

心底里便总是闪现出一个名字：牛虻！

是的，正是早年读《牛虻》所获得的精神气质，成为我骨头里的钙，血液里的铁，呼吸中纯氧的补给，让一个身心脆弱而爱幻想的"亚瑟"式少年，最终以牛虻式的意志力和内心的强大，成为一个想成为的人。

读《牛虻》，前后三次，次次刻骨铭心。

记得上初中一年级第二学期时，写了一篇题为《社教后的春天》的作文，大受我的语文老师岳德新先生的激赏，还将其拿到先生同时担任的高一班语文课上去当范文讲评。过后，岳老师还破例在班上给我一个"特别待遇"，上语文课时可以看小说。这一下来了劲，刚上初三，就读完了当时出版的、后来被当代文学史称之为"红色经典"一类的长篇小说，如《红岩》《红旗谱》《林海雪原》《铁道游击队》等。但这些书中的英雄们都过于高大，一开始就成熟了，就是英雄，没有一个具体成长的过程，是以大多只当故事去读了。后来又读了翻译小说《钢铁是怎样炼成的》，却又被冬妮娅的形象和她与主人公的爱情所迷惑，印象中只是读到保尔·柯察金双目失明，全身瘫痪，以顽强意志和惊人的毅力创作长篇小说的情景时，深受感动。

这年夏天，兄长从省城大学回家休暑假，我让他给我推荐书看，他便帮我借了一本《牛虻》。我连看了两遍，被彻底震撼了。

我从小醒世早，敏感，心细，又脆弱，是以多委屈，易受伤害。看到那么高贵优雅的亚瑟，最后被命运伤害到那样的程度，之后又成为一个那样坚强而忍辱负重、向死而生的仁人志士，其间的细节，每每让我感同身受——有如一次年少的洗礼，那个夏天读完《牛虻》，14岁的生命中，迅速生长出一些新的目光，和一些陌生而又为之深深吸引的心绪——多少年后我才想到，兄长为我推荐读《牛虻》这件事，是否冥冥之中，是在为他以后的离世，而将一个家族的重负交给我这个最难以承受得起的"弱人"身上，所做的一种铺垫呢？

那个难忘的冷夏天，我在读《牛虻》的战栗中，告别了多梦的少年。

第二次再读《牛虻》这本书，是在下乡当"知青"时，偶尔从同学那发现借来的。这次读来，没有泪水，也没有战栗，只是一丝一缕地像"烟鬼"吸烟一样地往肺里吸、往心里沉、往骨头里渗……

还同学书后，文本的《牛虻》已在我生命中化为人本的"牛虻"，同我一起在苦难的岁月中默默前行。不到20岁的人，已习惯了隐忍，再大的误会或委屈，一口吞进肚里，不再自怨自艾；还有沉默。下乡三年，除了和亲人好友说话外，再无多余话说，当年能言善辩的"红卫兵"，离开农村招工进厂时，已变成了半个结巴，以致到现在几十年过去了，情绪一激动时就立马结巴起来。

后来，1975年春天，我在汉中地区钢铁厂当工人期间，断续两年多的初恋悄然告吹，原有的神经衰弱更加严重，隔十天半个月就发作一次痉挛性头疼，情绪失控，只能靠劣质酒自己把自己灌醉，睡一觉才能缓过来。

就在这时，回家休假的一天，在县城新华书店偶然翻到一本夹杂在处理书堆中的《牛虻》，想来可能是书店疏忽让我拾了个"漏"，因为"文革"中这部书早已是"毒草"被禁的，我当即买下。回厂里五楼宿舍，蒙蒙春雨中就着暮色翻看，却怎么也看不下去，才发现此时此种的阅读，有如翻检并撕裂已经闭合结痂的伤口，太痛苦！最后，当翻到第二卷第八章中，牛虻十三年后再与琼玛见面时的场景和对话，以及临结尾部分，琼玛读到牛虻就义前给她的信时，我再也受不了了，狠劲将书撕成几块扔出窗外，伏在床边痛哭起来……

从那以后，我就再没读过《牛虻》，但只要见到新出版的《牛虻》一书，总会买下，至今珍藏有四五个版本（包括我早年读到的1953年由李俍民翻译、中国青年出版社出版的1980年重印本，当时印数竟高达150多万册），却只藏不看。我说不清这其中的心理所由，只知道这本书已成为我早年生命的一部分，或者说我已将《牛虻》读成了我自己，不必要再做读物去看待了。

多少年后，当我在我讲授的文学课上，给学生们推荐《牛虻》以及《约翰·克里斯朵夫》《悲惨世界》等名著，过后问学生读后感时，大部分学生都说没看完，我只有黯然沉默。

我知道，一个时代，一个属于我们这一代人的阅读时代和精神时代，已经结束了——而这些有关《牛虻》的文字，也只是作为一个历史的印记，留待未来可能的读者去翻检了。

2010·冬

那一片冲破暗夜的霞光
——我的读书故事之二:《普希金抒情诗集》

读书是生命的"初稿",这"初稿"不一定切合实际,但却常常会影响到此后人生展开的方向。我从小喜欢梦想,脚下的日子太泥泞,便总是要仰起头来想象理想中的一切,而这想象的源头,多来自于读书所得。

2008年四川汶川"5·12"大地震那天下午,西安受波及也震了一下。我刚好给中文班同学上"诗歌欣赏"课,正点名时震了起来,遂组织学生撤出教室后,在全校都自行停课的情况下,动员同学们围坐在操场草坪上继续上课。讲课中我给大家背诵了普希金的几首诗,并告知这是我在他们这个年龄时读到的,同学很惊讶我这么多年了还能如此熟记,且背诵得那样痴情,实不知这些诗歌在我生命的"初稿"中,占有多少重要的位置。

1971年春天，20岁的我终于告别知青生活，被招工到陕西汉中地区钢铁厂当高炉炼铁工，没高兴几天就发现，实在只是由"水深"转为"火热"：不到90斤重的小身板要干重体力活，长期神经衰弱却要上三班倒的班，工友和家里父母都担心我熬不下去。其实，活再累、苦再多都能扛住，毕竟年轻，下乡三年中，比这难熬的日子也都过来了，关键是精神苦闷无处安顿。

时值"文革"后期，个人前途和国家前途都一片渺茫，更看不到情感的归宿在哪里——全厂上千号人，未婚青年女职工不到二十分之一，像星星般在天上挂着，望一眼都难！再就是没书看。手中常保存的两本书，一本《古代散文选》上册，一本《唐宋名家词选》，都读过好几遍了，还抄写了不少，并仿照着写了一些旧体诗词，算是最早的诗歌写作练习。但毕竟是现代汉语造就下的青年人，老看古典作品写旧体诗，总觉着还是与当下的生命体验隔了一层。

记得大概是1973年夏天，在一位同样是知青的工友那里，看到一本翻得稀烂的《普希金抒情诗集》，连封面都没有，说半天好话，答应借我看三天，因他也是借外厂朋友的。拿回宿舍翻读之下，简直就是久旱逢甘霖的那种感觉，兴奋得像终于见着了梦中情人一样。

匆匆一遍翻完，看还有时间，便找了一个本子狂抄起来：《致大海》《致恰尔达耶夫》《假如生活欺骗了你》《给娜塔莎》《致凯恩》《我多么羡慕你》……三天后还了书，人却整个被普希金的诗歌所淹没又被高举——这位被誉为"俄国文学之父"、"俄国诗歌的太阳"、"一切开端的开端"的普希金，真的在一个无望于暗夜时代中的中国青年心里，成了精神之父和灵魂的太阳，并成为我日后走上诗人和诗评人道路的"一切开端的开端"。

自从有了那半本子手抄的普希金的诗，此后的钢厂单身生活中，再没有那么孤寒无助了，心中像揣着一团野火似的，燃烧着初生的诗性生命意识。偶尔发癫，现实生活中遇到什么苦闷的事或情绪低落时，便独自跑到离工厂不远的一条小河边，大声背诵普希金的诗，过后心情就好许多。

有时也会更加伤感，譬如背诵到《我多么羡慕你》一诗的最后几行："让我们一起离开这颓旧的、欧罗巴的海岸/去漫游于遥远的天空、遥远的地方/我也在地面住厌了，渴求另一种自然/让我跨进你的领域吧——自由的海洋！"常常会泪流满面，不过过后却又有一种被洗礼后的坚强和自信，复生于困顿的岁月年华。

慢慢的，普希金的诗在年轻的心底里扎下了根，化成了我精神生命的一部分，随之便渐渐有了"仿写"的欲望，开始真正意义上的现代诗写作的摸索。当然写成之后大部分都是自我偷偷欣赏，也不敢拿出去和人交流，有时遇到知己的朋友，才敢让对方看一下，随后赶紧又藏起来。

不过说老实话，这个时期的作品尽管不乏真情实感，但语言形式上只能算是普希金中文版的仿写，还没有自己的风格。"文革"结束后，我于1978年考上大学离开工厂，这些作品先后都发表了。其中有一首写于1975年秋的《红叶》，还发表在当时最具影响的《诗刊》1979年12期上，让与我同班的大学同学、后来也成了诗人的丁当，很是羡慕了好一阵子。

当然，许多年后，作为一个成熟的诗人，我也逐渐摆脱了普希金在我早年的写作中那种笼罩性的影响，找到并渐次形成了自己的诗歌语言形态和诗歌精神形态，但作为精神之父的"普希金"，却一直没离开过我，有如冲破暗夜的第一抹霞光，永久珍藏在生命初稿的记忆中。

　　同时，即或是作为诗歌艺术的启蒙老师"普希金"，也在我后来的创作中时时"霞光返照"，遇到合适的题材，就不妨来一次"模仿秀"，既过一把怀旧式的、浪漫主义的瘾，也向诗歌界展示一下个人创作风格的多面。2007年秋天偶尔旧瘾发作，得来一首《永生——致缪斯和她的女儿》，便是这样的旧式风格之作，没想到在"诗生活"网站贴出后，成为我的作品中点击率最高的一首诗，并入选当年的一部年度诗选。

　　看来，至少就我个人而言，即或在"后现代"之后，浪漫依然是永远的诱惑，而普希金还是不朽的普希金。

2010·冬

武侠读出诗意来

——我的读书故事之三:《金庸作品集》

我虽是个诗人,读书却很杂。细想起来,平生所读之书,反而是诗之外的书远远超过诗歌方面的书,并深感这样的读书方式实在获益更多。

杂粮养人,杂学养文,无论是与同道交流,还是给学生讲课中,我都一再谈到这个体会。包括后来兼及诗歌研究,更是深得杂学的好处。

2005年8月,有幸在中国社会科学出版社出版了我的三卷本的《沈奇诗学论集》,不到三年首印2000套告罄,遂于2008年1月再出修订版,连出版社都感到意外,特别付了我一大笔版税。暗自窃喜中仔细想来,大概和我的诗论诗评在不乏问题意识并能自圆其说之外,好赖还有点文章的味道有很大关系。记得很多来信求购或要书的朋友,大都是诗歌界以外的读书人,让我确信他们是奔你的"文章"而来的。

而这文章意识和能力的获得，即源自杂学所养。

如此乱读书不求甚解中，单有一个所好，从年少到中年午后，从未减热情：好读武侠，痴迷金庸！

作为一个大学文学教授，我从来不隐瞒这一"低级"爱好，且坦言我的文学生涯的"初稿"，来自古典诗词和武侠小说的影响。小学三年级便读《西游记》，不等上初中，已将什么《三侠五义》《七侠五义》《包公案》《彭公案》《鹰爪王》以及《封神榜》《水浒》等读了个来回（我一直是把神魔小说、公案小说和武侠小说当一路书来读的）。当然，这时读武侠，只是读热闹，给年少荒寒的生命旅程燃起几堆篝火，在现实生活的艰难困苦中，获得一点精神上的暖意，交换并扩展想象的方向。

及至1985年暑假，已是大学老师与家中老公老爸的我，随旅行团到承德旅游途中，在书报亭见到天津百花文艺出版社出版的16开本上下两册的金庸《射雕英雄传》，当即买下，因此前，在电视上断续看过由翁美玲和黄日华主演的香港1983年版《射雕英雄传》电视剧后，就一直念念耿耿着想看原著的。待到手细细读下来，方如"睹"天人，悉心领略，滋滋润润了一路。此后，便着了魔似地随时随地打听借来金庸的书读，尽管那时读到的金庸，大多是盗版书，错误百出，却也读得如痴如醉。实在没的金庸读时，便找来梁羽生、古龙或柳残阳的书聊补饥渴。

1994年4月，北京三联书店获得金庸的独家授权，开始在中国内地出版《金庸作品集》，共12种36册，平装本全套一箱装定价688元。我在当时常去买书的西安东六路一家书店，见到这套书的预告，当即订了两套。老板与我是熟人，知道我写诗并在大学工作，却也不解何以如此破费一下子要买两套金庸的书，遂破例给我打了七五折。不久书到，我让老板给远在深圳工作的大学同学诗友丁当寄了一套，叫了个三轮车将另外一箱拉回家。这下可好了，有如金屋藏娇一般，整个春天，沉迷在金庸的世界里，一本本一部部细细读来：忽而傻笑，忽而泪下，倾心痴迷如二度初恋般忘乎所以，说起来都是40多岁的人了，那情景现在想来真是又好笑又可爱。

这年秋天，有幸到北京大学中文系做访问学者，正赶上国内一批名教授、文学理论家重排百年新文学大师榜，拿金庸顶下茅盾，引起热议，我则打心里叫好！

随后，北大严家炎教授在国内首开金庸作品欣赏课，我还跑去严先生的课堂听了好一阵，算是那个年头的铁杆金庸粉丝了。

我读武侠，从读热闹到读门道，进而得滋养加功力，其转折点在读金庸。

初读金庸，也难免先图了热闹，那真是由不得你。有如初"睹"天人，必是先迷其仪容情态之外在美，而后才慢慢赏得解得其内在之气质与思想。其实读书不在于你读的是啥书，关键在于怎样读。我读金庸的小说，读到最后，真是读出了哲学，读出了文化，读出了生命底蕴和历史沧桑，更读出了汉语的文章之妙与诗意之美。

写诗的人，多对语言有特别的敏感，再要是个追求完美的欣赏者，那就更加挑剔。何况，读书读到花甲之年的老书生，都难免有了些自己的口味；口味没有对错，只有好恶。喜欢啥语感啥调调，皆是读书人自个的选择，没有标准答案的。

仅就这一点而言，金庸在我心目中是一位真正的大师——白话的文言，文言的白话，现代汉语之文心语感，在老爷子的笔下滋润化渣，别开一席美宴。百年新文学历程中，能经由文学写作和文学翻译，将粗发乱服的现代汉语研磨至如此精到的地步者，除鲁迅、沈从文、张爱玲几位外，就得数金庸了！还有就是如傅雷先生般的几位大翻译家。语言是存在的家，在这些大师级作家、翻译家的语言世界里，我们才真正感到我们有一个多么美好的家，可以安妥我们新生而动荡不宁的"现代汉语"语境下的灵魂。

再说了，新文学打发轫之时，就应被"借道而行"所生，之后一直由"启蒙"而"宣传"而近世之"时尚"，总离不开"载道"之重负，或做了"工具"之他用。偏就出了个金庸，在"成人童话"里独辟一个汉语世界，曲意洗心，洗出现代中国人被种种的促迫所压抑了的童心、爱心、诗心和侠义之心，于坚硬的现实中稍稍找回一点柔软的情性，哪怕是虚拟的"剑胆琴心"或"侠骨柔肠"之梦想，确也悄然熨展了多少国人伤痕累累或春情无着的心绪，一时安稳与平复，如沐如浴而功德无量啊！

实可谓：少读金庸，老读鲁迅，情怀立场，水明山壮。

多年后，2008年的春天，我在景德镇一位礼佛做居士的陶艺家朋友那喝茶中，忽来灵感，草就一首题为《茶渡》的小诗，后改定示于诗友们看：

野渡
无人
舟自横

那人兀自涉水而去……

身后的长亭
尚留有一缕茶烟
微温

　　大家都惊异莫名：几十年随当代大陆先锋诗歌摸爬滚打过来的"准先锋"诗人、诗评人，何以写出这样一点也不先锋且还有些古意、禅意乃至武侠意味的诗来？却又不得不认同此诗独在的妙处。

　　得意中回味起来，方解得其中的一脉气息，原本来自读金庸所得呢。

2010·冬

风雪师生情

一

冬夜,大雪,小站。

火车就要开了,白茫茫的站台上已没剩几个人。只是列车的头部第一节车厢前,簇拥着几十个学生娃,一声连一声地喊着"老师再见!"忽而一个男生先放了哭声,接着一群男生跟着哭起来,早先低低哽咽的女生们便也随之哭声大作,一时雪惊风呆,整个车站莫名其妙。站长急慌慌赶过来,以为出了什么意外事故,到跟前一看,才知是一群中学生送他们的班主任老师去省城上大学。

站长没见过这阵势——"文化大革命"才结束两年,有这样的师生情,稀罕!感动中连发车信号也忘了,抬头看那站立车门、噙着泪花不忍进车厢的老师——那老师是我,整整20年前的我,站在1979年元月4日停靠在勉县车站的安康至西安直快列车的车厢门口，为我的学生们一片哭声感动得不知所措！

那一幕像一张未来得及冲洗的底片，永远留在了心底，经由岁月的筛选，成为最值得骄傲的回忆，激励着我此后的人生。即或是后来著书立说、获奖入传，诸般成功的喜悦与欣慰，也再没有像那个风雪之夜，孩子们集体哭送我上大学的场景，令我感怀和为之自豪。

那一年，我 28 岁。

二

事情还得从 1977 年的初春说起。

那时，我所在的勉县汉中地区钢铁厂，应职工的要求准备办一所子弟中学。此时我已当了六年工人，中间因抢救事故受了两次伤，被照顾调到车间当统计员，兼搞宣传工作，经常在报刊上发表一些豆腐块式的小诗，有点小名气，其实论学历，也就是 1966 届老初三的底子。筹办子校的领导知道我已结婚，妻子在西安，两地生活，而我又是个勉县本地知青，想调动去省城很难办，便动员我去子校教书，好享受两个假期。一时心热，便欣然上任，稀里糊涂做了初一班的班主任，讲授语文和政治两门课。

真干上了，才知道那书有多难教。

老初中教小初中，本就够难为，但好好备课想些新点子讲课还基本能对付，头疼的是一班学生太难管。在我们那个贫穷的农业县，工厂子弟已算是学生中的贵族了，一般社会学校都不愿要的，嫌其骄横散漫不好管，还尽惹事生非。我带的这个班更麻烦，不是厂领导的娃，就是老师傅的女。男生中有一半是社会学校退回不要的，劣迹累累。有一个男生的爸还是现任厂长，姓师，副师级军队干部转业，给宝贝儿子起个名叫"师团军"，多邪乎！小伙子除了爱踢球,就是爱打架,厂区有名的"刺头"。女生呢,刚应付完小学升上初中,十二三岁正黏糊,除了叽叽喳喳,就是嘻嘻哈哈,跟上幼儿园似的。全班37个孩子,其实正经来学习的不上十人,一下让我傻了眼。

其实说起来,我也不过比学生大十多岁(孩子们跟我小弟同一拨的),又没半点当老师的经验,一开始,真有点哭笑不得。好在艰难时世,经得事多了,且生性好强,喜欢挑战,再说也没退路,就较上了劲。

那时的中小学教育,流行一个所谓的经验,叫"抓两头带中间"。按这个法子,我就先下心整调皮尖子,关起门来"单练"(我一人一间宿办合一的房子),也就是连训话带敲打,完了主动还跑去给家长交代说:我揍你那小子了,不然管不住。好在家长都还通情达理,鼓励我只管揍,代他们省点力气,其实他们心里也明白自己娃儿有多难缠。开始这些野小子不服,满校园角落甚至在厕所里写着"打倒"、"绞死"、"尿淹"这类的咒骂话,我也不管,照样整。

其实,我自己从小也是调皮生,知道这种恶上只能外制其形,服不了孩子心的,待得借"三把火"整得有点规矩知道点厉害稳住阵脚了,这才苦口婆心、和风细雨,慢慢和孩子们交朋友。这时,我的课也讲熟了,再加上些佐料,讲故事、谈哲理、说笑话,任意发挥,常常讲到妙处,孩子在下面笑,我在台上乐,一片欢声。课余时间,知道男生爱踢球,好,组织一个小足球队,打遍全校无敌手,开运动会更是各显身手,稳拿冠军。捣蛋捣出名堂来了,有了荣誉心,便上了正道。女生生长在工厂,不爱学习却爱劳动,好,鼓动其建校园、做好事,乐得校方紧着表扬,满足了虚荣心,学习也就不好太落后了。

一年下来，乱班成了先进班，孩子们服了我，我也深爱上了这些小弟妹。

三

这年冬天，国家恢复高考。

对于我，这可是既实现梦想又解决两地分居实际问题的大事啊！可心重孩子们，加上只有初中底子，又荒了十多年，临阵仓促，结果差一分落了榜。心情不好，脸上也装不住，同学们暗自打招呼，可别招惹老师，没考上大学，烦着呢！

其实心里暗自庆幸没走成，焐热的石头发心芽，舍不得呢。

于是随孩子们一起升了初二，还是这班学生，还是那两门课，但气象大不一样了。多少年后，同学们回忆起来都说，那一年，他们长得特别快，好像一下子就成熟了，就有了许多不同于其他班学生的特别的气质，就再也离不开这个集体，离不开这位像大哥哥一样亲近又特殊的老师了……

半年后，1978年夏天，恢复高考第二次招生，我再次赴考，现实问题逼人，特别是又有了孩子做了父亲，再舍不得也得走。孩子们知道我的情况，又一次惶惶不安起来，也越发亲近我了。

记得考完最后一门试的那天下午，我由县城回到学校，打开宿舍门一看：好久没整理的床铺理得顺顺溜溜，地面清扫得干干净净，桌上还摆放着一束用罐头瓶养着的野花，几件脏衣服刚洗好搭在窗边的绳上，还在滴水……心知是孩子们做的，鼻子一酸，差点掉下泪来，遂坐下来批改学生期末考试的语文卷子。

还没坐稳，一群男生推门进来，几个女生推开窗子在外边"咯咯"地笑，接着一起喊着要我陪大伙去厂区边的沙河边玩。我说太累了，走不动的。小伙子们说：老师就坐着，我们抬着你去！

看着一双双星星般闪亮的眼睛，我再不能推辞，索性和同学们玩个痛快去。

那条沙河离厂区不远，从秦岭山中流下来，刚出山口，形成一个河湾，两岸柳林、沙滩、野花、芳草，正是晚霞落红、清风送爽时刻，一张张青春的笑脸，一阵阵清亮的歌声，一群正做梦的少年，和一个不怎么像老师的老师，——从黄昏到深夜，我和孩子们都深深地被我们自己感动了！

归途中，几个被我揍过、体罚过的调皮生，争着发誓说将来有作为了，要如何报答我。几个女生拖在后边，窃窃私语：老师今年要考走了的话，我就转学不在这上了，——我隐约听见，心里一阵阵滚热，一时真想哪也不去了，就在这陪着他们一起生活和成长……

四

秋天，考分下来了，我考上了！

可等了三个月，还不见入学通知书，知道出了问题。这一回，我的学生们比我还着急、还难受，上课静静的，下课也静静的，不知咋安慰我，只好避着。无奈，请了假去省城西安查核，才知道因误判为心脏病没录取。其实，是由于那一段过于劳累，体检时心律不齐，医生出于好心加了一句"胸间未闻有杂音"，却因字迹潦草"未"字一带而过不清晰，反而导致误判。这时，各正规院校皆已全部开学，省招办只有作为遗留问题处理，将我补录到一所新办的大学。回到钢厂子校不久，接到正式通知书，这时已是年底了，总算和我那一班学生待满了两年。

元旦时，孩子们特意为我举办了一个告别会，气氛不免有些压抑，散会时就有不少同学哭了，我也挺难受，告诉大家一定时常回来看他们。随后办理各样手续，并偷偷买了车票，没想到还是让小家伙们知道了车次，于是有了风雪中哭别的那一幕。

一晃 20 年过去，那班学生现在早已成了学生的爸妈了，但那难忘的两年，师生间都记忆犹新。后来，每年寒暑假我回勉县老家看望父母，同学们总要早早打听好后结伴来看我。后来渐渐就只有男生来，女生大多成家了，不好意思带丈夫孩子见我，或许是怕破坏了少女时代的美好回忆？

五

其实，最怕见面的倒是我自己，总觉着对不起孩子们啊！

后来才知道，我走后，那个班又乱了，勉勉强强撑到初三毕业，随作风云散。其中好几个男生干脆就不上学了，觉着没了兴头，早早接父母的班提前进厂当了工人。那些上了高中的，也都没考上大学，最后也都本厂就业了。再后来工厂也不景气，大都过得很艰难，而我只是个自顾不济的穷教授，啥忙也帮不上，心里便常常难受着。

如此耿耿念念，便只剩下一个愿望：啥时候我那班学生们的孩子也考上大学，凑巧上我这来读书，让我接着教下他们的下一代，那该多好啊……

1988·冬

地震诗篇
——台湾"9·21"大地震亲历小记

前言

说来,上天造出个时间,看不见摸不着,却成了人世最挂心的事,所有的生命历程与生活账本,都是以时而记,复以时而忆,有记也有忘,忘不了的,便成了真正活过的历史。

更有一种所谓"心理时间"晃悠人:一时如年少,鸿蒙鼓荡春情无着,日子过得天长地久,慢;一时如中年午后,急急忙忙恓恓惶惶,日子过得腿短心慌,快;再要到了"夕阳无限好"时,就只有拿"老年痴呆"忘乎所以了。

是以 60 初度时,自己给自己做了五点"文化养生"之提示:一是忘掉身份,因为为角色而活是这世间最累人的事,该留下一点活出自己的时间;二是忘掉年龄,因为你差不多已经活够本了,剩下的时间咋活都可以;三是忘掉健康,因为你终于发现所有的不健康都是因为操心健康操心出来的；四是忘掉节令，因为你已经是恋恋四季的过来人，多出来的所谓"第五季"，已经无所谓春夏秋冬；五是忘掉争先恐后，因为你已过了"狗撵兔子"的年龄阶段，唯背尘合觉、反常合道、每天做好自己眼前当下想做的那点事为是。

此一"五忘"心得既出，确然立竿见影，日子过得林风有仪而云水无痕。加之，这些年迁居远离城区靠近终南山的神禾原新校区，诸事皆简，唯余淡然，确乎有点"悠然见南山"的感觉了——这不，己亥猪年开春伊始，还诌出一首题为《如故》的小诗，曰：季节如故//远方的自己回到老屋/重新喜欢/白粥　咸菜　烤红薯//抑或：下午茶后/听杜鹃啼春/看蚂蚁上树//莫问春来发几枝/心如根泥/何须逐春飞絮？

偏偏是这样的心境中，忽而就忆起了20年前在台湾经历的那场"9·21"大地震，感慨这午后的日子真的是过得太过匆匆，咋还没回过味来成文成章就20年前的事了?!

再又感慨，其实这20年间，也经历过其他不少喜怒哀乐，到了却都不及那场经历念念耿耿——看来无论啥时间啥季节，该忘的总要忘，不该忘的总还是忘不了。何况，啥样人世作的文章，到底还是不如天老爷作的文章高深，阅过历过，想忘也忘不了的。

一

台湾20年前的那场大地震，我是亲历的大陆人之一。

据说这个"之一"，若再仅以大陆诗歌界人士算，我好像又是"唯一"的一个。当然这种说法没什么大不了的意思，只是后来两岸诗界聚会中，大家拿来充作谈资而已。不过话说回来，此前我多年研究台湾现代诗，还先后在台湾出版了五部书，似乎也该同彼岸同胞共度这场劫难的。

有关地震的个人经历，能记起的总共有四次：

第一次，上世纪50年代初在汉中勉县老家，三岁的我随母亲回乡下外婆家小住，大白天遇到小地震，只见房上的瓦片掉下几块，走路晃了几下，不但没害怕，还觉得稀罕好玩。第二次，1976年唐山大地震，我由汉中地区钢铁厂借调到省城西安，在刚刚复刊的《陕西文艺》作"工农兵编辑"，住在老作协院子里，从千里之外传来的震波中，只见灯泡晃了几下，后来再没事了，连防震棚也没住过。第四次即2008年四川汶川"5·12"大地震，我正在阶梯教室点名准备给学生上"诗歌欣赏"课，余震传来，有"前震之鉴"，根本就没当一回事，还指挥百多名学生安稳撤出教室，并坚持在操场草坪上上完那堂课。唯有第三次，即客居台湾经历"9·21"大地震这一回，却是真正的"惊心动魄"——异地他乡，两次强震，震得我第一次体验到什么叫"吓得腿发软"——而这样的"腿软"，在我大半生生涯中，倒确实是唯一一次。

所谓"腿软"，就我的人生有限经历和认识，大概有三种类型：

第一种是纯生理性的。小时候遇大饥荒，春天里和弟弟一起爬树摘榆钱，连饿带累，溜下树来腿软得站不住，一屁股栽倒地上靠着树喘气吞榆钱吃，缓一阵就不软了；第二种是心理加生理的。我曾三次上华山，每次在天梯般的苍龙岭上，都见到连累带怕软瘫在石阶上，抓住铁链哭成泪人儿的女孩，叫人又同情又好笑。这种情况，只要有人劝慰一阵，再好好歇歇，也就没事了；第三种是纯心理的，或惊或吓，丢了魂，也就找不到腿；或者说，腿找不到心，没了指挥，想动动不了，软得没了腿似的。其实腿好好的，既不累也不乏，好好在身上待着的，只是不听使唤了，——对了，应该说是想听使唤"听"不了！

这是那年我亲历了台湾"9·21"大地震后总结出来的真实感受，而当时的感觉只有一个字："软"！

所谓生命中不能承受之"软"。

二

1999年台湾"9·21"大地震，前后有两次主震。

第一次，9月21号，七点三级，震中在南投县的集集镇，我所在的佛光大学在嘉义县大林镇，震感只是五点四级。第二次10月22日，恰好相隔一个月，震中就在大林镇后面的梅山，六点二级。"9·21"震在半夜，"10·22"震在中午，对我而言，两次感受完全不一样——真正"生命中不能承受之软"的难忘经历，是在"10·22"中的事。

那年，我应台湾佛光大学（后改为南华管理学院）的邀请，作为期两月的短期参访讲学。

学校位于中部嘉义县的大林镇梅山半坡上，周围全是甘蔗林和农田，十分偏僻，是个静心读书做学问的好地方，但对我这种短期参访而非常规授课的客座学人来说，却有诸多不便。课程安排仅六次讲座式大课，其他时间任由我自己支配，而多年研究中渐渐熟悉的台湾诗界朋友，大部分住在台北，拜访一趟相当于出远门，得精心设计准备才是。

我是8月31日到台湾的，下飞机学校来车直接由桃园机场接往南华校园，途中走了近四个小时。随后十几天，安顿，熟悉，上两次大课，打电话问候台北等各地的朋友，时间过得很快。其间还先行到离嘉义不远的台南，代表老家亲人去看望了一位堂叔，在台湾唯一的一家亲戚。终于等到诗友们安排好了集体聚叙的时间，这才兴冲冲赶公交大巴到嘉义再转乘火车往台北，分别拜访多年神交的台湾诗友们。

大凡诗人聚会，总是最为亲近的，何况两岸分隔多年，难得能在台湾接待大陆诗友，尽一回"诗歌地主"之谊，大家自是十分热诚恳切。虽然此前大部分朋友只是通过信，这才是头一次见面，却都像多年知己一样瞬间融洽——罗门、蓉子、张默、大荒、管管、碧果、辛郁、向明、隐地、萧萧、白灵、陈义芝、张国治、杨平……或酒会欢叙，或登门造访，连续四天，总算告一段落，这才满脑子的新奇与感念，回返嘉义梅山。

待得回到南华校园题名为"藐姑射"（取自《庄子.逍遥游》）的学人公寓住处，已是9月20日深夜，四五个小时的路程，不堪困乏，简单收拾洗漱后，便倒头沉沉睡去。睡至半夜，朦胧中觉着自己怎么在床上左右翻滚，以为做梦魇住了，翻腾几个来回后，半清醒半糊涂中又听见满屋子东西乱响，这才猛然醒过来，知道是地震了！抓起手表一看：1点54分，忙奔卧室洗手间躲了一会，等震动小了，方整整齐齐穿了衣服下楼，随蜂拥而出的学生和教职员工一起，到称之为"成均馆"（借用五帝时大学曰"成均"亦为周朝大学之统称义）的校园主楼前大道汇合。一片闹闹嚷嚷声中，又听到有人喊看见了地光，期间还碰见校长，只安慰了一句，也没具体说什么。看来事出突然，校方一时尚无举措，夜风也有些凉，便回房间加了一件衣服，再到楼下转悠。

此时脚下，明显能感到大地在颤抖个不停，有时还能隐约听到轰隆隆一阵地鸣，心里说不清楚地翻滚着一阵阵同样说不清楚的感觉，却并不恐慌。直熬到凌晨三点多，还没见学校有什么具体说明和安排，只是满校园赶集似的人潮涌动，且大都满不在乎的样子,心想台湾本就是地震频繁的地方,人家都习惯了,我也不必太当回事,加上新来乍到,也没多少熟人说话,便一半悬着心,一半提着神,返回宿舍睡下,朦朦胧胧中不时被余震摇醒。

昏昏然至天亮,急忙打开电视一看,屏幕上已是惨状一片了,才知道是发生了大地震!但毕竟灾难不在身边,学校一切都还正常,心境便平和多了,午饭后竟能在摇摇晃晃中睡到下午两点多才醒来。下楼出"藐姑射",想着去名曰"无尽藏"的图书馆翻翻当天的报纸,到了才知道闭馆,高大坚固的馆门被震坏,一楼大厅中几排大书柜全被震倒碎裂成几截,图书散落一地。又听学生说南华大学和近邻的中正大学,都建在地层断裂带上,且最早预测的本来就是嘉(义)南(台南)大地震,没想到先在北边的南投震了,下来还不知怎么样呢,心里这才有些发毛——毕竟是单身一人在海外呵,又是在远离台北的山沟里,人家学生老师都有车,有事一溜烟就跑了,我往哪跑去?平日里晚上校园就没几个人,到周日更冷寂得像个修道院,通往外边的只有两个小时一趟的公交大巴,45分钟到嘉义县城,乘火车3个半小时到台北,再乘一小时出租车到桃园机场,然后乘航班出岛,飞香港,转机回大陆……可我还有没上完的课呵!两个月的时间才过了20天,能开溜吗?又怎么个溜走法呢?

一时心慌意乱起来,"9·21"的阴影浓浓地罩上了心头。

傍晚,中断了的电话线路终于通了,空寂的房间里有了生气,各处的诗友们纷纷打来电话,都说没事的,一片安慰声,还说算你幸运,碰上这百年不遇的大地震,也是一个难得的经历,如此等等。一说"经历",我又来了神,这辈子啥也不在乎,就在乎这个"经历",风风雨雨生生死死经历的事,都够写几部长篇小说的了。活得好不如活得多,我就信服法国那个获过诺贝尔文学奖的加缪的这句话,这不又赶上个大经历了?那么多惊心动魄的事都过来了,生就的命大,没事!

写诗的人,全活在情绪中,一时又像个孤胆英雄似的,为一种没来由的兴奋所振奋——抓起照相机,想下楼去校园里拍点什么留作纪念,待出门至楼道转弯处,猛然一片血红的夕阳余晖扑入眼中,红得凝重深沉竟至瘆人,好像在预示着什么似的,看得人心里发紧。我从来没见过这样的暮色,拍了一张再不想下楼,脚步沉沉地回到房间,一屁股坐在沙发里,脑子又空空洞洞起来,只是呆呆木木地看电视中救灾的场景,听地震的消息。

夜深了,客厅的沙发被我发热的身体煨得滚烫。不时有隐隐的地鸣滚过脚下的楼板,随即就一阵摇晃,像坐在轮船上一样。突然就想为自己自拍一张照片,下意识的,没什么理由,不是要"经历"吗?这样的经历该留下张照片才是:天涯孤旅,大地震中,对着电视发呆的中年诗人,面沉如水,脑子里一片空茫……

半夜睡梦中又被余震惊醒两次,听不到楼外有什么惊吵声,困极又睡。天亮刚刚睡醒,又遇强余震,满屋子叮叮咣咣地响,摇晃得厉害,忙下床钻进洗手间躲了一会。等平静下来后,打开电视,才知道南投那边又震到六点八级。下楼转了一圈,南华人照样上课,一派无所谓的样子,心里暗自佩服。抬头看天,天晴得一碧如洗,反显出灾难的荒诞。人与自然的关系,真是说不清的,再高妙的科技,再发达的文明,都不抵上帝他老人家的几声咳嗽。说来人都可以上天入地甚至克隆人自己了,可至今连地震都不能准确预报,一夜间就死伤遍地,谁也没治,真是荒谬。为此,我一直暗自怀疑近世以来,人类的聪明是否用错了地方?!

好在南华管理学院是个新建学校,各种建筑的规格品质都比较高,只要不是毁灭性的大地震,似乎不会出什么大的问题。可马上要过中秋节了，台湾人很看重这个节的，到时候全校师生员工走光光，留下几个"外来户"，那日子肯定不好过。于是打电话给校长助理，调了一下课，9月24日就离校再次出游了……

三

先到台南，古风犹存的美丽古城，在现代化的声光色中，挽留几许历史的乡愁。城南一条窄窄的小巷中，住着那位老堂叔，18岁离开汉中勉县老家，随军到了这里，退伍成家后作中学教师，从此成了台南人。1988年回故乡一次，我们才知道海外还有这么一位亲戚。想来是长辈们心事重，怕这层关系会为本来就够麻烦的家族雪上加霜，一直瞒着我们。这次我来台湾，第三天就奔了台南，代表老家几十口亲人看望老人家，堂叔一家人陪了我三天，稀罕得不得了。这回是赶来过中秋节，顺便避地震。可电视里依然是不断的灾情报道，天又下着雨，只有窝在屋子里陪老叔叙旧聊天，再就是打长途电话回大陆，给亲人们报平安。按说在台湾，八月十五中秋是个大节日，很热闹的，一地震，全没了心情，到底没能经见。

第二天一早告别叔父，乘公交大巴到高雄，转乘火车奔台东，那里的诗友詹澈，通信多年没见过面，知道我来南华，早就打电话要我过去的，说只有到了东部才可领略真正的台湾风光。确实，来台湾20多天了，总在中西部跑，感觉同大陆一回事，找不到海岛风貌的特点，都有些乏味了。终于随火车翻过中央山脉，蜿蜒下山，远远就看到了太平洋。碧海，蓝天，大片的椰子林、槟榔树林，在风中摇曳着优美繁盛的翠波绿浪。一时便转弯到贴近海岸的铁道前行，真实的浪花就在车窗下翻卷，远处的海面上则泛滥着炽烈的阳光……这才深呼吸、长出气，几天来为地震所沉积的郁闷，一下子全消散了。

诗人都是世界公民，不见面就熟，见面就更熟了。刚出台东火车站，一眼就认出了詹澈，握过手便成了老朋友。老朋友有自己的私家小车，一切都方便了。到家见过詹澈的夫人和两个女儿，吃过中午饭，便一起驱车前往花莲市，顺便游览东海岸的风光。这一路大都沿海岸线行驶，路宽车少，可尽情飞驰。遇景点就停下来转转，欣赏阿美人的舞蹈、布侬族的歌喉，坐在椰树下喝新鲜的椰汁，看海浪与礁石宿命般地纠缠不休……适逢旅游淡季，再加上大地震，很少有观光客，我和詹澈就成了寂寞的旅人，——辽阔的太平洋，地震中的台湾岛，两个隔山隔海的中年诗人，在如画的景色中，交流着岁月的沧桑与诗。

一路走走停停，160多公里，流连五个小时，傍晚才到花莲。刚好遇上诗人杨牧的一个诗歌讲座，由其弟子陈黎主持，便凑趣做了远客听众。完了再和詹澈一起上街看看街景，这才回旅馆休息。第二天改由沿山线返回台东。所谓山线，即中央山脉和海岸山脉之间夹着的一条狭长的山谷，是地壳运动的杰作，实际上也就是地震的杰作，台湾称纵谷，又是另一派风光。沿线住着许多少数民族，基本还保留着农耕文化的传统，与台北闹市几乎是两个世界。下午回到詹澈家，休息，吃饭，赶往一个叫知本的小镇泡露天温泉。这等于一下子就到了日本，只是不能裸身，规定穿泳衣下池。夜色朦胧，灯影迷离，高高的椰子树下，石头砌起的大小池子里，许多男男女女的躯体，在薄雾般的热气中不确切地游动，朦胧中似真似幻，有点超现实的味道。

而宝岛还在余震中，而家在几千里外的大陆，梦里不知身是客，不知是深知，心底的一声叹息中，周遭的一切都越发在水雾中虚幻起来。

第二天又乘兴就便独自一人渡海去了绿岛，就是那首有名的"绿岛小夜曲"歌中唱的那个绿岛，过去是国民党政府关押政治犯的地方，李敖、柏杨、陈映真等名家都曾在这关过，现在开辟成了有名的观光胜地。海天茫茫中的一颗小小的翡翠，中国版图上最东边的一块陆地，半天就可游遍，可那抹绿寂而又荒诞的记忆却永远留在了心里。

该回去了——忽而就挂念起南华的师生，那些刚刚有些熟悉亲近的面孔，那片幽谷百合般优美在梅山脚下的校园，那个临时寄居的学人公寓小窝……告别詹澈夫妇，回程的火车上，满眼的浓绿中，反而是偶尔闪过的几处芦花，火焰般地闪耀在脑海中，挥之不去——一时怅惘起来，不知这意味着什么。

四

日子又照常过了。

上课，看书，写信，打电话，记日记……天风海雨诗情画意淘洗了一阵，地震的阴影渐渐淡了，似乎成了某种外在于自身的事情，成了台湾日常生活的一部分。转眼进入十月，余震依然不断，有两次还上了五级，住所的墙面上已有不少裂纹，像是上帝诡秘的冷笑，让人偶尔犯点担心。可什么事只要一落于日常，人就容易麻木，每天摇来晃去如故，裂纹也只是裂纹如故，像饭里的沙子、婚姻中的吵嘴如故，就此习惯了，由它震去，权且当坐远洋轮长途旅行呢。

但余震到底还带有一种提示的意味：提示日常的麻木中还夹有灾祸的可能。这"可能"没有方向没有时间更没有确切的答案，只有裂纹与摇晃，以至变成了一种不无阴郁意味的提示。于是再次选择出游，没课就走，一是争取时间多看些地方，机会难得，一是在潜意识里想以变动不居来分割那个固定在日常中的提示。我不怕事，从小就不怕事，遇事还来精神头，我是怕在没事中等待一个可能的有事，那才是真正的恐惧，所有人都难以承受的恐惧！

10月7日，去台北参加由痖弦主编、台湾天下文化出版社出版的《天下诗选》出版发布会，首次与名诗人痖弦、周梦蝶见面；

10月8日，与诗友张默、碧果、隐地一起，赴台北"常春藤"法国餐馆痖弦先生的宴请，畅叙诗情诗谊；

10月9日，在台北"五更鼓"茶屋，参加《创世纪》诗刊的茶会，首次见到诗人商禽，并应邀与诗人大荒为《创世纪》"诗的跨世纪对话"栏目作了一个有关两岸诗歌的对话；

10月11日，应邀在淡江大学文学院做诗歌讲座；

10月14日、15日，应台湾新诗学会邀请，参加"诗与人生"诗会，会间随与会的蓉子、向明、辛郁、朵思等熟悉的诗友和其他几十位台湾诗人一起，游览兰阳平原和东北海岸；

10月16日，采访台湾尔雅出版社社长、诗人出版家隐地；

10月17日，移民加拿大的洛夫回台北小住，适逢痖弦、张默也在，同聚洛夫家，欢叙一堂，而有幸得与《创世纪》三位创始人一起合影留念……

——终于，离台的日子近了，"9·21"的阴影即将冻结在文字中随我回返大陆，而不再成为日常生活的一部分。

此次台湾参访讲学行期两月，按规定必须10月31日离境，返程机票来时就订好的，随身带着。走前先得在台北停留两天，好与诗友们话别，还得出席10月30日《创世纪》诗刊创刊45周年纪念茶会。这样，我必须于10月29日一早离校，隐地兄已为我在台北订好了宾馆。10月26日还要南下高雄师范大学文学院演讲，顺道同詹澈话别，返程到台南与叔父一家辞行，10月28日下午在南华还有最后一次大课——一切都已安排得笃笃定定，日子顿时短促而紧张起来。

当然，也再不会想着还有大地震。

五

10月20日，在南华讲授"中国新诗的历史定位与两岸诗歌交流"专题大课，驻校作家马森教授主持。

10月21日，接续在南华讲授"现代汉诗的本体特征及其语言转型"专题大课。

看看只剩下一周的时间了，赶紧得把一大堆文朋诗友送的和自己买的书打包邮寄，没法作行李带，太重了。

10月22日，又是一个大晴天。中秋过了快一月了，还是十分闷热。我人瘦体质差，一向怕空调，便拉上窗帘，只穿一条短裤，在外间客厅整理包书，准备下午邮寄，一边开着电视听早间新闻。

要走了，一时有些依恋起这宽敞明亮的住所，连窗外的鸟叫声听来也格外亲切。10点，接台北隐地兄的电话，告诉我台北辞行的一切都已安排妥当。接着又接台东詹澈的电话，说他26日一定赶到高雄与我话别。诗友们的浓浓情谊，早已将地震的余悸消解干净，满心里只是欣慰和感念。

突然，整个房间剧烈地晃动起来，到处发出巨大的声响，我在第一波强震中就被掀翻在地毯上，惊恐地看见电视画面瞬间消失，电视机在电视柜上上下跳动，书柜上的玻璃门七扭八歪很快开裂，房间里所有的东西都在呻吟喊叫……，这明显是完全不同以往的强震，下意识知道这次绝不敢再待在屋子里了。

恰好人在外间客厅，一猛子从地毯上爬起，几步就冲到门边，拉开房门,房门很大也很厚重,还没有变形——出去就是走廊,十米不到就是楼梯口,三层楼梯冲下去转身就出学人公寓,外面就是校园大道……这一切,只需半分钟就可完成,上初中时,我的短跑成绩毕业好多年都没人破得了纪录——然而我却在拉开门的一瞬间,想到此刻光脊梁光腿只穿一条短裤的样子,当即竟没半点犹豫又关上门,返身溜进了紧挨着房门的外洗手间,敏捷得像兔子一样,可转眼间,就软瘫成一堆泥巴。持续的强震,使我扶着洗手间的门也无法站稳,整个楼房在上下颠簸,有如被一个巨大的夯锤在上面夯打,又同时被一只巨大的抓手拽住地基向下撕扯,甚至能听见墙壁深处的挤压与撕裂声,接着便看见墙面上的裂缝像黑色的闪电一样蔓延开来……

这时我才反应过来,知道为了一副为人师表的尊容和大陆学者的面子,已将自己置于了绝境!

震动在加剧,恐怖从脚底迅速漫过全身,灵魂出窍了,与上帝共谋,抛下单薄的躯体在墙边脆弱,脆弱地一边僵直又一边颤抖。好在脑子很清醒,但不管用。惊恐中一眼看见放在门厅书柜中的手提包,那里面装着我的各种证件、返程机票和钱,平日为跑地震所备,总放在那里的,好顺手带出门,刚才慌乱中忘拿了,这会想抓过来——那可是我的"身份"和返回大陆的一切啊!包就在眼前,三两步就打个来回。脑子说:过去,快点过去,半秒钟就拿过来了;可腿呢?腿在哪里?腿在身上呀,可它不听使唤了!天啊,我怎么成了这个熊样?大半生风风雨雨生生死死,经过多少事,我的腿可从来没有这样"软"过啊?!

我闭上了眼睛,满耳是骤然放大的各种声响……这一刻没有诗,只有死,只有死亡的声音将一切撕成碎片;思想、知识、道德以及所有曾经的诗情画意都了无踪影,只有肉体的生命在死亡的边缘独自挣扎……许久以后直到写下这些文字的当下，我还清晰地记着那一瞬，它被出窍的灵魂拍照了下来，定格，放大，一副完全失去尊严和意志的熊样，无知的婴儿般蜷缩在墙角，等待上帝的裁决！

当然，我也从来没有为这副熊样惭愧过。

人可以不怕人事，尤其是在人事中摸爬滚打长大的中国人，可无法不怕天事；在上天面前，一切文化的武装都没用，上帝的一声咳嗽，就可以使生命脆弱成一堆碎片。为了面子，我关上了逃生的大门，死亡的恐怖，却将我还原为一个真实的人——那一刻我没后悔，只是麻木，在麻木中还原为一个纯肉体的生命，过滤了所有的精神与思想，遂有新的目光在劫后余生中默默生成……

突然间停止了一切声响，房间里静得只剩下心跳。死神走了，它不要我，打个招呼让我明白我终究是个俗人，手表的时间指在10点17分。

不到一分钟，又重活了一趟人！

实际上，如果地震的强度再增加一级，我肯定完蛋了——再好的楼房只能抗震到七点多级，何况这次在震中。当然，如果我跑下楼去，可能就没事了。可我没跑，为了没穿衣服，为了面子和尊严，这说不上是迂腐还是可贵，这只是一瞬间我下意识的选择，和由这选择构成的事实。

可贵的只是，双腿又在刹那间忘掉了软，带着穿衣服的身体和有身份的生命跑出房门，电梯坏了，只有沿早已变形的楼梯踉跄下楼，脚步空空洞洞，回声也空空洞洞，孤零零而不免诡异，嘈杂的人声在楼外的大道沸腾，只有天空照样晴朗得若无其事。

下来的结局是戏剧性的，人间常出演的那种，平凡而又生动。

六

这回，南华的师生可真有些慌了。

拥挤在校园主干道上的人群乱成了一锅粥，有手机的忙着打向外边问情况报平安，有小车、摩托车的忙着发动机器准备走，更多的学生耳朵贴着小收音机忙着听确切的地震报道。不远处，临近的中正大学的上空翻滚着黑烟，听说是化学实验室被震得起火爆炸……我什么也没有，也不知该咋办，只有木木地坐在路边的树荫下，和几个熟悉的学生说话，一边左一耳朵右一耳朵地听些议论。心境刚平稳些，又说到主震后一个小时总会有一次强余震，话音落，11点刚一过，果然又震了起来，颠得人两手撑着地都坐不住，随着地皮一起摇晃。随即就眼看着正对面图书馆大楼新装好的钢化玻璃门轰然倒地，发出巨大的声响，溅起焰火般的碎片——虽然是在户外，没有生命之忧，可光天化日下看着上帝玩这些随心所欲的把戏，心又揪成了一个硬团！

停水，停电，通信中断，学校终于宣布停课三天。

一时间，校园里就像大撤退的兵营一般，摩托车、小车的马达声响成一片，呼朋唤友的声音此伏彼起，听得我这外乡人心里发麻。早上只喝了一杯牛奶，这会儿肚子也饿了，拖着半硬不软的双腿，穿过慌慌乱乱的人群，回到学人公寓的院子里，去餐厅打了一盒饭，没滋没味地硬往下咽。平日挤挤挨挨的餐厅，此时只有三两个外教，冷清得让人发瘆，唯餐厅经理一脸善笑，边招呼边安慰说没事没事。越听他这样说心里越发虚，而脚下的余震仍像水波一样不时颤动而过。便坐在院子的草坪上，和一位来自美国的外教有一句没一语地说宽心话。

其实这心怎么也宽不了，房间不敢进，谁知道后面还震成啥样？说不上危房，但也不踏实，又停水停电，人都走完了，剩几个没处去的外乡人,还不知校方怎么安排。忽而又想到何不先把行李收拾下来,不行就租车提前离校。这回有了意志,壮着胆跑上三楼,打开房门,手忙脚乱把东西塞进一大一小两箱子,拖到楼下公寓门厅,这才松了一口气,重新归拢整理妥当,然后坐在行李箱上发呆。

这一刻的心境我一辈子也难忘,而此后的际遇又令我终生感念。

搁置,悬空,茫然,不知所措,这些平日不知就里的书面语,这一刻变得如此明晰,一呼一吸都能感受到。而家、亲人、友情,这些平日如影随形的存在,这一刻反而成了遥不可及的虚空,只剩下几个字形的萦绕。校方忙着处理灾情,疏忽了关照远方来的客人,事有轻重缓急,怨不得的。可要自个来处理这前所未有的尴尬,又实在难以决断。更难堪的是,自己连个手机都没有,完全同外边断了联系,几个小时后,这二次大地震的消息就会传到大陆,老父老母兄弟妻儿不知会急成啥样啊?!

而天空依然若无其事地晴着。

而那些不知名的小鸟依然锐声地叫着。

做人好,还是做鸟好?还真是个问题⋯⋯

这时,一个学生走到我身边,自己介绍他叫许庆智,是本科生,因爱好文学跑到文学所研究生班上旁听我的课。我好高兴这会儿有个人说话,拉他坐在身边,问他怎么没走?庆智说他主动留下来看护学校的,晚上会运来帐篷、睡袋,让我别担心,一块儿和他们过,还有篝火和野餐呢⋯⋯小伙子黑壮高大,英气勃勃,一看就是个不怕事而热忱憨直的好青年,一番话让我心里稍稍踏实了些,至少今晚咋过有了着落。庆智说完要去办一些事,让我等着他,过会儿再来找我,感动得我拉着小伙子的手连声说

"谢谢！"

望着小伙子的背影，顿时羞愧起来，羞愧自己何以如此脆弱？是因为身处异地他乡，无恃而恐？还是真的未老先衰了？想起西人萨特的那句话："是懦夫把自己变成懦夫，是英雄把自己变成英雄。"用知识和经历武装了几十年，到头来，怎么还是这一副经不起事的熊样呵？

沮丧中，一抬头看见文学所的所长助理蓝雅慧气喘吁吁地向这跑，随口就喊了一句："雅慧，急着干什么？"雅慧这才发现我，高兴得喊："沈老师呵，我正找你哪！所长让我接你和曹老师一块儿去我家住两天。"心里一酸，差点迸出泪来，像找到了亲人一样，一下踏实了。

原来，我来南华，虽是给文学所的学生讲授系列讲座，邀请和接待部门却是校学术交流委员会。文学所自己请的是四川大学的曹顺庆先生，一整个学期的正规讲学。曹老师比我来得迟，我又时常不在校，很晚才认识，还未深交，没想到患难中他却先想到我，让雅慧关照一下，若没别的安排，就同他们一起出去避两天。雅慧的先生陈旻志，在东海大学读文学博士，兼职在南华文学所做讲师，自己也写诗写散文，几年前在《联合报》副刊还获过奖，他和雅慧的结合，更是《联合报》副刊主编、大诗人痖弦做的媒呢。一时大家会齐，李正治所长向我解释说，文学所的师生一直很挂牵我，只是不属于他们分管，加上平时很少见我，是以疏慢了些。我还说什么好呢？只是心里一滚一滚地热，便一起乘旻志和另一位学生的车，去台中丰原镇旻志家避难。

说是避难，实际上成了"神仙会"。曹顺庆教授是大陆比较文学专家名师，李正治教授是台湾文学研究领域的将才，旻志、雅慧夫妇本来就是文学中人，新朋老友，语洽意合，一时好不快慰！

五人一起游览东海大学，遍尝丰原小吃，喝茶谈天，散步论道。三天后，又一同返回安定下来的南华，除了上课，几乎天天聚在一起畅饮欢叙，让我度过了在南华校园最富情谊的一段尾声，从而再次将劫难化为诗篇。

尾声

如期离开南华的那天早上，我还真收到了一首送别的赠诗，是庆智小伙子特意写成手札来"藐姑射"学人公寓门口送我的。其中有这样一节：

> 认识你是由地震作陪
> 不再是一种隔阂
> 不再是一心膜拜
> 而是一种亲近的认属
> 像我当时所说的，你是
> 最有幸也最不幸的一位大陆诗人
> 有幸的是能与我们共度劫难
> 不幸的是当地震来临时
> 未有的关切与尊重

我将这首诗打进行李，打进一生的珍重，连同我的"腿软"、我的脆弱和我最终的眷恋。——是的，我是有幸的，有幸经历了这样的一切，至于那点小小的"不幸"，也已成为另一种有幸，提醒我此后的岁月里，不再腿软，不再脆弱，并永远珍惜这隔山隔海的诗谊亲情……

带着这番经历如许思绪，回大陆一个月后，步入"五十而知天命"之年,并和"新人类"们一起迎来了新世纪。——照样活在时间中的半老书生,由于有了此前两个月的台湾之行和"9·21"大地震的记忆,看人看事看物看自己,都渐渐多了些从容和淡远,并时时记起本雅明的那句话:"人的目光必须克服的荒漠越深,从凝视中放射出的魅力就越强。"

转眼到了八年后的2008年9月,我和舒婷的先生诗学家陈仲义教授一起,应邀赴台湾出席由台湾中央大学文学院和台湾耕莘文教基金会联合举办的"2008·两岸女性诗学学术研讨会",未料偏又遇上了宝岛百年一遇的超大台风,接待我们的诗友白灵教授开玩笑说再不敢请我来了,不是大地震就是大台风。我笑着回答:看来只有我请你们到大陆做客好了!

这年12月,机缘凑巧,与诗人赵野、周墙共同策划的"首届黄山·归园·两岸主题诗会暨冰蓝公社陶艺展"于6日至11日在黄山与苏州举办。台湾应邀诗人罗门、郑愁予、管管、萧萧、白灵、詹澈等欣然与会,还陪同他们上黄山游览一天,也算是还了一个心愿。

之后的这一个十年里,日子真的就越发现实也便越发多了些"荒漠"——先是自个"关机""重启",渐次结束了持之十余年的台湾诗歌研究,也便与台湾诗友们的往来荒疏了许多。接着就不断有彼岸诗人逝世的消息传来:大荒、周梦蝶、商禽、辛郁、罗门、洛夫……都是百年新诗历史中越众独造而别开一界的名家,也都是在20年前那场"9·21"大地震中相识相知难相忘的诗友,却熬不过"时间之伤"(洛夫诗名)的宿命,而往生于不死之死的梵天净土去了。

如此几度惶然乃至不知所措中,终于还是打开电脑,打开尘封20年的记忆,写下这篇诗学之外的文章,或可稍稍弥补一点什么——一切的开始都有结束,只剩下记忆凝重在时代的背面,抑或时间荒漠的深处。转而又想起还健在的老痖弦那首名作《如歌的行板》中结尾的四句诗,不妨借用来作为结语,似乎更合适也更多一些念想:

> 而既被目为一条河总得继续流下去的
> 世界老这样总这样;——
> 观音在远远的山上
> 罂粟在罂粟的田里

1999年10月草记于台湾大地震中
2019年3月整理改定于西安家中